검은머리 미군 대원수 10

명원(命元) 대체역사 소설

EugeneKim

일러두기

• 이 책은 문피아, 네이버시리즈에서 연재된 《검은머리 미군 대원수》를 바탕으로 편집, 제작되었습니다.
• 단행본, 일간지 이름은 《 》로, 노래 제목, 영화, 방송국, 글의 소제목 등은 〈 〉로 표기했습니다.
• 전화, 라디오 등 전파 매체를 통한 대사는 '─'로, 편지 등 문자 매체를 통한 대사는 '[ ]'로 표기했습니다.
• 인명 및 지명은 일부 표준어로 등재됐거나 용례가 존재할 경우를 제외하고 모두 연재본의 표기를 따랐습니다.
• 내지에 삽입된 지도는 웹소설 연재본에 삽입된 지도를 단행본 인쇄방식에 맞게 편집부에서 재편집했습니다.

검은머리 미군 대원수

1장
선홍색 연구 Ⅰ

선홍색 연구 1

"안 돼."

전생에 소라고둥이셨나. 저 단호한 표정 좀 봐.

맥아더 소라고둥이라니. 생각해 보면 참으로 웃기지 않겠는가. 파이프를 물고 있는 군복 컬러의 소라고둥이라니, 당장 카드게임 일러스트에 넣어도 손색이 없다.

이 맥라고둥을 이번 시즌 딱지 대회의 경품으로 걸면 모르긴 몰라도 전국 각지의 샤이 맥아더들이 날뛸 게 틀림없고, 더 나아가 이걸 주인공으로 하는 새 확장팩까지 발매하면 돈이 복사가 될지도 모른다. 가라앉은 해저 도시를 배경으로 깊은 저 바닷속 파인애플…….

"딴생각하지 말고 날 똑바로 보게."

앗. 깜짝이야. 얼굴 들이대지 마십쇼. 너무 눈부셔서 멀어버리면 어떡하나.

"감히 어떤 놈팽이가 대통령 각하를 마주한 자리에서 딴생각을 하겠습니까?"

"자네 같은 놈."

너무하네. 이토록 근거 없는 매도라니. 나는 절대 딴생각 같은 거 한 적이 없다니깐? 게다가 내가 지금 어려운 이야길 하는 것도 아니잖은가.

"상황이 썩 좋지 않습니다. 보셔서 아시겠지만, 제가 호치민에게 전차를 넘긴 사실이 조만간 언론에 대서특필되지 않을까요?"

"그리고 그 빨갱이 호치민은 잽스와 맞서는 유일한 베트남의 무장 조직이었지. 식민지에서 피 빠는 기술만 알던 비시 프랑스의 얼간이들이 잽스에게 두 손 두 발 다 들고 항복했을 때, 오직 그놈들만 저항 의지를 불태웠다고!"

"그걸 사람들이 알아주겠습니까."

그는 신경질적으로 두툼한 가죽의자에 몸을 날리더니 곧장 파이프를 입에 물었다.

"웃기지도 않는군."

"하하. 그러게 말입니다."

"안 웃긴다고 해서 억지로 웃지 말게. 한 대 쥐어박고 싶으니."

오늘따라 짜증이 많구만. 늙으면 여성 호르몬이 많이 나와서 감정기복이 심해진다더니… 조금이라도 젊은 내가 참아야지.

호치민이 M3 리 전차를 손에 넣게 된 배경은 참으로 복잡다단하다. 그 당시 나는 대한민국 임시정부에 전차라는 멋진 장난감을 보내주고 싶었지만, 안타깝게도 사악한 쪽바리들이 곤지암 허브에 불을 지르고 택배 배송을 틀어막고 있었다.

그래서 '중국으로의 전차 지원'이라는 명목하에 태국과 베트남을 경유한 M3 전차 배달작전을 기획했고, 중간에 택배기사로 고용한 태국군과 호치민이 일부를 스리슬쩍 호주머니에 넣긴 했지만 아무튼 광복군은 산 넘고 물 건넌 전차를 획득했다. 그 전차 부대는 일본군을 신나게 때려잡으며 투자 대비 성과를 아주 톡톡히 보여주었고.

이런 중차대한 일을 당연히 나 혼자 저지를 순 없다. 군사 병기, 그것도 시장에 나돌아다니는 총도 아니고 전차를 무슨 수로 내 멋대로 처분하겠나. 육군과 국무부의 승인을 얻었고, 나중에는 OSS가 끼어들어 각종 부품의 조달과 태국, 베트남 협력자 관리를 전담하게 되었다.

매카시 본인은 아는지 모르겠지만, 군사 기밀작전인 관계로 속 시원한 해명이 불가능하다. 의원 새끼 하나가 물어뜯는다고 해서 '아, 그게 사실은 CIA 블랙 옵스였거든요?' 하면서 나불나불 떠들면 그게 무슨 기밀인가. 헨리 엉덩이 몽고반점도 그거보단 철저한 기밀을 준수했었다.

"왜 제가 물러나면 안 됩니까?"

"왜냐니. 정말 몰라서 묻나."

맥아더는 지그시 나를 노려보며 판결 내리듯 말했다.

"너 같은 미친개가 군대라는 목줄까지 사라지면 무슨 짓을 할까 걱정이 돼서 그러네만."

"미친개래! 아니, 히틀러를 물리친 전쟁영웅보고 미친개래! 이게 대통령입니다. 여러분! 나라가 거꾸로 가고 있어요!"

"진짜 오늘도 맞고 싶어서 왔나?"

"각반 차고 왔으니 쪼인트 까려면 까보십쇼."

"이 자식은 진짜 나이를 어디로 처먹었길래……."

그는 애써 진지한 모습을 잡으려 애를 쓰고 있었다. 음. 대통령 각하 체면은 좀 지켜 드려야 하나.

"지금 우리는 빨갱이들에 맞서기 위한 군제 개편을 진행하고 있지. 그리고 그 개편을 총지휘하는 사람은 합참의장이고."

"저는 그냥 육해공 무규칙 격투장에서 어슬렁대는 심판에 불과합니다. 총지휘라뇨."

"한 번만 더 깐죽거리면서 헛소리 부연하면 유럽 사령관으로 보내버리겠네."

권력을 통한 언론 탄압이라니. 맥황상, 그 길은 아니됩니다. 이 사악한 맥가놈아, 얼른 황상의 몸에서 나오지 못할까.

"지금 벌이던 일은 다 끝내고 가야지. 당장 맥네어도 곧 전역인데."

"브래들리, 콜린스, 워커, 리지웨이, 패트……."

"대체할 사람이 많다고? 맨 뒤는 내가 귀가 어두워 잘 안 들리는군."

야박하기도 하지. 중세 기사는 오늘도 울고 있다…….

"이제 더 이상은 안 됩니다. 저놈의 빨갱이 타령으로 간첩을 잡기 전에 이 나라가 잡힐 판입니다."

"꼭 내 탓을 하는 것처럼 들리는군."

"아니라고는 못 하겠지요. 100%는 아니지만 약간 거들긴 하셨잖습니까."

"그거랑 이거랑 같나?! 월레스 그놈은 진짜 빨갱이에게 나라를 다 갖다 바칠 작정이었다고!"

저렇게 버럭 성질을 내는 걸 보니 본인도 켕기는 모양이다. 정말 여유로 웠으면 파이프나 몇 번 빨면서 기품 있게 말하려 했겠지. 이게 바로 수십 년 지기의 척하면 척이다. 나는 내가 세운 계획에 닉슨의 아이디어를 덧칠한 원대한 전쟁 계획을 맥아더에게 공유했고, 그는 별 대답 없이 시종일관 담배만 피워대며 가만히 경청했다.

"…어떻게 생각하십니까."

"조금 어설프군."

"엣."

아니, 대통령 되셨다고 이제 벌써 저한테 어설프다고 훈수 둘 짬밥이 쌓이셨습니까? 하지만 맥아더의 설명을 들으며, 나는 승복할 수밖에 없었다.

"잘해 보게나."

"대통령 각하께서도 아무쪼록 무탈하시길 빕니다."

"진."

자리에서 일어난 맥아더는 내 손을 꽉 붙들었다.

"이 나라는 결코 자네가 세운 공로를 잊지 않을 걸세. 모두가 잊더라도 이 더글라스 맥아더가 잊지 않을 게야."

"아, 아야야."

"마지막까지 힘내시게. 내 친구. 조만간 뒤따를 테니."

뭘 새삼스레. 원래부터 내 진짜 전공은 야매심리학 같은 게 아니라 남의 잔치에 개판 치는 일이었다.

* * *

조지프 매카시의 인기는 나날이 치솟았다. 매카시는 무수한 언론의 스포트라이트를 받으며 일약 전국구 정치인으로 발돋움했고, 전국 각지에서 연설 문의가 쏟아졌다. 그가 가는 곳마다 아수라장이 되었으며, 열혈 지지자들과 반공주의자들이 사방에서 쏟아져나왔다.

"매카시 의원님, 의원님!"

"어째서 그 명단을 공개하지 않으십니까?!"

"명단을 공개하면 간첩들은 도망치거나 음지로 숨어들 게 분명합니다. 저는 그러한 이적행위를 저지르지 않습니다."

멍청이들. 매카시는 속으로 모든 것을 비웃었다. 그를 일개 총알로 간주하던 D.C.의 늙은이들도, 멋도 모르고 날뛰는 저 무식한 대중들도, 시청률에 미쳐 자극적인 떡밥만 끄집어내려는 저 기자 놈들도. 적당히 일회용 저격수로 쓰다 버리겠다? 웃기는 소리.

이제 주인과 노예가 바뀌리라. 반공을 향한 이 공포와 분노를 조종할 줄 아는 사람이 바로 워싱턴의 진정한 지배자가 될 것이고, 위스콘신 출신의 초선 상원의원이 손가락을 가리키며 '너 간첩!'이라고 말하는 순간 의원이고 나발이고 정치생명이 끝장나는 시대가 도래하리라.

처음에는 이 광기 어린 분위기에 깜짝 놀라기도 했지만, 시간이 흐르고 머리가 싸늘하게 식으면서 그는 자신이 놀라우리만치 어마어마한 정치적 고지에 올랐다는 사실을 깨달았다. 그렇다면 남은 건 이 권력을 휘두르는 일뿐.

"국무부는 어째서 대답하지 않습니까? 미합중국의 병기가 어째서 베트남 공산주의자들의 손아귀에 있는지 대답하십시오!"

"휴 드럼과 조지 마셜은 어떤 연유로 중국의 절반을 빨갱이 도적의 손에 넘겨줘야 했는지 즉각 해명해야 합니다!"

"어째서 미국인의 피가 흐른 독일의 일부, 그리고 체코슬로바키아가 하루아침에 크렘린의 지배를 받게 되었습니까? 우리는 진실을 알고 있습니다. 국무부의 간첩들이 우리의 성과를 소련에 팔아먹었기 때문입니다. 이제 우리는 저들이 더 이상 미국의 위신을 팔아먹지 못하도록 저지해야만 합니다!"

"와아아아아!!!"

"매카시! 매카시!!"

"그는 신이야!"

이 뜨거운 열기를 보라. 이 압도적인 지지를 보라. 이제 공화당을 장악하고, 대통령을 지배하고, 워싱턴의 제왕이 되어 이 나라를 내 뜻대로 굴리는 일만 남았다.

하지만 전국 각지를 순회하며 연설을 행했던 그가 워싱턴 D.C.로 돌아왔을 때. 무언가 분위기가 미묘해져 있었다. 잠시 주변을 살필 겸 탐문의 시간을 가진 그는 자신의 집무실에서 홀로 축배를 들었다.

'합참의장이 물러난다고?'

후. 후후후. 천하의 유진 킴도 이 정도에 불과했나. 대체 그놈이 뭐라고 다들 덜덜 떤 건가. 나잇값도 못 하는 놈들 같으니. 진작 몽둥이를 들었으면 나가리됐을 놈을 귀엽다 귀엽다 해주니 이 지경까지 왔는데.

군바리가 잘나 봐야 결국 군바리. 양차대전의 영웅이니 뭐니 아무리 추켜세워도 레드 칭키들 하나 막지 못해 패배한 패배자. 굳이 따지자면 은인이도 이만한 은인이 없다. 미군이 중국에서도 승리했다면 이 거대한 반공 열풍도 훨씬 약했을 테고, 다른 늙다리 의원들이 총알받이를 찾을 일도 없었을 테니. 그는 승자의 여유를 즐기며 퇴물의 단말마를 즐기기로 했다. 빨갱이와 간첩으로부터 나라를 지킨 영웅으로서 용도 폐기될 군인의 마지막 길 정도는 배웅해 줘야지.

* * *

미국 프로야구팀 '신시내티 레즈'가 팀명이 빨갱이 냄새 난다는 이유로 이름을 고치는 시대. 유진 킴은 정식으로 합참의장 직책에 대한 사직 및 모든 현역 업무의 중단을 요청했고, 사표는 즉각 수리되었다.

"중국 내전 패배의 책임을 유진 킴 대원수가 지는 셈인가?"

"육군이 저렇게 나온다면 공세를 멈춰야 하지 않겠습니까."

"무슨 소리. 지금이 아니면 공화당을 꺾을 기회는 없네. 맥아더가 연임하는 꼴을 보고 싶나?"

민주당은 결코 멈출 기미가 없었다.

"승리의 설계자였던 킴 대원수를 내치다니요. 다들 미쳤습니까? 안보를 내세워 놓고 킴의 목을 날리면 야당이 웃을 일이지 우리에게 무슨 득이 있어요?"

"거의 날치기식으로 통과되었으니 어쩌겠습니까."

"대통령이 재가했는데 여당에서 반대하는 것도 웃기지요. 신나게 같이 때리던 우리가 갑자기 킴을 유임해야 한다고 주장하면 온 세상의 웃음거리가 될 겁니다."

공화당 또한 떨떠름하지만 이를 막을 수는 없었다. 그리고 마침내. 여섯 개의 별을 양어깨에 붙인 그가 의회 연단에 서서 마이크를 잡았다.

"존경하는 대통령 각하. 상원의장님. 그리고 국민의 대표이신 모든 의원님들께. 그동안의 군무를 내려놓으며 이렇게 인사를 드리게 되었습니다."

가볍게 주변을 돌아본 그의 목소리는 어쩐지 떨리는 듯했다. 잠시 침묵. 장내에 있는 모든 의원들, 기자, 카메라맨까지 모두의 시선이 그에게 쏠린 것을 확인한 뒤 그가 다시 입을 열었다.

"미국은 공격받고 있습니다."

지금 뭐라고? 다들 귀로는 들었지만 머리로는 해석되지 않아 반응조차 하지 못하고 있을 때, 그는 거침없이 포문을 열고 대규모 공세를 개시했다.

"이 나라를 구성하는 모든 것들이 공격받고 있습니다. 지옥에서 마귀들에게 고문당하고 있을 히틀러도, 크렘린에서 도넛 방석에 앉아 누군가의 처형 명령서에 서명하고 있을 스탈린도 아닙니다. 지금 미합중국을 공격하는 적은 바로 이 나라의 근간을 흔드는 우리 내부의 적입니다."

비명을 지르고 싶었지만 다들 이를 악물거나 스스로의 손으로 틀어막았다. 역사에 기록으로 남을 이 퇴임사에 'A 의원의 고성' 따위로 박제당하고 싶은 이는 아무도 없었다. 그 누구도 제지하지 못하는 가운데, 대원수의 포격은 계속되었다.

"건국의 아버지들과 그 고귀한 이상을 이은 세계 최고의 헌정 질서가, 미국을 미국답게 만들던 그 위대한 이념과 자부심이! 빨갱이 때려잡겠다고 방정맞게 날뛰는 얼치기들의 손에 거리에 흩날리는 찌라시 쪼가리처럼 짓밟히고 있습니다. 일찍이 1차대전과 2차대전의 발발을 경고했던 제가 공산세력의 부상을 경고했음에도 이를 귓등으로 듣지 않던 이들이, 진짜 빨갱이가 부상하자 호들갑을 떨면서 빨갱이를 때려잡겠답니다. 그런데 우습게도 히틀러도, 스탈린도 감히 건드리지 못했던 합중국 시민의 권리가 우리 내부의 적의 손에 의해 사라지고 있습니다.

이들 내부의 적들은 히틀러와 괴벨스에게 배운 그 기술을 고스란히 시민 여러분에게 써먹고 있습니다. 히틀러가 독일 의사당에 불을 지르고 빨갱이가 공격해 오고 있다며 발작했듯, 이들 또한 부엌에서 계란후라이를 해 먹다 화재를 일으켜 놓고 사실 빨갱이가 쳐들어와 집에 불을 질렀다고 유난을 떨어댑니다.

저는 일찍이 이 자리에 서서 의원 여러분들 앞에 증언한 바 있습니다. 대대적인 군비 증강과 백만 대군의 동원 없이는 결코 중국을 지킬 수 없을 것이다! 소련은 5년 내로 핵무장할 것이니 대비가 필요하다! 공산주의에 맞서기 위해서는 그 무엇보다 우리 미합중국의 자유, 우리의 대의명분을 오롯이 내세울 수 있어야 한다! 지금 어떻게 되었습니까. 쥐꼬리만 한 예산에도 불구하고 무려 절반이나 지켰음에도 불구하고 어느 순간 신문 기사에는 패배라는 단어가 사용되고 있습니다. 그 어떤 수단으로도 우리만이 원자폭탄을 보유할 수는 없다는 사실을 몇 번이나 강조했음에도 소련의 핵보유가 마치 간첩의 협력 없이는 불가능했던 것처럼 조리돌림이 자행되고 있습니다. 여러분께 묻겠습니다. 어째서 제 경고를 아는 시민들이 없는 겁니까?"

어떠한 기품도 위엄도 없었다. 황색 언론의 가장 독한 기자가 폭로전을 벌이듯 그는 끊임없이 기관총처럼 총알을 내뱉고 있었다.

"어느새 민생은 뒷전으로 취급받고, 당장 경제를 살리고 나라를 살려야 함에도 불구하고 무가치한 빨갱이 사냥만이 헤드라인을 장식하는 지금. 저는 시민 여러분께 묻겠습니다! 빨갱이를 물리치기 위해 우리의 자유를 포기하고, 모든 미합중국 신민이 한 줌 권력자들의 노예가 되어 그들에게 복종하는 신세로 전락할지! 그게 아니라면 우리의 자유를 위해 모리배들을 내쫓고, 우리의 아이들에게 이 멋진 자유와 평등, 기회의 나라를 물려줄지! 이 광기의 마녀사냥의 종착점은 오직 하나뿐입니다. 바로 히틀러의 나라입니다. 합중국 시민으로 남느냐, 노예가 되느냐.

저를 아는 친구들은 저에게 카산드라라는 별명을 붙였습니다. 매번 재앙을 경고하지만 한 번도 들어주는 사람이 없다고 붙은 별명입니다. 이제 저는 카산드라로 남지 않겠습니다. 콧수염을 기른 의원들이 오른손을 번쩍 치켜들면 모두 손을 들어야 하고, 마음에 안 든다고 중얼거리면 밤에 요원들이 나타나 빨갱이 수용소로 처넣는 나라가 되기 전에 모든 걸 걸고 막아내겠습니다. 오직 합중국의 명예와 자유만을 위해 싸우던 저 유진 킴은 이제 전장을 바꾸겠습니다."

뭔가… 뭔가 일어나고 있었다.

선홍색 연구 2

사람의 뇌란 참으로 얄궂어서, '코끼리는 생각하지 마.'라는 말을 들으면 코끼리를 생각하게 된다. 부정형 어법을 이해 못 하는 멍텅구리인 셈이다.

옛날 어떤 대통령이었나 대통령 후보였던 누군가는, 정적들에게 공격을 당하자 '저는 사기꾼이 아닙니다!'라고 발언했다. 그러자 사기꾼 이미지가 그 어떤 광고보다 깊숙이 박혀버렸다고 한다. 이게 바로 네거티브의 위엄.

내가 여기서 진실을 해명하겠답시고 구질구질 호치민에게 간 탱크는 이러저러해서 보냈고, 당시 외교 전략이 이랬고, 어쩌고저쩌고 구시렁구시렁 떠드는 건 오히려 매카시즘이라는 늪에 온몸을 던져 뛰어드는 멍청한 자살 행위 이상도 이하도 아니다. 따라서 나는 새로운 레퍼토리를 부르는 한 마리 앵무새가 된다.

독재독재독재독재. 노예노예노예노예. 히틀히틀히틀히틀러. 저 새끼들이 바로 히틀러를 꿈꾸는 새끼들입니다! 시민 여러분, 쟤들 때려주세요! 사상 검증이라는 기존 투기장 대신 새로운 싸움판으로 끌어들이고, 전혀 엉뚱한 떡밥으로 사람들을 현혹시킨다. 그리고 떡밥은 참으로 많기도 많았다.

"수십 년 전. 저의 장인어른이신 커티스 의원은 부패한 정권을 상대로 승산 없는 싸움을 하다 결국 패배했습니다. 하지만 그의 패배는 결코 헛수고가 아니었습니다. 그분의 뜻, 그분의 의지를 계승하는 사람이 있는 한 그는 결코 패배한 것이 아닙니다. 정의를 위한 투쟁은 단거리 달리기가 아닌 끝없이 사람의 가슴에서 가슴으로 전해지는 거대한 계주이기 때문입니다."

가진 걸 다 깐다. 저 지옥 같던 프랑스에서 독일 놈들의 참호선을 넘기 위해 했던 것처럼, 모든 여력을 끌어모아 첫 공세에 싸그리 퍼붓는다.

"장인어른은 제게 군인보다 다른 직업을 알아보는 게 어떻겠느냐고 권유했으나, 저는 이를 고사했습니다. 다가오는 전체주의와의 성전에서 이 나라를 지키기 위해서는 군복을 입고 있는 것이 더 낫다고 보았기 때문입니다. 하지만 시간이 흘러, 제게 다시 한번 이직을 권한 이가 나타났습니다."

나는 매카시가 의기양양하게 '여기 간첩들의 명단이 있습니다!'라고 외칠 때와 똑같은 포즈로 이 편지를 치켜들었다. 보고 있나 매카시?

"여기, 제 손에 낡은 쪽지가 있습니다. 이 쪽지는 하나님께 허락받은 시간이 채 24시간도 남지 않았던 제 친구 프랭크, 프랭클린 루즈벨트 전 대통령이 유럽에 있던 저에게 보낸 마지막 편지입니다."

끝없이 계속되는 고인 끌어들이기. 강령술이라도 할 수 있었으면 진작 했겠지만, 그런 스킬이 없는 세계관인 걸 어쩌겠나. 대충 이해해주겠지. 솔직히 살아 있을 적에 내가 똥 많이 치워줬잖아.

"우리는 깊은 교감을 나눴었고, 그는 항상 제게 군인은 너무 제약이 많다며 민간인으로 돌아올 것을 권했었습니다. 그가 떠나고 한참 지나서야 비로소 이제 저는 그를 이해할 것만 같습니다. 자신이 죽은 뒤 10년도 채 지나지 않아 죽은 히틀러가 미국에서 부활할 줄 어떻게 알았을까요! 합중국 시민의 권리가 그 끔찍한 전시 때보다 더 침해받을지 그 누가 알았겠습니까!!

히틀러는 유서를 통해 제게 물었습니다. 네놈의 헌신은 보답받았느냐고. 저는 언제나 그 물음 앞에서 당당했습니다. 미합중국은 단 한 번도 나를 버린 적이 없노라고. 하지만 지금은 어떻습니까. 그 모든 음모가, 저를 치워버리고 이적행위를 하려는 음모가 바로 베를린도 크렘린도 아닌 이곳 D.C. 한복판에서 자행되고 있었습니다!

그래서 제가 이 자리에 서게 되었습니다. 모든 전쟁터에서 단 한 번도 패배하지 않았던 저는 아직 10년은 더 국가를 위해 봉사할 수 있지만 퇴임사를 남겨야만 하는 신세로 전락했습니다. 천하의 스탈린이 부친 장례에 조문 사절을 보낼 정도로 두려워하던 한 야전 군인이 이제 군에 개입하지 못하는 몸이 됩니다. 그들은 정녕 이 나라를 더 강하게 만들고 싶은 걸까요, 아니면 사회를 혼란케 하고 우리의 자긍심을 파괴한 뒤 마지막으로 이 나라를 무너뜨리고자 하는 원대한 계획을 준비하는 걸까요?"

목이 갈라진다. 목에 힘을 줄 때마다 아프다. 쓰리다. 하지만 저 의원들의 모습을 보면 그때마다 다시 에너지가 차오른다. 내가 언제 이기려고 게임했던가? 상대방 빡치게 하려고 했지?

"미합중국이라는 푸른빛 실타래 가장 깊숙한 곳에 자리하고 있던 선동이라는 선홍색 실이 마침내 백일하에 드러났습니다. 그 실을 끄집어내고, 격리하여, 유권자 앞에 모든 진실이 까발려지도록 낱낱이 파헤치는 것이 바로 제게 남은 의무입니다. 하나님이시여, 부디 이 나라를 지켜주소서."

덤벼라. 이게 진짜 진흙탕이다.

* * *

저질렀다. 시원하게 저질렀다.

검토의 검토의 검토. 마치 내 옛날 업무용 PC의 중요한 문서 파일이 '진짜_최종본_진짜의진짜_Ver3.0_최종_검토_수정(3).hwp'로 넝마주이가 된 것처럼 끝없이 검토한 결과물.

물론 떠들다 보니 나도 모르게 욱해서 내 입맛대로 조금 고치거나, 아니면 까먹고 그냥 다르게 말한 부분도 있지만 뭐어, 이만하면 선방했다.

사방에 불을 질렀다. 이제 후퇴는 없다. 나는 이 나라의 권력에 한 걸음 다가가거나, 아니면 해외로 튀는 두 가지 길밖에 없다. 그것도 한국 말고 유럽 어드메로. 한국은 미국 형님이 재채기만 해도 바로 암환자가 되는 어린 새싹이라고.

당연한 말이지만 D.C.는 불타올랐고, 언론도 불타올랐고, 모조리 불타올랐다. 세상이 활활 타니 참으로 보기 아름답구나. 내가 기타를 배웠으면 이럴 때 한 곡조 딩가딩가 치겠는데 아쉬워. 배워 둘 걸 그랬나. 지금 대중들이야 내가 출마하는 게 아니냐고 난리지만, 밥 먹고 정치만 해 왔던 요괴들은 내 퇴임사의 행간을 이미 꿰뚫어 보았으리라.

나는 '정계 진출'이란 말을 절대 한 적이 없다. 그냥 새로운 길을 찾겠다고만 했지. 정계로 가는 건 어디까지나 옵션의 하나일 뿐 시민운동가가 될 수도 있고, 어디 관료로 들어갈 수도 있으며, 하다못해 슬그머니 샌—프랑코에 직함 하나 파고 '장난감으로 상처입은 시민들의 마음을 치유해주겠습니다.' 같은 개소리를 지껄여도 아무튼 거짓말은 하지 않는 셈이다. 거짓말은.

게다가 특정 정당을 저격한 것도 아니다. 나는 특정 의원의 이름도 특정 당의 이름도 일절 거론한 적이 없다. 무자비하게 기관총을 사방에 난사했지만, 최대한 안 맞게 이리저리 빗겨서 잘도 갈긴 셈. 소리만 요란하지 0킬이다. 이 애매모호함이야말로 역설적으로 저 친구들의 상상력을 자극할 수 있다.

나는 커티스 어르신의 이름을 팔아 공화당에 호소했고, 동시에 루즈벨트의 이름을 거론하며 민주당에도 호소했다. 그러니까, 특정 당은 거론하지 않았지만 내 정치적 지향점은 아주 뚜렷하고 명확하게 제시했다. 커티스의 뒤를 잇겠다며 공화당에 입당해도 아무 문제 없다.

반면 루즈벨트의 후계자를 자처하며 민주당에 입당해도 억지춘향까진 아니다. 두 당이 나를 영입하려면 비싼 값을 치러야 할 테고, 당연히 그 전

제조건으로는 여태 반공몰이를 하며 다음 선거에 꿀 좀 빨려던 사람들이 밀려나야만 한다. 그러니 그놈들 입장에선 반발할 수밖에 없다. 본인들이 찍혀나갈 판이니까.

"당연히 공화당으로 오시겠지요?"

"하하. 물론입니다."

닉슨의 표정에 묘한 불안감이 감돌고 있다. 내가 써먹을 거 다 써먹어 놓고 갑자기 민주당으로 갈까봐 저러나. 만약 그리되면 닉슨으로서는 울며 겨자 먹기로 민주당까지 따라가는 신세가 될지도 모른다. 21세기 한국 국회와 달리 당적을 옮기는 일은 거의 역적 취급에 준하니 부담될 만도 하지.

나는 잠시 와야 할 손님을 기다리며 닉슨과 사후강평을 나누었고, 그는 '다소 감정적이었지만 그만큼 호소력 있는' 연설이었노라 평했다. 현직 종사자에게 이리 감평을 들으니 또 느낌이 새롭구만.

"유진."

"아, 기다리던 분이 왔구만."

"이런 날이 올 줄 알고 있었지. 네 녀석이 마침내 내 통수를 칠 날이 오지 않을까 불안하긴 했지만, 설마설마했는데 우리의 우정마저 버릴 줄이야……."

아이크는 애써 멘탈을 관리하고 있었지만, 이마가 시뻘게지는 것만큼은 어떻게 관리가 되지 않는 모양이었다. 나중에 화장 전담 요원이라도 하나 옆에 붙여주고 머리도 분칠하라고 해야지.

"내가? 통수를 쳐?"

"대선 출마한다는 소리 아니었나?"

녀석은 탁탁 소리 요란하게 의자 하나를 질질 끈 뒤 털썩 앉았다. 의자다 내려앉겠다. 그거 도로시가 마음에 들어하는 의자라고.

"이분은?"

"소개하지. 캘리포니아에서 하원의원 하고 계시는 리처드 닉슨 의원님이네. 공화당 쪽이지."

"반갑습니다, 장군님. 리처드 닉슨입니다."

"아, 예. 반갑습니다."

아이크는 나를 향해 씨근덕거리는 와중에도 예의 바르게 인사를 나누었다. 음. 멘탈 좋고.

"그래서. 나는 왜 불렀냐."

"왜긴. 캠프 꾸리라고 불렀지."

"선거 캠프에 나 자리 하나 주겠다고?"

답답한 놈.

"출마할 시간이다, 아이크. 48년 대통령 선거."

"…뭐?"

희게 변한 아이크의 눈썹이 지진이라도 났는지 지렁이처럼 꿈틀댄다.

"네가 항상 머리 꼬리 다 떼고 말하는 거야 익숙해졌는데 오늘은 지랄이 좀 짜구나. 좀 똑바로 설명해줄래?"

"나는 출마 안 한다. 대신 전적으로 드와이트 아이젠하워를 새로운 대통령 후보로서 지지한다. 그리고 너는 출마하고, 백악관으로 간다. 언더스탠?"

이게 바로 진짜 대전략. 당연한 말이지만, 이 거대한 쥐불놀이를 저지른 시점에서 내가 대통령이 될 가능성은 소수점 미만으로 처박혔다. 네거티브는 원래 대통령 후보가 아니라 그 밑의 충신들이 알아서 하는 거지, 대선 후보 본인이 직접 총을 갈기기 시작하면 일단 그것만으로 이미지에 감점이 생긴다.

"이번 대선에선 무조건 이겨야 해. 그럼 당연히 유색인종 페널티를 달고 있는 나보단 다른 승산 있는 놈이 링에 올라야지."

"현직 대통령이 있잖냐."

"그건 어렵습니다. 맥아더 대통령께는 죄송하지만, 그분은 월레스와 싸우면서 이미 반공이라는 카드를 사용하셨습니다. 킴 장군과의 결합은 결코 득이 되지 못합니다."

반공무새들을 '히틀러 워너비'로 규정한 유진 킴이, 1세대 반공 메타의 선두주자였던 더글라스 맥아더와 손잡는다? 하하. 그게 잘도 대중들에게 어필하겠다.

"지금 여기, 닉슨 의원이란 분이 있는 걸 보니까… 내가 만약 출마한다면 공화당 후보로 나서는 거지?"

"그렇지."

"맥아더 선배는 그러면?"

"불출마 선언."

그래. 이것도 이미 사전 합의된 건. 처음에는 나도 민주당과 손잡는 건에 관해 진지하게 고민했었지만, 맥황상이 내 쥐불놀이에 가담하겠다고 밝힌 이상 민주당행은 득보다 실이 훨씬 크다. 더글라스 맥아더 최대의 정치적 자산은 바로 우유원정군. 이미 그는 스스로 감투를 내던져서 최고의 아웃 풋을 뽑아내고 단숨에 비약한 경력직 앵그리버드다.

육군참모총장 자리를 포기해 허버트 후버 대통령을 지옥으로 보내버린 그가, 이번에는 대선 후보 자리를 포기해 내부총질이나 하던 당내 불만분 자들을 다시 한번 후버가 입탕했던 지옥으로 날려버린다. 그림 한번 끝내 주지 않은가?

애초에 그치들, 자신들이 좀 불리하다고 같은 당 대통령 등에다가 총을 쏴대던 놈들이다. 그럼 당연히 분노한 대통령이 칼 뽑아 들고 휠윈드 돌면 17조각으로 토막 날 각오쯤은 했어야지.

그놈들의 계산 공식대로라면 맥아더는 팔다리가 묶인 채 남은 임기 내 내 전방위적으로 처맞으면서 침몰했어야 하지만, 갑자기 외계에서 날아온 소행성 라마 킴이 지구로 낙하하는 지금 맥황상의 팔다리를 묶어 놓은 사 슬이 온전할 리가 없다.

이 장대한 정치적 음모를 경청하며 무언가 골똘히 생각에 잠겨 있던 아이크. 그가 입을 열었다.

"유진."

"응?"

"왜 나한테는 미리 이야길 해주지 않았지?"

아니. 여기서 왜 그 말이 나와. '약속을 지키다니 고마워!' 라든가 '너는 역시 최고야!' 같은 찬사를 해주면 내가 쑥스러워하며 '에이 뭘.' 하고 겸양을 표해야 정상인 거 아닌가?

"킴 장군께선 아이젠하워 장군은 다 이해해줄 거라며 침묵을 지시했습니다."

"고맙습니다, 닉슨 의원님. 역시 이 새끼가 문제였군요."

어? 여기서 배신? 벌써 나 말고 차기 대통령에게 선을 댄다고?

"다 좋은데 말야. 딱 한 대만 맞자. 깔끔하게 한 대만 때리고 다 잊을게. 어때?"

"잠깐, 잠깐잠깐. 내 친구 아이크. 내가 헨리도 부탁하지 않았나."

"아가리 열지 말고, 어금니 꽉 깨물어라."

빠악!!

어, 억. 천장이 돈다. 빙글빙글. 빙그르르.

"후우. 속이 아주 개운하네. 그래서, 이제 넌 뭘 할 건데?"

"…책."

책 팔아야지. 지금 샌―프랑코 출판사 공장은 '드와이트 판 브래들리 지음'으로 찍어 놨던 책 껍데기를 전부 '유진 킴'으로 교체하고 있다. 상황이 이리된 이상, 그 민속놀이가 진짜 애들용 책으로 받아들여질 리가 없잖은가.

돈이다. 돈. 크헤헤. 크헤헤헤헤.

선홍색 연구 3

처음 미국인들은 어디까지나 단순히 의아했을 뿐이었다.

"히틀러는 우리나라가 물리친 거 아닌가?"

"러시아 놈들도 싸웠다잖아."

"아니. 그런 게 아니고 그냥 이상하다는 거지. 왜 우리가 이겼는데 저놈들이 땅을 먹어?"

국제 외교가 어떻느니, 땅을 탐하는 제국주의적 사고방식을 탈피했느니 하는 복잡한 이야기는 사실 사람들에게 잘 와닿지도 않았다.

"그래서 남의 나라 땅따먹기 좀 하자고 남의 아들들 전쟁터에 보내려고?"

"너 군대는 가봤어? 군대에 자식 보냈어?!"

식자들은 식자들대로 저마다 온갖 오색 창연한 미사여구를 떠들어대며 제 똑똑함을 뽐내고 싶어 했고, 서민들은 서민들대로 현상에 대한 설명을 끝냈다. 옛날로 돌아가고 싶다. 더 이상 전사통지서는 받기 싫다. 2차대전이 막을 내리고, 그렇게 그들은 다시 행복한 나날이 돌아올 것이라 여겼다. 하지만 그렇지 않았다.

'그리스 공산 반군이 정부의 무장 해제 요구를 거부하고 산지에서 전투를 개시했습니다.'

'동유럽 왕정 국가들이 차례차례 무너지고 그 자리에 공산주의자들이 새로운 정부를 수립하고 있습니다.'

'공산주의자들이 체코슬로바키아 정부를 무너뜨리고 공산 쿠데타를 일으켰습니다. 우리 미국이 체코인들을 히틀러의 압제에서 해방한 지 얼마 되지도 않아 그들은 공산당의 노예로 전락하고 말았습니다.'

'중국 내전이 점차 격화되고 있습니다. 조지 마셜 원수의 중재에도 불구하고 평화 협상은 파행으로 흐르고 있으며, 조만간 중국 전역에서 대규모 전란이 일어날 조짐이 보입니다.'

'연일 유럽에서 계속되고 있는 협상이 파국으로 흐르고 있습니다. 독일의 1/3가량이 소련의 지배를 받는 괴뢰국의 손에 떨어질 것으로 관측되고 있습니다.'

어째서 평화는 찾아오지 않는가? 틀림없이 역사서에는 사악한 독일인들을 물리친 후 따스한 평화와 기나긴 번영이 찾아왔다고 적혀 있지 않은가. 세상은 미쳐 돌아가고 있었다. 평화라는 단어는 신문 그 어디에도 나와 있지 않았고, 그들이 접하는 모든 스피커는 세계가 시뻘겋게 물들고 있다고 연일 경고하고 있었다.

해답이 필요했다. 어째서 일본으로 떠난 아들이 돌아오지 않는지. 어째서 전쟁이 끝났는데 끝나지 않는지.

— 그건 바로 워싱턴 D.C.에 빨갱이들이 가득하기 때문입니다.

그리고 답이 제시되었다.

— 월레스 대통령, 어째서 빨갱이들이 저토록 팽창하도록 방치했습니까? 당신은 왜 러시아인들과 친분을 다졌습니까?

전국에 라디오와 TV로 생중계된 최초의 대선 토론. 평소에는 정치에 무관심한 사람들조차 이 역사에 남을 방송을 시청하기 위해 삼삼오오 모여들었고, 그들은 비로소 의문에 대한 답을 얻었다.

"대통령이 빨갱이였다고?"

"에이, 설마 그 정도만 하려고."

"국무부 놈들은 미친 거 아닌가? 빨갱이들 편을 들었다니, 제정신들인가."

"빨간 물에 맛들리면 애미, 애비고 조국이고 다 없어진다더라고."

"말세구만. 말세야."

세상을 바로잡겠다는 맥아더가 대통령에 당선되고. 2차대전의 포성이 멈춘 지 얼마 되지도 않았건만 다시 중국 땅에서 전쟁이 터졌다. 옛 전우 '엉클 조'와 믿음직한 러시아인들은 사라지고, 세계정복의 야욕을 불태우는 미치광이 독재자 스탈린과 공산당의 노예 이반들이 나타났다. 그리고 맥아더의 임기 내내 사방에서는 빨갱이들을 물리쳐야 한다는 목소리가 울려 퍼졌다.

"국무부 차관이 간첩이었습니다."

"FBI의 조사를 받고 있던 피의자가 빌딩 창문에서 투신자살했습니다."

"우리의 막강한 병기, 원자폭탄 설계도가 유출되었습니다."

"사회 저명인사들 중 공산당에 동조하는 이들이 이렇게나 많습니다!"

"국무부 현직 관리 205명이 공산당원 또는 공산주의자이며 이들의 명단을 가지고 있습니다!"

광기가 도래했다. 세상천지에 그들을 해치려는 빨갱이들이 가득했다. 빨갱이는 어디에나 있었고, 어디에도 없었다. 미국 곳곳에 숨은 이 악의 무리들이 미국을 무너뜨리고 평화로운 가정을 해치려 한다는 말에 사람들은 공포에 질리고 말았다.

"빨갱이를 타도하자!"

"저놈 빨갱이다!!"

"스탈린 개새끼 해봐!"

하지만 지쳤다. 이놈 저놈 그놈 다 빨갱이라는데, 도대체 미국은 언제쯤 안전해진단 말인가? 숨 하나 편히 쉬지 못할 만큼 콱콱 숨통이 조이고, 매일마다 누가 조사를 받고 직장에서 짤리고 충성심 테스트를 당한다는데 어째서 빨갱이는 모습을 드러내지 않는가?

모두의 가슴속에 슬며시 의문이 샘솟고 답답함이 목 끝까지 차오르긴 했지만. 도저히 이걸 바깥으로 꺼낼 수는 없었다. 이걸 꺼내는 순간 비미국적 언사, 빨갱이 옹호가 되리라는 사실을 모르는 이는 아무도 없었으니까.

단 한 명을 빼고.

'미국은 공격받고 있습니다. 지금 미합중국을 공격하는 적은 바로 이 나라의 근간을 흔드는 우리 내부의 적입니다.'

다시 한번 답이 제시되었다. 합중국에 승리와 영광을 바쳤던 전쟁영웅이, 왜 그들이 이토록 갑갑해야 하는지 그 이유를 간단명료하게 설명해주었다.

'그 모든 음모가, 저를 치워버리고 이적행위를 하려는 음모가 바로 베를린도 크렘린도 아닌 이곳 D.C. 한복판에서 자행되고 있었습니다!'

시민들은 속고 있었다. 이 지랄 난장판을 한다고 간첩이 아이고 들켰네 하며 붙잡힐 리가 없었다. 누구보다 자유를 사랑하는 애국자인 소시민들이 두려움을 느껴야 할 이유가 없건만, 그들은 빨갱이가 아니라 이 나라, 이 세상에 찍힐까 두려움을 안고 살아야만 했다.

내가 나쁜 게 아니다. 이 모든 이상한 분위기는 압력과 통제로 이득을 보기 위해 암약하던 히틀러 워너비들이 꾸민 음모였다. 나 또한 음모의 피해자였다.

"매카시 의원은 당장 해명하라!!"

"우리는 자유를 원한다!!"

"대원수의 경고가 어째서 무시되었는지 당장 해명해 보라고!!"

"다 때려치워! 빨갱이고 나발이고 숨 좀 쉬고 살자!"

이곳은 미합중국. '싫은데, 에베벱.'의 나라였다.

* * *

미국 사회 전체가 재편되기 시작했다. 공산주의에 호의적인 이들이 있던 것도 사실. 진짜 공산당원이 요소요소에 침투했던 것도 사실. 하지만 매카시즘의 파도는 이 진실에서 어마어마한 눈덩이를 굴려 시민을 억압했었다. 하지만 이제 새로운 음모론이 태동했다. 이 음모론 또한 아주 작은 진실을 포함하고 있었고, 그렇기에 파괴력은 더욱 거대했다.

"히틀러의 나치 잔당이 도망쳤다더라!"

"체포되지 않은 놈들이 남미를 거쳐서 미국에 잠입했다!"

"여러분! 시민의 권리를 억압하고 새로운 나치즘 국가를 만들려는 놈들이 우리 사회 곳곳에 침투했습니다! 미국을 지킵시다! 우리의 자유를 지킵시다!!"

이른바 반공—진보라고 일컬을 만한 세력이 빠르게 집결했고, 그들은 그동안 몽둥이를 들고 설치던 이들을 싸그리 파시스트라고 싸잡기 시작했다.

"빨갱이들은 이제 죽은 히틀러마저 팔아넘기며 자신들의 목숨을 건사하기 위해 시민을 선동하고 있습니다. 지금 미국 사회가 혼란에 빠지면 웃는 사람은 오직 스탈린과 그 졸개들뿐입니다. 양식 있는 시민들은 이 혼란에 가담해서는 안 됩니다."

"재미있는 말씀이시군요. 딴따라 때려잡는 일이 언제부터 간첩을 물리치는 의거가 되었습니까?"

"나치는 물리쳤지만 빨갱이들은 저토록 생생히 살아 숨 쉬고 있습니다. 지금은 다소 시민의 권리가 제약되더라도 참고 인내해야……."

"저것 좀 보십쇼! 놈들은 시민의 권리를 제약하겠다는 발상을 아무렇지도 않게 떠듭니다!"

"애초에 저 매카시부터 나치 친위대의 권리를 지키겠답시고 나선 게 시작이었습니다! 누가 봐도 나치 잔당과의 연계가 의심되지 않습니까?!"

혼란과 혼돈. 곳곳에서 시위대와 시위대가 충돌했고, 멀쩡히 술마시다가도 서로를 빨갱이와 나치로 몰며 죽빵을 날려대는 일이 허다하게 벌어졌다. 그리고 정계 또한 이 재편에서 도망칠 수는 없었다.

"유진 킴을 우리 당의 대통령 후보로 모셔오는 건 어떻습니까?"

"절대 불가!!"

"어째서요? 아시안이라서? 루즈벨트의 후계자가 우리 민주당에서 출마하지 않으면 대관절 누가 출마한단 말입니까!"

한때 주권민주당이라는 이름으로 대탈주를 감행했던 딕시크랫들은 반공이라는 새로운 뉴 메타를 등에 업고 친정에 복귀했었다. 정적인 뉴딜연합계 인사들이 빨갱이라는 딱지 앞에서 옴짝달싹도 못하는 사이, 이들은 그 누구보다 강경한 언사를 퍼부으며 오히려 당권에 도전하고 있었건만. 이제 다시 이빨을 들이밀며 달려드는 이들과 목숨을 걸고 싸워 민주당을 지켜야만 했다. 자신들의 생존을 위해서라도.

"안녕하십니까. 인터뷰에 응해주셔서 감사합니다."

"별말씀을."

섬너 웰즈. 불미스러운 스캔들로 정치생명이 끊겼지만, 그는 누가 뭐라 해도 손꼽히는 루즈벨트의 심복이었다.

"기자님께서 가장 궁금해할 이야기 먼저 꺼내지요. 예. 유진 킴은 분명 작고한 루즈벨트 전 대통령의 후계자를 자처할 만한 자격이 있습니다. 루즈벨트와 킴은 전쟁이 발발하기 전부터 히틀러의 야욕을 인지하고 있었고, 추후 세계 평화와 질서를 어떤 식으로 정리해야 할지 끊임 없는 의논을 나누었습니다."

그리고 폭탄이 떨어졌다.

"그러니까, 차관님께서는……."

"킴이 아니면 대체 누가 루즈벨트의 꿈을 잇고 스탈린과 맞서겠습니까? 스탈린은 명백히 유진 킴을 두려워했습니다. 빨갱이와의 싸움에서 승리를 쟁취할 만한 인물이 군을 그만둔 것은 무척 안타까운 일이지만, 그의 재능은 결코 군사에 국한되지 않습니다."

웰즈의 인터뷰가 다시 한번 언론을 타고 전국을 강타하자, 민주당의 내분은 이제 새로운 단계에 접어들었다.

"지금이라도 방향을 재설정해야 합니다! 킴을 대선 후보로 추대하고 반공을 내세우던 맥아더를 심판해야 한다는 정권심판론으로 판을 바꾸면 이길 수 있다고요!"

"그 작자는 맥아더보다 훨씬 더 깜둥이를 감싸도는 자식이란 말이오. 남부 주의 권리를 보장해주겠다는 확약이 없으면 절대 그를 받아들일 순 없습니다!"

"추대는 무슨 추대입니까. 루즈벨트의 후계자를 자처한다면 우선 당원들의 마음을 얻고 경선에서 승리부터 해야지."

민주당이 불타오를 때. 공화당 또한 함께 불타오르고 있었다.

"조지프 매카시 의원은 애초에 민주당원 아니었습니까? 혹시 민주당에서 보낸 프락치 아닙니까?"

"당적을 옮긴 것도 모자라 옮긴 직후부터 대통령 흔들기라니. 정권 교체에 성공하면 민주당으로 다시 복귀할 음모가 아니었나 하는 의심이 드는군요."

"저는 오직 이 나라를 빨갱이들로부터 지키려 했을 뿐입니다!"

가장 먼저 매카시가 매달렸다. 공화당은 언제 그랬냐는 듯 모든 내부총질의 업보를 매카시 개인의 일탈로 떠넘길 작정이었고, 매카시는 이 파상공세 앞에 맨몸으로 내던져졌다.

"다들 속고 있습니다! 내가 이 명단을 까는 순간 간첩들이 도처에서 봉기해 이 나라를 무너뜨릴 겁니다!"

"이봐, 헛소리 그만하고 그 잘난 명단을 공개하기나 하라고."

"아니면, 킴 대원수가 빨갱이라도 되나?"

"…그렇소."

"뭐?"

그리고 그는 멈출 수 없는 폭주기관차였다.

"유진 킴의 사상에는 명백히 수상한 점이 있습니다! 스탈린과 그토록 긴밀한 이가 군부의 수장으로 재임하고 마침내 중국의 절반을 바치기에 이르렀습니다. 이 비미국적, 친소적 행동에 대한 증언이 있어야 합니다!"

"미친 새끼! 지금 네놈이 무슨 말을 지껄이는지 알고나 있어?"

"루즈벨트! 그리고 그 뒤를 이은 월레스! 이 둘에게 중용되고, 군인의 몸으로 외교에 깊숙이 관여한 이가 친소 용공 좌익분자가 아니라는 게 더 이상한 이야기입니다. 빨갱이 역병의 근원지 국무부와 사적으로 밀착해 있던 유진 킴 또한 그 사상을 면밀히 검증해야 할 것입니다."

온 사방에 콧수염을 기르고 완장을 찬 매카시 풍자화가 떠돌아다니고 있다. 사방에선 그 '국무부 간첩 명단'을 공개하라는 압력이 거세지고 있었고, 조만간 강제성을 가진 법적 집행이 이루어지면 그는 거기서 망한다. 따라서, 승부수를 던져야만 했다.

"유진 킴, 그리고 그의 영향을 오래도록 받은 군부야말로 우리가 그토록 찾던 간첩의 근거지일지도 모릅니다. 그는 그 누구보다 전체주의에 해박하고, 상명하복을 당연시하고, 퇴임사에서 의회를 능멸하기까지 했습니다. 민주주의를 파괴하려는 의지를 피력한 것은 저와 같은 애국자가 아닌 유진 킴 본인입니다!"

선홍색 연구 4

전쟁에 뛰어들 때 무엇보다 중요한 것은 당연히 적과 아군을 구분하는 일. 내가 상대해야 할 매카시와 그 친구들, 극단적 반공주의자들은 결국 정치인이다. 군인이 보급을 받아야 싸울 수 있듯, 이들에게 보급을 해주는 이들을 알아내야만 보급선을 자르든 뭘 하든 할 것 아닌가.

가장 먼저 언론. 전설적인 신문왕이자 캘리포니아 최강자 중 한 사람인 윌리엄 랜돌프 허스트, 그리고 그가 가지고 있는 무수한 언론은 반공 성전을 목청껏 떠들었다. 본래 진보주의자였던 허스트는 시간이 흐를수록 점차 우경화되었고, FDR과 뉴딜에 대한 지지를 끝으로 이제 완벽한 반공 투사로 변해 있었다. 대공황이 허스트의 기둥뿌리를 뽑아버렸지만 그래도 부자는 부자. 망해도 3년은 가는 법이다.

이 막강한 언론제국을 위시한 보수 우익 언론들은 매카시의 가장 든든한 나팔수였고, 그렇지 않더라도 매카시와 그 일당의 언행 하나하나가 판매부수와 시청률을 출렁거리게 하는 만큼 언론은 매카시의 가장 큰 무기가 되었다.

내가 수십 년 전 알차게 써먹었던 타블로이드지 《더 선》 또한 포드 영감의 중개로 허스트 왕국의 파워를 빌려 썼기에 그만한 위력이 나왔었다. 그때의 인물들이 죄 저승으로 떠난 지금, 《더 선》을 내 무기처럼 꺼내 쓰는 건 불가능하다. 애초에 내가 그때부터 언론에 빨판이 있었다는 게 까발려지면 매카시의 저 재미난 개소리보다 몇 배는 더 타격일걸?

종교계는 조금 복잡하다. 보수적 성향이 강한 가톨릭교도들은 반공주의를 강력하게 지지했으며 핵심 표밭이 되었다. 가톨릭 신앙으로도 유명한 케네디 가문 또한 매카시의 지지 세력이기도 하고.

반면 반공 정서에 의해 도입된 '주요 관료직, 선출직 임명시 반드시 미합중국에 충성 맹세를 해야 함.' 조항 때문에 교리상 직격탄을 맞은 여호와의 증인 같은 종파는 하루아침에 사회 주요 직책에서 추방될 판이 되었다.

이들의 교리에 대한 호불호는 둘째치고, 겨우 몇 년 전 유대인들과 함께 가스실로 끌려간 공포가 남아 있는 이들로서는 그야말로 생존의 문제로 느껴질 법했다. 그리고 무신론자들. 공산주의를 잘 모르는 사람들도 '종교는 인민의 아편'이라는 말은 다 알듯, 무신론자들은 이 험악한 분위기 속에서 너 혹시 빨갱이 아니냐는 비방을 밥 먹듯이 듣게 되었다. 이들 또한 내 편이라 볼 수 있다.

너무 당연한 말이지만 참전 유공자단체와 재향군인단체, 보수 성향의 여성단체들 또한 반공주의의 선두를 달리고 있었다. 대강의 피아식별이 끝났으면 밥줄을 끊을 시간. 가장 먼저 내가 접촉한 곳은 너무나도 당연히 재향군인회였다. 아니, 접촉할 필요조차 없었다.

"매카시가 킴 대원수를 모욕했다!"

"미친 거 아닌가? 킴 장군님이 빨갱이라고? 차라리 히틀러가 빨갱이라고 하는 편이 더 믿을 만하겠다!"

"대원수께서는 장병들 목숨만큼이나 돈을 사랑했다. 그런 사람이 무슨 놈의 얼어죽을 공산주의자냐!"

"히틀러가 인정한 민주주의자가 킴 장군님이시다! 콧수염 새끼의 유서라도 읽고 와라, 이 빌어먹을 놈아!"

내가… 내가 아무래도, 헛살지는 않은 모양이다. 뭔가 중간에 이상한 말이 섞여 있지만 아무튼 감동이었다. 그 누구보다 반공 정서가 강렬하던 이들 퇴역 장병단체들은 매카시가 군을 향해 칼끝을 겨누기 무섭게 '히틀러와 싸운 우리가 새로운 히틀러를 따를 순 없다.'라며 역으로 매카시를 향해 날 선 공격을 퍼부었다.

장성이나 영관급 인사들이 민감한 건 당연한 일이다. 나는 웨스트포인트 시절부터 수십 년간 군에 있었고, 한정된 군 내 인사들 특성상 솔직히 다들 그 얼굴이 그 얼굴이다. 내가 진짜 빨갱이로 낙인찍히는 날엔 미국은 육군 출신 인사들만을 수용하는 교도소 한 채를 새로 지어야겠지.

하지만 몇 년간 전쟁터에서 싸우고 다시 생업으로 돌아간 병사들마저 곧장 반발하고 있었다. 이제 군대는 과거의 추억이 되었을 저들이, 나를 위해 나서주고 있지 않은가. 퇴역 장병들이 돌아서는 사이, 여성단체 또한 선회하기 시작했다.

우리 어머니와 도로시 모두 각종 사회 활동이나 부인회 등에 참여했었고, 특히 도로시가 저런 쪽에 관심이 많았었다. 전국의 여성단체를 모두 유턴시킬 만큼은 아니지만, 적어도 영향이 없지는 않았다.

우리가 인수했던 ABC 방송국은 이제 대놓고 매카시를 향해 날마다 언어의 총알을 쏴대기 시작했고, 유신이는 호스트와 접촉해 그들을 구슬리기 시작했다. 서로 샌프란시스코에서 한솥밥 먹던 사이인데, 이렇게 피할 곳도 없이 정면 충돌해버리면 진짜 둘 중 하나는 죽어야 하니까. 하나씩 매카시즘의 지지자들을 전열에서 탈락시킨 뒤엔, 당연히 공세 시간이다.

* * *

군부의 분위기는 극도로 흉흉했다. 육군참모총장으로서의 임기를 마치고 퇴역하는 맥네어의 퇴임사에만 보더라도 알 수 있을 만큼.

'저는 다행스럽게도 나이가 많고 원수직을 달지 못해 외압에 의해 퇴역당하지 않고 무사히 군복을 벗게 되었습니다. 참으로 감사한 일입니다.'

이런 상황이니 펜타곤의 가장 말단마저도 지금이 어떤 분위기인지 모를 수 없다. 유진 킴은 미국이 공격받고 있다고 했지만, 미국은 잘 몰라도 미군은 확실히 공격받고 있었다.

"어이, 물개들."

"왜, 땅개."

"지금 킴 장군님이 저 미친 매카시에게 뺨따구를 맞았는데 너희는 아무 생각이 없어?"

"땅개 싸움에 왜 우리까지 끌어들이려고 해?"

"여태까지 합참의장 하면서 예산 감축하자는 놈들 몸으로 때운 사람이 킴 장군이신데, 너희는 입 닦겠다 그거야? 물개 친구들은 꽥꽥대기만 잘하지 염치는 없나 봐?"

"씨발. 나한테 묻지 마. 윗선에서 어련히 하겠지."

"킴 장군 밟히고 나면 그다음은 맥아더 대통령이고, 대통령까지 나가리 나면 군축 확정인 건 알 만큼의 머리는 있겠지. 너무 땅개 일이라고 생각하지 마, 이 자식아. 우리 다음은 너희야. 장남 해군 보내면 뭐 해. 하여간 물개들 비열한 건 알아줘야 해."

"이 새끼가?"

이 험악한 분위기 속에서, 가장 먼저 얻어맞은 것은… 해병대였다.

"왜 우리가 욕을 먹어야 해?!"

"킴 장군님은 뭐 하나라도 개병대 놈들 챙겨주겠다고 합동참모본부에 꽂아주기까지 했는데, 개병대는 매카시로 보답했죠?"

"그 새끼가 해병대 나온 거랑 우리랑 무슨 상관이냐고!"

매카시는 자신을 백전연마의 베테랑이자 잽스와 용감히 싸운 해병이라

스스로를 내세웠고, 당연히 해병대 입장에서야 딱히 그걸 터치할 이유가 없었다. 하지만 가만히 있던 해병대가 심심하면 뺨을 맞자, 이들은 불평불만을 터뜨리는 대신 칼을 뽑았다.

"다 뒤져! 조지프 매카시의 복무 행적은 먼지 하나까지 다 털어서 뭐라도 잡아!"

"무조건 손절해야 한다! 그 새끼가 해병대의 위신에 먹칠하기 전에 우리가 먼저 조져야 한다고!"

"매카시가 복무하던 때 심심하면 자신이 제대하면 출마할 테니 뽑아달라고 입방정을 떨었답니다."

"사전 선거운동? 그건 좀 약한데. 다른 건 없나?"

"매카시가 선거 유세를 할 때 잽스에게 공격당해 부상을 입었다고 떠들어댔는데, 우리 측 기록에는 그러한 사실이 없습니다."

"부상을 입었다는 문서는 있지만 비전투손실… 그러니까 그냥 다친 거지 전상(戰傷)은 아닙니다."

"좋아! 그건 확실히 좋구만!"

매카시를 매장하기 위해 온 군이 뭉쳐서 야무지게 총알을 장전하고 있을 때, 다른 이들이라고 가만히 있진 않았다. 뒷방으로 물러난 리히 대원수가 다시 워싱턴 D.C.에서 목격되었다는 증언이 쏟아졌고, D.C에 자기 집이 있는 퍼싱은 최근 들어 군부 인사들과 함께 회동하는 일이 잦아졌다.

"내가 며칠 전에 밥 먹으러 나갔는데, 구석진 곳에 별이 아주 휘황찬란하더군."

"킴 장군이라도 있었나?"

"아니. 퍼싱 장군."

"거동은 하실 수 있나? 편찮으시다고 들었는데."

"근데 같이 있던 사람들이 진국이었네."

"그분이랑 같이 밥 먹을 사람들이면 당연한 일 아닌가."

"마셜과 드럼이 같이 있고 옆에서 패튼이 아주 얌전한 자세로 스테이크를 썰고 있더군."

"눈앞에 별이 16개 있는데 미친개도 눈이 부셨나 보지."

거동조차 힘든 퍼싱이 편히 집에 앉아 있는 것도 아니고 굳이 남들 다 보는 곳에서 외식? 대놓고 보여주기식이었다. 그리고 그때쯤.

[유진 킴의 일생을 되돌아보다!]

[지금 이 시대를 살아가는 이들이라면 읽어야 할 필독서!]

책이 발간되기 시작했다.

* * *

정치판은 결국 이미지로 굴러간다. 현생에 치여 사는 일반 서민들은 후보랍시고 나온 사람들이 떠들어대는 공약 하나하나의 현실성을 살피고, 내게 어떤 영향이 올지 따지고, 이 사람이 공약을 실천에 옮길 능력과 의지가 있는가… 이런 걸 전부 살필 겨를이 없다. 능력의 문제를 떠나 그런 걸 하기엔 이미 세상살이가 너무 힘겹다.

이러한 이미지 경쟁은 비단 정치뿐만 아니라 상품 팔아먹는 데도 적용된다. 내가 왜 이런 말을 주워섬기냐 하면… 책을 팔아먹기에 아주 좋은 환경이 조성되었다 이 말이다. 《유진 킴 평전》 같은 거창한 이름을 단 책부터 《히틀러를 물리친 유진 킴 리더십》 같은 손발 오그라드는 자기계발서까지, 우리뿐만 아니라 온갖 출판사에서 희한얄궂은 책을 일제히 서점에 던지기 시작했다.

매카시는 살기 위해 나를 빨갱이라고 몰았지만, 고맙게도 그 덕분에 전국의 신문, 라디오, TV가 입만 열면 유진 킴, 유진 킴을 떠들어주고 있잖은가! 홍보비를 안 써도 광고가 된다고! 숨만 쉬면 광고가 증식한다!! 그리고 샌—프랑코 출판사는 옛날 초심으로 돌아가 한 권의 책을 펴냈다.

[《모든 것을 끝낼 전쟁 & 아마겟돈 레포트》합본 지금 발매!]

[1914년, 웨스트포인트 교정에 앉아 미래를 내다본 위대한 선지자의 첫 걸음! 지금 서점에 입고!]

지금으로부터 수십 년 전. 해안포대에 짱박힌 폐품 소위로 끝나기 싫었던 나는 하나의 레포트, 그리고 하나의 소설을 썼다. 그리고 참 감사하게도 그 활자조합물들은 훌륭히 제 역할을 다해 나를 포드사와 연결지어주었고, 심지어 유럽에 파병 가는 데도 크나큰 역할을 했다.

레포트야 대중들보다는 D.C.의 정가와 군부, 외교계 등을 떠돌아다녔고, 소설 또한 판매량은 극히 미미했다. 안타깝게도 나는 글 쓰는 재주는 없는 것 같단 말이지. 하지만 지금… 전쟁영웅의 탈을 쓰고 화제의 중심에 오른 나라면 어떨까?

"책 재고 남은 거 없나요?"

"죄송합니다. 다 팔렸어요."

"이걸 유진 킴이 생도 시절에 썼다고? 전쟁 터진 뒤가 아니라?"

"사람의 발상이 아냐. 그는 신이야!"

물론 옛날 옛적 글인 만큼, 돈 벌자고 펴낸 책은 아니다. 굳이 따지면 내게 신비로운 예언자 겸 통찰력 만땅 이미지를 부여하기 위함이지. 그래. 결국 이 모든 지랄의 핵심은…….

[유진 킴, 수십 년 만에 마침내 신작!]

[그가 예측하는 미래! 이것이 미래 전쟁이다!]

[인류의 미래를 보고 싶거든 지금 서점으로 오라!]

스타 좀 팔아먹고 싶어서 이러는 거다.

몇 번의 반려 끝에 《스타 스트러글(Star Struggle)》이라는 참으로 멋대가리없는 제목으로 낙찰된 이 시리즈야말로 원래 내가 기획했던 새로운 수금 수단.

[유진 킴의 새로운 책은 SF 소설.]

[SF의 신지평을 열다! 전쟁영웅이 직접 집필한 미래 전쟁은 어떤 모습일까?]

[향후 애니메이션, 영화, 만화 등 다양한 방면으로 즐길거리 나올 것으로 기대돼.]

[이 책을 읽은 뒤 가장 먼저 해야 할 일은 샌—프랑코 관련주를 매수하는 것.]

크. 반응 좋고.

당연한 말이지만 좋은 서평을 받기 위해 사방에 한국인의 정을 듬뿍 먹여 놨다. 원래 이런 것도 다 홍보의 일환이라고. 그런데.

"킴 장군님!!"

"혹시 외계인과 접촉한 적이 있으십니까?"

"작중 나오는 독재자는 매카시를 뜻합니까?"

"아닙니다. 이 책은 모험심과 꿈이 가득한 어른과 아이들을 위해 썼을 뿐입니다. 어디까지나 소설은 소설로만 읽어주시면 감사하겠습니다."

[이제 깨달았다. 그는 우리의 상상력을 아득히 초월하는 존재다. 한 명의 머릿속에서 나온 상상이라고는 믿을 수 없다.]

[30년 전 대전쟁을 예언한 이가 이제 원숙해져 300년 뒤를 예언하고 있다. 어째서 지금 이 책을 보지 않는 건가?]

[이 작품에서 외계인은 중요하지 않다. 그보다 훨씬 중요한 건 외계인의 위협에 직면한 인류의 모습이다.]

[이건 예언서인가? 아니면 작금의 세태를 풍자한 풍자화인가?]

아니, 잠깐. 불이 이상한 방향으로 붙는데. 왜… 왜?

고증입니다

**소설가 동료인 아이작 아시모프(우측),
스파르그 드 캠프(중간)를 만나고 있는 하인라인(좌측)**

실제로 스타크래프트에 영향을 준 SF소설《스타십 트루퍼스》는 매카시즘이 거의 끝났던 1959년에 나왔습니다. 또한 이 소설의 작가 로버트 A. 하인라인(Robert A. Heinlein)도 미국 해군 장교 출신입니다.

2장
선홍색 연구 II

선홍색 연구 5

마침내 모습을 드러낸 이 궁극의 키메라 SF 소설은 대강 이러한 얼개를 선보이고 있다.

[수백 년 뒤, 지구는 거대한 전체주의—독재정 국가의 손에 통일된다. 이들은 반대파와 '열등 인종'들을 무자비하게 숙청하고 학살하지만, 일부 뜻 있는 소수가 이 독재 국가의 손아귀를 피해 우주 저 너머 신천지로 도망친다.

이들 탈출자들은 새로운 행성에서 새로운 문명을 일구었지만 저마다 사상과 이념, 정치적 차이 등으로 인해 여러 나라로 분열되고, 그중 가장 강력하던 '테란 연합'은 민주 국가에서 중우 정치로 타락해 온 우주에 폭정을 자행한다.

그러던 와중 정체불명의 두 외계 종족이 갑작스레 나타나 인류를 위협한다. 연합에 저항하던 반란군 수장 '멩스크'는 외계인 침공이라는 극한의 위기상황에서 놀라운 선동 능력을 선보이며 연합을 무너뜨리는 데 성공한다.

하지만 그는 혁명의 동지들을 배신하고 새로운 국가 '테란제국'의 황제로 즉위한 뒤 연합보다 훨씬 더 음험하고 악랄한 폭정을 펴기 시작하고, 맹스크의 옛 동지였던 '레이너'는 진정한 민주 국가를 건국하기 위해 저항군을 결성하는데……]

뭔가 많이 짬뽕되었다. 그치만 애초에 이 판을 벌였던 이유가 뭔가. 딱지에 버금갈 만큼, 최소 10년 이상은 쪽쪽 빨아먹을 힘 세고 오래가는 IP를 확보하기 위함 아니었던가.

게임 좀 발매하고 끝난 원판과 달리, 우리는 사골 우려먹듯 프랜차이즈를 길게 뽑아야 하니 당연히 스토리도 변주가 들어야지. 어린이와 그 부모의 호주머니에서 돈을 쏙쏙 빼먹는 데 특화된 샌―프랑코 출판사의 싱크탱크는 이제 딱지 치며 자라난 어른이들의 돈을 빨아먹는 데도 재주가 있었다.

"장군님께서 말씀하신 부분에서 이 부분은 조금 이해가 잘 가지 않습니다."

"장군님이라고 부르진 마십쇼. 군인도 아니고 민간인 여러분들이 왜 저보고 장군님이라 하십니까."

"그, 고문님. 이 부분을 이렇게 고치면 좀 더 매출이 늘 것 같습니다."

"아주 훌륭하십니다. 당장 그렇게 하시죠."

원래 추방당한 죄수들이 머나먼 행성에서 새롭게 시작한다는 설정은 미국인의 취향에 맞게 '자유와 신천지를 찾아 떠난 민주주의자들'로 고쳐졌고, 그 외에도 다양한 부분에서 개조와 개선이 이루어졌다. 이러니 사실 내 역할은 초안을 던져준 시점에서 끝났다 봐도 무방하다.

그리고 책이 시중에 풀리기 무섭게, 반응이 쏟아졌다.

"킴 장군님. 혹시 이 책에 나온 내용 중 실제로 군에서 연구 중인 미래 무기체계가 포함되어 있습니까?"

"본 작품에 열거된 것들은 모두 과학적 고증을 거치지 않은 순수한 상상에 불과합니다."

이쯤이야 당연히 예상했다.

"외계인과 접촉한 적이 있으십니까?"

"군사 기밀로 지정된 것들 중 외계인을 대중에게서 격리하기 위한……."

"외계인은 없습니다. 만화를 너무 많이 보신 모양인데, 이건 그냥 소설입니다, 소설."

이것도 뭐, 그럴 수 있다. 이 나라에 음모론자들이 어디 한둘인가.

"외계인은 또 뭐고 그 외계인의 창조자들은 뭡니까. 유진 킴 장군, 지금 하나님을 부정하시는 겝니까?"

"저는 독실한 신앙인이며 하나님의 역사하심을 결코 부정하지 않습니다. 소설은 어디까지나 소설입니다."

"그러면 어째서 이 글 어디에도 하나님이 거론되지 않습니까? 이런 불량한 소설을 읽으면 자라나는 아이들의 신앙심에 해롭습니다! 규제가 필요해요!"

"미켈란젤로가 바쿠스(Bacchus, 디오니소스)를 조각했다고 해서 그가 이교도가 됩니까? 그 논리대로라면 라틴어 수업 시간에 줄리어스 시저를 공부해도 이단이 될 것 같은데요?"

너무나도 당연히 예상했던 질문이었다. 딱지 팔아먹을 때도 불신자라고 얼마나 쥐어터졌는데. 이쯤은 거뜬하다. 하지만 다른 건 좀 아팠다.

"킴 장군님, 히틀러의 《나의 투쟁》과 이 작품의 연관성에 대해 설명 부탁드립니다!"

"뭐라구요?"

이건 또 무슨 자다가 봉창 두드리는 소린가. 뒈진 짝불알이 왜 여기서 나와. 서태지 노래 거꾸로 들으면 사탄의 목소리가 나온다는 뭐 그런 건가?

[《나의 투쟁(Mein Kampf)》은 영문으로 《My Battle》 또는 《My Struggle》로 번역되었다.]

[《스타 스트러글》의 약자는 SS다. 이는 명백히 나치 친위대의 약자이기

도 하다.]

[작중 지구에는 홀로코스트를 자행하는 사악한 독재국가가 들어섰고, 이는 명백히 나치 독일에서 모티브를 따온 것으로 보인다……]

아니, 아니 시발. 이게 대체 무슨 소리야. 음모론도 이런 음모론이 또 어딨어?

"예? 그게 히틀러 모티브가 아니었단 말씀이십니까?"

"갑자기 그 빌어먹을 히틀러 이야긴 또 왜 나옵니까!"

하지만 나는 믿는 도끼에 발등을 찍히고 말았다. 눈물이 핑 돌 것 같다. 으악, 이건 너무 아프다.

"저희 모두 장군님, 아니 고문님의 초안을 보자마자 당연히 히틀러를 떠올렸으니까요. 독재정, 학살, 선동, 정권 탈취, 정복 전쟁. 전부 히틀러 아닙니까?"

그게 그렇게 된다고? 나는 당장에라도 이 얼빠진 놈들의 쪼인트를 까고 '네놈들은 다 해고야!'를 외치고 싶었지만 이미 기차는 떠나버렸다.

"하하하. 저는 특정 인물 혹은 사상을 거론할 생각은 없습니다. 하지만 이 글을 읽으시는 독자 여러분들이 어떤 사악한 누군가의 그림자를 떠올린다면 작가로서 이를 부정할 수는 없지요."

"역시!"

"그렇다면 킴 장군께서는 나치가 승리하는 미래를 보셨습니까?"

"그을쎄요. 작가로서 작품에 내포된 의도를 직접 떠드는 것만큼 어리석은 일은 없다고 생각합니다."

미안하다. 작품에 내포된 의도 그런 거 없다. 애초에 미래에 발매된 작품을 본따 쓴 물건인데 의도고 나발이고가 있을 리가. 딱 하나 의도가 있다면, 돈 좀 많이 벌고 싶었을 뿐이다. 금에 대한 탐욕을 작품에서 읽어냈다고 하면 정답이다.

하지만 대중들은 전혀 그렇게 생각하지 않았다. 이른바 지식인들, 교양인들, 오피니언 리더라는 양반들부터가 전혀 이상한 방향으로 주둥아리를 털었기 때문이다.

"이 작품이 의미하는 바는 너무나 뚜렷합니다. 대원수의 퇴임사를 읽은 뒤 이 책을 읽으면 장님이 아니고선 모두가 알 수 있지요. 민주주의는 항상 음모가들에게 위협받는다는 사실이지요."

"작중에 나오는 멩스크 황제는 누가 봐도 매카시 아닙니까? 제가 봤을 땐 이건 소설의 형식을 빌린 단순한 마타도어에 불과합니다."

"전혀 동의하지 않습니다. 매카시 의원이 본격적으로 대두된 이후의 그 짧은 시간 동안 이런 작품을 저술하기란 물리적으로 불가능합니다. 킴은 오래전부터, 아마 히틀러와 싸우면서부터 민주주의를 위협하는 이들에 대해 고찰해 왔을 겁니다. 그 누구보다 파시즘과 대중 선동에 민감한 그였던 만큼 곧바로 그의 위험성을 간파한 셈이겠지요."

내가 그딴 거 떠들라고 당신들한테 맛 좋은 사과 상자 하나씩 챙겨준 줄 아나? 매카시는 좀 잊으라고! 내 애타는 마음을 아는지 모르는지, 라디오에서는 이 책알못 놈들이 서로 티키타카하듯 아주 우주 저 끝까지 승천하고 있었다. 버즈와 우디도 저렇게 멀리 날진 못할 텐데.

"작중에 나타난 두 외계인 또한 명백히 은유라고 봐야 합니다."

"그렇지요. 멩스크는 외계인의 위협을 명분으로 집권했습니다. 오직 단 하나의 의지만이 지배하는 외계인 말이지요. 이 또한 작중에서 끊임없이 반복되는 독재 국가를 뜻하는 것으로 보입니다. 권력자의 지배를 받은 끝에 개인의 사고와 지성마저 박탈당하는 결과를 보여주는 셈이지요."

"오직 총통의 의지만을 추종하던 나치, 크렘린에 절대 복종해야 하는 공산당. 둘 모두 충분히 외계 세력의 모습과 유사합니다."

그만해. 뒈진 히틀러는 몰라도 스탈린은 진짜 쫌생이라고!

강철의 대원수는 실제로도 밴댕이 소갈딱지지만, 그놈의 위신이 실추되면 소련이라는 나라가 삐그덕거리는 것도 사실인 만큼 제 위신 관리에 예민해질 수밖에 없다.

내가 괜히 청문회 같은 데 나가서 의기양양하게 천마신공을 선보이며 '이 스탈린 친필 서명이 들어 있는 《자본론》을 팔아먹겠습니다! 이것이 바로 캐피탈리즘 앞에서 공산주의고 나발이고 없다는 진정한 티배깅입니다!'라고 안 떠드는지 알겠는가?

스탈린 사후 격하운동이 벌어진 뒤라면 모를까, 전제 독재자를 일부러 엿 먹이고 조롱하는 건 어떠한 이득도 없다. 진짜 각 잡고 소련 체제를 뒤흔들 작정으로 덤벼든다면 당연히 그 짓을 하겠지만 말이다.

내 예상보다 불길은 아주 멀리멀리 퍼져나가고 있었고, 나는 하루아침에 인간들에게 불과 방화와 파괴와 쥐불놀이를 알려준 프로메테우스가 되었다. 그러니까 브래들리가 잔뜩 골이 난 채 달려온 건 절대 내 탓이 아니다.

"소원대로 은퇴했더니 아주 얼굴에 윤기가 반질반질하네?"

"나, 나는 아무 짓도 안 했어! 뭔진 모르겠지만 내가 잘못했어!"

"온 사방에서 네가 쓴 소설에 나온 기술을 지금 미군에 접목할 순 없나고 난리들이야. 평생 군대라고는 근처에도 안 가 본 놈들이 껄떡대면서 이걸 왜 못 하냐고 찔러보고 있거든."

"그, 그래?"

녀석의 푸근한 웃음이 어째 전혀 푸근해 보이지 않는다. 입꼬리가 바들바들 떨리는 건 절대 무언가를 참고 있어서가 아니라 그냥 늙어서 근육이 약해졌기 때문이겠지.

"네가 조직한 로켓 연구 부서에 투입된 독일인들, 전부 짤렸다."

"왜? 걔들이 지금 세계에서 제일 로켓 쪽으로 똑똑한 애들인데?"

"어떤 못된 놈이 이 미국에 나치 잔당이 침투해서 독재국가를 만들려고 한다고 요란하게 떠들어댔거든."

…폰 브라운 씨. 지켜주지 못해서 미안해. 그치만 난 이제 아무 힘도 없는 민간인이걸랑. 아니지. 아니야. 이건 순전히 히틀러 밑에서 일했던 본인

업보가 터진 거잖아. 대놓고 망명 받아주는 대신 몰래 밀수하듯 나치 과학자 수입해 온 건 내 윗선이었고.

따지고 보면 내 잘못은 전혀 없는 거 아닐까? 약간 부수적인 피해가 있긴 했지만, 이 불길에서 우리 매카시 의원님이 내뺄 수 있으면 탈룰라의 신이라고 인정해줄 수 있다. 재주껏 살아 보시지.

* * *

"이보세요. 이게 지금 나 하나만의 문제로 보이십니까? 우리 모두가 저 빨갱이들의 음모를 저지해야만⋯⋯!"

— 나는 킴 장군이 빨갱이라고는 추호도 생각하지 않습니다. 빨갱이들을 몰아내는 건 당연한 일이지만, 애국자를 빨갱이로 몰 정도로 나는 미치지 않았습니다.

딸깍.

또 전화가 끊겼고, 매카시는 신경질적으로 수화기를 던졌다.

"개자식들! 이 개자식들!!"

얼마 전까지만 해도 자신더러 이 나라를 지킬 유일한 인물이라며 입에 침이 마르도록 떠들어대던 놈들. 그놈들이 전부 가라앉는 배의 쥐새끼처럼 도망치고 있었다.

"이보시오, 나 매카시요. 지금이라도 군부에 목줄을 채우기 위한 초당적 협력이⋯⋯."

"이 나라가 빨갱이들에게 위협받고 있단 말입니다!"

"어떻게 지킨 이 나라입니까? 이러다 군부가 쿠데타를 일으킬지도 몰라요!"

하지만 대답은 돌아오지 않았다. 그는 철저하게 고립되고 있었다. 오히려 그를 매달아버리기 위한 밧줄이 천천히 다가오고 있었다.

"매카시 의원님. 청문회에 참석해주셔야겠습니다."

"청문회? 나를?"

"그렇습니다. 의원님께서 주장하셨던 국무부 205인 간첩설에 대한 증거를 제출해주셔야 합니다."

"그러니까 그건… 그건……."

애초에 그런 명단은 없다. 숫자도 57명, 81명, 205명, 400명 등 제멋대로 출렁출렁했는데 무슨 놈의 명단인가. 고작 군인 하나 때렸다고 이 지경이 되었다고? 믿을 수 없다. 오히려 걸어다니는 권력기관인 상원의원을 궁지에 몰 정도라니, 이것이야말로 민주주의가 위협받고 있다는 증거가 아니고 또 무엇이겠는가.

"아, 의원님. 죄송합니다. 청문회가 한 건이 아니시군요. 육군 내부 간첩설에 관해서도 증언해주셔야 합니다."

이기면 된다, 이기면. 유진 킴을 잡아먹고 나면 차기 대선 후보도 꿈이 아니리라. 매카시는 위스키병을 번쩍 들고 병나발을 불며 굳게 다짐했다.

선홍색 연구 6

워싱턴 D.C.의 칼바람은 날이 지나도 잦아들 줄을 몰랐다.

"유진 킴을 백악관으로!"

"위대한 선지자에게는 백악관이 가장 어울립니다!!"

"히틀러, 스탈린, 매카시! 이들 모두를 쳐부수고 민주주의를 지킬 인물은 오직 위대한 영웅 유진 킴뿐입니다!!"

누가 먼저랄 것도 없이 각계각층에서 유진을 대선 후보로 내세워야 한다는 목소리가 나오기 시작했다. 누군가는 《스타 스트러글》에 삽화로 실린 우주 해병이 엉클 샘 자세를 취한 포스터를 제작했고, 그 아래엔 대문짝만하게 '유진 킴에게 투표해 자유를 지킵시다!'라는 글귀가 새겨져 있었다.

"여론조사 결과 킴 대원수가 우리 당 후보로 출마할 경우 맥아더의 지지 기반을 송두리째 잡아먹을 수 있다는 결과가 도출되었습니다. 당장 킴과 접촉해야 합니다!"

"맥아더 대통령은 군 출신 대통령의 한계를 고스란히 드러냈습니다. 유진 킴 또한 군인입니다."

"그자가 당선되면 가장 먼저 누구에게 칼을 들이대겠습니까?"

민주당 내 소수파들은 대의원들을 끌어들여 전당대회에서 유진 킴을 선출해 보자는 계획을 짜기도 했지만, 돌아온 딕시크랫들은 그랬다간 다시 한번 당이 분열될 것이라고 공공연히 경고하고 다녔다. 반면 공화당의 분위기는 묘하게 돌아가고 있었다.

"아무리 킴이 경쟁력 있는 후보라지만, 엄연히 현직 대통령이 우리 당 소속이잖습니까?"

"상식적으로 생각해 봅시다. 두 사람의 사이를 모르는 사람이 누가 있소? 당연히 서로 소통이 끝났겠지."

"혹시 모를 일입니다. 킴이 대통령을 지지한다고 성명문을 낼 수도 있지 않겠어요?"

"그럴 거라면 이렇게 판을 키울 이유가 전혀 없지."

"백악관이 침묵하고 있는데, 두 사람의 관계가 어딘가 어긋난 건 아닐지……."

"그렇다면 당장 백악관에 확인부터 해야 합니다."

그리하여 공화당에서도 입지 높은 몇몇 의원들이 조용히 백악관을 찾아갔다. 보통 이런 건 심복을 거쳐 은밀하게 서로 의사를 타진할 텐데, 여전히 군인 물이 덜 빠져서일지 아니면 그만큼 중대한 문제여서일지 맥아더는 직접 대면을 원했다. 대중들에게 오픈한 명분은 국정 관련 협의였으나 어차피 그걸 몇 명이나 믿겠는가.

"대통령 각하. 유진 킴을 차기 대통령으로 선출해야 한다는 여론이 빠르게 확산되고 있습니다."

"나도 잘 알고 있소."

"특히 그가 민주당으로 출마할 경우……."

"내가 낙선하겠지. 호소력 있는 지지층이 상당히 겹칠 테니까."

그리고 그는 의원들이 입을 열기 전, 마치 기다렸다는 듯 선제적으로 움직였다.

"지금 그 무엇보다 중요한 것은 우리 당의 승리라 생각하오만. 그대들은 어찌 생각하시오?"

"재임 중인 대통령이 연임에 도전하는 것은 지극히 당연한 일입니다."

"말 돌리지 맙시다. 그동안 내게 총을 겨누던 이들은 야당에만 있는 게 아니잖소."

잠깐 어색한 침묵이 흘렀다. 당장 저 매카시만 하더라도 민주당 소속인가? 아니잖은가. 아무리 의원 개개인의 권력이 어마어마해 통제가 어렵다고는 하지만, 숫자와 짬밥으로 고삐 풀린 망아지처럼 날뛰는 초선 의원 하나를 통제하지 못했다는 것부터가 웃기는 이야기.

"그렇습니다. 각하께는 참으로 면목이 없지만, 우리가 선거에서 그나마 상원을 붙들 수 있었던 것은 당이 일사불란하게 각하를 엄호하는 대신 일부가 저 반공 정서의 흐름에 올라탔기 때문입니다."

맥아더 대통령 지키기 하려다가 하원이고 상원이고 다 내줄 순 없잖느냐? 그나마 거리두기를 했기 때문에 이만큼이라도 온존하지 않았는가. 맥아더는 이 정치 괴물들에게 도리나 의리 따위를 떠들어 봐야 어떠한 감흥도 없으리란 사실을 누구보다 더 잘 알고 있었다.

"내가 공화당 밥을 먹은 지가 10년이 훌쩍 넘었는데도 이런 꼴을 당했소. 그런데 외부 인사를 영입해 대선 후보로 앉힌다면 어떤 일이 벌어질지 뻔하지 않소?"

"두 번 다시 그런 일은 없을 겁니다."

"그걸 내게 말하면 안 되지."

"매카시 의원을 일벌백계하여 당의 기강을 바로 세우겠습니다."

"이미 그놈의 운명은 결정 났잖소. 그것도 우리 당원도 아닌 사람의 손으로."

맥아더는 파이프를 입에 문 뒤 고개를 젖혀 의자에 머리를 기댔다. 의원들은 그 모습을 보고도 아무도 무어라 먼저 입을 떼지 못했다. 이 기묘한 대치는 맥아더가 담배를 다 피울 때까지 계속되었다.

"…킴과 이야기는 해보았소?"

"먼저 각하의 의중을 여쭙는 게 순서라고 보았습니다."

"말은 번드르르하군."

공화당과 유진 킴을 잇는 파이프라인은 바로 더글라스 맥아더. 물론 이제 리처드 닉슨 하원의원이라는 새로운 파이프가 생겼지만, 이는 아직 극소수만이 알고 있는 극비. 당내 불만분자와 잠재적 역도들을 색출하려면 그의 존재는 아직 드러나지 않아야 했다. 그리고 닉슨이 존재하지 않아야만 아직 맥아더의 몸값이 유지될 수 있기도 했고.

"당신들이 듣고 싶은 말을 해줘야겠군. 킴이 지지를 선언하는 후보가 누구든, 나 또한 그를 지지할 준비가 되어 있소."

"당에서도 가장 좋은 모양새가 나오도록 판을 짜겠습니다."

"이번에도 헛된 꿈을 꾸었다가는, 4년 만에 여야가 뒤집히는 꼴을 보게 될 게요."

"절대 그럴 일은 없을 겁니다. 염려 마시지요."

의원들은 맥아더의 말을 이렇게 해석했다.

'나 맥아더가 유진 킴의 지지 선언을 받아낼 경우 군말하지 않고 내 연임을 위해 모든 힘을 다 쏟아라.'

그리고 이 노괴들은 곧장 그 뒤에 있을 수 또한 파악했다.

'아직 맥아더와 킴은 의견의 일치를 본 건 아니군.'

'두 사람이 이미 단일한 의견을 공유하고 있다면 이런 미적지근한 말을 꺼낼 리 없다. 하지만 아직 둘이 완전히 갈라진 것도 아냐. 적어도 대통령은 협상의 여지가 있다고 생각하고 있군.'

'킴이 민주당에 가기로 결심했다면 당장 대통령이 먼저 전쟁을 준비했을 게 틀림없다. 반면 킴이 맥아더를 무시하고 공화당 후보가 되길 원했다면 진즉 누군가와 접촉했겠지.'

그들은 속았다. 유진과 그 일당이 파 놓은 함정 속으로 달려들었다. 조금만 더 냉정하게 보았다면, 더 멀리서 관조했다면 다른 가능성을 발견했으리라. 그들은 그만한 능력이 있어서 이 D.C.에 남아 있는 사람들이니. 그러나.

'누가 봐도 대원수는 백악관에 가려는 의지로 충만하다.'

'맥아더에게 4년을 더 양보할 린 없다. 그의 몸값이 절정에 이른 시점은 바로 지금이니까.'

퇴임사를 사실상의 선전포고로 장식하고, 전국을 활활 불태우며 여론을 휘어잡고, 곳곳에서 거대한 세력을 일구고 당장이라도 정치판에 뛰어들 듯 요동치는 저 모습을 보면서. 설마 유진 킴에게 출마 의사가 없을지도 모른다는 발상은 이들이 도저히 떠올릴 수 있는 개념이 아니었다.

* * *

FDR이 구축했던 뉴딜연합. 참으로 막강했던 이 연합은 애초부터 결말이 정해져 있던 불과 물의 결합, 히틀러와 스탈린의 동맹, 나와 불의(不義) 같은 관계였고, 그 괴물 같은 루즈벨트조차 온갖 땜질 처방으로 근근이 그 미묘한 핵융합 시스템을 유지하는 데 그쳤다. 전에도 말했지만, 탑골공원 할아버지와 진성 빨갱이 공산주의자를 동시에 지지자로 보유하는 건 그 인간만이 할 수 있던 묘기다.

하지만 월레스의 처참한 말로를 보면 알다시피, 그건 신의 영역에 이른 정치인이 온갖 더티 플레이와 비합법, 편법을 동원해야만 이룩할 수 있는 길. 우리가 짜올려야 할 새로운 지지세력은 그보다 파괴력은 줄어들지언정, 더욱 안정적인 모습을 갖춰야만 했다. 한탕만 하고 빠질 거였으면 내가 백악관 들어갔지. 망할.

'개입주의적 성향의 자본가, 금융가'

'군인'

'중산층'

'유색인종'

'진보적 시민'

이게 바로 아이크가 확보해야 할, 나아가 뉴 공화당이 확보해야 할 지지 계층. 보다 구체적으로 말하자면, FDR의 뉴딜 연합에서 가톨릭교도와 딕시들을 빼고 군인을 추가하면 딱 이 모양새가 나온다. 지금 민주당과 공화당 모두 개입주의자와 고립주의자가 골고루 섞여 있다. 아직 특정 당의 당론으로 굳혀지지 않은 셈.

하지만 미국의 패권은 이미 기정사실이고, 그에 따라 고립주의가 발 디딜 곳은 점차 사라질 것이다. 따라서 개입주의 아젠다를 선점하면 짭짤한 이득을 거둘 수 있겠지.

군인은… 군인이다. 공화당이 군인 지지 잃으면 혀 깨물고 죽어야지. 매카시는 새 시대로 나아가기 위한 산 제물이다. 내가 저놈 모가지 하나 비틀고 치울 거였으면 난리도 안 쳤지. 나의 원대한 계획. 그것은 바로…….

"유진 킴이 탐내는 거면 당연히 돈이지."

"크헤헤, 그렇지. 존나 많은 도… 야. 왜 끼어들고 난리야."

"어허. 지지자가 벌써 대선 후보의 위엄을 깎으려 하다니."

아이크는 거울갑옷 장착한 하후돈이라도 되는 듯 무적의 반사능력을 얻게 되었다. 대선 후보가 아주 벼슬이지 벼슬이야. 실제로 거울처럼 반짝반짝하니 딱히 틀린 말도 아닌 것 같다.

"대선 후보를 꿈꾸고 계시면 그, 지지자를 실망케 하는 일은 자제해주셔야 하지 않을까요?"

"아니지. 넌 그냥 니가 출마하기 싫어서 고기방패 내세우는 거잖아. 후방에서 펜대 굴리는 놈이랑 야전에서 뛰는 놈 중에 누가 더 우선권이 있어야 해?"

"마셜한테 다 일러바쳐야지. 슨배임 전상서. 아이크는 후방을 괄시함니다. 혼내주세요……."

"하여간 말로는 죽어도 안 지려 하지. 이 자식아, 진짜 비선이나 상황 노릇하려 드는 날엔 그날로 미 육군에 별 11개가 사라지는 거야. 내 말 명심해!"

"숫자가 왜 그리 애매해."

"내가 널 쏴죽이고 빵에 갈 테니까."

어메 무서운 거. 갑자기 아이크가 권력욕에 눈을 떠서 저러는 건 아니다. 저놈이 얼마나 교활한 인간인데. 전생에 도쿠가와 이에야스였든가 아니면 그보다 더 지독한 희대의 존버맨이었을 게 틀림없다.

아이크의 심모원려. 저놈이 자꾸 저딴 식으로 입을 터는 이유는, 조용히 2선으로 사라지려는 나를 붙잡기 위함이다. 대선 후보쯤 되면 스스로 빛을 발해야 하는데, 내가 옆에 있으면 아무래도 조명이 분산되기 마련. 그래서 무대에서 내려가고 싶었지만 저 친구는 잘도 내 심리를 꿰뚫어 보고는 당당하게 판에 끼어서 지분 챙겨 가라고 저리 띠껍게 말하고 있는 것이다.

"왜? 꼽냐? 꼬우면 니가 출마해."

…어쩌면 그냥 내가 틀렸고 말년에 저 녀석이 권력욕에 눈뜬 것일지도 모른다. 두고 봐라. 땡하고 선거 끝나는 순간 나는 하와이로 떠날 테니. 니가 가라 하와이…….

아무튼 빨갱이무새들의 피와 눈물을 먹고 자란 매카시조새는… 그러니까, 그, 그, 불타는 미국과수원을 배경으로 한껏 흉폭해져 페이즈 2에 돌입하고 있었다.

"합중국의 민주주의가 그 어느 때보다 위기에 몰리고 있습니다! 모름지기 선지자는 스스로를 선지자라 칭하지 않는 법! 거짓 위협을 강조하고, 진짜 위협은 은폐하고, 다른 선지자를 이단이라 폄훼하는 저자가 어찌 선지자라 할 수 있겠습니까!"

"지금 이 순간, 남북 전쟁 이래 가장 국론이 분열되어 있습니다. 이는 명백히 단 한 사람의 음모에서 비롯되었습니다. 단 한 명의 군인이 이 나라의 여론을 흔들고 우리의 적이 웃을 만한 일을 벌인 것입니다 여러분!!"

꼴에 정치인이라고 활로 찾는 육감 하나는 좋았다. 개코네 개코. 우리는 이에 대한 응수로 매카시의 청문회를 연기해주었다. 물론 증언 연기 신청은 매카시가 넣은 것이지만, 그놈은 이게 받아들여지리라고는 꿈에도 생각하지 못했겠지. 아마 또 그놈의 상투적 레퍼토리대로 '빨갱이들이 그의 시간을 앗아갔다.'라고 주장할 셈으로 그냥 신청만 하고 봤을 거다.

하지만 우리는 선선히 오케이해주었다. 매카시에게는 약간 더 시간이 생겼다.

"연설 준비는 좀 어때?"

"미치겠는데."

그리고 나는 청문회가 시작되기 전, 아이젠하워라는 이름의 폭탄을 한 번 더 매카시의 정수리에 내리찍어줄 작정이다. 아이크의 등판과 매카시 비판—청문회—견책 및 기타 처분이라는 완벽한 구도. 이것으로 아이젠하워 원수가 사악한 유령 매카시를 퇴마한다는 그림이 연출된다. 이 좋은 기회를 어떻게 넘기겠나.

"그래서, 저놈이 계속 저따위로 떠들게 냅둘 셈인가?"

"이제 더는 저따위로 못 떠들걸."

"어째서?"

"다른 나라가 반응하기 시작할 테니까."

아니나 다를까. 바다 건너 뉴스를 접하기 시작한 아시아는 발칵 뒤집혔다.

선홍색 연구 7

언론이란 무릇 속도가 생명이다. 일반인들은 흔히 언론이라면 정론직필이나 정확성을 먼저 떠올리지만, 안타깝게도 그런 게 돈을 벌어다 주는 건 아니다. 당장 미국만 하더라도 온갖 황색언론들이 '아님 말고' 식으로 뜨겁게 영업을 하고 있잖은가.

애초에 대한민국이란 나라는 이제 막 꼬물대기 시작하는 어린아기인 만큼 언론 또한 비슷한 수준. 심심하면 신문사가 총독부의 손에 박살 나던 나라인데 국제 뉴스 취급은 언감생심이다.

그렇다면 일본? 일본 또한 2차대전의 칼바람 속에서 물리적인 인프라가 개박살 났다. 기자들은 추방되거나, 먹고살기 바빠 새 직장을 구하거나, 혹은 자국 정부의 손으로 인생이 끝장나거나 했으니 거기 또한 사정은 한국과 오십보백보.

결론만 요약해서 말하면, AP통신 같은 통신사들의 보도를 받아쓰는 게 그나마 유일하고도 현실적인 방안이었다. 그리고 통신사들이 전해주는 미국 소식은 그야말로 충격과 공포.

[김유진 장군, 합참의장직 퇴임.]

당장 한국과 일본은 이 소식만으로도 발칵 뒤집혔다.

"김 장군님은 그 공로가 참으로 커 미국 의회가 종신토록 직무를 수행하라 하지 않았던가? 퇴임이라고?"

"그게 그러니까, 그 종신직이란 것은 어디까지나 명예직을 주고 실무에 임하지는 않는다는 뜻입니다. 김 장군 이전에 퍼싱이라는 명장이 있었는데 그의 사례가 이와 일치합니다."

"내가 미국에 대해 조금 아네만, 김 장군님은 아직 창창한 나이인지라 얼마든지 실직(實職)을 수행할 수 있네."

"전란이 끝나면 명장을 팽하는 법도는 동서고금 아니겠습니까?"

"허. 자유의 나라니 뭐니 떠들더니 결국 그놈들도 똑같구면."

한일 양국의 대중들은 막연히 김유진의 군공을 시기한 이들이 너무 많아 그가 물러난 게 아닌가 짐작만 하였다. 하지만 알 만큼 아는 윗선은 전혀 이야기가 다르다.

"킨 쇼군은 마카사 대통령의 복심 중 복심인데 하루아침에 갑작스레 모든 직에서 물러났다고? 대체 미국 정치판은 어떻게 돌아가고 있단 말인가?"

"김유진 그놈이 얼마나 흉계… 아니, 심계가 깊은데 덜렁 사직을 했다고? 뭔가 있어! 대사관은 대체 뭘 하고 있는 거야, 당장 무슨 일이 일어나고 있는지 빨리 캐내!"

그리고 그들의 앞으로 유진 킴의 '퇴임사'가 토씨 하나 빠짐없이 배송되었고. 그들은 절망했다.

"좆됐군."

"보도를 막을 순 없겠나? 국민들이 이걸 알았다간 폭동이 날 게 뻔하다고."

조각배를 탄 채 망망대해를 둥실둥실 떠다니다, 집채만 한 파도가 다가오고 있음을 깨달아버린 듯한 절망. 그들은 뻔히 파국이 오고 있다는 걸 알았지만, 애시당초 미국 정계 문제를 태평양 건너 그들이 뭐 어떻게 끼어 든단 말인가.

그리고 결국 그날이 왔다.

[미국 상원의원 왈, '김유진은 이적행위를 하는 빨갱이']

[김 장군 의회에서 일갈. '나치의 망령이 부활했다!']

"그러니까 지금, 김 장군께서 빨갱이로 몰려서 억울하게 쫓겨났단 이야 기 아닌가?"

"아무리 정치가 비정하다지만 인두겁을 뒤집어쓰고 이 무슨 일이란 말인가!"

반응은 즉각적이었고, 언론은 이를 더더욱 부채질했다.

[그 누구도 김 장군의 퇴임사에 박수를 치지 않았다.]

[싸늘한 냉대 속에서 물러나는 김유진 대원수.]

[죽헌 김상준 옹 추모회장을 습격한 왈패들, 전원 석방!]

[비탄에 빠진 재미 한인 사회… 어쩌다 이리되었나.]

그 결과는 곧바로 나타났다. 대사관에 쏟아지는 짱돌로.

"고인을 모욕하고도 기세등등하다니, 너희가 대체 뭐길래!"

"킨 장군이 유폐되어 생명이 경각에 달렸다니 저런 비상식적인 나라가 어디 있단 말인가?!"

"그따위로 취급할 거면 차라리 한국으로 보내라!"

"킨 쇼군 사마!! 저 비열한 백인 놈들 밑에서 고역을 치르느니 차라리 일본으로 거동하시옵소서!!"

"예수 그리스도께서는 우리 모두의 죄를 대속하기 위해 십자가를 짊어 지고 골고다 언덕을 오르셨습니다. 이제 김유진 장군께서는 자유와 평등을 지키기 위해 스스로 모진 고초를 감내하고 계십니다! 우리가 김 장군을 굳 건히 지지해야 그분께서 풀려날 수 있습니다!!"

상황이 이리되자, 몇몇 머리 회전 잘되는 이들은 새로운 꿍꿍이를 내세우기 시작했다.

"아무리 김 장군이 나라와 민족을 위해 큰일을 해주셨다고는 하지만, 국민들이 온통 친미, 숭미로 물든 건 크나큰 문제라 볼 수 있겠습니다."

"이번 사건은 자유와 평등의 나라를 자처하던 미국의 민낯을 까발린 일입니다. 김유진 대원수가 이런 수모를 겪을 정도라면 평범한 아시아인은 대체 얼마나 모진 일을 겪었겠습니까?"

"사회주의적 색채는 최대한 줄이고, 철저하게 인종 문제 시각에서만 이번 일을 조명합시다. 우선 미국과의 관계에서 자주성을 되찾아야만 사회주의의 씨앗을 뿌릴 토대가 자라날 겝니다."

먼지와 빨갱이는 자연발생하는 법. 아무리 때려잡고 탄압하고 숨을 못 쉬게 만든다 한들, 현실이 엿같은 이상 빨간물이 퍼지지 않길 바라는 건 불가능한 일이다. 대놓고 무장 혁명 따위를 추종하던 이들은 냉전 구도하에서 가장 먼저 공권력에 의해 수술당했지만, 여전히 세계 곳곳에서는 좌익 가치관이 맹위를 떨치고 있었다.

'김유진 대원수가 쫓겨났다. 우리가 백인이 아닌 이상 피부색의 굴레는 그 누구도 바꿀 수 없다.'

'미국이 부르짖는 거창한 이상은 결국 제국주의를 포장하기 위한 포장지에 불과했다. 현실을 인지하고 아시아는 아시아만의 길을 찾아 나서야만 한다.'

이 험악한 분위기는 즉각 워싱턴 D.C.까지 보고되어 올라갔다.

"저는 매카시 의원의 주장에 결코 동의하지 않습니다만, 일개 개인의 거취에 따라 외교관계가 흔들리는 건 결코 바람직한 일이 아닌 듯합니다."

"혹시 양심 어디 두셨습니까? 킴의 존재로 외교관계에서 이득을 얻었으니 그 거품이 빠지는 것 아닙니까."

"그, 성명서라도 발표하는 게 어떻습니까? 태평양을 건너면서 보도에 각종 왜곡이나 날조가 섞이는 게 더 문제입니다."

"킴을 특사로 임명해서 아시아로 보내면……."

"당장 내일 대선에 출마할지도 모르는 사람을 특사로 보내자고? 하하. 미쳤구만."

이 모든 혼란을 바다 건너에서 듣고 있던 김유진은.

"크헤헤. 크헤헤헤. 역시 내 나와바리야. 이래서 궁정 귀족보다 지방 영주가 더 힘이 센 거였구만."

"넌 진짜… 양심이란 걸 포토맥강에 빠뜨렸냐?"

"오오, 나의 소중한 친구 아이크여. 그대 부디 서운해하지 마시오. 네가 대선 출마해서 당선만 딱 되면 다 해결될 일이야. 비 온 뒤에 땅 굳는다고, 내 생각엔 오히려 더 끈끈해질 것 같은데?"

"그래. 더 끈끈해지겠지. 네 영향력이 말이야."

"워워. 너무 그러지 말고. 우리가 저 빨무새들을 끝장내면 미국이란 나라가 자정 작용이 있는 견실한 국가라는 걸 세계만방에 인증하게 된다고."

유진은 당당했다.

'다른 곳은 몰라도 한국은 진짜 수십 년 전부터 사비 들여가면서 씨앗 뿌린 곳인데? 내가 뿌린 씨앗을 미국이란 나라와 갈라 먹는데 이 정도도 못 챙기면 그건 불공정거래지, 시발.'

그리고 소소하게, 그가 예상 못 한 현상도 있었다. 샌—프랑코가 《스타 스트러글》을 미리 번역해둔다거나 하지는 않았기에 당장 그 희대의 마공서가 아시아에 퍼지지는 않았다. 그러나 적어도 그가 무언가 책을 펴냈고, 그 책이 미국에서 큰 반향을 불러일으키고 있다는 소식 정도는 얼마든지 접할 수 있었기에 사람들의 의문은 증폭되었다.

"김유인 장관님! 그 문제의 책은 언제쯤 국내에 출간됩니까?"

"…그걸 왜 나한테 묻습니까? 출판 쪽 일이면 차라리 소파 방정환 선생을 찾아가야죠."

"방 사장님! 김유진 장군님께서 친히 쓰셨다는 책은 언제쯤 나옵니까?"

"그걸 왜 여기서 묻습니까? 난 들은 이야기 아무것도 없습니다. 친동생이 뻔히 있는데 소식은 거기가 더 확실하지 않을까요?"

태평양 반대편에서 김유진을 저주하는 이가 두 사람 더 늘었지만. 아직은 모를 일이었다.

* * *

[《스타 스트러글》 출판 기념회.]

[작가와의 만남! 유진 킴 대원수에게 직접 물어볼 기회!]

[텍사스에서 유진 킴을 만날 유일한 찬스.]

[위대한 명장 유진 킴 특별 초청 강연!]

원래 정치인들은 책을 좋아한다. '출판 기념'이란 딱지를 붙이면 온갖 행사를 열 수 있기 때문이다. 하물며 아직 정치인도 아닌 나는 어떻겠는가? 강연이다 연설이다 뭐다 하며 전국을 쏘다니는 게 내 최근 일과였다.

"이렇게 많은 캔자스 주민 여러분들께서 제 얼굴 한번 보겠다고 모여주시니 참으로 감사할 따름입니다!"

"와아아아아!!"

"유진 킴! 유진 킴!"

"캔자스는 제게 제2의 고향과도 같은 곳입니다. 장인어른이신 커티스 의원님 집에서 뜨끈한 스튜 한 그릇 먹고 거리를 산책하고 있으면 항상 이웃 여러분들이 상냥하게 인사를 건네주셨지요. 제가 어떻게 캔자스를 잊겠습니까? 이 아름다운 땅, 이 소중한 땅을 말입니다."

그동안 내가 부지런히 돌아다니는 동안, 마치 피리 부는 사나이를 따라나서는 쥐새끼들처럼 기자들이 듬뿍듬뿍 따라붙었다. 대중 앞에서 떠들 때마다 내 레퍼토리는 대부분 정해져 있었지만, 그동안 뜬구름 잡는 이야기로 가득하던 내 언어엔 서서히 무언가 알맹이가 차오르고 있었다.

'이 나라를 음모에서 지켜내기 위해 군에서 나와야 했다.'

'이 나라를 위해 헌신할 수 있는 최선의 방책을 모색 중이다.'

'시민 여러분들의 의지가 이토록 뜨거우니 나 또한 결단을 내려야 한다는 확신을 갖게 되고 있다.'

'어른은 모름지기 책임을 져야 한다. 내게는 너무나 많은 짐이 있는 만큼 그 책임 또한 크다.'

뭔가 말할 듯 말 듯 떡밥만 줄창 뿌리니 화를 낼 사람이 있을 만도 하련만, 적어도 기자들에겐 이 먹잇감이 너무나 탐스러운 듯했다. 이토록 끊임없이 기삿거리를 던져주는데 어찌 저놈들이 행복해하지 않으랴?

그래서 오늘 발표를 할 예정이었다.

"따라서, 저는 중대한 결단을 내린다면 바로 이곳 캔자스에서, 커티스 의원이 그토록 애지중지하고 맥아더 의원을 백악관으로 보낸 이곳 캔자스에서 말씀드리겠노라 항상 그렇게 생각해 왔습니다."

"와아아아아!!"

"캔자스의 아들 유진 킴!!"

"지금 합중국은 분열되었습니다. 권력, 그리고 재선만을 생각하는 정치꾼들의 농간으로 선량한 시민들이 패가 나뉘어 서로 상처만을 입히고 있습니다. 우리는 저 히틀러를 꿈꾸는 어리석은 이들을 엄히 다스려야 하지만, 동시에 시민의 가슴속에 남은 상처를 어루만져줄 사람 또한 찾아야만 합니다."

한쪽 구석에 있는 기자들의 펜놀림이 빨라져만 간다. 그래, 열심히 쓰라고.

"참으로 안타까운 일이지만, 원래 세상이 다 그렇습니다. 앞에서 싸우는 사람과 뒤에서 뒷받침해주는 사람의 역할은 나누어져 있습니다. 이건 옳고 그름의 문제가 아니라, 그게 더 효율적이기 때문이지요. 저는 저 모리배들, 독사의 자식들, 남의 눈물로 제 배를 채우려는 자들과 싸우기로 결심했으니 누군가는 통섭과 화해의 길을 걸어야만 합니다."

여기까지 나올 사람들이면 대부분 나를 지지할 의사가 충만한 이들. 그들의 얼굴이 점차 당혹스러움으로 물드는 모습을 보며, 지금이야말로 때가 무르익었다는 걸 확신했다.

"저는 어수선해진 이 나라를 바로잡고, 저 멀리서 우릴 보며 웃고 있는 스탈린의 야욕을 저지하면서, 동시에 우리 모두에게 진정으로 자유와 평등이라는 미덕을 되새길 수 있게 해주는 최고의 인재를 알고 있습니다. 미합중국의 유권자 중 한 명으로서, 저는 이 사람이 대통령이 된다면! 이 사람이야말로 진정 우리가 고를 수 있는 최고의 적임자라고! 확신하는 바입니다! 누군지 궁금하십니까!"

"YESS!!!"

"저는 이 자리에서, 1948년 미합중국 대통령 선거 때 드와이트 데이비드 아이젠하워의 당선을 위해 최선을 다하겠노라고, 시민 여러분 앞에서 공식적으로 선언하는 바입니다! 여러분, 부디 그를 지지해주십시오! 이 유진 킴이 수십 년간 지켜본 최고의 투사, 최고의 리더십, 최고의 인재에게 아낌없는 지지를 보내주시기 바랍니다!!"

기자들이 뺨이라도 한 대 처맞은 듯 표정이 일변했다. 그야말로 뜬금없는 폭탄 발언.

"아이크야말로 진정한 캔자스의 아들! 캔자스 시민 여러분, 다시 한번 캔자스를 더욱 위대하게, 미국을 더욱 날아오르게 해줄 최고의 인물을 지지해주십시오! 바로 이곳, 캔자스야말로 미국을 바꾸는 원동력이라는 사실을 온 세상에 입증해주시기 바랍니다!"

저 멀리 몇몇 재빠른 기자들이 정신없이 뛰쳐나가는 모습이 보인다. 특종 따내려면 발에 땀나도록 열심히 달려야지. 이제 이 게임판은 내가 지배한다.

이 뜨거운 열기가 증명해주고 있었다.

선홍색 연구 8

[유진 킴, 드와이트 D. 아이젠하워 원수 전면 지지 선언!]

[아이젠하워, 별도의 입장 표명 없이 침묵을 지켜.]

다시 한번 폭탄이 터졌다. 그리고 '대선 후보 아이젠하워'라는 거대한 떡밥은 모든 이슈를 깡그리 깔아뭉개며 게걸스럽게 그 덩치를 키워나갔다.

"대통령 각하. 혹시 알고 계셨습니까?!"

"나는 모르는 일이오. 하지만 아이젠하워 원수라면 믿을 만한 사람이지."

"그러면 유진 킴은 어떻게 하겠단 겁니까?"

"그걸 왜 내게 물으시오?"

능청스러움이라고는 전혀 없는, 정말 의아하다는 듯한 반응. 수가 다 꼬이고 있었다.

[킴—아이젠하워 회동… 귀추 주목돼.]

[아이젠하워, "모든 가능성 열어두겠다."]

'유진 킴 정계 데뷔'라는 떡밥에 신나게 땔감을 넣더니, 갑자기 여기서 아이젠하워라는 카드가 튀어나왔다. 그러면서 은근슬쩍 두 사람에 대한 이야기만 줄창 나오지, 당에 대한 이야기는 온데간데없이 사라져버렸다.

'이 와중에도 몸값을 더 높인다고?'

유진 킴에서 아이젠하워로 사람이 바뀔 경우, 그들이 세웠던 계산 공식이 죄다 엉망진창이 된다. 유진 킴은 유색인종이고, 따라서 유색인종의 지지를 얻는 대신 일부 백인들에게 거부감을 사고 있었다.

하지만 아이젠하워로 바뀌면? 그의 지지 선언을 통해 아이젠하워는 고스란히 유색인종 지지를 흡수할 수 있지만 백인 유권자를 포용하는 것도 더욱 쉬워진다. 선거 승리 후 갈라먹는 것 또한 문제다.

유진이 직접 출마할 경우, 공화당은 그를 전적으로 지지하고 대신 정치 신출내기인 그에게 도움에 대한 대가를 청구할 수 있을 것이다. 하지만 아이젠하워가 출마한다면? 사람이 하나 더 늘었으니 당연히 1인당 받아 챙길 몫도 줄어들지 않겠나. 현재 가장 화두였던 빨갱이 문제 또한 빠져나가기 쉽다.

유진이나 맥아더 현 대통령을 공격할 만한 소재는 역시 국공 내전의 '패배'에 대한 책임론인데, 아이젠하워는 끽해봐야 육군참모총장 아니었나. 충분히 거물이지만, 맥아더, 킴, 드럼, 마셜을 전부 젖히고 아이젠하워에게 책임을 추궁하기엔 모양새가 너무 나쁘다. 무엇보다도, 민주당이 입맛이 돌 확률이 더욱 높아졌다.

"대통령 각하. 그렇다면……."

"그가 공화당 후보로서 대권을 노리겠다면 나 또한 당연히 아이젠하워 장군을 지지하리라. 그러니 얼른 가서 장군을 설득하시구려."

혹시나 했지만, 본인이 설득에 나서줄 생각은 없는 듯했다. 말은 저렇게 해도 명백한 거부 의사다. 안 그래도 연임 시도가 물 건너간 판에 설득까지 해달라고 했다간 정말 역린을 건드릴 수도 있으니 그들 또한 깔끔하게 이해했다.

무조건 아이젠하워를 잡아야 한다. 이미 '을'이었던 그들의 입지가 더욱 좁아지고 있었다.

* * *

[I LIKE IKE!!]

[아이젠하워를 대통령으로!]

[이 나라에 다시 한번 통합과 단결을!]

"최근 들어 벌어졌던 일련의 불행한 사건들로, 우리들의 가슴속엔 커다란 멍울이 생겼습니다. 서로가 서로를 비방하고, 옆집의 이웃이 간첩이 아닐까 지레 걱정하고, 옳은 말을 하는 사람들이 일방적으로 공산주의자라 매도당하는 일은 실로 불행이라 할 수 있습니다……."

마침내 아이크가 전면에 등장했다. 그동안 유진 킴 이름을 외치며 환호하던 이들은 마치 누군가의 지령이라도 받은 것처럼 순식간에 간판을 바꿔 달고 아이젠하워의 열렬한 지지자들로 변신했다.

좋아. 아주 멋져. 아이크가 그 존재감을 확고히 하기 위해 머리채를 잡은 대상은… 당연히 매카시였다. 이미 내 사임 때부터 시작해서 하나하나, 캠프파이어 장작 쌓듯 차곡차곡 쌓아 올린 거대한 떡밥의 탑.

이걸 홀라당 받아먹고 순식간에 전국구 네임드로 발돋움한 아이크가 다시 한번 매카시를 팩트로 줘패기 시작하자, 흔히 말하는 '대세론'이 꿈틀거리는 것도 당연지사. 게다가 매카시가 뿌린 업보를 정산할 시간도 돌아왔다.

"매카시 의원이 주장한 명단은 처음부터 아무것도 없는 허구에 불과했습니다!"

"아닙니다. 여기 보시면 국무부 직원들을 대상으로 FBI가 충성도를 검증한 결과가 있습니다."

"그리고 그건 전부 익명으로 진행되었지요. '명단'이라는 건 말입니다,

매카시 씨. 사람의 이름이 적힌 리스트를 우리는 명단이라고 부르기로 했어요. 대체 이 종이쪼가리 어디에 간첩의 목록이 있습니까?"

"간첩은 실존하고 있습니다."

"예, 그리고 지구는 돌고 있지요. 저도 압니다. 그런데 매카시 의원에겐 애초에 그 205명의 명단이란 게 없던 모양이군요."

"더 자세하게 조사하기 위해서는 제게 국무부를 조사할 권한이 필요합니다."

"웃기는 소리 하지 마세요. 저는 매카시 의원이 스탈린의 지령을 받는다는 사실을 알고 있는데, 이를 조사하기 위한 권한이 필요합니다."

매카시시시는 청문회에서 말 그대로 조리돌림당했다. 불과 얼마 전까지 아무나 잡아다 빨갱이로 몰고 그 피와 살점으로 재선을 노리던 이들. 그들은 이제 한 마리 피라냐가 되어 매카시를 뜯어먹고 이번 기회에 스타 정치인이 되어보겠다는 야심으로 불타오르고 있었다. 살점이 토실토실한 매카시는 연신 난타당하며 피를 질질 흘렸다. 저거 벌써 뒤지면 안 되는데. 마지막까지 몸부림치면서 어그로 달달하게 흡수해줘야 하는데.

"매카시 의원이 선거 운동 당시 내세웠던 주장 중 사실과 다른 이야기가 있다는 말이 있습니다."

"매카시 의원의 주장이 제기된 이후 미국 외 다른 지역에서 공산주의가 더욱 기승을 부리고 있다는 일각의 주장에 대해……."

너무 신나게 처맞고 있어서 죽을까 봐 걱정된다. 매카시를 선봉장으로 내세워 신나게 날뛰었던 빨갱이무새들은 이 험악해지는 분위기 앞에서 어맛 뜨거라 하며 대가리를 박았다.

"저는 어디까지나 이 나라 도처에 숨어 있는 간첩들을 우려하는 마음에서 반공을 외쳤을 뿐입니다!"

"반공은 분명 옳습니다. 하지만 매카시와 같은 음모가들의 손에 어느 순간 반공이 잘못된 것처럼 돌아가고 있습니다! 투철한 안보의식이 일부 불순분자들의 손에 이용당한 겁니다!"

뭐, 다들 살고 싶어서 필사적이구만. 하지만 내 생각에 저들 중 상당수는 이번 대선과 함께 치르는 선거에서 의자가 사라질 것 같았다. 물론 지역구 자체가 보수적인 곳이라면 살아남을 수도 있겠지만, 글쎄, 과연 그 영향력이 얼마나 남아 있을까? 아예 최대한 거세를 시켜버릴 작정인데.

놀랍게도 아직 군부는 칼을 뽑지도 않았다. 이미 탄은 차곡차곡 장전하고 있었고, 투표일이 가까워지면 그때 군이 직접 매카시 뚝배기를 깨버릴 심산이었다. 도대체 얼마나 업보스택을 그득그득 채워 놓은 거냐. 이 정도면 자살 희망자 아닌가.

한편 우리는 다양한 채널을 통해 군 출신 인사들에게 아이크 지지를 호소하고 있었고, 아이크가 워낙 태평양 전선에서 인덕을 펼쳤던 탓에 예상보다 더 호응하는 이들은 많았다. 그래, 물개 새끼들도 염치가 있으면 아이크는 지지해줘야지.

나는 쏟아지는 졸음을 꾸역꾸역 참으며 아이크의 인터뷰를 지켜보고 있었다. 솔직히 난 이제 빠지고 싶은데 자꾸 날 물귀신처럼 물고 늘어진다. 아니, 대통령을 시켜줘도 이러는 건 또 뭐냐고.

"아이젠하워 장군님. 한 가지 여쭤보고 싶은 게 있습니다."

"말씀해주십시오."

"유진 킴 대원수가 전적인 지지 의사를 표명했는데요, 그에게 무언가 약속한 것이 있습니까? 아시다시피 유진 킴을 지지하던 이들이 무척 많은 만큼, 킴과 장군 사이에 어떠한 약속이 있는지 궁금합니다."

미리 준비시켜 놨지. 여기서 나올 것은 '그런 거 없다.'라는 대답이다. 나는 어디까지나 진심으로 아이젠하워야말로 이 나라를 멋지게 바꿔줄 훌륭한 리더라고 여겨서 지지를 호소했고, 신임 대통령에게 골치 아픈 빚더미를 안겨줄 생각은 추호도 없다… 라는 모양새가 나와야 한다.

아무리 정치판이 요지경이라지만 이렇게 대놓고 대선 후보 자리를 무슨 벼룩시장 중고거래하듯 처리하는 건 너무 더러워 보이잖은가? 게다가 원 역사와 달리 맥아더가 대통령으로 재임했던 이상, 군인들끼리 다 해먹는다는 그림이 나와버리면 영 찝찝하다.

아이크는 웃으면서 기자의 물음에 대답했다.

"저와 킴은 얼마 전 직접 만나 서로 가슴을 터놓고 수십 년 지기 친구로서 모든 이야기를 나누었습니다. 비록 그의 돌출 발언에 저 또한 크게 당황했지만, 우리 둘 모두 오늘날의 시국에 심각한 우려를 표하고 있다는 공통점이 있었습니다."

"그래서 어떤……."

"킴은 분명하게 제게 단언했습니다. 이 지지는 순전히 개인의 선택일 뿐, 제게 어떠한 정치적인 이득이 될 거래를 요구하지 않겠다고 했습니다. 원해서 내린 선택은 아니었지만 킴은 군문으로의 복귀를 더 이상 원하지 않으며, 앞으로 남은 기간 동안 민간에서 제2의 인생을 살겠다고 밝혔습니다."

음. 아주 좋아. 그렇지 그렇지. 바로 그거야. 아이크는 빙긋 웃으며 나를 바라보며 살짝 오른손을 흔들었고, 나는 이 가슴 따뜻해지는 우정에 그만 절로 웃음이 나왔다. 이게 바로 친구 좋다는 거 아니겠는가.

"하지만, 대통령이라는 막중한 자리에 도전하려는 사람으로서, 유진 킴이라는 뛰어난 인재를 나랏일에 쓰지 않는다는 것은 참으로 어려운 선택입니다. 그는 양차대전에서 활약한 전쟁영웅이지만, 사실 그의 진가는 그 뛰어난 통찰력과 탁월한 용인술에 있습니다. 공산주의와 전체주의에 맞서 자유와 정의를 지키기 위한 싸움이 결코 끝나지 않은 만큼, 저는 킴에게 다시한번 공직을 맡아 달라고 요청할 생각입니다."

웃음이 싹 사라졌다.

야, 이 자식아. 지금 기자놈들 앞에서 무슨 소리 하는 거야. 순식간에 카메라가 나를 향해 빙글 돌았지만, 나는 도저히 이 멍청한 표정을 수습할 길이 없었다.

대체 뭐냐고. 저건 또 무슨 소리냐. 나, 자유의 몸 아니었어? 도비는 양말을 받았다고요. 개처럼 벌었으면 이제 정승처럼 써야 할 시간이라고.

"저는 킴이 기꺼이 국무부를 맡아 전 세계 각국과의 친교를 돈독히 하고, 나아가 세계 평화에 이바지하는 막중한 임무를 부담해주리라 믿고 있습니다. 사실 우리끼리 있으니 하는 말입니다만, 스탈린과 농담 따먹기를 하던 강심장이 아니면 누가 이 나라의 외교를 맡겠습니까?"

"저, 잠시. 잠시잠시. 기자님들? 지금 이건 엠바고 처리해주십쇼. 그, 이건 아닙니다. 서로 의논되지 않은 이야기거든요? 타임, 타임!! 쓰지 마! 찍지 말라니까! 야, 야! 나랑 잠깐 이야기 좀 하자! 아이크! 내 친구 아이크?!"

조명빛을 받아 오늘따라 더욱 반짝이는 아이크의 이마. 그는 나를 향해 가장 뜨겁게 웃어주더니, 기자들의 눈을 피해 슬며시 오른쪽 가운뎃손가락을 치켜들었다.

'좆 까.'

소리 없이 입만 뻐끔거렸지만, 꼭 내가 독순술이라도 배운 것처럼 아주 선명하게 보였다.

"이 나라의 불의에 맞서 싸우겠다고 당당히 천명한 유진입니다. 전 세계 사람들, 특히 아시아에서 뜨거운 인기와 지지자들을 보유한 친구이기도 하지요. 저는 당연히 그가 최선을 다해주리라 믿어 의심치 않습니다. 아, 이건 당연히 기사로 내셔도 됩니다. 기왕이면 내일 조간에서 볼 수 있으면 더 좋겠군요."

아니. 아니. 이러기가 어딨어? 왜 나를 배신하는 거야? 나는 넋이 빠져나가 그 자리에 망부석처럼 굳어버렸고, 인터뷰를 끝낸 아이크는 슬며시 내 옆으로 다가왔다.

"유진."

"왜… 나한테 왜 이래……."

"너 보고 배운 거지. 몰랐는데 이거 진짜 재밌네. 딱 8년만 장관 하자."

"너, 내 대갈통을 이렇게 세게 때리고도 괜찮겠냐?"

"30년 치 밀린 거 이번 기회에 싹 다 갚았다고 생각하지그래?"

"내가 뭘 얼마나 때렸다고? 혹시 포커 칠 때 소매에 에이스 좀 넣어 놓은 거로 삐진 거야?"

"…그건 몰랐는데. 이 사기꾼 새끼."

아씨, 당연히 아는 줄 알았는데 자진납세해버렸네.

"아직 너는 지지하지만 나한텐 뜨뜻미지근한 사람들이 있잖냐. 선거 이기고 싶지? 그럼 그냥 군소리하지 말고 장관직 하겠다고 해. 네가 입 다물고 있는 거랑 비교해 보니 그게 더 표 많이 벌겠다더라."

"누가?"

"닉슨 의원이."

나쁜 새끼. 벌써 친구를 버리고 간신배와 놀다니. 진짜 미워.

선홍색 연구 9

어느 늦은 밤. 지지율 추이를 검토하던 아이젠하워와 닉슨은 자연스럽게 서로의 호주머니 안에 있던 담배를 꺼냈다.

"좀 어떻습니까."

"이제 더 숨기기는 어려울 것 같습니다. 슬슬 장군님의 선거 캠프로 합류해야 할 듯한데요."

"그러면 그렇게 하시지요."

리처드 닉슨. 생각해 보면 참 무서운 남자였다. 초선 하원의원, 거기에 비미활동위원회 소속이니 누구보다 빨갱이 때려잡겠다는 열기에 취해도 이상하지 않건만. 오히려 그동안 누구도 생각하지 못했을 유진 킴이라는 퍼즐 조각에 대뜸 접근해서는 순식간에 책사의 자리를 꿰찼다. 아무리 정치인이라곤 하지만 조금 오싹하지 않은가. 하지만 모름지기 이기는 편이 곧 우리 편이고, 뱀 같은 인간이어도 우리 뱀이면 만사형통인 법.

"킴 장군께선 혹시 별도의 말이 있으셨습니까?"

"없었소."

"그렇습니까……."

드물게도 그가 머뭇거리는 모양새. 유진에게 말한 것과 정반대로, 닉슨은 유진을 공직에 임명하겠다고 공언하는 것에 대해 반대했었다. 하지만 이를 밀어붙인 건 아이젠하워 그 자신의 선택. 잠시 자신에 대한 신뢰나 기타 여러 가지 요소를 저울질해보던 닉슨은 조심스럽게 입을 열었다.

"제가 본 킴은 배후에서 영향력을 행사하는 데 관심이 커 보였습니다."

"정확히 보셨구려."

"후보님께선 앞으로 이 나라의 대통령이 되시겠다 선언하셨고, 그 누구보다도 유력한 후보이십니다. 그리고 킴 장군은 결코 후보는 아니지만 그 누구보다도 든든한 지지자이자 후원자로 자리매김하고 있습니다."

"그렇소만."

어떠한 고저 차도 없는 아이젠하워의 목소리에, 닉슨은 마지막 한 걸음을 어떻게 내디뎌야 할까 잠시 계산해야 했다. 그리고 0.1초도 채 되지 않는 아주 짧은 순간, 그는 머뭇거렸다는 티조차 나지 않게끔 곧바로 다음 말을 꺼냈다.

"킴은 이전부터 대권은 물론 어떠한 두드러지는 자리에 취임하는 것을 무척 꺼리고 있었습니다. 물론 두 분의 우정이 이런 문제로 어긋나지는 않겠습니다만, 모름지기 갈등이란 굉장히 사소한 부분에서부터 시작되는 법입니다."

"내가 그의 심기를 거슬렀단 말이오?"

"아무리 후원자라고 한들 장군님께선 엄연히 대선 후보이신데 '심기를 거슬렀다.'라고 표현하는 건 어폐가 있어 보입니다. 그렇지만 실례를 무릅쓰고 직언드리자면… 발표는 다소 섣부르지 않았나 싶습니다."

닉슨이 봤을 때, 유진 킴은 어떻게 움직일지 모르는 괴물과도 같았다. 물론 그전까진 준장이었다지만, 고작 일개 육군 중위 시절에 대통령을 함정에 빠뜨려 나락으로 보내버렸다. 왜? 대통령의 지시가 마음에 들지 않아서.

그 외에도 보이지 않는 암중에서 여러 가지 일을 벌였지만 극히 빙산의 일각, 보여줘도 괜찮은 것들을 빼고 나머지는 전혀 대중의 눈에 띄지 않았다. 그야말로 교묘하기 그지없는 처신. 구렁이 같다.

어마어마한 명성과 아름다운 이미지를 거머쥔 동시에, 무대 바로 뒤편에서는 무자비하게 정적들에게 칼을 내리치는 흑막. 만약 그가 아이젠하워 또한 장애물로 바라보게 된다면? 이길 수는 있다. 그의 모든 걸 까발리고 환한 햇볕 아래에서 한 판 붙는다면 그를 쓰러뜨릴 수는 있다.

대신 대통령과 행정부 또한 엄청난 출혈과 함께 내장 한둘 정도는 배에서 흘러나오겠지. 이득이라곤 눈곱만큼도 없다. 부정하고 싶지만, '심기를 거스르면 재미없다.'라는 아이젠하워의 표현이 가장 적절하리라.

"닉슨 의원."

"예, 장군님."

"나와 유진이 알게 된 게 1911년이니⋯ 조만간 40년 지기가 되겠구려."

"그렇습니다. 웨스트포인트 동창이시니까요."

"우리는 눈물 콧물 다 쏟으며 질질 짜는 꼴도 봤고, 씻으면서 서로 덜렁대는 흉물부터 해서 볼 거 못 볼 거 다 봤고, 서로가 뭐에 강하고 어디에 취약하며 어딜 찔리면 화내는지 다 알고 있소."

닉슨은 차마 '그자가 대통령 모가지를 따고 후버와 멱살 잡았던 것도 아십니까?'라는 말은 꺼내지 못했다.

"유진은 아주 가끔, 내가 최악의 순간에 봉착해 다 때려치우고 싶을 때면 조용히 와서 속삭이곤 했지. 너는 별 5개쯤 달 놈이다, 너는 대통령도 해먹을 놈이다. 이딴 시련은 참고 견디면 빛을 볼 날이 올 거다 하고 말이오."

"언제⋯ 말씀이십니까?"

"생도 시절부터."

위로? 단순한 위로겠지? 근데 무슨 놈의 위로가 저리 디테일한가. 설마 3, 40년 뒤를 내다보고 떠든 소리는 아니지 않겠나. 진짜 미래를 내다보고 한 말이면 그는 예수 그리스도 비슷한 무언가 아니면 사탄의 친척쯤 되지 않을까?

"오, 젠장. 이보시오, 지금 무슨 예언자나 신의 사도 같은 거로 착각하는 건 아니겠지?"

"하하. 그럴 리가 있겠습니까."

"진은 타고난 관찰자요. 그 재주를 보통은 사기 포커 치는 데나 쓰는 미친놈이지만, 아마 웨스트포인트에서의 몇 년간 그 녀석은 같이 부대끼던 사람들의 능력과 인성에 대해 그 팽팽 돌아가는 대가리 속에 빼곡하니 기록해놨겠지. 내가 이렇게 되리라 예언한 게 아니라, 내가 여기까지 올 수 있도록 매번 그 녀석이 손을 뻗어준 게요."

"……."

"최소한 그 밉살맞은 놈이 나를 93사단으로 불렀을 때부터 녀석은 날 밀어주기로 작정했을 거라 여기고 있소. 남의 마음은 멋대로 파헤쳐도 제 속내는 죽어도 안 보여주려고 발버둥 치는 놈이지만, 이 나이 먹고도 눈치채지 못하면 정치 같은 걸 도전하면 안 되지."

그가 담뱃재를 재떨이에 털며 홀로 중얼거리듯 말했다.

"그러니까, 유진은 아마 내가 이렇게 할지도 모른다고 짐작하고 있을 게요."

"이 돌발행위 말씀이십니까."

"그렇소."

"하지만 그건 조금 너무 확대해석이 아닌가 싶은데……."

"그놈은 저 하기 싫은 건 무슨 지랄염병을 떨어서라도 안 하는 놈이오만? 고집이 아주 당나귀야, 당나귀. 진짜 싫었으면 고래고래 그 자리에서 고함이라도 지르고 내 멱살 잡으러 달려올 새끼지, 얼빠진 모습으로 멍때려? 천하의 유진 킴이? 그 모습을 보여주는 편이 '유진 킴을 휘어잡는 드와이트 아이젠하워'라는 그림에 도움이 되겠다 싶었겠지."

그게… 그렇게 된다고? 아무리 생각해도 지나칠 정도로 긍정적인 해석이었지만, 후보 자신이 그렇게 여긴다는데 뭐라 하겠나. 여기서 말 한 번 잘 못했다간 본격적인 선거가 시작하기도 전에 킴과 아이젠하워 사이를 이간질하려는 글러 먹은 새끼로 낙인찍힐 게 뻔한데.

"아직도 못 믿는 모양이니, 조금 더 내 노하우를 전수해주리다. 유진을 움직이려면 어떻게 해야 하는지 아시오?"

"부디 고견을 들려주시면 감사하겠습니다."

"책임. 유진 킴이라는 인형을 움직이는 태엽은 바로 책임감이오. 우리보다 훨씬 멀리, 그리고 깊게 내다보는 사람만이 느낄 책임감."

웨스트포인트에서, 아미앵에서, 뫼즈—아르곤에서 한솥밥을 먹던 그는 알고 있다. 생기 넘치던 그 머리가 희어지고 주름이 깊게 팰 때까지, 수십 년간 그는 오로지 다가올 다음 전쟁만을 바라보며 살았다.

그냥 전역원 제출하고 장난감 회사나 굴렸으면 그토록 좋아하는 돈에 파묻혀서 살 수 있었을 놈이, 돈도 되지 않고 머리만 아픈 군에 남아 있던 이유가 그것 말고 뭐가 있을까.

"이젠 그놈도 짬을 처먹을 만큼 처먹어서 도무지 속내를 내보이지 않지만, 그놈이 이토록 정치에 관심을 기울이는 걸 보니 우리 앞에 도사리고 있을 미래가 썩 밝지만은 않아 보이오. 내가 아는 유진이라면 씨발씨발 하다가 결국엔 스스로 총대를 멜 거요. 장담하리다."

"으음… 알겠습니다."

그 모습에 아이젠하워는 피식 웃음을 터뜨렸다.

"5달러 걸고 내기하시겠소?"

"질 게 뻔한 도박 같은데 제가 왜 걸겠습니까."

"솔직히 말하시오. 여전히 찝찝하잖소. 5달러로 마음의 평화를 살 수 있는 기회는 그리 자주 있지 않소."

망할 '마음의 평화'. 마음의 평화 비용으로 유진에게 적선한 돈이 100달러는 확실히 넘을 텐데. 아이젠하워가 도대체 얼마를 그놈의 평화비로 썼는가 고민하던 사이, 닉슨은 대답 대신 품에서 장지갑 하나를 꺼내 슬며시 5달러 지폐를 내밀었다.

"그놈이 이래서 사기 포커를 좋아하던 거였군. 도대체 소매에 카드는 어떻게 숨긴 거지? 미친놈인가 진짜?"

"아직 따신 거 아닙니다. 장군님께서도 5달러 꺼내시죠."

"내가 지면 50달러 드릴 테니 그냥 내가 갖고 있겠소."

아이크는 반짝반짝 미소를 지으며 냉큼 꼬깃꼬깃 접은 5달러를 제 주머니 안에 넣었다. 유진이 뜯어간 것 그 이상으로, 아이크는 태평양 전쟁 때 부하들을 상대로 마음의 평화비를 두둑이 수금했었다.

이번에도 이 돈은 그의 차지였다.

* * *

배신당했다. 믿는 도끼에 발등 찍힌다더니, 어떻게 이럴 수가 있나.

옛날 아시아를 비롯한 몇몇 나라는 불알 없어진 불쌍한 사람들을 모아 환관으로 썼다. 일설에 따르면 이들은 떠나간 알 두 짝에 담겨 있을 성욕이 전부 권력욕으로 몰려 그토록 패악을 부렸다고 한다. 마찬가지로 아이크만 봐도 알 수 있듯, 영원히 모발을 잃은 사람들 또한 잃어버린 머리카락에 대한 상실감이 권력에 대한 욕망으로 전이된 것 아니겠나?

레닌이 대머리가 아니었다면 자신의 인생에 만족해 빨갱이짓에 심취하지 않았을지도 모른다. 생각해보니 조범석이도 헤이하치컷이었잖아. 사단장실에서 애처로이 마지막 잎새를 다듬던 그의 모습이 아직도 눈에 아른거리는데, 이걸 정리해서 논문으로 발표하면 세계 역사를 바꿀지도 모른다.

나이를 먹어서 그런가, 이제 화가 나기보단 그냥 원통해서 눈물이 핑 돈다. 솔직히 나만큼 일한 사람이 또 어딨는가. 이제 나는 편안히 뒷방에서 꿀이나 빨며 사바세계의 인간들이 고통받는 걸 먼 산 구경하듯 지켜볼 권리가 있다. 어디 한번 기도를 해보자. 제가 잘못 생각하고 있으면 날벼락을 내리꽂아주시옵소서, 아멘…….

거 봐라. 아무 일도 없다. 높으신 분과 직통회선이 깔려 있는 이 내가 핫라인으로 기도했음에도 반응이 없다. 김유진 1승 전설이 또 추가되었다. 하지만 내가 여기서 아이크와 프로레슬링을 찍어버리면, 기껏 규합해둔 이 놀라운 지지 세력이 죄 깜짝 놀라 이리저리 흩어질 게 뻔하다.

아마 여기까지 내다보고 그렇게 질러버린 거겠지. 역시 원 역사에서도 대통령 해먹은 사람은 흉계의 클라스가 다르다. 따라서, 나는 이 울분과 한을 가득 담아 샌드백을 두들겨 패는 데 전념하기로 했다.

— 정말 매카시 의원에겐 정녕 어떠한 꿍꿍이도 없었을까?

— 신뢰할 수 있는 정보통에 따르면, 소련에서 망명한 인사들은 하나같이 현재 소련에서는 심각한 기근이 발생해 식량 부족으로 고통받는 이들이 수두룩하다는 증언을 남겼다고 합니다.

— 하지만 이 시국에 우리는 내부의 적과 맞서야 하기 때문에 그 어떠한 유의미한 움직임도 보일 수 없습니다. 그 누구보다 빨갱이들이 위협적이라고 외친 이들이, 그 누구보다 빨갱이들을 도와주고 있는 셈입니다.

— 제가 스탈린이라면 아마 그들의 계좌에 막대한 루블을 송금해줬을 것 같습니다.

— 그렇습니다. 이토록 열심히 도와주고 있는 이들을 후원하지 않으면 대체 누굴 또 도와줄까요? 과연 진정한 애국이란 무엇일까요? 광고 뒤 다시 찾아뵙겠습니다.

생트집. 황색언론을 동원한 무차별 흑색선전. 놀랍게도, 얼마 전까지 우리 이웃의 빨갱이가 얼마나 유해하며 국가를 파탄으로 몰고 갈 수 있는지 떠들어대던 언론부터 펜을 거꾸로 들었다. 이제 어느 편에 서야 더 돈이 될지 견적이 나왔다 이거지.

대중들 또한 그들의 죄를 대속해버리려는 듯 이 생트집에 아주 뜨겁게 호응했고, 소련 간첩 때려잡자던 그 뜨거운 분위기를 고스란히 이어가 저들 빨무새들을 공격했다.

물론 미국은 너무나 광대하기 때문에 이 분위기에 물들지 않은 주도 있다. 그놈의 지긋지긋한 남부라거나, 매사추세츠 같은 곳이라거나, 뭐 그런 곳들. 항상 그렇듯, 차별이라는 건 절대 이성적인 발상에서 나오는 게 아니다. 정확히 말하자면 자신의 감정을 포장하기 위해 이성을 동원하기 때문에 차별이 골치 아픈 일이다. 논리적으로 이긴다 해서 상대가 승복하는 일이 없으니까. 그렇지만 적어도 논리에서는 이겨놔야 저들 차별주의자들의 입을 좀 봉할 수 있다는 사실이 바뀌지는 않는다.

[우리 전미유색인종지위향상협회(NAACP)는 소련의 세계 혁명 노선에 반대한다는 뜻을 밝히며, 자유와 민주주의의 확산에 힘을 기울일 것을 엄숙하게 선언하는 바이다.]

[우리는 유색인종의 권리를 되찾기 위해 그 누구보다 합중국에 충성하였으며, 그 어떤 경우에도 우리의 충성심과 애국심은 훼손되지 않는다.]

[공산주의자들은 유색인종의 해방을 위해 적화 혁명이 필요하다 주장하지만, 정작 공산주의의 총본산이자 노동자와 농민의 나라를 자처하는 소련에서 유색인종이 평등하게 대우받는지에 대해 우리는 심각한 의문을 제기하며……]

음. 구구절절 가슴에 와닿는구만. 정말 명문이야. 심심하면 '유색인종들은 사회에 불만이 많아 빨갱이와 붙어먹는다'라며 일방적으로 때려대니, 이렇게 선긋기라도 해야 한다. 이렇게 차곡차곡 장작을 쌓으면서.

1948년, 대선의 해가 다가오고 있었다.

3장
킴 플랜

킴 플랜 1

1948년. 마침내 매카시를 사냥하기 위한 일련의 동맹들이 결집했다.《삼국지》에 나오는 반동탁 연합은 왜 실패했는가? 첫째로 동탁이 난공불락의 장안에 처박혀 존버 전략을 폈기 때문이오, 둘째로는 동탁을 물리치는 이득보다 같은 동맹의 뚝배기를 깨는 편이 더 이득이 되었기 때문이다.

멍청한 사람은 자신의 실수에서 아무것도 배우지 못하고, 보통 사람은 자신의 실수에서 무언가를 배우고, 똑똑한 사람은 남의 실수에서 배우는 법. 이 유진 킴으로 말할 것 같으면 당연히 똑똑한 부류에 속하니 이 귀중한 교훈을 놓칠 리가 없다.

"매카시의 목을 따면 다음 청문회 스타는 내 차지인가."

"공화당 의원을 지옥으로 보내는 일을 도대체 왜 망설인단 말인가?"

"죽여도 우리 손으로 죽여야 매카시 놈과 도매금으로 묶이지 않을 수 있다!"

매카시는 동탁이 아니니 도망갈 곳도 없다. 그놈은 무조건 D.C.에 지박령처럼 대기 타야 한다. 그리고 동료의 통수를 치는 것보다 매카시의 대가리가 훨씬 더 가격이 비싸다. 물론 매카시가 그동안 가만히 있던 건 아니다.

매카시와 그 일당은 어떻게든 살아남기 위해 온갖 새로운 화두를 꺼냈다.

"합중국 정부엔 너무나도 많은 변태성욕자들, 예 그렇습니다. 바로 동성애자들이 득실대고 있습니다. 이들 일그러진 성도착자들과 공산주의자들은 결국 합중국 파괴라는 하나의 목표를 공유하고 있습니다."

"많은 의사들은 동성애가 정신병, 광증의 한 갈래라고 여기고 있습니다. 더군다나, 이들 이상성욕자들은 그 누구보다 소련 간첩에 협력할 가능성이 높습니다. 어째서 이들의 위험성을 인지하면서도 호모들을 연방정부의 요소요소에 배치해야 합니까?"

때는 1940년대. 성소수자에 대한 인식은 당연히 지하 맨틀 저 어딘가에 처박혀 있다. 매카시는 성소수자에 대한 공격을 새로운 키워드로 제시했고, 슬슬 손절을 꿈꾸던 보수적인 종교인들은 '저 사람이 성격은 좀 그래도 틀린 말을 하는 건 아니잖아?'라며 소극적 지지로 돌아섰다. 하지만 이 공격으로 인해, 그는 전혀 엉뚱한 조직과 충돌했다.

"CIA는 현재 첩보작전을 위해 동성애자를 협력자로 받아들이지는 않고 있습니다."

"이보세요! 당신네들은 전쟁 당시 공산주의자들과도 거리낌 없이 협력했잖습니까! 아무리 봐도 CIA의 행적은 수상하기 짝이 없습니다!"

"의원님께서 주장하시는 대로, 동성애자들은 자신들의 성적 취향이 공개될 경우 사회적인 치명타를 입게 되며 이에 따라 협박에 취약하다고 보고 있습니다."

"그거 보십시오. 정보 기관조차 동성애자들이 가진 위험성을 인정하였으며……."

"하지만 의원님, 반대로 여쭤보겠습니다. 우리 CIA가 크렘린의 고위 관리 중 누군가가 동성애자라는 첩보를 입수했을 때, 이를 이용해 그를 합중국의 간첩으로 만들 수 있다면, 그렇게 하는 것이 더 국익을 위한 행동입니까 아니면 동성애자를 품을 수는 없으니 이를 방치해야 합니까?"

"그거랑 그건 전혀 다른 이야기입니다!"

"똑같습니다, 의원님."

FBI와 CIA의 대립은 이미 험악해질 대로 험악해지고 있었다. 에드거 후버 FBI 국장은 매카시에게 비밀리에 자신의 기밀 정보를 던져주고 칼삽이로 써먹고 있었고, FBI와 경쟁 관계에 있는 CIA에 적대적이었다. 하지만 명색이 CIA인데 처맞았다고 가만히 있을 리도 없다.

"매카시의 졸개 중 행적이 수상한 이들이 있습니다."

"으음……."

"이들은 초법적인 권력을 휘두르고, 국가 위에 군림하며 온갖 더러운 선동과 모함으로 그 권력을 유지하려 합니다. 아이젠하워 장군님, 부디 이 나라를 정상화하기 위해 이 정보를 써주시면 감사하겠습니다."

CIA의 전신 중 하나는 OSS고, 이들은 당연히 군과 친했다. 애초에 창설 멤버들 상당수가 육군과 해군에서 차출된 이들이니. 그런 그들이 아이크에게 베팅하는 건 당연지사. 의외의 우군이 새롭게 합류한 셈이다. 또한 매카시는 그 강약약강 근성을 버리지 못했는지 새로운 공격 대상을 유색인종으로 정했고, 이미 진보 쪽 포지션을 잡기로 결심한 아이크는 물 만난 고기처럼 매카시를 후드려팼다.

내가 책 출판 직후 그랬던 것처럼 각지를 돌아다니며 존재감을 과시했고, 그때마다 누구라고 지목을 하지는 않았지만 '우리 사회를 어지럽히는 불순분자'가 나라를 망치고 경제를 나락으로 보내고 있다며 조곤조곤 뚝배기를 깠다. 누가 보면 벌써 출마 선언이라도 한 줄 알겠어. 그러니까 슬슬. 당을 정할 시간이 왔다.

* * *

"멍청한 새끼들 같으니."

해리 트루먼 상원의원은 최근 홀로 술잔을 기울이는 빈도가 늘어났다. 반공주의 정서 확산으로 당은 뿌리부터 흔들렸고, 봉합되지 않았던 딕시크 랫과 진보주의자들의 갈등엔 다시 한번 불이 붙었다.

이 선거의 승리를 위해서는 아이젠하워를 후보로 끌어들이는 것이 최선 책이라 판단했지만, 아이젠하워와 그 뒤의 유진 킴을 극구 꺼리는 이들의 대립 때문에 민주당은 결국 백지수표까지 끊지는 못했다. 이에 반해 공화당 은 그야말로 아낌없이 주는 나무 그 자체.

상식적으로 따지자면 엄연히 고작 첫 번째 임기를 역임하고 있는 현직 대통령이 공화당인 만큼 그들이 새로운 대선 후보를 맞이하는 일에 뜨뜻미 지근하고 야당인 민주당이 적극적이어야 당연한 일일진대, 세상이 거꾸로 돌아가고 있었다.

'맥아더 대통령, 불출마 의사 있을지도 모름.'

워싱턴 정가를 떠돌아다니는 출처불명의 괴소문. 하지만 트루먼은 이 소 식을 접하자마자 이게 진실이라는 확신을 얻을 수 있었다. 처음 유진 킴 대 권 도전설이 퍼졌을 때부터 지금까지의 플롯을 쭉 따라가보면, 그 누구보다 군부와 강력한 커넥션을 가지고 있는 맥아더의 의중이 0이라는 것보다는 이미 그의 의중이 반영되었다는 게 더 그럴듯하지 않은가?

"의원님, 계십니까 의원님?"

"예. 아직 퇴근하지 않았습니다."

"헉, 헉. 다행입니다. 조금 전에 입수한 정보가 있습니다."

비서 한 명이 허겁지겁 사무실로 달려와서는 가쁜 숨을 몰아쉬며 그에 게 말했다.

"맥아더 대통령이 올해 대선에 출마하지 않으리라는 소식입니다."

"확실합니까?"

"백악관 직원들이 보도 자제를 요청하면서 비공식적으로 기자들에게 이를 전달했습니다. 확실합니다."

아이젠하워. 확실하다. 현직 대통령이 재선조차 포기하면서 밀어주는 후보. 그동안 잠잠하던 백악관이 불출마 소식을 대놓고 퍼뜨리기 시작한다는 건, 매카시를 밀어주며 맥아더를 공격하던 공화당 내 반대 세력이 사실상 끝장났음을 의미한다.

심심할 때마다 열리는 청문회, 무자비하게 퍼부어지는 언론의 공세, 하루가 멀다 하고 벌어지는 고발과 탄핵에 대한 대중의 지긋지긋함. 끝났다. 공화당의 집안싸움은 끝났지만 아직 민주당의 집안싸움은 끝나지 않았다. 뉴딜의 후계자라는 휘광을 공화당에게 뺏긴다면 그동안 민주당을 견고하게 지지해주던 동부 도시민 표밭을 빼앗긴다는 뜻.

남은 건 더욱 좌향좌해 공화당을 상대적 보수로 만드는 방법과 더욱 우향우해 확고한 보수정당 이미지를 굳히는 것인데… 전자는 남부 보수파가 절대 받아들이지 않을 것이고 후자는 매카시 패거리가 뿌린 똥물을 고스란히 받아먹는 셈이다. 하지만 어쩌겠는가.

"차량을 준비해주게."

"알겠습니다."

마지막까지 몸부림은 쳐봐야지. 당을 옮길 수도 없는 노릇이니.

* * *

"I LIKE IKE!!"

"아이젠하워를 백악관으로!!"

대선은 총력전이다. 그리고 총력전은 항상 탄 싸움, 다시 말해 돈 싸움이다. 원 역사의 아이크는 대중 인지도 면에서 지금보다 훨씬 더 앞섰으리라. 아이크만의 브랜드를 형성한 유럽 총사령관 자리를 내가 낼름 뺏어가지 않았는가.

이 깻값을 대신 지불한다는 느낌으로 나는 태평양 전쟁에 관한 영화를 줄줄이 쏟아냈다. 당연히 누가 봐도 아이젠하워를 연상케 하는 주연, 조연이 나와 강렬한 인상을 남겨주는 게 목적이었다.

"헐리우드는 아이젠하워 장군을 대통령으로 지지합니다!"

"표현의 자유! 억압받지 않을 자유! 더 이상의 무분별한 빨갱이몰이에 반대합니다!"

매카시즘의 광기가 가장 먼저 향한 곳이 이 헐리우드였다. 온갖 영화사 관계자들과 배우들이 줄줄이 조사실로 끌려갔고, 빨갱이 낙인이 찍히거나 변절자—고발자가 되는 길을 택하거나의 양자택일 중 하나를 골라야만 했다. 실컷 처맞은 이들이 아이크 지지 세력에 가담하자, 대중을 향한 스피커 숫자에서 우리는 적들을 압도할 수 있게 되었다.

"장군님, 목소리 톤을 다소 고쳐주셔야 합니다."

"장군님, 분장을 다시 해야겠습니다."

"목소리는 알겠소만, 얼굴에 또 분칠을 해야 한단 말이오?"

"그것이, 스튜디오 조명 때문에, 그……."

"야. 내가 옆에서 봤는데 니 이마가 핵폭탄 터지는 것처럼 번쩍번쩍하더라. 아주 태양권이야, 태양권. 남들이 보면 오리엔탈 무술의 신비라도 사사한 줄 알겠네. 그거 그대로 방송 나가면 너 선거 못 이긴다. 악! 악! 아파! 아프다고!"

옳은 말을 하는 충신의 입을 찰싹찰싹 때리다니. 벌써부터 간신배의 아첨에만 귀를 기울이려 하는 것이 훌륭한 정치인의 싹이 보인다. 지금까지도 나와 아이크는 최후의 최후가 올 그 순간을 기다리며 '입당'이라는 카드를 계속 만지작거리기만 했을 뿐, 이를 꺼내지는 않았다.

이를 통해 몇 가지 효과를 거두었는데, 첫 번째로는 아이젠하워가 내세우던 협력과 평화라는 캐치프레이즈를 더욱 확고히 굳힐 수 있었다. 당의 이해득실에 얽매이는 대신 진정으로 이 나라를 생각하는 애국심. 이 얼마나 아름다운 모습인가?

그리고 두 번째이자 진짜 우리가 노렸던 부분… 바로 몸값 올리기를 마지막까지 찍을 수 있었다. 대중들 앞에서는 바른 말 고운 말만 쓰면서 국가에 대한 헌신과 책임을 강조하는 전쟁영웅. 이걸 안 사고 배겨? 빨리 입찰 안 해?

　아예 진작부터 우리가 공화당에 가담했노라 떠들어댔다면 민주당 또한 일찌감치 이 막강한 후보의 몸값을 떨구기 위해 온갖 네거티브나 흑색선전을 때렸으리라. 그게 당연한 거고.

　하지만 우리 둘 다 입당을 하지 않고 밍기적대고 있으니, 민주당은 혹시나 하는 마음에서 서로 머리카락 쥐어뜯으며 싸우기만 했지 우리를 견제할 틈이 없었다. 어쩌면, 정말 어쩌면 자기네 당 대선 후보가 될지도 모르는데 어떻게 총질을 하냔 말이다. 하지만 이제 재미 볼 건 다 봤다.

　"슬슬 판에 껴야지."

　"너는?"

　"난 안 하고."

　내가 미쳤다고 공화당에 입당을 하냐. 원래 드라마도 시즌제인데 희망고문도 시즌 2 찍어야지. 내가 당원이 된다고 해서 의원을 할 것도 아니고, 끽해야 영향력 있는 대의원 수준인데 이러면 곤란하다. 차라리 여태 그랬던 것처럼 당 없이 지낸다면 추후에 아이크가 백악관 입성하고 나면 민주당과 싸바싸바하기에도 입당하지 않는 편이 훨씬 낫지 않겠나.

　"누구 멋대로 다짜고짜 국무부장관 자리가 예정되어 있는 것도 서러워 죽겠는데, 내가 입당까지 해야겠어?"

　"그래도 네가 전당대회에 오는 거랑 안 오는 거랑 차이가 있지 않을까?"

　"대신 맥아더가 있잖아."

　맥아더 황상께서 비록 연임을 포기하셨다지만, 그 정치적 영향력이 완전히 녹슨 것도 아니다. 오직 당의 승리를 위해 연임을 포기한 대통령. 아무리 뻔뻔스럽고 제 금배지 유지가 0순위인 의원들이라 한들, 이렇게 큰 '희생'

을 치른 대통령 앞에서 언제까지 고개를 뻣뻣하게 들고 있을 수만은 없다. 진짜로 매카시랑 같이 총질하던 놈들은 자기가 들어갈 관짝이나 주문해야 할 판이고.

"경선은 거의 요식행위겠구만."

"전에 듣기로는 잘만 협의하면 경선 대신 추대도 가능하다고 하던데?"

"그러면 홍보 효과가 없잖아. 경선은 그 자체로 거대한 광고탑이잖아. 기자 놈들이 돈도 안 받고 기사를 실어준다고. 그걸 포기하는 게 더 아깝지."

그리고 예정대로 착착 진행되었다.

"사랑하는 당원 여러분. 저는 이 자리를 빌려 제가 짊어지고 있던 막중한 책임에 대해 논하고자 합니다. 저 더글라스 맥아더는 이 자리에서 1948년 미합중국 대통령 선거에 출마하지 않을 것을 천명하는 바이며, 그 누구보다 우리 당의 대선 후보로서 드와이트 아이젠하워가 가장 잠재력 있는 후보임을……."

선거는커녕 아직 전당대회조차 열리지 않았건만. 이미 모든 언론은 '아이크 행정부'를 거론하고 있었다.

킴 플랜 2

마지막의 마지막까지, 민주당은 한 줄기 끈을 놓지 못하고 있었다.

"아이젠하워 장군. 장군이 진정으로 이 나라에 평화와 번영을 바란다면 민주당만이 유일한 답입니다."

"저는 아직 고민 중입니다."

"맥아더의 아집과 독단이 나라를 이 지경으로 만들었습니다. 장군께서 공화당으로 출마한다는 말은 곧 맥아더의 모든 실정(失政)을 이어받는다는 뜻이기도 합니다. 민주당으로 오셔서 정권 교체의 대의를 거머쥐시지요."

하지만 이들은 어디까지나 소수에 불과했다. 그 누구도 당의 여론을 휘어잡았다고 당당하게 말하지 못했고, 끊임없이 대의명분만 논할 뿐 '우리 쪽으로 오시면 이만큼 해드리겠다.'라고 직접 딜을 칠 수 있는 이가 없었다.

그동안 공화당에서는 당연히 온갖 거물급 의원들이 직접 나서 아이젠하워 대선 캠프를 만들겠노라 요란법석을 떨었고. 마침내 그날이 왔다.

[맥아더 대통령, 재선 도전 포기 선언!]

['색깔론에 휩쓸려 분열된 미국' 맹렬히 규탄!]

[아이젠하워 지지 선언… 아이젠하워 공화당 출마 가닥 잡힌 것으로

보여]

[민주당, "무책임한 행동" 논평.]

["누가 들으면 매카시가 민주당원인 줄 알겠다." 한 민주당 의원의 야유.]

["초선의원의 망동에 같이 어울린 민주당, 정당의 품격 없어." 맹렬한 반박.]

맥아더가 연임 포기 선언을 마침내 공식화하고 아이젠하워 지지를 천명했다. 그리고 그 직후, 아이젠하워가 마침내 공화당에 입당하며 그동안의 모든 대계가 정점에 도달했다. 이와 거의 동시에 매카시를 끌어내리기 위한 최후의 공세가 개시되었다.

"매카시 의원에 대한 견책안을 제출하는 바입니다."

"당 차원에서 매카시 의원에 대한 엄중한 경고가 필요하다고 여겨집니다."

매일같이 발악하던 매카시는 이제는 아예 '당이 빨갱이들에게 오염되었다.'라며 슬며시 탈당이란 카드를 입에 올리기 시작했고, 공화당은 이제 당당하게 매카시를 역적으로 선포할 수 있게 되었다.

급해진 그는 자신과 같이 반공투사놀이에 심취한 민주당 쪽에 러브콜을 보냈지만, 미쳤다고 민주당이 매카시 같은 이용 가치 끝난 폭탄을 끌어안겠는가? 이미 몇 개의 청문회에서 매카시는 개망신을 당했고, 온갖 언론들이 그를 공격해 달달한 수익을 올리고 있었다.

― 오늘의 주제는 매카시 의원의 놀라운 적중률입니다. 그가 본격적으로 빨갱이를 주제로 삼기 시작한 지 몇 년째. 과연 몇 명의 빨갱이가 매카시의 손에 붙잡혔는지 알아보도록 하겠습니다…….

― 아, 존스 선수! 스윙, 스트라이크 아웃입니다!

― 이번 시즌 들어 이 선수, 매카시급 타율이에요.

― 조만간 야구장에 공산주의자 200명이 있다고 고발할지도 모르겠군요.

그럼에도 불구하고 그는 아직 버티고 있었다. 이게 바로 상원의원의 힘. 유권자들에게 선출되어 6년간의 권능을 허가받은 슈퍼방장. 그래서 막타가 필요했다.

"매카시는 위스콘신의 대표로서 의회에 갔음에도 불구하고 온갖 불미스러운 일을 저지르며 주의 명예를 실추시키고 있습니다!"

"저놈을 당장 소환해서 금배지를 떼버려야 합니다!"

"Joe Must Go! 지금 우리 주의 농가들은 가면 갈수록 황폐해지고 있건만, 상원의원이란 작자는 그놈의 빨갱이 타령에만 미쳐 있습니다!"

위스콘신 주민들 중 매카시 반대파들이 결집하기 시작했고, 매카시를 주민소환하려는 이들의 움직임은 익명의 독지가가 거액의 '후원금'을 제공하며 더욱 탄력이 붙었다. 그 누구도 매카시가 빵에 가길 원하지 않았다. 그를 잡아넣을 수 있는 법안도 사실 마땅치 않았다.

하지만 매카시즘은 끝났다. 이제 남은 건 산지사방으로 도망쳐 각자도생을 꿈꾸는 쥐새끼들뿐이었다.

* * *

세계 최고의 명장 중 한 명이자, 그 명장들 중에서도 가장 기품과 품격을 두루 갖추고 있으며, 동시에 모두에게 존경받는 신사… 를 자칭하는 조지 패튼은 중국에서 복귀한 뒤부터 극심한 우울증에 시달리고 있었다.

"이럴 수는 없어. 이럴 수는 없다고."

좋은 날이 다 갔다. 이제 전쟁은 더 이상 없을 것이다. 저 흉측한 좆대가리같이 생긴 구름을 만드는 원자폭탄이란 물건을 보는 순간, 패튼은 직감했다.

'깡 없는 새끼들은 이제 선전포고도 못 하는 세상이 오겠군.'

평생 전쟁터를 누비는 것만을 삶의 낙으로 생각하며 살아 왔는데, 이제 더 이상 전쟁이 없을 것 같다? 그럼 왜 살아야 하지? 온갖 파이프라인을 동원해 이리저리 청탁도 해보고 찔러도 봤지만, 그 누구도 그를 피가 끓을 만한 곳으로 보내주지 않았다.

"선배님. 이제 전쟁은 무릅니다. 정 원한다면 그리스에……."

"거긴 다 끝났잖나."

"중동의 왕정 국가로 보내드릴까요?"

"그래서 거기서 전쟁이 일어날 것 같나?"

"…그건 아닙니다만."

아이젠하워든, 그 후임으로 육군참모총장이 된 브래들리든 하나같이 전쟁이란 말엔 난색을 표했다. 겁쟁이들. 하지만 유진 킴조차 전쟁이란 말에 떨떠름한 기색인 걸 보고 그는 완전히 의욕이 꺾여버렸다.

"아니, 대전쟁 두 번씩이나 거하게 했으면 됐지 또 무슨 전쟁놀음을 하자고 하십니까?"

"누가 들으면 내가 전쟁 일으키자고 한 줄 알겠구만! 그런 게 아니라 그냥 전쟁 터질 만한 곳이 있으면 이 정의의 용사 조지 패튼을 좀……."

"제발 그런 무섭고 끔찍한 소리 좀 하지 마요, 부정 타겠네. 퉤퉤. 에베베벱. 전쟁 터질 만한 곳이 있으면 뜯어말려야지 무슨 소릴 하십니까?"

"이봐! 30년 전에 내가 전쟁 터질 것 같냐고 물어보니 찰떡같이 대답해주던 후배는 어디로 갔나!"

"그땐 중위로 강등될 예정이었던 찌질이 유진 킴이었고 지금 앞에 있는 건 유진 킴 대원수잖습니까. 이제 전쟁 터지면 그건 제 책임도 조금 섞여 있습니다."

"…망할."

유진이 전쟁을 막겠다고 선언하다니. 저 야비하고 흉악한 놈이 전쟁을 막기 위해 정말 무슨 짓거리를 벌일지 모른다는 게 가장 소름 끼친다. 유진이 알았다면 사돈 남 말 한다며 혀를 찼겠지만, 패튼이 그런 것에 연연했다면 애초에 패튼도 아니었다.

신나는 전쟁터도 없고, 그렇다고 해서 꿩 대신 닭쯤으로 여겼던 웨스트 포인트 교장직도 가지 못하고 모두가 퇴역하기만을 기다리는 방구석 병풍으로 전락한 인생. 그는 진지하게 제2의 인생을 검토해야 했다.

"선배님, 혹시 돌아버리셨습니까?"

"응? 아니, 이 나라는 자유의 나라 아닌가. 나는 내 표현의 자유를 활용하고 있을 뿐이네… 만……."

"저 새낀 그냥 꽝 복권 수준이 아니라니까? 손 좀 떼요 진짜!"

"이보게 후배님. 내가 그래도 할 말은 단단히 해야겠구만. 러시아인들을 죽이자는 게 그토록 문제 될 이야기인가? 빨갱이들의 감언이설에 넘어가 나라에 해를 끼치려 하는 놈들을 몰아내자는 게 그렇게 문제가 된단 말인가?"

"아니, 진짜… 후. 난 모르겠다. 그냥 알아서 하십쇼. 내가 언제까지 환갑 넘은 영감쟁이 똥기저귀 갈아줄 수도 없고. 대신 저 새끼들이랑 손잡고 춤추는 날엔 나랑은 이제 끝입니다. 알겠습니까?"

"야, 야!! 사람이 말이지, 좀 두루두루 살아야지! 고작 정치적 의견 좀 다르다고 수십 년 동안 한솥밥 먹은 전우를 내팽개치겠다고 지금 나한테 공갈을 치는 게 말이나 되나! 킴, 실망했네!"

"아니 씨발, 나이를 이만큼 처먹었으면서 아직도 똥인지 브라운 소스인지 꼭 찍어먹어 봐야 깨달을 수 있나. 나중에 목구멍에 똥 들어왔다고 징징대지나 마십쇼."

그렇게 유진과의 떨떠름한 만남을 끝내고, 대충 아이크와 쇼부 쳐서 고향 캘리포니아에서 군생활의 마지막 황혼을 보내게 된 패튼. 그는 본격적으로 '아주 매혹적인 이야기'를 떠들어대는 친구들과 어울리기 시작했다.

'저는 이 미합중국 국무부에 현직으로 근무하고 있는 공산당원의 명단을 갖고 있습니다…….'

"그렇지! 역시 그럴 줄 알았어. 그러니까 중국에서 이기질 못했던 거지!"

솔직히 까놓고 말해서. 드럼 그놈이 어디 자신보다 잘난 인간인가? 그 늙다리 퇴물은 비실대던 잽스 하나도 똑바로 단도리하지 못한 인간인데 어째서 그놈은 원수고 자신과 같은 위대한 전쟁영웅은 고작 4성에서 끝인가?

마셜도 마찬가지다. 웨스트포인트 출신도 아니고, 심지어 전쟁터에서 무용 한 번 세우지 못한 순도 100%의 책상물림 샌님. 항상 이래서 안 된다, 저래서 안 된다 하며 현장의 임기응변을 억제하는 데만 급급하던 꽉 막힌 꼰대.

"이제 모든 사실이 밝혀졌군. 전부 빨갱이의 음모였어. 그놈들이 내가 북경을 정벌하는 걸 막았던 거야."

패튼은 돈이 많았다. 흔히 말하는 금수저. 물론 그 돈만큼이나 눈치 또한 있는 그는 최대한 은밀하게, 결코 직접적으로 모습을 드러내지는 않으면서 알음알음 저 애국 반공주의자들을 후원했으나…….

"세상에, 충성 맹세를 거부한다고? 대체 왜! 맹세를 못 한다는 게 어떤 의미인지 모르나?!"

"모든 공직자가 일괄적으로 충성 맹세를 해야 한다는 건 합중국 시민으로서의 자유를 침해하는 일이라고 생각합니다."

"아니지. 그건 자유가 아니야, 이 추악한 빨갱아! 당장 내 눈앞에서 썩 꺼져!"

애시당초 입이 방정인 인간이었다. 그리고 몇 달 뒤.

"……."

"…이보게, 아우님."

"저리 가요 좀. 모르는 사람이 오셨네."

패튼은 그 반짝반짝한 이마를 숨기지도 못한 채 D.C.로 달려와 있었다.

"내가 어리석었네! 후배님이 사람 보는 눈 하나로 대원수까지 간 사람이라는 걸 망각하고 잠깐 저 선동가들에게 홀렸다 이 말일세!"

"아니, 누구보다 매카시를 사랑하던 분께서 이제 와서 이러시면……."

"아니지! 그놈이 자랑스러운 미 육군을 모욕하고 이 나라의 여론을 사분오열시켜 스탈린에게 나라를 갖다 바치려 한 극악무도한 간첩이란 사실을 내 몰랐을 뿐일세! 정말이네. 내가 다 잘못했네!"

"저한테 딱히 잘 보일 필요도 없습니다. 저 은퇴했걸랑요."

아이젠하워와 브래들리는 만나지도 못하고 컷당했다. 그나마 손이 발이 되도록 비비고 또 비빈 끝에 유진을 만나긴 했지만, 그 또한 반응이 냉랭하기로는 크게 다를 바 없었다.

하지만 조지 패튼. 실로 위기에 강한 남자.

"살려주십시오."

"…이 늙은이를 찾아와서, 대뜸 살려달라고?"

"제가 눈이 어두워 나라 말아먹을 놈들을 못 알아봤습니다. 부디 옛정을 봐서라도 살려주시면 감사하겠습니다."

"유럽에서, 네놈이 주둥아리 간수 못 해서 사고 쳤을 때, 그때 네놈 군복을 벗겨버려야 한다고 내가 백악관과 전쟁부에 편지를 몇 통씩이나 보냈는데."

"잘못했습니다! 살려주십시오!"

퍼싱에게 아득바득 달라붙어 우는 것 빼고 다 한 그는, 곧장 전 재산을 모조리 풀었다.

"매카시 일당이 이 나라를 전무후무한 위기로 몰아넣고 있습니다!"

"때려잡자 매카시, 물리치자 소련 간첩!"

"매카시가 아니었다면 우리는 소련을 멸망시킬 수 있었을 겁니다! 저들 반공주의자들이야말로 소련 최고의 파트너였습니다!"

그야말로 뒤도 없는 올인 베팅. 가문의 힘을 모조리 쥐어짜 달려들자, 순식간에 캘리포니아 일대에서 그는 손꼽히는 영향력을 행사할 수 있었다. 당연히 그 뒤로 그 누구보다 열성적인 유진 킴 지지자, 이후 아이젠하워 지지자로 편을 세탁하는 데 성공했으니.

"저 양반 살고 싶다고 아주 발악을 하는데."

"그래도 자발적으로 쓴 돈만 해도 어마어마합니다. 이만하면 깽값은 톡톡히 치렀다고 봐야 하지 않을까 싶습니다."

"…유진, 네 생각은 어때?"

"저 또라이 괴롭혀봐야 돈이 나오겠어, 쌀이 나오겠어? 헛짓거리하거나 자살하게 방치하는 것보단 그래도 감투 뭐라도 하나 줘야 하지 않을까?"

조지 스미스 패튼 주니어. 생존 막차 탑승 성공.

킴 플랜 3

1948년 민주당 대선 후보 경선은 그야말로 수라지옥 속에서 이루어졌다.

"당신네 딕시들이 대선 나가면 답이 없다니까!"

"경쟁력이 없잖아, 경쟁력이!"

남부 딕시들이 천날만날 외치는 각 주의 권리 같은 이야기는 그들 남부 유권자들에겐 크게 다가오는 이야기일지는 몰라도, 대다수 북부 유권자들에겐 별반 큰 감흥 없는 이야기. 도대체 언제쯤 되어야 자신들이 경선 원툴용 폐품에 불과하다는 사실을 인정할 텐가?

하지만 남부 측의 판단은 전혀 달랐다.

"그래서, 그동안 실컷 빨갱이 욕해 놓고서 대뜸 나 진보입네 하면서 표를 구걸할 겁니까?"

"우리도 이길 방안은 궁리 중이오. 주의 권리 같은 소리는 어디까지나 내수용이고, 결국 야당은 야당답게 안보 문제, 경제 문제를 통한 정권 심판론이 핵심이어야지."

"지금 맥아더가 갑자기 재선 포기를 선언해서 영웅입네 뭐네 떠들어대지만, 까놓고 말하자면 공화당도 도저히 경쟁력이 없다 싶어서 포기해버린 엉망진창 대통령이란 소리 아니오? 당신네들보단 차라리 우리가 더 해볼 만한 싸움이 될 게요."

"자. 투표로 합시다, 투표로. 결국 당원들의 선택에 달린 문제요."

만약 월레스가 빨갱이 소리를 들으며 개같이 두들겨 맞지 않았다면. 만약 미국 전체의 흐름이 반공으로 쏠리지 않았다면. 만약 미국의 흐름이 반공으로 쏠렸다 하더라도 차라리 민주당이 여당이었더라면.

그랬다면 여전히 FDR이 씨앗을 뿌린 민주당의 진보적 세력들은 당의 주력이 되어 저들 딕시크랫들을 과거의 저편, 사건의 지평선 너머로 밀어낼 수 있었을지도 모른다. 하지만 셋 중 어느 하나도 민주당에게 웃어주지 않았고, 바로 그 표를 위해서 얼마 전까지 반공투사 연극을 하던 이들이 이제 와서 도로 진보주의자 코스프레를 하기엔 도저히 수지타산이 맞지 않는다.

"트루먼 의원, 혹시 부통령 해볼 생각……?"

"하하하. 하하하하하."

"아쉽군요."

이런저런 내부 논의 끝에, 1948년 7월. 민주당은 전당대회를 열고 조지아주 상원의원인 리처드 러셀(Richard Brevard Russell Jr.)을 새로운 대선 후보로 선출했다.

"저는 민주당을 대표해 이 자리에 서게 된 것을 크나큰 영광으로 생각합니다. 우리는 반드시 승리하여 정권 교체의 대의를 이룩하고, 나아가 전 세계를 물들이려는 적화의 야욕에 맞서 싸울 것입니다……."

러셀의 경선 승리는 무척 의미심장했으며, 동시에 거대한 타협을 상징했다. 그는 딕시크랫들의 핵심이었지만, '주권민주당' 창당 때는 가담하지 않았다. 그는 의회에서도 영향력이 강력하기론 손에 꼽히는 인물이었고, 자신이 믿는 보수적 정책을 지켜나가는 데 있어선 공화당 의원들과도 손을 잡는 '보수 연합'의 중핵 중 한 명이었다.

그는 FDR 재임 당시 몇 번이고 여야를 막론하고 보수파를 규합해 루즈벨트의 강경한 정책 노선을 저지하려 했지만, 동시에 초창기 뉴딜의 강력한 지지자이기도 했으며 바로 그 뉴딜이 조지아 농촌을 살릴 수 있을 것이라 주장해 지역구 선거에서 승리하기도 했다. 그는 유색인종 차별이 '주의 권리'라고 강력하게 옹호했지만, 동시에 모든 학생은 최소한 학교에서 점심만큼은 무료로 먹을 수 있어야 한다고 주장하기도 했다.

'이길 것 같진 않다.'

하지만 싸워야 한다. 가장 먼저 그는 한 사람과 접촉을 시도했다.

"마셜 원수님."

"용건만 말해주시면 감사하겠습니다."

"이 나라는 귀하가 필요합니다."

"죄송합니다만 그건 조금 어렵겠습니다. 아시다시피 저는 중국에서 패배를 방조한 빨갱이라서 말이지요."

"그 모욕적인 소리를 주워섬긴 게 누구입니까? 바로 공화당. 공화당의 매카시입니다. 늙은 맥아더가 귀하를 싫어한다는 걸 모르는 사람은 그 어디에도 없습니다. 대통령이 방치한 겁니다, 매카시는."

"저는 이제 사람과 엮이는 일에 흥미를 잃었습니다."

그는 몇 마디를 더 떠들려 해보았지만, 마셜은 고개를 흔들었다.

"호박 길러보셨습니까? 저희 집 호박은 퍼싱 장군께서도 하나 더 달라고 할 만큼 잘 영글었습니다. 사람과 달리 정성을 쏟으면 아주 맛있게 자라나기 때문이지요."

끌어들이는 데 성공만 했다면 가장 강력한 패가 되었을 마셜은 결국 손에 넣지 못했다. 그와 민주당은 어떻게든 다른 군부 인사들과도 부지런히 접촉해 보았지만.

"이 나라가 위기에 처했습니다. 장군님과 같은 강력한 지도자가 있어야만……."

"썩 꺼져라, 이 빨갱이들아! 하나님만을 따르는 신실한 패튼 가문은 무신론 빨갱이 민주당과 상종하지 않는다!"

모두 허사로 끝났다. 원래부터 군부와 인연은커녕 악연만 가득한 민주당이니, 그들은 대신 다른 방향에서 활로를 모색했다.

"맥아더 정권 심판!"

"그놈의 색깔 논쟁, 누가 먼저 시작했습니까! 공화당입니다! 경제를 망친 대통령, 누구입니까? 맥아더입니다!"

"이제 바뀌어야 합니다. 민주당이 바꾸겠습니다!"

그들은 아이크 대선 캠프가 내린 결론과 비슷한 답에 도달했다. 이제 이놈의 공산당 어쩌고와 간첩 어쩌고 자체가 유권자들에게 피로감을 유발하고 있으니 그냥 이것 자체를 비난하고, 대신 현 정권의 과도한 군비와 회복되지 않는 경제를 공격하는 것.

실제로 'I LIKE IKE' 열풍 속에서도 이 전략은 두드러졌고, 나아가 맥아더―킴―아이젠하워를 통틀어 '군부의 국가 지배 시도'로 규정하자 민주당의 지지율은 제법 유의미한 수준의 상승을 보여주었다.

하지만 때로 하늘은 인간의 힘으로 어쩔 수 없는 시련을 던져주기도 하는 법이다.

"미합중국 시민 여러분께 알립니다. 1948년 7월 15일 새벽 3시 50분. 워싱턴 D.C.의 월터 리드 병원에서, 미합중국 육군 대원수 존 조지프 퍼싱이 영면에 들었음을 공식적으로 안내드리는 것을 무척이나 가슴 아프게 생각합니다."

숨을 거둔 한 시대의 거인. 위대한 전쟁영웅의 죽음 앞에서 전국적인 추모 분위기가 조성되었고, 각계각층을 막론하고 그를 기리기 위한 무수한 행사가 줄을 이었다.

'퍼싱 대원수께서는 단순한 1차대전의 영웅이 아닙니다. 그는 훗날 미합중국을 이끌어나갈 위대한 인재들을 키웠으며, 장군의 손으로 자라난 새싹

들은 거목이 되어 훗날 전체주의의 야욕으로부터 세계를 지켜냈습니다.'

'맥아더 대통령은 물론이거니와 유진 킴 대원수, 마셜 원수, 드럼 원수 등 우리에게도 친숙한 영웅들은 모두 하나같이 '퍼싱의 아이들'이었습니다. 퍼싱 장군은 실로 영웅들의 영웅이라 할 수 있겠지요.'

'그분은 물론 노령이셨으니 죽음을 피할 순 없었습니다. 하지만 최근 들어 격화된 간첩 논란에 자신이 키운 인재들이 줄줄이 좌익 논란, 용공 논란에 휩싸이자 심장병에 시달리는 와중에도 워싱턴을 돌아다니며 그들의 무고함, 그리고 그들이 얼마나 애국적인 인물인지 호소하고 다녔다고 합니다⋯⋯.'

"아무래도 하늘이 우릴 버린 모양이로군."

캠프의 그 누구도 러셀의 중얼거림에 차마 대답하지 못했다.

* * *

게임은 원래 이겨야 재미있는 법. 최종병기 아이젠하워를 맞이하며 승리에 대한 확신을 얻게 된 공화당은 그야말로 미쳐 날뛰었다.

"모든 것은 쇼여야 합니다. 이제 정치도 개꿀잼이어야 사람들이 본단 말입니다."

"대원수님. 하지만 정치란⋯⋯."

"아. 제가 절대 방송국을 갖고 있어서 하는 말이 아닙니다. 애초에 방송국은 제 것이 아니라 제 동생 것이지요."

"킴 장군의 말이 맞습니다. 유권자들의 머릿속에서 민주당이란 글자를 싹 지워버려야 합니다!"

종전 이후 미국의 무수한 기업들은 라디오 대신 텔레비전을 새로운 시장으로 내다보고 있었고, 이들은 경쟁적으로 어마어마한 투자와 공격적인 마케팅을 병행하며 TV라는 문명의 이기를 팔아치우기 위해 용을 썼다.

그 결과 미국 가정의 TV 보급률은 폭발적으로 상승 곡선을 그리고 있었으며, 지난 대선 토론을 기점으로 정치권 또한 TV의 파괴력을 인지하는 이들이 속속 늘어나고 있었다. 그리고 하나 더.

'맥아더와 아이젠하워. 이놈들은 군인이면서 대체 왜?'

'군바리들이 당을 근본적으로 뒤바꾸려 하고 있다. 이대로라면 정말 우리가 FDR의 후계 정당이 될 판이잖은가.'

민주당의 좌향좌가 FDR을 기점으로 이루어졌다면, 공화당의 우향우는 최소한 19세기부터 시작된 일. 서서히, 하지만 점진적으로 보수 정당으로 변하고 있던 공화당을 다시 뿌리부터 진보 정당으로 돌리려 하는 기색이 진해지자, 공화당 내 보수파들은 결코 이를 좌시할 수 없었다. 물론 매카시즘의 역풍에 모가지가 날아가지 않고 제 의자를 지킨 이들에 한해서.

"저는 아이젠하워 장군의 오랜 헌신을 존경하며, 그분이 우리 당으로 와 주신 데에 깊은 감사를 표합니다. 하지만! 대통령 후보는 다릅니다! 당원 여러분, 부디 저에게 한 표를 주십시오!"

"와아아아!!"

"태프트! 태프트!"

로버트 태프트(Robert Alphonso Taft Sr.) 오하이오주 상원의원은 이러한 보수파를 결집하는 데 성공했다.

태프트 가문은 오래전부터 정치 명문가였고, 로버트 태프트의 아버지는 그 유명한 미국 27대 대통령과 대법원장을 역임한 윌리엄 태프트(William Howard Taft)였다. 태프트 의원은 뉴딜의 강력한 반대파였고, 나아가 생전 FDR이 독재를 꿈꾸고 있다고 여기는 인물 중 한 명이었다.

그는 골수 고립주의자로 최후까지 2차대전 참전을 반대하던 인물이었으며, 중국 내전 개입 또한 반대했으며, NATO와 PATO의 설립, 유엔의 설립과 가입 모두 반대했다. 그럼에도 불구하고 그를 완전한 '보수 우익'으로 규정할 수는 없었다.

그는 뉴딜 정책에 일괄적으로 반대하는 대신, 공공임대주택이나 교육에 대한 연방정부 예산 투입과 같은 분야에 대해서는 뉴딜을 옹호함으로써 동료들을 당황스럽게 했다. 또한 그는 소련이 사람들의 인식만큼 그렇게 위협적이지 않으며 소련을 무리하게 봉쇄하려는 기조 자체가 오히려 전쟁 위기를 더욱 부채질한다고 판단했고, 매카시의 망동이 위험하고 파멸적이라고 판단해 가장 먼저 저지에 나선 의원 중 한 명이었다. 매카시와 함께 나락으로 떨어지지 않은 공화당 보수파들은 바로 이 태프트를 대선 후보로 추대하기로 합의하였다.

'아이젠하워 장군은 정치인이 아니다. TV 토론으로 끌고가 그의 미숙함을 돋보이게 하면 아직 승산이 있어.'

이러한 계산 속에서 공화당 경선은 처음부터 끝까지 언론과 함께하게 되었다. 후보자 토론에서부터 전당대회까지 모조리 전파를 타게 된 것이다.

"지금 우리에게 무엇보다 절실한 것은 경제 성장입니다. 아이젠하워 장군님. 전직 육군참모총장으로서, 우리 시민의 혈세가 전 세계 각지로 헛되이 흘러가고 있는 상황에 대해 어떻게 보고 계십니까?"

"존경하는 의원님. 우리는 이미 10년 전에 똑같은 발상이 어떤 결과를 초래했는지 목격했습니다. 유럽의 국가 중 그 어떤 나라도 군대에 돈을 쓰고 싶지 않아했고, 그 결과 아돌프 히틀러는 전쟁위기를 빌미로 협박과 공갈을 자행했습니다. 군비는 결코 헛된 돈이 아닙니다. 스탈린에게 전쟁을 일으켜도 이길 만하다는 잘못된 신호를 주는 순간, 우리는 제3차 세계대전에 직면하게 될 겁니다."

하지만 실패. 아이젠하워는 의외로 능숙하게 토론을 진행했고, 오히려 태프트는 '안보의식이 부족하다.'라는 딱지만 얻고 말았다. 마지막 역전의 기회를 놓친 태프트에게 두 번째 기회는 없었다. 아이젠하워는 무난하게 공화당 대선 후보로 선출되었다.

1948년 11월 2일. 미국 대통령 선거 개시.

[압도적인 차이!]

[미국인은 아이크를 좋아하는 것으로 밝혀져!]

[예상된 결과. 예상대로의 결말.]

[민주당 '대참사'… 정국 주도권 완전 상실.]

[상하원 모조리 석권한 공화당!]

그리고 아이젠하워는 백악관 문턱을 밟았다. 실로 기록적인 대승리.

"대통령 각하. 감축드리옵나이다!"

"…고맙다, 진. 네 덕분이야."

"어? 우냐? 울어?"

"울긴 누가 운다고 그러냐."

아이젠하워는 킴을 보고 양팔을 쭉 벌렸고, 유진은 쫄레쫄레 다가와 그를 꽉 끌어안았다. 승리의 달콤함이란 언제 만끽해도 질리지 않았다.

킴 플랜 4

아이젠하워 행정부가 출범한 직후. 나는 이제 야인이 된 맥아더와 만났다.

"신수가 훤해 보이는군."

"그렇게 보이십니까?"

"나는 백악관에 입성한 뒤 거울을 바라보기가 무서웠네. 하루하루 몸이 축나고 비쩍비쩍 말라가는 꼴이라니! 국가를 위해 공헌하는 일은 분명 매력적이었지만, 이제 깨달았네. 나는 평생 군인이었고, 군인이길 소망했고, 앞으로도 대통령보다는 나라를 위해 헌신한 군인으로 기억되길 원하네."

얼마 남지 않은 맥아더의 머리카락은 하나같이 푸석푸석했고, 얼굴엔 주름이 자글자글해졌다. 특히 저 계단식 논을 형성한 이마 좀 보라지. 얼마나 찡그리고 살았으면 4년 만에 이마가 오겹살이 되어버리나. 역시 대권 도전 안 한 건 잘한 선택이었다. 저런 몰골이 될 순 없지. 암, 그렇고말고.

"뭔가 또 나쁜 생각을 하는 모양이군."

"왜 맨날 저만 보면 그런 말만 하십니까. 다 오해입니다."

"항상 나쁜 생각을 하니까 그런 말을 듣는 걸세."

그는 물끄러미 우리 발치에 있는 비석을 바라보았고, 나 또한 그리로 시선을 옮겼다.

[존 J. 퍼싱

미주리

미합중국 육군 대원수

1860년 9월 13일 — 1948년 7월 15일]

"퍼싱 장군께선 확실히 눈썰미가 좋았단 말이지. 본인 묘 들어설 곳을 직접 지정했다더니, 딱 대포 올려두고 감제하기에 좋은 입지 아닌가."

"하. 하하……."

얼마 전부터 '퍼싱 언덕'이란 별명이 붙어버린 알링턴의 어드메. 그의 묘비 주변으로는 온통 지난 1차대전에서 주검이 되어 돌아온 이들이 한가득 모여 있었다.

"그거 아십니까."

"무엇?"

"몇 년 전에, 퍼싱 장군과 함께 이 알링턴에 왔었습니다. 그때는 채피 장군의 묘비 앞에서 이야기를 나눴었지요."

"죽음이 두렵나?"

"글쎄요. 그것보단……."

나는 말끝을 흐렸지만, 맥아더는 집요했다.

"확실히 자네가 젊긴 젊군."

"저도 50대입니다. 젊다뇨."

"내 앞에서 그런 말 하지 말게. 이 어린것아. 그런 의미에서 내 장례식이 열리거든 부디 후배님이 추도사를 해줬으면 하네."

"아니 시발. 이 개념도 없고 공감 능력도 없는 양반아. 지금 남의 묘지 앞에서 한껏 센치해진 사람한테 그따구 말이 나옵니까? 정치인 아니었어요?"

"정치인 노릇도 이제 다 끝났네. 이 더글라스 맥아더는 모든 임무를 수행했고, 천국 입구 앞의 베드로께서 내게 물어봐도 가슴 쭉 펴고 '나는 내 임무를 다했습니다.'라고 말할 수 있단 말이지. 하지만 귀관은, 자네는 해야 할 일이 아주 많아."

나는 과연 몇 년을 더 살까. 이들보다 먼저 묻힐까, 아니면 다른 이들이 묻히는 모습을 이렇게 또 지켜봐야 할까. 맥아더는 미리 준비해 온 꽃 한 송이를 헌화했고, 나는 꽃 대신 조용히 내 소중한 애완 위스키를 꺼냈다.

"장군께선 꽃을 더 바라셨을까요?"

"내 확신하건대 그분께선 아시아의 전통이 훨씬 더 훌륭하다고 기뻐할 걸세. 금주법은 좆이나 까라 하고 꾸역꾸역 스카치위스키를 마시던 분이시거든."

우리는 그렇게 한참 묘지를 바라보며 서 있었다.

"내 친구 진."

"예, 각하."

"제기랄. 난 연임도 안 했으니 그 소리 좀 치우게."

"알겠습니다."

"…3차대전이 일어날 확률은 얼마쯤 되지?"

나는 길게 고민하지 않았다.

"0%지요."

"어째서?"

"제가 막을 테니까요."

"믿고 있겠네."

맥아더는 내 어깨를 한 차례 두들기더니 나를 기다리지 않고 먼저 언덕을 내려갔다. 아릿한 겨울바람이 냉전의 칼날처럼 내 코트 자락 속으로 파고들고 있었다.

* * *

시발. 시발. 이 저주받을 워싱턴 D.C. 결국 돌아오다니. 여기에 내가 돌아오다니! 아악!

한때 전쟁부와 국무부가 함께 쓰던 이 청사 건물은 펜타곤이 완공되면서 국무부만을 위한 오피스 빌딩이 되었다. 가끔 놀러 올 땐 그냥저냥 괜찮았지만, 여기가 내 새로운 직장이 될 예정이라고 하니 건물이 참 못생겨 보인다. 빌어먹을.

아이젠하워 행정부가 정식으로 출범하고, 나는 공화당 의원들과 지지자들로부터 부디 입당해 달라는 끝없는 권유에 시달렸다.

"제가요?"

"입당이요?"

"왜요?"

절대 안 하지. 안 그래도 이번 대선에서 민주당과 척을 졌는데, 입당까지 하는 날엔 정말 완전히 척지게 된다. 지금 좀 으르렁댄다 해도 모금함에 돈 좀 꽂아 넣고 행사 몇 번 왔다 갔다 하면 또 금방 풀리는 게 정치인들 마음 아닌가. 내가 딱히 무슨 정치적 신념이 있는 것도 아닌데 굳이 입당을 왜?

입당 권유를 뿌리친 후, 나는 곧장 아이크와 면담 일정을 잡았다.

"하하. 국무부장관님 오셨습니까?"

"예, 대통령 각하. 제게 기가 막힌 아이디어가 있습니다."

"오?"

"마셜을 잡아 옵시다."

크헤헤. 나만 일할 순 없지. 원 역사에 '마셜 플랜'이란 단어를 남긴 능력자를 써먹지 않을 이유가 어디 있단 말인가? 킴 농장. 얼마나 감미로운 단어인가. 노예가 마름이 되고 마름이 노예가 되는 이 멋진 신분 변경의 기회. 이게 바로 인터내쇼날이지. 기립하시오! 이것이 인터내셔널이오! 하지만 아이크의 표정은 풀릴 줄은 몰랐다.

"마셜 장군이 탁월한 행정가라는 사실을 누가 모르겠나? 안 그래도 이미 내가 제안을 해볼까 했었지."

"…응?"

"하지만 어렵게 됐네."

이게 또 무슨 소린가. 하지만 논리는 간단했다.

'군인 출신이 너무 많으면 곤란하다.'

"잠깐. 그럼 나는?"

"반대지. 널 장관으로 임명했으니 더 이상 행정부에 군인 냄새가 짙어지면 좀 곤란한 거라고."

"그, 그럼 차관 자리는?"

"말이 되는 소릴 좀 해라. 외교 업무 전문가도 아니었던 마셜 장군을 차관에 앉히자고? 장관이면 몰라도… 근데 장관 자리는 이미 임자가 있네?"

"좋아. 그러면 이건 어때. 이제 한 번쯤 유럽에 NATO 건이든 뭐든 특사 같은 걸 파견해야 하지 않을까?"

"…본인이 승낙한다면 한번 생각은 해보겠네."

절대 이건 내가 늙은 마셜을 부려먹고 싶다는 욕심에서 떠올린 발상이 아니다. 원 역사에서 검증된 최고의 인재를 기용하고 싶다는 지극히 합리적인 아이디어지.

나는 곧바로 버지니아주에 있는 마셜의 안락하고 고요한 집으로 찾아갔고.

"온 김에 토마토나 좀 가져갈 텐가?"

"아니, 언제 이렇게 농부가 되셨습니까."

"농부는 무슨. 마당에 그냥 호박 좀 키우고, 토마토나 풀때기 좀 키우고. 이리 오게. 내 부인이 장미를 기가 막히게 기르고 있거든. 제수씨께 주면 참 좋아할 걸세."

"아니, 그것보다 제 생각에 이 나라와 시민들을 위해 조지 마셜이라는 거목이⋯⋯."

"이제 더 이상 사람 죽는 문제와 엮이기 싫네."

마셜은 냉정하게 축객령을 내렸고, 나는 차 트렁크에 온갖 야채만 바리바리 실은 채 돌아올 수밖에 없었다.

왜⋯⋯? 어째서⋯⋯? 원래 다들 권력 좋아하는 거 아니었어?

나는 아이크에게 돌아가 야채 한 바구니를 넘기고 실패 보고를 올렸고, 그 녀석은 체통도 없는지 신나게 배를 잡고 웃어댔다.

"하하하하! 천하의 유진 킴이 실패를 할 때도 다 있군!"

"다 알고 있었구나. 속였구나!"

"무슨 소리야, 이 친구야. 마셜 농장의 싱싱한 채소를 가져왔으니 훌륭한 임무 수행이지. 패튼을 불러서 작곡이라도 시켜야겠군. 야채배달부 유진 킴은⋯⋯."

저 맨들맨들한 이마를 토마토보다 시뻘겋게 물들여주고 싶다는 욕망이 피어오른다. 조 장군님, 제게 구국의 결단을 할 용기를⋯⋯.

"아무튼 우리 예언자님. 이제 국무장관 자리까지 거머쥐셨으니 정말 할 수 있는 건 모두 해볼 수 있게 되었는데, 앞으로의 복안이 있으십니까?"

후. 일해야지, 일.

"대통령 각하. 공산주의 확산을 막는다는 건 불가능한 일입니다."

"정말 확실한가? 그럼 저 빨갱이들이 승리한다고?"

"아니지. 빨갱이 새끼들은 어차피 내부 모순으로 무너질 수밖에 없어. 우린 느긋하게 저놈들이 자멸하는 걸 기다리면 될 뿐이고."

"⋯그것도 네 '예언'인가?"

"못 믿는 것도 당연한 일이지. 그럼 조금 이야기를 바꿔 보자고."

나는 가볍게 우리 앞에 놓여 있던 지도를 두들겼다.

"공산주의에 대한 모든 편견이나 기존의 선입견은 잠시 넣어 둬. 그건 지금 의미가 없으니. 대신… 가톨릭이라고 생각해 보자고."

"스탈린이 교황이라고?"

"빌어먹을. 비유잖아, 비유. 하지만 정확해. 지금 소련이 저토록 강성하고 미국에 위협적인 존재로 떠오를 수 있는 이유는 바로 크렘린이 신정일치의 바티칸이기 때문이야. 모든 빨갱이들은 사회주의 혁명의 총본산인 크렘린에 심리적으로 복종할 수밖에 없단 말일세."

아이젠하워는 다시 진지한 자세로 돌아와, 지도상의 '모스크바'라고 표기된 곳을 뚫어지게 응시했다.

"자, 그럼 여기서 문제. 중세 유럽을 지배하던 교황은 어떻게 그 힘을 잃었지?"

"스탈린을 납치해 오클라호마에 유배시키자고?"

"빌어먹을."

아비뇽 유수 말고 이 자식아.

"종교개혁. 가톨릭 간판 내리고 개신교 깃발 올리니 교황은 유럽의 절반을 잃어버렸지."

"…빨갱이 종교개혁이라."

"무소불위이자 유일무이한 크렘린의 권위를 무너뜨리고, 빨갱이들끼리의 상호 대립을 유도하면 돼. 그러면 공산주의 자체는 확산될지언정, 소비에트연방이라는 초강대국의 성장은 오히려 둔화되겠지."

어렵다. 솔직히 말해 '가지 않은 길'인 만큼 잘될지 아니면 쫄딱 망할지 짐작도 가지 않는다. 그렇지만 냉전기 내내 똥볼만 차기 일쑤였던 미국의 처참한 외교 전략을 답습하느니, 한번 새로운 도전을 해보는 것도 나쁘진 않겠지.

"대통령 각하. 저는 공산 국가를 매수해 우리의 안보전선에 끌어들이는 것을 정식으로 제안드리는 바입니다."

"…가끔 네 머리통엔 무슨 생각이 들어차 있는지 궁금하단 말이지."

힘없이 중얼거리는 아이크의 목소리엔 이제 체념마저 섞여 있었다. 하지만 이게 최선 같단 말야. 원 역사에서의 '마셜 플랜'은 잿더미가 된 유럽을 부흥시켜 다시금 미국을 위한 시장이자 소련을 막는 장벽으로 삼기 위해 시행되었다.

사실 이 마셜 플랜은 번뜩이는 마셜의 두뇌로만 시행할 수 있었던 천재적인 발상이라기보단, 시대가 바로 그걸 요구했기에 시행된 일이다. 물론 국무장관으로서 마셜의 영향이 없는 건 아니지만, 적어도 마셜이 없다고 해서 마셜 플랜이 벌어지지 않는 건 아니란 소리.

원 역사와 제법 많이 뒤틀린 이곳에서도 덜레스 전 국무장관의 지휘하에 마셜 플랜은 이루어졌다. 다만 그… 우리 맥황상께서 에고가 보통 강한 양반이 아니잖은가. 곧 죽어도 자신이 돋보여야 하는 그 성격 덕택에 이 지구에서는 '덜레스 플랜'이란 명칭이 붙는 대신 '맥아더 플랜'이 되고 말았다.

이제 마셜 플랜, 아니 맥아더 플랜의 뒤를 이을 새로운 외교 전략이 필요한 시점.

"유럽. 중동. 아시아. 언뜻 보면 레드 팀과 블루 팀이 극명하게 대립하고 있다고 생각되겠지만, 레드 팀 중에서도 모두가 소련의 권위에 절대적으로 복종하는 건 아닙니다."

"끌어들일 수 있겠다 싶은 나라가 있나?"

"유고슬라비아, 이스라엘, 이란, 베트남. 이들 중 절반만 끌어들여도 대성공입니다."

적어도 마음에 안 든다고 쿠데타 일으키는 것보단 훨씬 나을 거 아냐.

킴 플랜 5

1949년. 새로운 대통령과 함께 맞이하는 새해.

원 역사에서 1949년은 음울한 해였다. 국공 내전에서 완패한 장개석은 간신히 목숨만 건져 대만으로 도망쳤고, 공산주의자들의 새로운 목표는 한반도가 되었다.

하지만 지금은 꽤 다르지. 내 전임자인 덜레스 국무장관은 재임 시절 목표를 '소련의 진출 시도 봉쇄'로 잡았고, 이를 실천하기 위해 유럽에 NATO, 아시아에 PATO를 수립했다. 그의 구상은 실제로 제법 효험을 보았고, 이제 내가 다음 타석에서 새로운 판을 짜야만 한다. 아이크는 내 여러 가지 제안을 신중하게 검토했으며 여러 논의를 거친 뒤 이른바 '아이젠하워 독트린'을 발표했다.

'미합중국은 민족자결의 원칙을 준수하고, 신생 독립국의 발전과 민주주의를 후원하며, 일절 영토적 야심을 품지 않는다.'

'미합중국은 세계 평화를 위해 공헌해야 하며, 이를 위해 선량한 민간인의 안녕과 평화를 위협하는 국제공산주의의 위협에 분명하게 대응해야 한다.'

'우리는 새롭게 국제사회의 문을 연 나라들이 신속하고 안정적인 경제 성장을 이룩할 수 있도록 적극적인 지원을 해야 한다. 또한, 우리의 지원뿐만 아니라 국제공산주의의 위협에 처한 여러 나라들이 스스로를 지킬 수 있도록 다자간 협력 체계를 구축하는 것 또한 지원을 아껴서는 안 된다……'

꽤 교묘한 어휘 사용이 눈에 띄는 선언. 쉽고 단순무식하게 요약하자면 대충 이런 뜻이다.

'식민지 그만 갖고 놀아라.'

'빨갱이에 맞서면 탱딜힐 다 해주겠지만, 이제 똘마니들끼리도 합체조립해서 자체 방어력도 키워줘야 한다. 언제까지 업혀서 살래?'

그리고 하나 더. 맥아더가 내세웠던 '빨갱이를 싹 날려버리기 위한 십자군' 구호는 대통령이 바뀌면서 자연스럽게 간판 내렸고, 우리는 은연중에 공산주의와도 손을 잡을 수 있다는 시그널을 보냈다. '해당 국가의 민심이 공산당을 원하며', '폭력으로 정권을 잡으려는 시도를 멈춘' 빨갱이라면 협력의 대상이 될 수도 있다는 뜻.

물론 여전히 이 나라 곳곳에는 반공 투사님들이 그득그득하기 때문에 이걸 대놓고 말할 순 없다. 하지만 우리가 아무리 개떡같이 말해도 처맞는 당사자인 빨갱이들은 찰떡같이 알아들어야지. 이것도 못 알아들으면 정권 잡을 자격 없다. 대통령이 직접 새로운 선언을 날렸으니, 아래에 있는 따까리들은 실무를 해야 할 시간.

그 첫 번째 스윙은 베트남이 될 예정이었다.

"취임을 진심으로 축하드립니다, 킴 장관님."

"제발 절 좀 풀어주면 좋겠는데, 망할 문어대가리가 절 놔주지 않는군요."

우선 주미 프랑스 대사와의 회견부터.

당연한 말이지만, 역사는 크게 뒤틀렸다. 내 기억이 정확하다면 프랑스는 베트남을 다시 식민지로 삼기 위해 온갖 패악을 떨다가 호치민에게 디엔비엔푸에서 코뼈가 다 내려앉는 중상을 입은 뒤에야 결국 베트남에서 손을 뗀다. 그 와중 베트남에 빨갱이 바이러스가 퍼진다는 소식에 기겁한 미국이 프랑스의 배턴을 이어받게 되면서 저 지랄맞은 베트남 전쟁이 시작된다… 가 아마 원 역사였을 텐데.

루즈벨트 사후, 월레스 대통령은 말할 것도 없이 FDR의 정책을 계승해 '너네 살려줬으니 식민지고 나발이고 다 손 떼. 꼬우면 알지?' 식의 모션을 취했다.

맥아더는 한술 더 떠 '베트남에서 헛짓거리할 체력은 있으면서 중국 내전은 참전 안 해? 니네 참 개자식들이다?'라며 이게 대통령인지 공갈꾼인지 구분이 힘든 수준의 고자세를 유지했다. 그 탓일까, 프랑스는 베트남에서 제법 온건한 방식으로 접근하고 있었다.

"우리 프랑스 제4공화국은 베트남인들의 교화가 미흡하지만 자립하기에는 충분한 수준까지 진전되었다고 확신하고 있습니다. 다만, 잘 아시다시피 공산주의자들이 혁명을 일으키기 위해 암약하고 있는 것이 문제지요."

"그렇지요."

"저들 빨갱이들은 도대체 어찌된 영문인지 꼴에 탱크까지 보유하고 있습니다만……."

왜 날 그런 눈으로 쳐다보나. 나는 절대 호치민에게 전차나 중화기를 준 적이 없다. 그놈이 배달 음식 몰래 빼먹는 배달부처럼 군 걸 왜 나한테 따져. 따지고 보면 나도 피해자야. 나는 한 점 부끄러움 없는 시인처럼 더욱 어깨를 폈다.

"귀국은 저들 인도차이나 공산주의자들과 어떤 정책을 시행하고 있습니까?"

"저희는 이제 베트남 현지인들에게 자립을 촉구하고 있는 만큼, 그 문제는 저희가 관여할 바가 아니라고 봅니다."

"프랑스가 공산주의와의 투쟁에서 손을 뗀다면 이는 베트남 국민들에게 무척이나 불행한 일이 되겠군요. 저들은 수는 적지만 잘 무장하고 있으니, 과연 베트남인들이 저들의 마수를 버텨낼 수 있을지 걱정됩니다."

이놈의 나비효과라는 게 참으로 오묘한 법. 장개석의 남중국은 아슬아슬하게나마 생존에 성공했다. 하지만 중화민국의 발상지인 무한에 핵까지 갈긴 마당에 그 권력과 권위가 어디 온전하겠는가? 당연히 개같이 물어뜯기고 하야하라는 전방위적 압력에 시달렸다. 그러자 장개석 정부는 생명연장을 위한 만병통치약, 이미 탁월한 효과가 검증된 빨무새를 동원했다.

'장개석이 없으면 우린 적화 위협에 고스란히 노출된다'

'위로는 중공, 아래로는 베트남. 패배하면 우리 모두 죽는다!'

독재자가 집권 위기에 시달릴 땐 언제나 외부의 적을 강조하는 법. 때마침 중화민국은 2차대전의 승전국으로서, 영국과 함께 베트남 북부를 관리 감독해야 할 책임이 있었다. 그동안은 모택동의 위협 때문에 사실상 손을 놓은 상태였지만, 장개석은 어느 정도 내부 숙청이 마무리되기 무섭게 곧장 군대를 파병했다.

호치민과 전면적으로 충돌하는 건 장개석도 전혀 원하지 않았던 관계로 중국 국부군의 움직임은 무척 굼뗬지만, 원 역사에서 모택동이라는 사상의 동무와 국경을 맞대고 있던 것에 비하면 호치민의 혁명 난이도는 수직으로 상승했으리라.

우리는 이런저런 대화를 통해, 서로의 의중을 대강이나마 탐색할 수 있었다.

'우리 프랑스는 베트남에 괴뢰 정권을 세우고 알맹이만 빼먹고 싶다.'

'지금도 빽하면 좌파와 우파 간에 총질이 오가는데 손을 떼시겠다고? 제대로 개입하든가 확실하게 손을 떼든가 하나만 하세요.'

'우린 알제리 확보에 힘을 기울여야 해서 진짜 여력이 없는걸?'

'그럼 호치민도 그 정권에 합류시키든가.'

'네? 네?? 뭐라고요???'

내 암시에 대사의 눈이 화등잔만 해지는 건 당연한 일.

"베트남인들끼리 서로 죽고 죽이다니, 이 얼마나 불행한 일입니까. 저들이 무력으로 프롤레타리아 혁명을 일으키겠단 의지를 접기만 한다면 우리는 너그러운 마음으로 의회에 그들을 위한 자리를 마련해줘야 한다고 생각합니다."

"장관님. 장관님께서 누구보다 잘 아시겠지만, 빨갱이들은 결코 자기네 공산 독재 정권을 세우는 그날까지 타협할 종자들이 아닙니다."

"그러니까 제안이지요. 그들이 끝끝내 폭력 혁명을 원한다면 확실한 토벌에 대의명분이 생기지 않겠습니까."

전쟁 끝나자마자 티토가 안면몰수하고 태세를 전환했듯, 이 시대 빨갱이들이 정말 공산 국가 건설의 야망을 접고 얌전히 민주주의에 합류할 거란 기대는 하지도 않는다.

필요한 건 시간. 한 10년 정도. 이웃한 인도네시아가 영토에 대한 야심을 키우고 점차 블루 팀에서 뛰쳐나가려는 자세를 잡고 있는 지금, 베트남이 적당히 안정될 수만 있다면 어느 정도 양보해줄 용의가 있다.

"미국 국무부의 향후 정책에 대해 보다 자세히 듣고 싶습니다."

"저는 미국에서 소수민족인 한국계로서, 신생 독립 국가들의 고충을 그 누구보다 더 잘 알고 있습니다. 참으로 안타까운 일이지만, 이들 신생 독립국에서 고등교육을 받은 인재 상당수가 빨간 물이 들어 있기 때문에 공산주의 확산이 필연적으로 벌어지고 있지요."

왜 빨간 물이 들었냐? 빨간 물 안 든 놈들은 거의 대부분 식민 지배자에 붙어먹던 매국노들이거든. 베트남이든 아니면 다른 어디든, 결국 조선과 대동소이하다. 나라를 굴리려면 먹물쟁이들이 많이 필요하다.

근데 식민 상태에서 먹물 먹으려면 필연적으로 집이 잘살거나, 어마어마한 불굴의 의지가 있어야 한다. 전자는 당연히 매국노 집안 자식이고, 후자는 보통 빨갱이가 된다. 이 좆같은 지옥의 이지선다.

원 역사의 미국은 이 난국에서 '친미 반공만 내세우면 독재자고 살인마고 아무튼 오케이.'라는 노선을 취했다. 처음에는 좋았다. 정통성이라곤 없는 이들 독재자들은 따뜻한 미국의 보호를 받으며 마음껏 반대자들을 쳐 죽였고, 반대파를 죄다 빵에 처넣거나 죽여댔으니 나라는 안정되었다. 겉으로 보기에는.

하지만 영원한 독재란 세상에 없는 법. 시민들의 분노에 독재정권들은 하나하나 무너졌고, 미국은 민주 시민들의 하나 된 의지가 독재자를 끌어 내리는 모습을 보며 자가당착에 휘말렸다. 민주주의의 수호자를 자칭하는 미국이 민주주의를 짓밟을 순 없잖은가.

여기서 손절했다면 차라리 나았을 텐데, 이미 빨갱이 공포증에 뇌를 파먹힌 미국은 그 민주 정권이 빨간 물이 들었다며 몇 번이고 뒷공작, 경제 제재, 군부 포섭, 반군 지원 등을 통해 무수한 나라들을 생지옥으로 만들었다.

그 결과 더 이상 그런 깽판을 치지 못하는 시대가 도래했고, 미국에 시 달릴 만큼 시달렸던 나라들은 당연히 미국을 증오하게 되었다. 히틀러가 눈앞의 이득만 보고 한탕 해먹으려다 지옥에 떨어졌듯, 미국 또한 결코 수 습할 수 없는 지옥불에 스스로 몸을 던진 셈이다.

"따라서, 우리는 올바른 반공 정신과 민주의식을 함양한 새로운 인텔리 계층을 육성해주고, 나아가 공산 혁명이 터지면 잃을 게 많은 중산층 또한 키워줘야 합니다."

"…그렇게만 된다면 참으로 다행이겠지만."

안 되면 어쩌려고? 그가 차마 말하지 못하고 삼킨 말이 내 귀에 들리는 듯했다.

안 되면 어쩌긴. 말년에 개망신당한 뒤에 책임지고 물러나면 될 거 아냐.

* * *

이제 명실상부한 세계의 패권국이 된 미국. 그 미국의 수장을 뽑는 대선 소식은 당연히 전 세계 방방곡곡으로 퍼져나갔다. 특히나 이번 대선의 의미는 더더욱 각별한 바.

— 속보 전해드립니다. 개표 결과, 미국 공화당의 대선 후보로 출마하였던 아이젠하워 원수께서 압도적인 표 차로 승리하여 미국 대통령에 당선이 확정되었습니다.

"만세!!"

"온 아시아의 홍복이로다! 만세!!"

"김 장군님 만세! 아이젠하워 장군님 만세!!"

많은 아시아인들은 이번 미국 대선을 '여러 민족을 포용하려는 착한 미국인 VS 유색인종 노예를 부리고 싶은 나쁜 미국인'의 대결이라는 지극히 이분법적인 시각으로 바라보았다. 그리고 공화당과 아이젠하워의 승리는 정의 구현 그 자체.

— 새로 취임한 아이젠하워 대통령께서는 조속히 자유 아시아 각국을 순방하여 공산주의와의 투쟁에 앞장서는 아시아인들을 격려, 위문하기로 결정하셨습니다.

— 이승만 대통령께서는 오늘 성명을 발표하시어 아이젠하워 대통령의 방한을 진심으로 환영한다고 밝혔으며, 국민 여러분들께 아이젠하워 대통령과 김유진 국무장관께 부끄러운 모습을 보이지 않도록 거국적인 손님맞이 채비에 나서야 한다고 하셨습니다……

그들의 간절한 기대를 외면하지 않았는지, 새 대통령은 무려 미국 대통령이라는 최고존엄의 지위에도 불구하고 이 머나먼 아시아로 친히 가겠다고 발표했다.

"크하하하하하!! 내가 뭐라 했나! 그놈이 질 리가 없다고 하지 않았나!"

"아, 예……."

그리고 이승만은 축배를 들었다. 얼마 남지 않은 차기 대선. 명나라 황제도 조선 땅을 밟은 적이 단 한 번도 없건만, 그 황제보다 잘나면 잘났지 떨어질 게 없는 미국 대통령이 친히 방한한다는 빅 이벤트가 잡혔다. 군축, 상이군인, 저임금, 농촌 경제, 주택 공급, 고물가 등 대선 현안으로 나올 법한 온갖 이슈들이 아이크 방한이라는 메테오 한 방에 모조리 소멸.

게다가 아이젠하워다, 아이젠하워. 김유진과 함께 미군을 이끌고 일본제국을 쳐부쉈던 위대한 명장이자 조선을 해방시켜준 위대한 영웅. 이번 기회에 정권 교체 한번 해보자고 벼르고 있던 자들도, "감히 귀빈께서 오시는데 데모나 하는 난장판을 보여드릴 셈이냐?!"라는 일갈 한 번에 싹 조용해지지 않는가.

"그렇지. 김유진이가 나를 버릴 리가 없지. 빨갱이 여운형이 대통령 되는 꼴을 지켜만 보고 있을 놈이 아니다, 이 말일세."

"하지만, 그 말씀이 맞다면 김 장군도 청구서를 내밀지 않겠습니까."

"이보시오, 부통령. 그 반댈세. 감히 미국이 내미는 청구서를 이 나라가 거부할 수가 있나? 차라리 내달라는 걸 내주고 그 대가라도 제대로 정산받는 게 옳은 일 아닌가. 그리고 적어도 김유진이란 인간은 셈 하나는 똑바로 하는 놈일세."

하지만 얼마 후 주한 미국 대사가 찾아와 청구서를 내밀었을 때, 천하의 이승만조차 당혹스러움을 숨기지 못했다.

"파병… 말씀이십니까?"

"그렇습니다, 대통령 각하. 우리 미합중국 정부는 대한민국 국군의 놀라운 투쟁심과 사기, 그리고 전투력에 크나큰 감명을 받았습니다. 한국군이 유엔 평화유지군에 참여해 다른 어려운 나라의 민주주의 질서 수립에 도움을 준다면 이 얼마나 멋진 일이겠습니까."

"저 또한 한 명의 외교관으로서 유엔의 대의에 참으로 공감하고 있습니다. 하지만 이 나라는 지금 또다시 전쟁에 휘말리기에는 조금……."

"안심하십시오. 절대 전면적인 전쟁에 한국군을 동원하지는 않을 겁니다. 또한 아직 확정된 사안 또한 아닙니다. 만에 하나를 위해 귀국의 의사를 묻는 것일 뿐입니다."

베트남 파병 요청. 이승만의 등에 폭포라도 샘솟은 것마냥 땀이 줄줄 흘러나왔다.

킴 플랜 6

한민족이 나라라는 걸 세운 이래, 이토록 군인들 입김이 강했던 적이 몇 번이나 있을까. 최근 한국 정계에서는 슬슬 불안감을 호소하는 이들이 늘어나고 있었다.

"이러다 이 나라가 동방의 세르비아가 되는 거 아닙니까?"

"소련과 중공에 기가 눌리지 않는 건 참으로 좋은 일이지만, 그, 너무 과격해지면 조금……."

"이러다 국수주의적 분위기가 팽배해질지도 모릅니다."

"어허."

"군인이 선망받는 직업인 나라가 제대로 된 나라겠습니까? 대중에게 지지받는 군부가 무슨 짓을 저질렀는지, 바로 동쪽만 쳐다보면 답이 나오잖습니까."

"그럼 조선 시대 양반들처럼 국방은 대충 내팽개치고 외적이 쳐들어오지 않는다고 경전만 외고 있으면 되겠습니까?"

당장 전쟁이 끝난 지 얼마 되지도 않았다. 더군다나 북쪽엔 중공과 소련이라는 수백만 대군을 거느린 강대국이 적성국으로 존재했다. 비대한 군규모는 어쩔 수 없는 일.

하지만, 저 머나먼 사천 땅에서, 이곳 한반도에서, 그리고 만주 벌판에 이르기까지 임정 광복군을 계승했노라 자부하는 군부는 연이은 승전으로 전국민적 지지를 받고 있었고, 전쟁이 끝난 지금 이름난 전쟁영웅 중 다음 선거에 출마하리라 하마평이 무성한 이들 또한 있었다.

국회 구석에서, 혹은 일본식 요정 어드메에서 이런저런 이야기가 오가고 있다는 걸 뻔히 알고 있음에도 불구하고, 그 누구보다 권력의 향방에 민감한 대한민국 초대 대통령은 눈 하나 깜빡하지 않고 있었다.

"요즘 군인들이 득세했다며 의원들이 아주 참새라도 된 것처럼 요란스레 쨱쨱대고 있는데, 각하께선 참으로 태평하십니다."

"왜요? 내가 그럼 제 지역구 빼앗길까 두려운 마음을 우국충정으로 포장하는 머저리들과 동격으로 놀아야 합니까?"

"허허. 하지만 당장 나폴레옹 같은 사례도 있잖습니까."

"우리가 정치를 똑바로 하면 될 일입니다. 무력으로 나라를 차지한다? 그랬다간 국민들이 가만 안 둘 겁니다."

말은 그렇게 하면서도, 이승만은 코웃음을 쳤다.

'어차피 김유진이 이놈이 하면 깨갱해야 할 놈들에 불과한데. 웃기는 소리군.'

이 가난하고 자그마한 나라 따위, 스탈린이 짓밟기로 작심하면 군대가 아무리 많든 무슨 소용인가. 결국 이 나라의 안보를 담보해주는 것은 미국이었고, 그 미국은 처신만 똑바로 한다면 절대 한국의 정세를 어지럽히는 돌출 행동을 좌시할 리 없었다. 하지만 그렇게 생각하던 이승만조차 베트남 파병에 대해선 당혹스러울 수밖에 없었다.

"도대체 무슨 생각을 하는 겐가?!"

"뭐가 또 그리 불만이십니까."

어차피 서로 알 만큼 아는 사이. 한국에 방문한 김유진과 독대하기 무섭게 그는 열심히 짖어댔다.

"국공 내전은 당연히 우리가 뛰어들 만한 판이었지. 하지만 베트남이라니? 김유진 장군, 아니 국무장관께선 혹시 우리나라 국호를 잘못 알고 있는 거 아닙니까? 우리를 스위스랑 착각한 게 아닐지 한 번쯤 물어봐야 할 것 같은데."

"절대 전쟁을 또 하려고 이러는 게 아닙니다. 허허. 어지간하면 전쟁은 좀 피하고 싶다는 게 우리 정부의 의도이기도 하고요."

김유진은 쓴웃음을 지으며 곧장 본론에 들어갔다.

"당장 한국도 허가이를 비롯한 공산주의자들이 정부 수립에 참여했었잖습니까? 베트남도 그런 식으로 굴려볼까 합니다."

"그리고 그 허가이는 모스크바 지령이 떨어지자마자 반란을 일으켰지."

"베트남은 다릅니다. 도대체 어느 빨갱이 나라가 그들에게 지원을 보내 줄 수 있습니까?"

여전히 입김이 남아 있는 프랑스. 사시사철 원수지간인 태국. 북쪽엔 장개석의 중화민국.

베트남 공산주의자들을 두들겨 패고 싶어 명분만 찾는 나라는 많지만, 반대로 그들에게 도움의 손길을 건넬 수 있는 빨갱이 물주는 눈을 씻고 찾아봐도 없다.

"중국군은 도무지 믿을 수가 없습니다. 반면 한국군은 제가 직접 다뤄봐서 잘 알고 있기도 하고, 무엇보다 전투력이 검증되어 있지요. 게다가 빨치산 토벌전을 벌이면서 비정규전 노하우까지 축적되어 있습니다."

"그래서, 중국군 대신 우리가 베트남에 들어가라?"

"당근과 채찍이지요. 너희의 권력과 지분을 보장해주겠다. 대신 헛짓거리하면 바로 머리통을 찍어버리겠다. 미중한불 4개국이 동시에 반공을 빌미로 개입해버리는 상황은 호치민에게도 별로 행복한 상상은 아닐 겁니다."

"자꾸 이렇게 우리나라 군대를 굴리면 군부의 입김이 너무 커지는 건 어떡하고?"

"좀 그럴듯한 이야기를 해야 속아주지, 천하의 우남 선생께서 군부 하나 못 다루겠단 말을 하십니까?"

바늘 하나 들어가지 않을 것 같은 김유진의 철벽에 결국 이승만은 본론을 꺼냈다.

"용병을 부리려면 보수가 확실해야 하지 않겠나."

"대통령이랑 손잡고 악수하고 사진 한 컷 찍는 거로 부족합니까?"

"그건 내 정권 문제고. 대선에 승리하려면 그래도 치적이 있어야지. 경제 원조 좀 늘려주게. 국책 사업을 벌이고 싶지만 먹고 죽을 돈도 없네."

늘 그렇듯. 세상만사의 대부분은 돈 문제였다. 그리고 미국은 돈이 아주 많았다.

* * *

아이젠하워 대통령의 아시아 순방.

가장 먼저 향하는 곳은 필리핀이다. 대통령이 된 아나스타시오는 다시금 궐기한 현지의 공산 반군을 상대로 전투를 치르고 있었고, 국공 내전에서 귀환한 장병들 또한 고스란히 토벌전에 투입되었다.

이번 순방은 필리핀 대통령과 미국 대통령이 웨스트포인트 동기라는 사실을 과시하는 자리였으며, 동시에 아무리 매카시즘이 종지부를 찍었다지만 아이크 자신이 선언했던 대로 '폭력으로 국가를 뒤집어엎으려는' 반란분자들에겐 여전히 미국의 죽빵이 날아갈 것이라는 메시지이기도 했다.

그다음엔 중화민국으로 날아가 장개석과 회담. 이 정상회담에서 논의할 이야기 또한 참 많았다.

'자꾸 그렇게 민주주의 짓밟고 독재 한 우물만 파면 미국이 언제까지고 지원을 계속해줄 순 없다.'

'베트남에 주둔 중인 중화민국 국부군이 공산 게릴라와의 싸움을 노골적으로 회피하고 있다. 반공 혈맹끼리 이러면 곤란하지 않느냐.'

우리 입장에선 이 두 가지 현안이 가장 큰 문제였고, 장개석은 장개석대로 중화민국이 PATO에서 배제당했다는 점을 문제시 삼을 게 뻔히 보였다. 그리고 국무장관인 나는 아이크와 반대로, 일본에 먼저 들른 후 한국으로 향했다.

"킨 쇼군님, 국무장관 취임을 진심으로 감축드리옵니다."

"많은 아시아인 여러분의 도움 덕택에 이 자리에 오를 수 있었습니다. 미국인들은 스스로의 의지로 모든 유색인종의 친구가 되기로 결단을 내렸고, 저 또한 이 막중한 자리에서 모든 노력을 아끼지 않겠습니다."

일본연방의 요구는 아주 심플했다.

'우리도 국내에 빨갱이가 득실득실한데 다 때려잡으면 안 돼요?'

'응, 안 돼. 무장 반군도 아니고 분리독립 세력도 아닌데 무슨 놈의 탄압이야. 아직도 똥 먹는 버릇 못 끊었어? 종로경찰서가 막 그리워?'

마찬가지로 아이젠하워 독트린에 따라, 빨갱이들이 나라를 엎지 않는 이상 일정 수준의 활동은 용인할 예정이었다. 솔직히 말해 열도는 빨갱이가 두려운 게 아니라 빨갱이 줘팬다는 핑계로 다시 슬금슬금 시계를 10년 전으로 되감을까 봐 두렵다.

그리고 한국에선 당연히 파병 안건에 대한 논의. 하이퐁과 하노이에 한국군 2개 사단 정도만 알박기를 해놔도 호치민이 느낄 압력은 상상을 초월하지 않을까.

나와의 협의가 어느 정도 윤곽을 드러낸 후, 시간이 흘러 아이젠하워 방한일.

"와아아아아아!!"

"대통령 각하 만세!!"

"아이젠하워 원수 각하 만세!!"

"세상에. 이게 다 인파라고?"

아이젠하워는 놀라움을 넘어 경이로움을 느끼는 듯했다. 그도 그럴 것이, 서울 거리의 사람이란 사람은 모조리 뛰쳐나왔다. 일절 과장법 없이 서울 해방 때보다도 더 많은 사람들이 거리는 물론 모든 지붕에 다닥다닥 올라와 태극기와 성조기를 흔들고, 그래도 자리가 모자라 몇몇 배짱 두둑한 이들은 간판에 대롱대롱 매달려서까지 미국 대통령 한번 구경이나 해보고자 했다.

"이거, 설마 우리에게 잘 보이려고 대중을 동원한 건가? 히틀러처럼?"

아니. 그건 좀. 이게 다 황상을 배알하기 위한 번국 국민들의 뜨거운 환호라고 좋게 봐주면 어디가 덧나냐. 한국인들이 전부 나 같은 놈은 아니라고. 한국을 방문해준 최초의 국가원수급 국빈이 하필 대한민국 건국유공자에 잽스를 두들겨 팬 전쟁영웅이다? 이걸 어떻게 참나. 내가 한국의 서민이었어도 출근 안 하고 황제 폐하 존안 좀 구경하러 나간다.

아이크의 입이 함지박만 하게 벌어지는 것과는 별개로, 이제 내 세팅도 끝났다.

* * *

한국에서의 조율을 끝낸 나는 곧장 베트남을 방문했다.

"와아아아아!!"

"베트남은 킴 대원수를 환영합니다!"

그리고 나는 아이크가 맛보았던 기분을 고스란히 똑같이 체감했다. 무슨 사람들이 이렇게나 많아?

"우리 베트남인들은 아시아의 자존심을 보여준 킴 대원수를 진심으로 존경하고 있습니다. 더군다나 우리는 함께 일본에 맞서 싸운 혈맹 아닙니까? 장군께서는 언제나 우리의 친구입니다."

"이리 환대해주시니 몸 둘 바를 모르겠습니다. 저 또한 베트남, 나아가 동남아시아 전역이 식민 지배를 벗어나 자유와 민주주의, 경제 발전을 이룩할 수 있도록 적극적인 도움을 드릴 수 있으면 좋겠습니다."

흔하디흔한 덕담이지만 딱히 거짓말은 아니다. 베트남의 반공 우익 인사들과 접견을 마친 뒤, 나는 엄중한 경호를 받으며 극비리에 호치민과의 회담장으로 나아갔다.

"오랜만에 뵙습니다."

"하하. 우리 사이에 왜 이렇게 딱딱하십니까? 자자. 제국주의에 맞서 싸우던 전우끼리 이렇게 서먹서먹해할 필요가 뭐가 있습니까."

"······."

호치민이 나를 바라보는 시선은 참으로 복잡미묘했지만, 그는 이내 활짝 웃으며 내가 내민 손을 꽉 붙들었다.

"전쟁도 한참 전에 끝났고 이제 저 미국의 높으신 분이 되셨는데, 장군께서는 바뀐 게 없으시군요."

"그럴 리가요? 맨날 책상에만 앉아 있더니 하루하루 돼지 새끼처럼 살만 뒤룩뒤룩 불어나고 있고, 머리카락도 예전 같지가 않습니다. 호 선생님이야말로 예전 모습 그대로니 참으로 반갑습니다."

가벼운 아이스 브레이킹. 서로가 서로를 열심히 추어올려 주면서 물고 빠는 시간을 가진 끝에, 우리는 비로소 용건으로 들어갈 수 있었다.

"현재 베트남공화국을 자칭하는 이들은 식민 지배자 프랑스의 괴뢰도당에 지나지 않습니다. 베트민은 베트남 인민들의 전국적인 지지를 받고 있으며······."

"그렇군요."

"제 말을 믿지 못하십니까?"

"아니요. 저 또한 식민지였던 조선 출신인데 식민지의 비애를 모르겠습니까. 저는 호 선생님의 말을 그 누구보다 잘 이해하고 있는 미국인일 겁니다."

"하지만 그 조선의 군대가 이곳으로 파견될지도 모른다고 언론이 떠들더군요."

"한국군은 피부 허여멀건 코쟁이들 군대와는 전혀 다를 겁니다. 그들은 겨우 몇 년 전까지 식민 지배자들의 착취를 받던 이들이고, 먹는 것과 자는 것부터 시작해서 아시아 특유의 문화를 공유하고 있습니다. 한국군은 어디까지나 유엔의 이름으로 평화를 지키기 위해 투입될 것이며, 프랑스군의 행패 또한 막을 것입니다."

사실 내가 꺼내 들 수 있는 손패는 그리 많지 않다. 달러가 무진장 많긴 하지만 이념에 심취한 이들에게 돈은 생각만큼 강력한 힘을 지니지 못하니까.

그렇다고 해서 게임 안 할 거야? 원래 내가 줄 수 있는 게 마땅찮으면… 남의 걸 뺏어서 주면 된다.

"유엔이 주관하는 민주 선거를 통해 합법적인 하나의 베트남 정부를 설립합시다."

"그게 전부입니까?"

"공산당 일당 독재가 아닌 민주적인 정권을 유지하겠다는 약속만 한다면, 베트남 내의 친불 매국노들을 쓸어버리고 프랑스의 이권을 압류하더라도 미국은 간섭하지 않겠습니다."

자꾸 간만 보면서 소련 편에 붙을 수도 있다고 공갈이나 쳐대는 빠게트 새끼들. 그 새끼들이 손에 쥐고 있는 거래 봐야, 어차피 공산 혁명 터지면 결국 다 날아가는 건 똑같잖아.

그러니 나는 어떠한 마음의 부담도 없이 공수표를 마구 던질 수 있었다.

"…그 말씀이 참입니까?"

"매국노 처벌은 적법한 절차를 통해 법의 이름으로 진행되어야지, 절대 이념 갈등이나 정권투쟁의 일환으로 엮여선 안 됩니다. 이 점을 준수해주신다면 그놈들을 빵에 처넣든 추방을 하든 개의치 않겠습니다. 다만 사형은 가급적 피해주시면 좋겠군요."

나는 내친김에 또 남의 손패를 뺏어오기로 했다.

"그런 점에서 한국은 가장 빠르게 매국노들을 처벌하고 국가를 정상화시킨 신생 독립국이기도 합니다. 그들도 동병상련의 처지를 겪었던 이들인만큼, 여러분들에게 기꺼이 경험과 노하우를 전수해줄 겁니다."

"킴 장군. 제안은 참으로 고맙소만, 침략자를 몰아내고 노동자와 농민의 나라를 만들고자 하는 우리의 의지는 타협이 어렵습니다."

"제가 어디 여러분의 의지를 몰라서 이러겠습니까? 스탈린 동지조차 진정한 프롤레타리아의 나라를 건설하기 위해서 일시적으로 부르주아 민주주의의 과도 단계를 거치는 건 당연한 일이라고 언급한 바 있습니다. 실제로 한국에서는 공산 계열 정당이 매우 그 위세를 떨쳤고요."

"결국 우익들의 손에 그들은 전부 죽었잖습니까."

"그건 실로 불행한 일이었습니다. 공산주의를 따르는 건 개인의 신념이지만, 중국인과 손잡고 국가와 민족을 팔아먹으려 시도한 건 죽을죄니까요."

그럼그럼. 우린 빨갱이 탄압 같은 건 하지 않았다. '짱'과 손을 잡았기 때문에 토벌된 것이여.

그럼에도 여전히 긴가민가한 호치민을 위해, 나는 치트키를 치기로 했다.

"저 또한 미국에서 관직을 맡고 있긴 하지만, 절대 공산주의에 어두운 사람은 아닙니다. 오죽하면 스탈린 서기장이 제게 이런 걸 다……."

나는 슬며시 가방 안에 있던 천마신공을 꺼내 들었다.

킴 플랜 7

"세상에, 이것은 교주님의 신물이 아닙니까. 천마신교 월남분타주 호지명이 소교주님을 배알하옵나이다!" 같은 일은 당연히 일어나지 않았다.

스탈린이 준 책은 무슨 무협지에 나오는 보은패도 아니고, 부루마불 우대권은 더더욱 아니며, 그렇다고 해서 보여주는 순간 빨갱이들이 최면에 걸리는 외계인의 유물도 아니란 말이다. 하지만 이미 당근과 채찍을 연달아 맞고 초긴장 상태에 접어든 호치민의 멘탈을 뒤흔들기엔 뭐, 이만하면 나쁘지 않았다.

[러시아의 전우이자 만국의 노동자와 농민의 벗 예브게니 킴에게 존중과 경의를 담아. 이오시프 스탈린이.]

곱씹으면 곱씹을수록 기가 막히고 코가 막힌다. 간지나게 사인이나 하나 좀 해달라고 했더니 우리 강철의 대원수님 놀부 심보가 고스란히 적혀 있지 않은가.

아마 스탈린은 내가 이 책을 받은 게 정치적 문제가 되어 실각하길 기대했을지도 모른다. 노동자와 농민의 벗이라니. 멘트부터가 제발 좀 이거 빌미로 죽어버리란 악의가 꽉꽉 담겨 있지 않은가? 나는 도넛 방석에 독침도 도청기도 숨기지 않았는데 참 비단 같은 인성이시다.

내가 책을 몰래 가져다 버렸다가 걸리면 문제가 되고, 이 망할 글귀가 공개되어도 문제가 된다. 매카시가 천마신공의 비밀을 알았다면 그놈의 전성기가 1년은 더 갔을지도 모르지.

하지만 다행스럽게도 이 마도서를 직접 본 여장남 후버는 '사악한 빨갱이, 정의의 납탄을 맛봐라!'라며 총을 쏘는 대신 못 볼 걸 봐버린 눈알을 씻는 것으로 그쳤다. 메데타시 매카시시.

그리고 이 유진 킴 사전에 싸대기를 한 대 맞았으면 돌려주는 것이 인지상정.

"얄타에서 우리는 파시스트와의 전쟁에 대해서도 많은 논의를 했지만, 사석에서는 서로의 신념과 사상에 대해서도 무척 많은 이야길 나누었습니다."

"크, 크흠……."

"자신 있게 말하건대, 저는 스탈린 서기장이 인정할 만큼 제법 마르크스―레닌주의에 대해서도 공부했다고 자부합니다."

"정말 그렇다면 차라리 공산당에 입당하시는 게 어떻겠습니까?"

"으음. 참 매력적인 제안이군요. 하지만 제 생각이 크렘린의 의중과 완전히 일치하는 건 아니어서요. 특히나 민족 문제 같은 분야에서 말입니다. 이 아시아에서, 중국인과 한국인과 베트남인과 태국인이 모든 과거를 잊고 오직 프롤레타리아의 영광을 위해 뭉칠 수 있겠습니까?"

나의 감언이설과 구슬림은 쉬지 않고 계속되었다. 어차피 지금 아무리 입을 털건 말건 바뀌지 않는 진실이 있다. '아이젠하워 독트린'을 선언한 이 마당에, 또다시 무력으로 나라 하나가 터지고 공산 독재 국가가 들어선다면… 아이크 행정부는 본보기를 보이기 위해서라도 무조건 그놈들을 개박살 낼 수밖에 없다는 점.

내가 아무리 점잖게 외교적 화법을 동원해 빙글빙글 돌려 말한다 한들,

'당신들 베트민이 총칼로 나라를 먹어치우고 공산 국가를 건국하는 순간 나랑 한 판 붙어야 할 거야.'라는 메시지의 무게가 달라지진 않는다. 하지만.

"킴 장군께서 이토록 무산 계급의 미래에 대해 걱정해주시니 베트남은 물론 전 아시아 인민들의 홍복이 아닐 수 없습니다."

"하하하. 염려 마십시오. 베트남 내 우익 세력이든, 손도 안 대고 코 풀고 싶은 프랑스든, 민주주의, 평화주의, 그리고 민족자결의 원칙을 위배한다면 그들은 미합중국의 진심 어린 분노를 맞닥뜨리게 될 겁니다."

"역시 제국주의자와 파시스트를 무덤으로 보낸 장군님의 말이다 보니 참으로 신뢰가 가는군요. 내부 회의를 거쳐 모두의 총의를 모은 뒤 우익 세력들과 단일 정부를 창출하도록 협의를 가져 보겠습니다."

"베트남 인민들은 호 선생의 위대한 결단을 두고두고 칭송할 겝니다."

모름지기 명분이 중요한 법.

'미국이 제 따까리들과 함께 우릴 다 죽여버리겠다는데?'라고 하면 저악과 깡으로 가득한 사람들이 아이고 무서워라 하면서 혁명을 포기하겠나? 설령 그 끝이 낭떠러지라 하더라도 저들은 달려갈 수밖에 없다. 굴복하는 순간 저들은 공산당 두목 할 자격이 없으니.

그렇지만 '세상에 유진 킴이 알고 보니 천마신공의 계승자였지 뭐야. 아시아의 영웅이 분열된 베트남을 보고 눈물을 주룩주룩, 막막, 어머어머.'라면 모양새가 무척 예쁘지 않은가?

호치민은 내가 제공한 구명조끼를 신속하게 껴입었고, 우리는 마침내 원만한 합의안을 만들 수 있었다.

"아, 그리고 하나 부탁이 있습니다."

"부탁이 조금 많으신 것 같군요."

"하하. 다른 게 아니라. 여기 스탈린 서기장이 적어 놓은 글귀 아래에, 선생님도 한 자 첨언해주시면……."

"……."

아니, 꼴랑 글 한 자 써주는 게 뭐 그리 힘들다고 그러십니까. 예로부터 롤링페이퍼는 인싸의 상징이었다고. 그는 가타부타 뭐라 떠드는 대신 한 번 나를 지그시 바라보더니 펜을 들었다. 사천왕 첫 타자였던 호치민이 제압되는 감격스러운 순간이었다. 후후. 녀석은 최약체였지.

협의니 뭐니 말은 했지만 그렇게 쉽게 끝날 린 없다. 족히 몇 년은 질질 끌 테고, 중간에 무슨 큰 사건이 터지면 그대로 파토날지도 모른다. 거기다 빨갱이 종특인 '유리해 보이면 안면몰수하고 통수 치기' 같은 것도 있으니 앞으로 꽃길만이 가득하길 기대하는 건 조금 욕심일지도 모른다.

그럼에도 불구하고 일단 협상 테이블로 끌어내는 것 자체는 성공했으니… 그다음은 이제 실무진의 역량에 달렸지. 이제부터는 지켜봐야 할 일이다. 짤랑짤랑 천마신공 감정가 올라가는 소리가 내 귓전에 아른거리는 듯했다.

* * *

솔직하게 말하자면, 중동은 지옥이다.

아랍의 임금이니 토후니 뭐니 하는 권력자들은 영국과 프랑스에 들러붙어 자신들의 권세를 유지했고, 식민지가 독립해 나가는 지금도 그 관계는 계속 유지되었다. 그러나 중동 전쟁이 모든 걸 뒤바꾸었다. 아랍연합군이 이스라엘에게 처절하게 발려버렸고, 그 무능함이 만천하에 다 까발라져버린 것이다.

이 무능한 왕의 모가지를 따고 사회주의 락원을 만들자는 열기가 퍼지지 않으면 냉전의 시대가 아니다. 역시 공산주의. 숨만 쉬어도 포인트가 벌리고 강해지는 마성의 아이덴티티.

다만 중동 또한 원래의 공산주의와는 다르게 민족주의 성향이 제법 짙다. 까놓고 말해서 난데없이 침략당해 노예 민족으로 전락하고 혹사당했는데 민족주의가 부글부글 끓지 않으면 그게 더 이상하지 않은가.

그리하여 아랍권에서는 아랍사회주의네 아랍민족주의네 뭐네 하는 사상이 한 시대를 풍미했고, 중동을 사람 사는 나라로 만들겠다며 여러 슈퍼스타들이 등장하게 된다. 이집트의 나세르. 리비아의 카다피. 이라크의 후세인. 시리아의 아사드.

세상에. 이게 뭐야. 사회주의 슈퍼스타가 아니라 독재 슈퍼스타잖아. 우웩, 역겨워. 하나같이 이북의 뽀글이랑 친구친구 하던 것들. 역시 착한 공산주의는 죽은 공산주의뿐인가? 저놈들이랑 친하게 지내서 득이 될 게 없다. 다들 관상부터 이미 답이 없다고. 마빡에 죽을 사 자를 써놔도 저것들보단 더 호감이 가겠다.

그렇다고 해서 이미 제국주의에 부역해 신나게 단꿀을 빨던 왕정을 옹호할 수도 없으니, 이것저것 다 제하고 나면 남는 게 그나마 이스라엘과 이란, 사우디아라비아뿐이다. 월레스와 맥아더가 일찌감치 사우디를 끌어들였으니, 나는 이제 이란에 초점을 맞춰야 할 시간.

이란은 열강들에게 제법 많은 이권을 뜯기긴 했지만 독립국으로 살아남았었고, 2차대전이 터지자 국민감정이 폭발해 반영 분위기가 고조되었었다. 이란이 독일 편에 붙는다면 소련으로 가는 랜드리스가 끊기고 석유 공급에 차질이 생기는 만큼, 영국과 소련은 일방적으로 이란을 침공해 나라를 절반으로 분할해버렸다.

전쟁이 끝난 뒤, 스탈린은 그 좋아하는 담배 대신 아편을 빨았는지 자신들이 점령했던 이란 북부에 그대로 그 무거운 엉덩이를 그대로 문지르려다가 월레스에게 쌍욕을 먹고 물러났다. 지금 이란은 이제 서른쯤 먹은 젊은 샤(황제) 팔라비 2세, 그리고 모사데크라는 총리가 나라를 운영하고 있다.

"저기, 차관님들."

"예."

"그러니까… 이 모사데크라는 총리가 빨갱이란 말입니까?"

"그렇습니다, 장관님. 그는 명백히 반자본주의적, 반시장적 행보를 이어나가고 있으며 이를 통해 자신의 집권을 정당화했습니다."

나는 보고서를 뒤적이다 말고 한숨을 쉬었다.

"저와는 다소 의견이 다른 것 같군요."

"장관님께선 모사데크가 빨갱이가 아니라고 생각하십니까?"

"글쎄요. 저는 아직 그를 모르니까요. 다만 그의 주장은 딱히… 빨갱이의 발상은 아닌 것 같은데."

'영국의 착취는 이제 그만!'

'우리 땅에서 나는 석유는 우리의 것이다!'

석유를 국유화하자. 이 심플하고도 강력한 문장.

"이것 보십시오. 타인의 사유 재산을 빼앗아 제 배를 불리려는 놈들입니다. 거기다 국유화라니요. 이게 빨갱이가 아니라면 스탈린도 사실 빨갱이가 아닐지도 모릅니다!"

"장관님. 이란은 영국의 영향권입니다. 함부로 개입했다간 중대한 외교 문제가 벌어질 수도 있습니다."

"전에도 말씀드렸다시피 우리는 구 식민 열강의 영향력을 최대한 배제해야 합니다. 자유를 사랑하는 우리 미합중국조차 이란인들의 분노를 외면한다면, 그땐 정말 저들이 기댈 곳이 소련밖에 없어집니다."

그치만… 당연한 거 아닌가?

우리 최고의 교육과 훌륭한 집안에서 자라난 엘리트 백인님들은 피부 꺼먼 아시아 촌놈들이 '신성한 계약'을 멋대로 파기하려 한다는 사실이 굉장히 불쾌한 듯했지만, 내가 봤을 땐 총칼로 윽박질러서 사인받은 계약을 준수하지 않는다고 화내는 건 개지랄 그 이상도 이하도 아니었다.

예를 들어서, 미국은 사우디와 계약해 저 유명한 합자회사 '아람코'를 세우고 석유를 5:5로 갈라먹기로 했다. 하지만 이란과 영국 사이의 석유 수입 분배는 대강… 15%쯤 되는 것으로 보였다. 모사데크의 주장으로는 고작

8%만을 이란이 분배받고 나머지를 전부 영국이 해처먹고 있다고 한다. 역시 혐성국은 대단해.

그 외에도 이 계약은 적폐투성이었다. 이란의 유전지대에선 날마다 산업 재해가 빈발했고, 누가 20세기 아니랄까 봐 다친 노동자는 치료는커녕 용도 폐기되었고, 노동자의 처우를 개선하고 학교나 병원, 도로 등 사회 인프라를 대신 지어주겠다던 약속은 하나도 지켜지지 않았다. 아예 레드 팀으로 가라고 등을 떠미는구만.

"여러분은 우리가 영국을 위해 이란을 쳐야 한다고 보십니까?"

"계약은 계약입니다. 우리가 구태여 영국의 이익을 수호해줄 이유는 없습니다만, 반대로 이란을 보호해 영국과의 외교 관계를 파탄 낼 이유도 없습니다."

아니지, 병신들아. 이란은 수틀리면 국경 마주하고 있는 소련이랑 깐부 먹을 수 있지만, 영국은 아무리 관계가 개차반이 된다 해도 레드 팀에 가입할 순 없잖아?

"모사데크와 의견을 직접 교환해 보고 싶군요."

"장관님. 이는 곧바로 영국과의 긴장을 유발할 겁니다."

"그냥 우리 솔직하게 말합시다. 이건 순전히 영국 놈들이 이란의 피를 빨아먹어서 터지는 업보입니다. 그놈들의 불장난에 어울려 줄 이유가 전혀 없다고 보는데요."

"이미 베트남 문제에 개입해 프랑스인들의 분노를 불러일으키셨습니다. 영국마저 관계가 악화된다면……."

"반대로 묻지요. 대체 영국이 우리에게 해준 게 뭡니까? 나를 비롯한 합중국의 건아들이 히틀러를 때려잡을 때 그 잘난 영국인들은 도대체 무슨 도움을 얼마나 줬길래 우리한테 제 놈들 식민지를 지켜달라 떼를 씁니까?"

부하들이 조용해졌다.

"이권을 해처먹든 말든 우리 알 바가 아닙니다. 하지만 너무 해처먹어서 현지인의 증오를 유발했다면, 그 현지인들은 당연히 영국과 대립하는 곳, 다시 말해 모스크바의 지원을 기대할 수밖에 없습니다."

내 의사는 백악관을 거친 후 얼마 지나지 않아 승인을 받았고. 이란은 환호작약했지만 반대로 영국은 게거품을 물었다.

"킴 장관님. 이럴 수는 없습니다. 대관절 왜 미국인들이 우리의 자원 문제에 개입하려는 겁니까!"

"하하. 대사님. 잠시 화를 가라앉히시지요. 제게 마침 좋은 찻잎이……."

"우리는 황무지였던 이란에 막대한 자금을 풀어 석유를 탐사하고, 시추하고, 그곳에 어마어마한 설비를 세웠습니다. 우리가 리스크를 진 만큼 그에 따른 대가를 받는 겁니다!"

"자자. 진정하시지요. 그런데 말입니다. 혹시 원자폭탄 하나 필요 없으십니까?"

"…네?"

"핵 말입니다, 핵. 만드는 것 좀 도와드릴까 하는데."

대사의 머리 위로 버섯구름이 피어오르는 것이 내 눈에도 훤히 보였다.

킴 플랜 8

워싱턴 D.C. 주미 영국 대사관.

올리버 프랭크스(Oliver Shewell Franks) 영국 대사는 자신 앞에 앉아 있는 미국 국무장관의 정신 상태를 잠시 의심해야 했다. 유진 킴이 더 이상 군인 이라고 무시하는 얼간이는 미국 대사 같은 요직에 앉을 수도 없다.

그는 지난 전쟁 때부터 이미 능수능란하게 언론을 다루고 온갖 정치인 들과 엮였었고, 이제는 미국 정계조차 뒤엎어버린 사람이다. 이 시점에서 그를 문외한이라고 판단한다면 그건 눈알이 장식품이거나 머리에 든 게 없 다고 봐야겠지.

그럼에도 불구하고, 대사는 자신이 외교관으로서 역량 미달이 아닌가 하는 자괴감에 빠져야만 했다. 폭주하는 기관차의 운전대를 붙잡고 모두가 예상하지 못하는 방향으로 달려나가는 괴물이라니. 어쩐지 꼭… 콧수염 같 잖은가.

"국무장관님께서 군에 대한 식견이 부족하다고 하면 온 세상의 웃음거 리가 되겠지요. 하지만, 귀국의 군부와 의회가 얽힌 일 아닙니까. 그렇게 공 수표를 남발하셔도 되겠습니까?"

"공수표라니요? 저는 언제나 진심입니다. 대영제국은 애초에 핵개발에 착수하겠다고 대놓고 공표했었잖습니까. 저 또한 미국, 나아가 자유 세계의 이익을 위해서는 영국의 핵무장이 필요하다고 절실히 느끼는 입장입니다."

"……."

뭐지, 이 철면피는.

원자폭탄 문제에 있어서 영국은 진심으로 미국에 원한을 품고 있었다. 지난 2차대전 당시 영국은 그 어떤 나라보다 빠르게 원자폭탄 개발에 착수했었지만, 국력의 한계와 자원의 효율적 투자를 위해 미국과 맨해튼 프로젝트를 공동으로 진행하기로 결정했다. 처칠은 그동안 자신들이 연구했던 모든 자료와 모아 놓은 모든 장비, 그리고 인력을 아낌없이 미국으로 전달해주었고 이는 맨해튼 프로젝트에 어마어마한 도움이 되었다. 그러나 미국인들은 사정없이 뒤통수를 까버렸다.

연구를 같이하고 그 결과물도 같이 누리기로 분명 약속했건만, 이 뻔뻔스러운 놈들은 대뜸 핵기술의 반출을 금하는 법률을 제정하고는 '법으로 금지돼서 당신들한테 못 주게 됐어요. 미안해요, 라이미.'라며 대뜸 배를 째버린 것이다. 이 배신의 결과로 처칠이 실각하고 정권이 무너졌으니, PTSD가 생긴 영국이 이를 바득바득 갈며 독자적인 핵무기 개발에 나선 것도 결코 이상하지 않은 일.

"장관님께선 공화당 아니십니까? 핵과 관련된 모든 것의 반출을 금하는 법률은 공화당이 제정했던 것으로 기억하는데 말이지요……."

"하하하하. 저는 공화당원이 아닙니다. 많은 분들이 착각하시더군요, 공화당원 아니냐고. 제가 공화당에 입당 신청서를 넣는 순간 어떤 앉은뱅이 귀신이 매일 밤마다 꿈에 나타나 '나쁜 자식, 나쁜 자시이이익!' 하면서 절 괴롭힐 게 틀림없습니다. 그리고 이 자리를 빌려 분명하게 제 개인적인 입장을 말씀드리지만 저는 그 법안이 멍청하기 그지없고, 상도덕도 없으며, 실용성 또한 없다고 여기고 있습니다."

신랄한 비난. 대사 또한 말은 그렇게 했지 전부 알고 있었다. 당시 섹스 스캔들로 궁지에 몰린 월레스 정부가 공개 핵실험으로 국면 전환을 시도했고, 이에 공화당은 핵기술 반출 금지 법안으로 응수했었다. 하지만 어차피 민주당도 해당 법안에 찬성 몰표를 던지긴 매한가지였으니, 법안 통과는 어쩔 수 없는 일이었으리라. 그게 타당하냐는 건 둘째치고서라도.

해당 법안의 통과 직후, 분노로 미쳐버린 영국 정부는 맨해튼 프로젝트에 참여했던 영국 기술진과 과학자들을 모조리 귀국시키고 자체적인 핵무기 개발을 선언했었다. 원자폭탄을 확보하기 위해서라면 프랑스든 아니면 그 어떤 나라와도 손을 잡겠다는 게 그들의 의지.

"무릇 외교에서는 신뢰가 생명인 법입니다. 저 또한 신의와 성실을 인생의 철칙으로 삼고 있는 만큼, 한 국가의 신뢰도가 수십 년을 좌우할 수 있다는 사실 또한 잘 알고 있지요. 영국이 동의한다면, 해당 법안의 예외를 만들 수 있도록 모든 노력을 기울여 보겠습니다."

"공화당이 만든 법안에 공화당이 예외를 만든다, 라. 재미있군요."

"딱히 명분이 없는 것도 아니잖습니까."

여기에 무난하게 수긍하기엔, 유감스럽게도 그의 직업의식이 납득하지 못했다.

"킴 장관님의 배려엔 대단히 감사드립니다. 하지만 이란 문제와 핵기술 문제는 전혀 별개입니다. 장관님의 논리대로라면 이는 어디까지나 과거의 약속을 지키는 것에 불과하지, 협상 테이블에 나와야 할 소재는 아니잖습니까?"

"오. 그렇게도 볼 수 있겠군요."

뭐가 '그렇게도 볼 수 있겠군요.'냐. 역시 전문 외교관이 아닌 인사의 한계인가? 유진 킴은 멍한 얼굴로 티스푼을 들더니 자신의 앞에 있던 밀크티를 몇 차례 휘저었다.

"대사님의 말씀에 제 식견이 또 한 차례 넓어지는군요. 맞습니다. 이미 영국과 약속을 했다가 일방적으로 파기한 것 또한 사실이고, 영국이 자체적으로 핵무장 프로그램을 진행하고 있으니 언젠가는 결과물이 도출되리라는 것 또한 사실이지요."

"저희의 입장을 이리 이해해주시니 대단히 감사합니다."

"하지만… 아차차."

너무 세게 휘저어서일까. 밀크티 몇 방울이 찻잔에서 튀어나와 테이블 이곳저곳에 묻어버렸다.

유진은 탁 소리가 나게 스푼을 내려놓았다.

"늙어서 그런지 힘 조절이 잘 안 되는군요. 죄송합니다."

"아닙니다."

"너무 세게 저어버리니 테이블이 더러워졌군요."

대사의 더듬이에 무언가가 잡히는 듯했다. 이건 그냥 실수가 아니라 무언가 의도적으로…….

"대사님도 잘 아시다시피, 저는 원래 군인이었습니다. 그래서 친구가 좀 많지요. 그중에서도 후버라는 친구가 있는데, 사람이 성격이 참 비뚤어지고 음침하긴 하지만 파리채로 벌레 때려잡는 솜씨가 참 기가 막힙니다. 아무튼 이 친구 말로는 요즘 워싱턴 D.C에 벌레새끼들이 부쩍 늘어났다지 뭡니까?"

"……."

"이 벌레를 때려잡는 게 참 문제인데, 너무 힘을 주고 내리쳤다간 기껏 잘 끓인 밀크티가 다 쏟아질 것 같잖습니까."

가운데가 뻥 뚫린 것 같은 뜬금없는 이야기. 하지만 대사는 유진의 말뜻을 정확하게 해석했다.

"애초에 벌레가 아니라 그냥 잘못 본 것일 수도 있잖습니까?"

"정말로 그렇게 믿으십니까? 흠. 어느 날 딸기잼을 꺼내려고 찬장 문을 열었는데 바퀴벌레 수백 마리가 둥지를 틀고 있는 모습을 보게 되면 기절

할지도 모르겠습니다그려."

"혹시 직접 보셨습니까?"

"아, 생각만 해도 몸서리가 쳐져서 제 입으로 언급하기도 그렇군요. 저는 벌레가 너무 싫어서요. 누가 돈이라도 주면 모를까 제 입에 담기도 꺼려지는군요."

'간첩이 있네?'

'후버 말로는 니네 영국인들 중에 간첩이 있는 것 같다네?'

'증거 있냐고? 증거를 보여주는 순간 너희가 치러야 할 대가도 커질 텐데 깽값 주고 볼래, 아니면 그냥 믿을래? 오픈되는 순간 보통 사이즈의 외교 문제가 아닐 텐데 뒷감당은 가능하시고?'

공갈꾼. 순 공갈 협박범 아닌가. 이게 어딜 봐서 국무장관인가, 양아치지.

대사의 결론은 일보 후퇴였다.

"핵무기나 원자력 기술에 대한 문제는 런던의 훈령을 확인해야 하는 건입니다. 하지만 제 생각에 다우닝가에서는 그 제안을 무척 기쁘게 여길 듯하군요."

"대사님의 말씀에 참으로 마음이 놓입니다."

"하지만 이란에 대해서는 보다 심층적인 논의가 필요합니다. 이란의 석유는 대영제국의 산업과 경제에 매우 큰 비중을 차지하며, 우리 정부는 자국 기업을 보호해야 할 책임이 있습니다."

"대사님. 대단히 외람된 이야기지만, 제가 한 말씀 드려도 괜찮으시겠습니까?"

"물론입니다. 대원수님의 고견은 항상 저희에게 크나큰 도움이 됩니다."

유진은 그 말을 듣기 무섭게 입을 열었다.

"어차피 이란에서의 이권은 지킬 수 없습니다."

"동의하지 않습니다."

"지금 영국은 이란을 침공할 능력이 없습니다. 이란이 국유화를 단행한다면 영국이 할 수 있는 일은 경제적, 외교적 보복이 전부지요. 그리고 저는 이러한 영국의 보복 조치가 이란이 소련의 지원을 원하도록 등을 떠밀게 되지 않을까 우려하고 있습니다."

"장관님. 이건 시범 케이스입니다. 만약 이란인들이 국유화라는 협박으로 우리에게서 양보를 받아낸다면, 전 세계의 무식한 놈들이 영국의 이권에 군침을 흘릴 게 뻔합니다. 우리는 선례를 만들 수 없습니다."

해가 지지 않는 제국이었던 대영제국. 비록 제국은 식민지를 하나하나씩 독립시키고 있었지만, 그래도 영속적인 이권을 최대한 확보해 경제적으로 몰락하는 것만은 피하려고 했다. 물러서면 그 뒤는 낭떠러지뿐.

"포기할 건 포기해야지요."

"남의 나라 문제라고 말씀이 지나치신 것 아닙니까?"

"소련이라는 나라가 존재하는 한, 결국엔 현지인들에게 모조리 다 빼앗기고 말 겁니다. 이제 우리는 선택해야 합니다. 조금 더 양보하고 안정적인 수입을 얻을지, 혹은 무자비하게 수탈하다가 공산 혁명을 맞고 모조리 빼앗길 것인지."

"이란의 공산당은 그 세가 무척 약합니다. 적어도 단기간 내에 이란이 적화될 일은 없을 겁니다. 게다가 이란인들은 소련 또한 증오하고 있지요."

"그을쎄요… 굳이 공산당이 아니더라도, 이란에서 정권을 잡으려는 세력은 반드시 국유화를 단행할 수밖에 없습니다."

유진은 밀크티를 입에 가져다 댔다. 그의 얼굴이 살인이라도 저지른 것처럼 엉망으로 일그러졌다.

"부디 영국이 현명한 판단을 내리길 기다리고 있겠습니다."

* * *

유진 킴의 '조언'은 말로만 끝나지 않았다.

"어딜 간다고?"

"킴 장관이 이란을 방문하고자 의사를 타진했다고 합니다."

"이 미친 자식! 정말 이란을 위해 영국과 원수가 되겠단 건가?!"

"한 가지 더 보고드릴 사항이 있습니다. 킴 장관의 동생인 킴 회장의 행보에 수상한 점이 있습니다."

"…유신 킴이?"

"킴 회장이 최근 들어 갑자기 석유업계 인사들과 회동하기 시작했습니다. 그의 사업 포트폴리오 그 어디에도 석유가 엮일 일은 없습니다."

"그리고?"

"유가 인상에 대비해야 한다고 넌지시 언질을 주고 있답니다."

유가가 왜 오를까. 왜긴 왜인가. 뻔한 이야기지.

"킴 장관이 칼을 휘두르고 있습니다. 우리와 의견을 함께하던 국무부 내부 직원들을 일방적으로 숙청하려 합니다!"

"킴이 직전에 섬너 웰즈 전 차관과 만남을 가졌다고 합니다. 국무부 내에 웰즈와 친분이 있던 인사들이 중용될 듯합니다."

"이… 이게 대체."

번갯불에 콩 볶아먹는 듯한 속도.

대사가 국무부 청사로 찾아가기까진 그리 오랜 시간이 걸리지 않았다.

"반갑습니다, 대사님. 이렇게 제 소박한 집무실을 찾아주셔서 진심으로 감사드립니다."

"내가 킴 장관이 위대한 전쟁영웅이었단 사실을 잠시 망각했었습니다. 히틀러를 물리친 군인답게 놀랍도록 기민한 움직임이었습니다."

"하하. 과찬이십니다. 앉으시지요."

킴은 에스프레소를 우려낸 후, 찬물을 왕창 붓고, 거기에 얼음까지 퐁당퐁당 던지는 무자비한 폭거를 저지른 후 그에게 한 잔을 내밀었다.

"드시지요."

"…감사합니다."

혹시나 해서 입을 한번 대보았지만, 커피의 향취 따위 쥐뿔도 느껴지지 않았다. 이게 커피인가? 시궁창 물이 아니고? 하지만 킴은 빨대까지 꽂아서는 너무나도 맛있다는 듯 쪽쪽 이 시궁창 물을 빨아댔다. 역시 제정신이 아니다.

"이란과 긴밀한 논의를 해보았습니다. 아무리 봐도 모사데크 총리는 강력한 반공주의자더군요. 미국의 친구가 될 수 있을 법한 인물이었습니다."

"제가 졌습니다. 미국의 의지는 잘 알았으니 이제 저희도 협상을 하고 싶습니다."

"어떤 식의 협상 말씀이십니까?"

"석유에 대한 저희의 이권을……."

"깔끔하게 5 대 5 가시지요. 우리가 사우디와 맺은 계약도 5 대 5입니다. 그리고 약속했지만 이행되지 않은 각종 인프라 구축 또한 이루어져야겠지요."

유진은 다시금 커피 한 모금을 머금고는 말을 이어나갔다.

"미합중국은 이란이 선을 넘지는 못하도록 억제하겠습니다. 만약 5 대 5로 협상이 타결되더라도 이란이 더 많은 것을 원한다면 그땐 우리 또한 영국을 지지하겠습니다."

"…감사합니다. 그리고……."

"핵무기에 대한 제 의견은 전혀 바뀌지 않았습니다. 저는 외상 대금을 떼먹는 뻔뻔한 인간이 아니거든요."

그의 퉁명스러운 말에 대사는 조용히 이를 갈았다.

"역시 화통하십니다. 그렇다면 혹시 소련 간첩에 대해서도 정보를 공유받을 수 있겠습니까?"

"간첩이요?"

"전에 말씀하신……."

"저는 간첩 이야기를 한 적이 없는데… 무언가 오해가 있었나 봅니다. 혹 제가 그날 술을 마셨습니까?"

대사는 초인적인 인내심으로 턱이 바들바들 떨리려는 것을 막았다. 유진은 그 모습을 보며 아이스 아메리카노를 끝까지 쭉 들이켠 뒤 얼음까지 와드득와드득 씹어댔다.

고증입니다

작중 언급된 핵기술 반출 금지 법안(맥마흔 법)에 대한 이야기는 436화 평화를 위한 아다지오 (7)에서 다루었습니다.

원 역사에서 맥마흔 법(공식적으로는 원자력 법)은 1946년 8월 1일에 제정되었습니다. 이 법을 통해 원자력 관련 사업이 육군에서 미국원자력위원회(AEC) 산하로 이관되었습니다.

4장
황혼의 투쟁

황혼의 투쟁 1

"도대체 무슨 일을 저지르고 있습니까, 국무장관님?"

"사랑과 진실, 자유를 뿌리고 다니지요."

"미친놈."

우주를 누비는 이 유진 킴에게 그런 매몰찬 말을 하다니. 이렇게 열심히 일을 해놔야 아름다운 미래와 밝은 내일이 기다리는 게 당연하지 않은가. 망할 대머리 자식. 대통령 됐다고 벌써 갈구는 것 좀 봐.

혐성의 나라 대영제국을 설득하는 건 참으로 다사다난했지만, 그럴 만한 가치가 있는 일이었다. 암만 서로 쌍뻐큐를 치켜드는 사이라곤 하지만, 결국 영국과 미국은 특별한 관계니까.

"영국인들의 항의 섞인 문의가 빗발치고 있어. 혹시 간첩 관련해서 무슨 말 했었나?"

"각하. 저는 정말 억울합니다."

"그래. 그렇구만. 억울하겠지."

오, 역시 아이크. 우리의 우정을 잊지 않았구나!

"보나 마나 또 카산드라께서 어두운 미래를 엿보셨을 테고, 그 미래를 피할 방도를 알려줬겠지만, 저 꽉 막힌 영국인들이 무슨 좆 까는 소리냐고 퉁명스럽게 대꾸해서 꼭지가 돌았겠지."

"……."

"틀렸나?"

"틀린 건 아니고, 아니, 맞다고 하면 좀 뭔가 이상한데."

"그래서. 정확하게 말해봐. 무슨 일이 있었지?"

다들 알다시피 나는 군바리였다. 합참의장까지 지내다 물러난 몸이니 내 귀에는 이런저런 첩보가 많이 들어왔고, 거기다 후버까지 알고 있으니 많은 정보가 나를 거쳐 지나가는 건 당연지사.

그리고 오래전부터 여러 첩보 기관들은 워싱턴 D.C.에서 수상한 암호화된 메시지가 발송되고 있는 걸 확인했고, 이게 소련 간첩들이 보내는 암호라는 걸 확신하고 있었다.

사실 소련 간첩이 없을 리가 있나. 우방국 간에도 스파이 행위는 안녕하세요 인사하는 것처럼 일상적인 일인데 빨갱이 종주국이 간첩을 뿌리지 않았다면 그게 더 이상한 일. 그리고 영국에는 저 유명한 '캠브리지 5인조'라는 간첩들이 있다. 정훈 시간에 종종 언급되기도 해서 알고 있지. 옥스퍼드와 함께 영국 탑 티어 대학으로 손꼽히는 대학물 먹은 친구들이 단체로 빨간 물이 들어서 고관대작이 된 뒤에도 열심히 간첩질을 한 임팩트 있는 사건이다.

그러나 나는 저런 놈들이 있어서 난리가 났었다는 사실만 알지, 구체적으로 누가 멤버인지 모른다. 심지어 쟤들이 40년대에 활동했는지 70년대에 활동했는지도 모른다. 어쩌면 저 미래의 빨갱이 꿈나무들은 응애응애 옹알이에 여념이 없을지도? 그러니까 내 선택은… 블러핑이었다.

"이젠 우방국 대상으로 사기를 치고 자빠졌냐, 이 철면피야!"

"아니. 그렇게 말하면 내가 나쁜 놈 같은데……."

"간첩이 있다고 확신도 못 하면서 대뜸 그렇게 질렀다고?"

"아니, 아니아니. 진정하고. 심증이 있어서 이러는 거지 당연히. 육군 쪽에서 그러던데, 지금 D.C에 있는 소련 간첩 중 최소한 한 명은 영국인으로 추측된다고 하더라고."

"그거 하나 믿고 판을 키우셨다? 만약에 영국이 독이 바짝 올라서 대가를 치를 테니 정보를 내놓으라 하면?"

"그거야 그때 가서……."

"너어어란 놈은 진짜……."

절대 내 입으로 간첩이란 말을 꺼내진 않았다. 걔들이 그렇게 생각하도록 유도를 하긴 했지만 아무튼 내가 이야기한 건 순전히 암시에 불과했다고.

'요즘 워싱턴 D.C에 벌레새끼들이 부쩍 늘어났다지 뭡니까?'

내가 한 말은 이게 전부다. 그 말을 들은 영국 대사 입장에서는 두 가지로 해석이 가능하고.

'당신네 영국인들 사이에 빨갱이 간첩 새끼가 끼어 있음.'

'당신네 영국인들이 우리 집 안방에서 간첩 행위를 하고 있음.'

그리고 영국이 언급이라도 할 수 있는 건 오직 전자뿐. 후자? 입이 째져도 말 못 하지. 공공연한 비밀이지만 그걸 진짜 입에 담는 순간 헬게이트가 오픈된다. 영국 대사는 지금 빨갱이 간첩에 대해서 열심히 떠들지언정, 속으로는 '누구지? 어느 등신 같은 우리 요원이 드러난 거지?'라며 머리를 감싸 쥐고 있을지도 모른다.

그러니 이건 꽃놀이패. 뒤에서 욕은 옴팡지게 처먹을지언정, 사실 칼같이 계산해 보면 리스크는 굉장히 적다.

'우린 대가를 지불할 준비가 되어 있으니 당신네들이 확보한 그 빨갱이 간첩이 누구고 증거가 뭔지 좀 봅시다.'

'네? 소련 간첩요? 저는 MI6 요원 하나를 붙잡아서 그거에 관해서 언급한 건데?'

…라는 시나리오로 흘러가버리면 영국은 접싯물에 코 박고 죽어야 하지 않나. 음. 완벽해. 이게 바로 공갈의 재미였구나. 히틀러가 공갈을 못 끊은 이유가 있다. 아편보다 더 짜릿짜릿해.

대충 이 건에 관해서 보고를 마친 나는 중동 정세에 관한 짤막한 브리핑에 들어갔다.

"그래서, 네 의견은 그 모사데크라는 정치인을 밀어주자는 거야?"

"그는 이슬람에 심취하지도 않았고, 공산주의에 반대하며, 특별한 무력 없이 국민적인 지지를 얻어 정계의 핵심에 오른 민간 인사입니다. 비유럽, 비열강 국가에서 이만큼 정당하면서도 동시에 우리의 이익과 합치되는 인물을 찾기란 무척 어렵지요."

"좋아. 현지 협력자가 있다면 확실히 수월하겠지. 그러면 우린 뭘 해줘야 하지?"

"아무것도."

제발 아가리 닥치고 아무것도 안 하는 게 모사데크를 돕는 가장 좋은 방법이지. 중동 국가의 정치인에게 '친미' 딱지가 붙어버린다? 암만 생각해도 내가 모사데크라면 소련이랑 손 안 잡을 테니 제발 날 그냥 가만 내버려 둬 달라고 부탁할 텐데.

"글쎄? 우리가 주는 게 없으면 이란이 언제 갑자기 돌아서도 할 말이 없잖나. 뭐라도 억지로 손에 쥐여 줘야지."

"그러면 군사 고문단이라거나 무기 수출. 혹은 현지 인프라 건설 원조 정도가 괜찮겠군요. 다만 고문단은 그쪽에서 원하지 않을 확률도 큽니다."

"일단 한번 진행해 보자고. 이제 다음은 이스라엘인가?"

"거기는… 좀 기다려 봅시다."

흔히들 착각하지만, 1949년 지금 이스라엘은 새빨간 나라다. 심심하면 언급되는 그 '키부츠'부터가 말이 좋아 협동 조합이지 실상은 빨갱이들이 환장하는 집단 농장이고, 이스라엘 건국 지도자들도 죄 사회주의자. 원내

제1정당은 노동당. 군대 무기는 체코 수입산. 누가 봐도 훌륭한 레드 팀이군요.

"CIA나 각국 대사관의 보고에 따르면 아랍 여러 나라들이 정치적으로 혼란스럽다고 합니다."

"나도 들었네. 현 정치권의 부정부패에 현지인들이 신물이 나 있다지?"

"중동 전쟁의 패전을 계기로 군부에 대한 통제력마저 상실하고 있으니, 민주주의를 요구하는 시민 혁명이 터지거나 혹은 군부 쿠데타가 일어날 듯합니다."

원 역사에서는 군부 쿠데타가 일어나고, 이 군부는 빨갛게 빨갛게 물들어버린다. 하지만 나라를 바꾸겠다고 일어난 군부도 권력의 단맛에 중독되어버리고, 미국은 그들의 권력을 유지시켜주겠다 약속하고 이 친구들을 블루 팀으로 스카우트해 온다. 그러니까… 다른 아랍 국가들이 빨갛게 물들어버리면 이스라엘은 알아서 블루 팀으로 올 수밖에 없다. 살고 싶으면 말이다.

"이제 남은 건 하나뿐이군요."

"티토."

결국 냉전은 유럽에서 결판나는 법. 유럽 갈 시간이다.

* * *

영국과 프랑스를 위시한 서유럽은 말 그대로 개판 5분 전이었다. 전쟁에서는 승리했지만 남은 것은 무수한 사상자와 엉망진창이 된 도시, 그리고 터지기 일보 직전의 식민지뿐.

미국은 쇼 미 더 머니를 쳐서 어마어마한 개발 원조를 지원해줬지만, 그건 그거고 랜드리스 대금은 별개. 그 와중에 소련의 위협에 대비한 핵무기 개발까지 착수해야 했으니, 허리가 휘어지지 않으면 그게 더 이상한 일이리라.

그러던 찰나 워싱턴 D.C.에서부터 날아온 제안을 받아든 영국은 그야말로 환희에 젖었다.

"즉각 수락합시다."

"하지만 각하, 이란은……."

"지금 이란이 문제입니까? 이란의 석유를 몇 년을 뽑아먹어야 원자폭탄 개발에 드는 그 막대한 비용을 충당할 수 있겠습니까. 이건 우리에게 이익이 되는 일입니다."

"하지만 프랑스가 반발할 겁니다."

"그놈들이 우리보다 먼저 이 제안을 받았다면 우린 벌써 진즉에 걷어차였을 게요."

미국 의회의 움직임은 재빨랐다. 그들은 갑자기 도덕군자로 변신해서는 영국의 맨해튼 프로젝트에 대한 공헌이 있으므로 그들에게 핵 관련 기술을 제공해주는 건 법률 위반이 아니라고 명시했고, 미국 정부는 이에 호응해 원자폭탄 데이터 및 제조법을 인계해주기로 하였다. 그 대신.

"프랑스의 핵개발만큼은 저지해야 합니다."

"물론이지요. 세계 평화를 위협하는 핵무기가 확산되는 일을 막는 건 지극히 옳은 일입니다."

어제까지만 해도 프랑스와 손잡고 핵무기를 개발하려던 영국은 재빨리 헌성 풀파워 통수를 작렬, 일방적으로 협동 연구 프로그램을 파기해버렸다.

"이 빌어먹을 놈들! 뻔뻔스러운 놈들!"

"영국이 저러는 게 어디 하루 이틀 일입니까? 영국을 믿은 것부터가 현 정권의 실수였습니다!"

"총리는 당장 물러나시오!"

"드골을 돌려달라!!"

그리고 영국과 프랑스의 상황엔 조금 차이가 있었다. 영국은 섬이었고,

히틀러의 로켓 공격과 일부 폭격을 제외하면 본토에서 입은 피해는 거의 없었다. 또한 그들은 거의 모든 식민지에서 손을 떼고 경제적 빨판만 남긴 채 제국을 해체했다.

하지만 프랑스는 국가 전체가 잿더미가 되었으며, 인명 피해 또한 어마어마했고, 몇 년간 독일의 착취에 시달렸다. 그리고 그들은 순순히 모든 식민지를 포기할 생각도 없었다.

"미국 놈들이 우리더러 베트남에서 손을 떼라고 하더군요."

"베트남은 현실적으로도 너무 멉니다. 우리의 이권을 어느 정도 보장받는 선에서 물러나야겠지요."

"하지만 알제리만큼은 지켜야 합니다. 알제리는 신성한 프랑스의 국토입니다!"

"이번에 내각을 깨고 우리가 정권을 차지해야 합니다."

"총파업을 일으킨다면 충분히⋯⋯."

프랑스는 영국보다 몇 배로 정치적으로 혼란스러웠고, 심심하면 정권이 무너지고 선거가 열리길 반복했다.

"더 이상은 참을 수 없다."

"우리가 언제까지 저 앵글로색슨 놈들에게 머리채를 휘어잡힌 채 끌려다녀야 하는가?"

"프랑스는 위대해야 한다. 미국의 부속품으로 전락하는 프랑스는 위대한 프랑스가 아니다!"

게다가 대통령에서 물러난 드골은 은인자중하고 있다지만, 그 드골을 지지하는 우파 인사들은 이를 바득바득 갈며 언젠가 나라를 엎어버리리라 벼르고 있었다. 그리고 크렘린은 이를 매우 예의주시하고 있었다.

"뭐 하나 풀리는 일이 없군."

"서기장 동지⋯⋯."

"프랑스를 미국에서 분리시킬 수는 없나? 우리 편이 되자고 할 필요도 없네. 단지 프랑스가 독자적인 노선을 채택하기만 해도 유럽에서 우리에게 걸리는 압박이 훨씬 줄어들지 않겠나."

"최선을 다해 공작을 시도해 보겠습니다."

소련 또한 그리 행복하지는 않았다. 예브게니 킴이 국무장관이 된 이후, 소련에 느껴지는 압박은 다소 줄어들었다. 하지만 그 대신으로, 달러의 파도가 온 공산권을 덮치고 있었다.

"중동에서 돌파구를 마련하고, 인도네시아의 우리 동지들에게 더 많은 지원을 해주시오."

"서기장 동지. 인도네시아로 우리가 접근할 경로가 마땅찮습니다."

"적어도 생색은 내야 할 것 아니오. 공산주의의 종주국인 우리가 프롤레타리아를 저버릴 수는 없으니."

유고슬라비아와 소련의 관계는 완전히 얼어붙었다. 사실상 대놓고 반기를 들다시피 하며 독자 노선을 채택한 유고의 티토. 스탈린을 더욱 분노케 한 건, 유고슬라비아가 어느 순간 밀수의 허브로 부상하고 있다는 점이었다.

"이놈들은… 본인들이 공산주의자라는 자각도 없는 건가?"

"동지. 최선을 다해 밀수업자들을 때려잡고 있습니다만… 군인들이 밀수에 가담하고 있는 듯합니다."

"베리야의 모함입니다! 군은 청렴결백합니다!"

"주코프 동무. 그대의 목을 걸 수 있겠소?"

"…즉시 내사를 개시하겠습니다."

미국에서 생산된 온갖 사치품과 '더러운 서구 자본주의' 제품이 이탈리아로 수입된다. 이탈리아의 마피아들이 이를 밤중에 몰래 실어날라 유고로 보낸다. 유고는 은밀하게 다른 이웃 공산 국가로 이를 수출하고 시세차익을 먹는다.

"티토에게 분명히 경고하시오. 국경을 폐쇄해버리기 전에 밀수를 멈추라고."

"이미 몇 차례나……."

"빌어먹을."

이미 스탈린의 권위는 하늘에 닿았다. 하지만 저 아래 땅 밑에 있는 이
들에겐 미제의 콜라가 더욱 달달한 모양이었다. 문득 스탈린의 머릿속에
그 빌어먹을 동양인의 크헤헤거리는 웃음이 떠올랐다가 금세 사라져버리
고 있었다.

황혼의 투쟁 2

독소 전쟁. 인류 역사상 한 민족을 절멸시키겠다는 목적에서 벌어진 최초의 전쟁. 피가 강처럼 흐르던 끔찍한 시간이 지나갔고, 소련은 마침내 나치를 무릎 꿇리며 복수에 성공했다.

고통의 시간은 너무나도 길었지만, 그 보상은 다디달았다. 소련은 동유럽 각국에 위성 정권을 수립했고, 세계 질서를 주도하는 단 둘뿐인 초강대국 중 하나로 우뚝 섰다. 그렇지만 냉전의 시대가 찾아오기 무섭게 소련은 흔들리기 시작했다.

세계 곳곳에서 벌어지는 이념 대립은 부차적 문제. 하루아침에 끊겨버린 랜드리스야말로 소련에 가장 치명적인 일격이었다. 어마어마한 인명 피해. 너무나 비대해진 붉은 군대. 갑자기 커져버려 성장통에 시달리는 소련의 영역. 독일군의 손에 황폐해진 국토. 오직 총력전만을 위해 뜯어고친 국가 산업.

이 모든 타격을 메꿔주던 미국산 물자가 싹 끊겨버렸고, 설상가상으로 스탈린은 공산주의 종주국으로서 위신을 지키기 위해 새로운 공산 국가들에게 '지원'을 해주기로 결정했다. 그 결과 다시 한번 대기근이 찾아왔고, 크렘린은 이 시련에도 불구하고 인민을 말 그대로 갈아넣으며 기어이 버티는 데 성공했다.

[우리는 스탈린 동지의 빛나는 영도로 제국주의자들의 지독한 음모에서 벗어났다.]

[앞으로도 우리는 스탈린 동지 아래에서 세계 혁명을 수행해 나가리라!]

[당과 연방을 흔들려는 그 모든 음모는 결코 스탈린 동지, 그리고 스탈린 동지를 결사옹위하는 노동자와 농민에게 어떠한 타격도 줄 수 없으리!]

"…말은 참 좋지. 말은."

소련 붉은 군대의 총사령관이라 할 수 있는 게오르기 주코프는 읽고 있던 《프라우다》 신문을 덮으며 중얼거렸다. 원래 소련인의 삶이란 저 밑바닥 청소부에서부터 꼭대기 최고 관료에 이르기까지 목숨 걸고 작두 타는 것에 가깝다지만, 최근 그의 발아래에 놓여 있는 작두는 더욱 날카로워지고 있었다.

위기의 핵심은 당연히 누구보다 숙청을 사랑하는 강철의 대원수.

주코프는 원래부터 '인품이 훌륭하다.'라고는 차마 말할 수 없는 성격이었고, 2차대전 기간을 거치며 군의 1인자로 거듭나며 그 성격이 더욱 나빠지면 나빠졌지 온화해지지는 않았다. 애초에 그 스탈린에게도 따박따박 할 말 다 하곤 했던 사람이었으니. 게다가 전쟁영웅이란 무릇 만인의 스포트라이트를 받는 법. 이는 승전 이후 더더욱 개인 숭배에 환장하게 된 스탈린의 심사를 건드리고도 남았다.

숙청 위기에 내몰린 그를 구원해준 것은 아이러니하게도 서방 제국주의자들. 체코를 한입에 텁 하고 삼켜버리고 중국 내전에서 '몽골의용군'이 중화민국 국부군을 믹서기처럼 갈아버리자 스탈린을 위시한 수뇌부는 '우리 혹시 센 거 아닌가?'라는 행복회로에 불이 들어왔다.

예브게니가 신경 써서 육성했다고 알려진 한국군 또한 패퇴시키자 그 행복회로는 아주 후끈후끈해졌지만, 패튼의 미군과 교전해 아주 개박살이

나고 무한에 핵이 떨어지면서 소련 수뇌부는 다시 현실을 인지하게 되었다.

아무리 이 의용군이 제대로 된 정규군이 아니라지만, 그 병력의 근간은 독소 전쟁에서도 참전해 독일군과 싸웠던 소수민족 출신 장병. 실전 경험도 풍부한 이들로 구성한 부대가 아시아에 있던 2선급 미군 부대와 교전해 일방적으로 패배했다. 그야말로 충격과 공포.

"서기장 동지. 붉은 군대엔 역시 주코프 동지가 필요합니다."

"정녕 그가 꼭 필요하단 말이오?"

"지금은 괜찮을지도 모릅니다. 하지만 예브게니 킴이 지휘하는 미군과 유럽에서 전면전을 치러야 한다면, 주코프 같은 이를 놀려두기엔 아깝습니다."

독일 점령지에서 민간인을 약탈해 금은보화를 챙겼다는 죄목으로 고발당하고 보직해임당했던 주코프는 많은 이들의 탄원 끝에 다시 총사령관으로 복귀했다. 참으로 예브게니 킴 만만세가 아닐 수 없다.

숙청과 굴라그행 특급 열차는 모면했지만, 그렇다고 그의 처지가 완전히 펴지지는 않았다. 의심병에 편집증까지 나날이 심해져 가는 스탈린은 주코프를 뜨뜻미지근한 눈으로 바라보고 있었고, 쥐새끼 같은 베리야는 호시탐탐 그를 다시 빵에 처넣을 기회만 재면서 연신 간신배처럼 스탈린의 귀에 온갖 저주와 음해를 속삭이고 있었다.

'주코프는 보나파르트주의자.'

붉은 군대의 군인들이 가장 두려워하는 단어.

'너, 나폴레옹 되고 싶지? 쿠데타를 꿈꾸지?'라는 딱지가 그의 주변에 어른거리고 있었다. 게다가 그가 정말로 모함에만 시달리는 순도 100% 청렴결백한 군인인 것도 아니다.

"후우우우."

고작 냉장고 문을 여는데도 두리번두리번.

이런다고 뭐 찾을 수 있는 것도 아니겠지만, 베리야의 졸개들이 혹시나

이 집을 감시하고 있을까 싶어 몸에 배어버린 행동이었다.

문을 열고, 안에 있던 차가운 보드카 병을 꺼내고, 한 모금.

"크어어어."

그래 이 맛이야. 달짝지근함은 척추를 타고 뇌까지 올라오고 청량한 탄산 맛은 목과 위장을 뒤흔든다. 그 이름도 찬란한… 콜라. '미 제국주의의 깜장물'이 아니다. 오직 주코프 한 사람만을 위해 커스터마이징된, 보드카 병에 담긴 투명색 영롱한 콜라다.

걸리면 죽는다. 자아비판과 눈물의 참회 따위로 커버될 문제가 아니다. 베리야가 방긋방긋 웃으며 루뱐카 지하실로 그를 처넣은 뒤 물고문과 전기고문과 인두질 중 무얼 먼저 할까 행복한 고민을 하게 되리라. 하지만 어쩌겠는가.

이깟 미제의 단물 따위 마음만 먹으면 끊는 건 일도 아니겠지만, 부하라는 놈들이 솔선수범해 자본주의의 상품을 밀수하는 마당에 콜라 좀 끊는다고 상황이 나아지는가? 차라리 원 없이 콜라라도 빨면 속이라도 편안해지지.

스탈린은 자신의 나라 소련에 미제의 문물이 자꾸 침투하는 이 상황을 대단히 못마땅해했고, 심지어 전쟁터에 나가 있던 장병들을 고향 대신 굴라그로 보내는 초강경책까지 동원하기도 했다. 그러나 그런다고 어디 한번 고급품을 맛본 사람들의 욕망이 사그라들겠는가.

밀수 단속이 엄해지면 엄해질수록 밀수품의 가치는 올라가기만 했다. 붉은 군대의 간부들 중 이 유혹에 저항할 수 있는 이가 얼마나 있겠나. 주코프는 쭈우욱 콜라를 들이켠 뒤, 텅 빈 자신의 힙플라스크에 남은 콜라를 마저 부었다.

콜라도 좋지만 술이 더 땡기는 날이었다.

나는 마침내 기나긴 홀애비 생활에 종지부를 찍었다.

"…잘못했습니다."

"알긴 아니까 다행이네."

그리고 박박 빌어야 했다. 지은 죄가 없는 게 아니니.

"우리 아빠 이름까지 팔길래 혹시나 했지. 근데 혹시나가 역시나였어."

"그땐 정말 어쩔 수 없었다니까?"

"그래. 나도 알아. 그래도 좀 언질을 해주지 그랬어."

진짜 내가 출마하나 싶어서 설렜던 도로시 여사의 분노가 타오르고 있다. 내가 말하기 싫어서 입 다물고 있던 게 아니라니까. 근데 상대하던 놈들 중에 미합중국 최고의 변태, 후버가 있었잖아. 그 새끼가 만약 나나 내 가족을 도청했다 쳐도 나는 절대 놀라지 않을 자신이 있다.

"그래서, 앞으로 계속 일할 거야?"

"아니. 이제 애들도 다 컸으니까 나도 내 삶 좀 살아야지."

"누가 들으면 혼자 애 다 키운 줄 알겠어."

나는 대답 대신 묵비권을 행사했다. 아직 20세기라 참 다행이야. 몇십 년간 죽어라 싸돌아다니고 집에 얼굴 한번 내비치기 힘들었지만 그래도 정상 참작의 여지가 있었으니. 애들이 하나같이 어디 안 엇나가고 무사히 큰 게 다행이구만. 그렇지만 도로시의 울화가 풀린 것도 아니다. 나는 재빨리 새로운 떡밥을 던져 저 분노를 피하기로 했다.

"은퇴하면 캔자스로나 갈까 싶은데."

"당신이? 캔자스를?"

"장인어른 집도 안 팔고 그대로 갖고 있잖아. 내가 뭐 농사를 지을 건 아니지만, 마셜 그 영감도 자기 집 앞마당에서 소소하게 채소 키우고 있더라고."

"참나 기가 막혀서. 채소는 뭐, 아무나 키우면 쑥쑥 자라난대?"

마셜도 하는 걸 왜 내가 못 해. 혹시 아는가. 사실 내 능력치가 농업에 몰빵되어 있을지? 하지만 도로시의 잔소리가 사라진 걸 보니 캔자스행이란 말이 그녀의 마음에 든 것 같긴 했다.

"캔자스라. 고향 가면 나야 편하고 좋긴 하지. 근데 당신이 하도 도시를 좋아하는 것 같아서……."

"나이 먹고 무슨놈의 도시야. 귀농 좋네, 귀농."

"솔직하게 말하면 당신이 일 그만둔단 말을 믿을 수가 있어야 말이지."

와. 폭언이다.

하지만 나는 입맛만 다실 뿐 차마 반박하지 못했다. 여기서 위풍당당하게 1년 내 퇴직! 해방! 을 외쳤다가 사직에 실패하면 내 가장으로서의 권위가 와르르 맨션이 되어버린다…….

하루에도 여든한 번씩 때려치우고 싶다는 생각이 불쑥불쑥 피어오른다. 하지만 이왕지사 한 번 일에 손을 대기 시작했으니, 끝까지는 못할지언정 어느 정도 매조지어 놔야 나도 후임자 얼굴 볼 면이 서지 않겠는가.

출퇴근 시 내 일과 패턴은 늘 똑같다. 아침 일찍 출근하고, 타자기에 용지 하나를 물려 놓고 타이핑 시작.

[사 직 서

일신상의 사정으로 인해 직무를 중단하오자 하오니…….]

사직서 한 부를 매끈하게 만들고, 우아한 필치로 서명을 하고, 품에 쏙 넣어 놓는다. 그리고 퇴근할 때 오늘도 결국 이걸 제출하지 못했음을 한탄하며 퇴근 전 마지막 담배를 뻑뻑 피우고 이걸 불사른다. 실로 완벽한 루틴.

드디어 워싱턴 D.C.로 이사를 온 도로시에겐 참으로 미안한 일이지만, 망할 대머리가 내게 짬때린 이 국무장관이란 직책은… 출장이 잦다.

"유진."

"예, 대통령 각하."

"최근 우리가 영국과 프랑스를 위시한 유럽인들의 인내심을 시험하고 있다는 우려의 목소리가 많네."

"당연한 일이지요. 우린 그놈들의 코털을 뽑을 겁니다."

"사자의 코털을 뽑자고?"

"고양이 주제에 아직도 자기가 사자인 줄 착각하고 있으니 코털 좀 뽑혀봐야지."

어차피 그 새끼들은 정신 못 차린다. 크고 아름다운 소련의 몽둥이가 눈앞에서 부웅부웅 풍차돌리기를 해야 미국 형님이 차라리 낫구나 생각하지.

우리가 잘해준다고 그 새끼들이 감복할 것 같나? 절대 그럴 리가 없지. 아직도 그 새끼들 눈에 우린 운 좋게 코인으로 벼락부자 된 동네 촌놈으로 보일걸? 잘해줘도 소용없고 옛 식민지인들의 원한만 살 뿐인데 왜 잘해줘. 하지만 내가 이 마인드를 너무 노골적으로 드러낼 순 없지. 나는 할 말 못할 말을 가릴 줄 아는 착한 어른이거든.

나는 아시아에 이어서 이번엔 유럽 출장 일정을 잡았는데, 이 일정은 아시아에 비해 몇 배로 하드코어했다. 먼저 바다 한가운데에 있는 작은 섬나라, 아이슬란드를 NATO에 끌어들여야 한다. 아이슬란드와 노르웨이가 NATO에 가담해야만 북극에서 기어나올 소련 잠수함을 봉쇄할 수 있거든.

영국과는 핵무기와 관련된 논의가 남아 있다. 이 새끼들, 으르렁댈 땐 언제고 이젠 누구보다 진심으로 프랑스를 엿 먹이려 하고 있다. 역시 원조 혐성님은 달라도 크게 달라. 프랑스에 가면… 욕먹어야지. 욕을 처먹는 게 내 역할이다. 알제리에서 학살하지 말라고 해봤자 저 엘랑의 민족은 내 어금니를 추수하려 할 게 뻔하다. 오히려 베트남에서 얌전히 빠지는 게 참 용할 지경.

그 뒤엔 서독을 한번 찍고, 이탈리아로 간 뒤, 그리스와도 회담을 해야 한다. 여전히 그리스에 우리 장병들이 고문단으로 파견을 나가 있으니 그 위문도 겸한다. 그리고 그리스의 무수히 많은 섬 중 한 곳에서 유고슬라비아와 비밀 회담이 예정되어 있다. 여기에 마지막으로 터키까지 찍고 나면 유럽 순회 끝.

이게 뭐야? 지옥이야? 내가 사람을 너무 많이 죽여대서 특근지옥에 떨어진 건가? 그리고 시작된 유진 킴 유럽 투어. 아이슬란드 정부는 언제 소련이 상륙할지 모른다는 불안감을 떠안는 대신 NATO 합류를 추진하기로 했다.

내가 떠날 때쯤 국민들이 시위를 벌이기 시작했지만 저건 내가 관여할 문제가 아니니 패스. 만약 정권이 무너지고 신정부가 나토 가입을 거부하면 그때부터가 내 문제다. 영국 또한 딱히 문제는 없었고. 예상했던 대로 문제는 프랑스에서부터 터졌다.

"장관님. 오신 김에 장관님의 동지였던 놀렛 장군의 묘소에 방문하시는 건 어떻게 생각하시는지요?"

"그거 좋군요. 놀렛 장군님과 같은 애국자라면 당연히 앵발리드(프랑스판 현충원)에 안장되어 계시겠지요?"

"아아. 참으로 안타까운 일이지만, 고인께선 앵발리드보다는 알제리에 묻히길 소망하셨습니다."

이 개자식들. 나더러 알제리에 가라고? 내가 그 묘지에 방문하는 게 알제리인들에게 어떻게 해석될지 너무 빤하지 않은가.

"그렇군요. 아쉽지만 제 일정이 바빠 어렵겠군요. 언젠가 기회가 된다면 반드시 놀렛 장군을 뵈러 가겠습니다. 대신 그분의 뜻을 이어받은 드골 장군이 계시니 그분을 한 번 뵙고 가면 어떨지요?"

"하하하."

"하하하하하."

시벌롬들이 사람을 아주 봉으로 아네. 니들 자꾸 그따위로 나오면 내가 드골이랑 밥도 먹고 악수도 하고 포옹도 하고 사진도 몇 장씩 박을 거야. 드골 쫓아내다시피 한 니들이 그거 감당 가능하겠어?

서로 훈훈하게 칼침 한 방씩을 주고받은 뒤에야 우리는 제대로 된 일을 할 수 있었는데.

"귀국 미국인들은 자유와 민주주의를 위해 싸우고 있다고 주장하고 있지요?"

"주장이 아닌 사실입니다."

"우리 프랑스 제4공화국은 귀국의 헌신, 그리고 우리를 구하기 위해 이 역만리까지 와 목숨을 바친 모든 장병들의 헌신을 잊지 않고 있습니다. 그들의 도움으로 나라를 되찾은 만큼, 위대한 프랑스는 억압받는 다른 사람들 도와야 할 의무가 있습니다."

뭐지? 알제리 쥐불놀이를 하고 싶으니 묵인해 달란 뜻인가? 하지만 직후에 나온 말로, 사실 내가 프랑스인들을 살짝 무시하고 있었던 게 아닐까 반성의 시간을 가져야만 했다.

"아직 이 유럽에는 최후의 파시스트가 살아남아 제 국민들을 학살하고 있습니다."

그렇다. 히틀러와 무솔리니를 지옥으로 보냈지만, 유럽의 극우 독재자는 그 둘만이 아니었으니.

"아직 2차대전은 끝나지 않았습니다. 스페인인들은 여전히 파시즘과 싸우고 있습니다."

프랑코 카우디요. 스페인 내전의 승리자. 그리고 학살자.

"우리가 진정 우리의 대의 앞에 부끄러움이 없으려면, 그들에게도 자유를 돌려줘야 합니다."

프랑스의 총리는 조용히 이를 갈며 말했다.

황혼의 투쟁 3

사실 엄밀하게 따지면 유럽의 독재자는 하나가 아니라 둘이다.

스페인의 이웃 나라, 포르투갈 또한 친구 따라 강남 가듯 살라자르 (António de Oliveira Salazar)라는 독재자가 오래오래 권력을 쥐고 있다. 그런데 포르투갈이라는 나라 자체가 국력이 그리 강하고 세계 정세에 큰 영향을 줄 수 있는 나라가 아니다 보니 아무래도 살라자르는 듣보잡에 가깝다.

나름대로 유럽에서 수십 년 집권하는 독재자인데도 이렇게 브랜드파워가 딸리다니. 번개 모양 흉터를 지닌 소년이 머리카락도 없고 코도 없는 사악한 마법사를 물리치는 유명 판타지 소설에 언급되는 '살라자르 슬리데린'이 아마 이름 원 주인인 살라자르보다 더 유명하리라.

포르투갈도 엄연히 거대한 식민제국을 갖고 있는 국가이고, 이웃 나라 스페인 또한 열강이라 부르기엔 이미 많이 한물간 나라. 하지만 포르투갈과 스페인의 격차보다 살라자르와 프랑코의 인간 백정 격차가 훠어얼씬 크다.

스페인 내전. 2차대전의 프리퀄. 극한의 이념 대립이 어디까지 한 나라를 지옥도로 변모시킬 수 있는지 만천하에 보여준 쇼케이스. 한 나라의 내

전에 온갖 나라가 숟가락을 얹은, '국제적 내전'의 가장 끔찍한 사례.

오직 살인만을 위해 개발된 무수한 첨단 병기와 그 병기를 운용하기 위해 수립된 교리가 테스팅된 거대한 살육 베타테스트. 스페인 내전은 그 하나만으로 논문 수천 개를 뽑아낼 만큼 복잡하지만, 결론만 요약하면 간단하다.

빨갱이 연합과 수구보수 연합의 극한대결 끝에 인간백정 프랑코의 승리. 이 프랑코가 내전과 뒤이은 집권 과정에서 하도 많은 사람을 쳐죽여 댔기에 그와 스페인의 거취는 여전히 시한폭탄처럼 남아 있었다.

"우리 프랑스는 프랑코에게 빚이 남아 있습니다."

"으으음… 그래도 전쟁은 좀."

"물론 전쟁을 일으키겠단 소린 아니었습니다. 제아무리 스페인이 2류에도 미치지 못하는 엉망진창의 나라가 됐다지만, 우린 유럽에서 전쟁을 벌이고 싶진 않습니다."

그래도 아직 이성은 남아 있군. 불행 중 다행인가.

내전 중이던 스페인을 둘러싸고 벌어지던 외교전은 꽤 복잡했고, 원역사와 달리 프랑코의 승리가 목전에 보이던 시점에 2차대전이 발발했다. 그리고 프랑스인들은 프랑코에 대한 원한을 새기게 되었다.

폴란드가 하루아침에 히틀러의 식후땡 반찬으로 전락할 무렵, 프랑스는 동원령을 선포하고 병력을 박박 긁어모았지만 그래도 전력이 부족했다. 하지만 그 부족한 전력의 일부가 바로 히틀러의 친구 프랑코를 경계하기 위해 저 머나먼 최후방, 피레네산맥에 붙들려 있어야만 했다.

전황이 불리해지자 프랑스 정부는 다급하게 1차대전의 영웅 페탱 장군을 불러 피레네에 있던 병력을 끌고 올라와 독일군과 싸울 것을 지시했지만, 실전 병력을 쥔 페탱은 오히려 정부를 총칼로 찍어누른 후 비시 프랑스를 세워버린다. 그리고 페탱과 프랑코는 스승과 제자 관계.

'프랑코가 페탱을 꼬드겨 우리 등 뒤에 칼을 꽂았다!'

'스페인만 아니었으면 전쟁 그렇게 쉽게 지지는 않았다!'

현재 프랑스의 '결코 공식적으로 밝힌 입장은 아니지만 매우 공식 입장에 가까운' 의견이 바로 이거다. 페탱을 단순한 반란수괴로 처벌하기엔 굉장히 애매하다 보니 옆 나라 프랑코에게 냅다 뒤집어씌운 셈.

그리고 우습게도, 페탱이 군대를 이끌고 빠지면서 무주공산이 된 피레네산맥으론 그토록 경계하던 프랑코의 군대 대신 패전을 앞둔 스페인 공화정부의 군대가 쏟아져 들어왔고, 이들 중 상당수는 프랑스군에 가담해 종전 때까지 싸웠다.

"지금 프랑스 파리에는 스페인 망명정부가 있습니다. 게다가 스페인인들 중 프랑코에 반대하는 투사들이 아직도 스페인 국내에서 저항 활동을 이어가고 있지요. 이제 자유 세계가 하나로 뭉쳤으니 그 힘을 모아 최후의 파시스트를 몰아내야 하지 않겠습니까?"

"그 말씀이 참으로 옳습니다. 하지만 다들 알다시피, 스페인 공화정부는 공산주의자들의 세력이 너무 크지 않았습니까?"

히틀러가 뒈지고 베를린이 점령된 직후, 스탈린은 여세를 몰아 파쇼 친구 프랑코도 뚝배기를 깨버리자고 제안했었다. 처칠과 윌레스 모두 그 제안을 귓등으로도 듣지 않았을 뿐. 그리고 그 뒤를 이은 맥아더와 내 전임자 덜레스 장관은 프랑코를 딱히 세탁해주지도 않았지만, 그렇다고 해서 공화국을 재건하려는 노력을 하지도 않았다.

기껏 다시 세운 스페인이 빨개지면 그게 무슨 낭패인가. 하지만 내 뜨뜻미지근한 반응에도 불구하고 총리는 쉽사리 물러서지 않았다.

"스페인 망명정부 인사들 상당수는 이제 공산당이라고 하면 치를 떱니다. 정확히 말하자면 스탈린과 소련이 스페인을 방패로 써먹었을 뿐 공산주의 종주국으로서의 의무를 전혀 이행하지 않았다고 여기고 있지요."

"……."

"기회는 지금뿐입니다. 더 머뭇거렸다간 프랑코가 스페인에 있는 모든 반대파를 물리적으로 말살해버릴 겁니다."

"저 또한 스페인의 민주주의를 수복하고 저 지독한 프랑코 정권을 규탄할 필요성에는 동의하는 바입니다."

"아직 프랑코에게 맞서는 이들이 많은 까닭은 간단합니다. 이제 전쟁이 끝났으니 우리가 그들을 도와주리라 믿고 있기 때문이지요."

후속 액션이 없으면 그들이 무너진단 소리. 프랑코를 품고 간다? 절대 있을 수 없다. 내가 기껏 미국의 도덕성을 좀 휴먼 수준으로 맞추려고 하는데 프랑코 같은 인간쓰레기와 손잡았다간 도로아미타불 아닌가.

"얼마 전부터 크렘린에서는 자신들의 영향력이 닿는 스페인 공산주의자들에게 투쟁을 중단하라는 지시를 내렸다고 합니다. 지금 이때 우리가 프랑코를 무너뜨리면 스페인에서 공산주의의 영향력 또한 같이 날려버릴 수 있습니다."

"긍정적으로 검토해보겠습니다."

하지만… 그놈을 직접 끌어내리는 건 전혀 별개의 문제. 나는 본국의 훈령이 필요하다는 핑계로 어물쩍 회담을 끝냈다.

고민 좀 해보자고.

* * *

프랑스의 제안은 즉시 백악관까지 배송되었고, 아이젠하워의 머릿속 또한 유진과 마찬가지로 복잡해지기 시작했다.

"그 개자식을 날려버리는 게 과연 우리의 국익에 부합하겠소?"

"킴 장관님이 주창한 '킴 플랜'에 따르면 우리의 도덕성, 다시 말해 민주주의를 지키고 독재자와 손잡지 않겠다는 명백한 의지를 어필해야 합니다. 프랑코를 날려버린다면 저 빨갱이들은 결코 우리더러 제국주의라며 시비를 걸지 못할 겁니다."

"반대로 생각해 봅시다. 우리가 프랑코를 친다면 뒤가 구린 다른 독재자나 국왕 같은 놈들이 우리와는 더 이상 손잡지 않을 겁니다."

"저 또한 그러한 의도로 보고를 올렸었는데, 그때 들은 킴 장관의 말을 그대로 돌려드리지요. '그래서 그놈들이 소련과 손잡을 수는 있고?'"

결국 중요한 것은 대통령의 의지. 아이젠하워는 결단했다.

"결코 전쟁은 없소."

"알겠습니다."

"내가 전쟁이 없어야 한다고 말한 것은 우리 군의 투입뿐만 아니라 프랑스군의 전면 개입 또한 있어서는 안 된다는 뜻입니다."

프랑스 또한 전혀 전쟁을 하고픈 의지는 없어보였지만 혹시 또 모를 일.

물론 이게 무력을 쓸 생각이 전혀 없다는 뜻도 아니었다.

"CIA는?"

"준비되어 있습니다."

"반—프랑코 게릴라들에게 지원을 해줄 만한지, 그들의 사상이 어떤지부터 분석하시오."

"킴 장관이 먼저 지시해 놓았습니다. 이미 우리 요원이 현지로 침투를 준비 중입니다."

CIA는 유진의 장관 취임 직후 자신만만하게 이란 쿠데타 계획을 제시했다가 몸이 가루가 될 만큼 듬뿍 잔소리를 처먹고 해당 계획을 세절해야만 했고, 공산 국가인 알바니아에 반란을 일으키자는 계획 또한 인정사정없이 까여버렸으며, 그 외 전 세계 곳곳에 불꽃놀이를 벌이려던 계획 대부분이 전부 기각당했다.

그러던 찰나에 떨어진 제대로 된 작전 명령. 사악한 나치 짝퉁을 몰아내고 민주주의를 수복한다니. 이런 막중한 임무를 받고도 피가 끓지 않으면 첩보 부서 자격이 없다.

"우리가 프랑코에게도 경제 원조를 해주고 있었나?"

"없습니다. 우리의 경제 원조 국가들 중 스페인은 제외되어 있습니다."

"그 대신이지만 인접국들의 경제가 회복되며 스페인에도 어느 정도 청신호가 들어오고 있습니다."

무릇 상대가 아무리 나쁘다고 한들, 다짜고짜 시비를 걸기 전에 최소한 인사 한 번쯤은 해줘야 하는 법. 그런 점에서 아이크는 신사라 할 만했다.

"우선 여당부터 움직입시다."

"알겠습니다."

"스페인에서 행해지는 학살과 인권 유린 사례를 수집하고, 우리 의원님들이 이를 규탄하면 모양새가 좋겠군."

첫 번째, 여론 조성.

두 번째, 의회의 비난과 규탄 성명.

"그다음은 금수조치로 갑시다."

"금수조치가 효과를 보려면 영국을 끌어들이셔야 합니다."

"영국인들도 부끄러운 줄 안다면 이번 계획에 동참하겠지. 우리가 압력을 행사했는데도 프랑코 정권이 무너지지 않는다면 그의 독재 체제는 훨씬 더 공고해질 게요. 개입한다면 확실하게 끝장을 봐야지."

석유 수출 금지, 식량 수출 금지, 이 두 가지 카드만으로도 스페인의 경제는 나락으로 간다. 이미 내전의 충격으로 황폐화된 나라지만, 바닥 밑에는 더 바닥이 있는 법 아니겠는가. 게다가 영국이 이 조치에 함께하기 시작한다면, 스페인은 이제 바다 건너에서 무엇 하나 제대로 수입하기 힘들어진다.

"우리의 목표는 우선 프란시스코 프랑코가 모든 권력을 내려놓고 퇴진하는 것. 그리고 유엔이 감독하는 전국 자유 선거를 시행토록 하는 것이오."

"평화유지군은 파견하지 않으시겠습니까?"

"아까도 말했지만 군의 작전은 고려하고 있지 않소. 괜히 유엔 평화유지군을 끌어들였다간 프랑스 놈들이 개입하려 들 테지."

마침내 백악관의 결정이 떨어졌다.

[프란시스코 프랑코는 스페인 파시스트의 수장으로, 지난 세계대전에서 명백히 히틀러, 무솔리니와 보조를 맞추어 행동한 바 있다. 프랑코의 스페인은 추축국의 편을 들어 참전하지는 않았으나 독일에 막대한 양의 천연자원을 제공하여 그들의 전쟁 수행에 협조하였고, 의용군이라는 명분하에 군대를 파병하여 연합군과 교전을 수행하기도 하였다. 이와 반대로, 스페인 공화정부 군인들은 연합군에 합류하여 파시스트와의 투쟁을 이어나갔다.

이 모든 사정을 고려하여 미합중국, 프랑스, 영국 3개국은 '최후의 파시스트 정권' 프랑코를 엄격히 규탄하는 공동 성명을 내며, 유럽에 정의와 자유가 뿌리내려야 한다는 데 그 의지를 함께하기로 하였다.]

'널 죽여버리겠다.'라는 심플한 의지.

거의 최후통첩을 접수받은 프랑코 정권은 하루아침에 발칵 뒤집혔다.

"대체 왜? 전쟁에 끼지만 않으면 용서해주겠다 하지 않았던가?"

"빨갱이들입니다! 빨갱이들이 여론을 선동해 이 난리를 불러일으킨 게 틀림없습니다!"

자신들끼리 북을 치건 장구를 치건, 이미 미영프가 함께 움직이는 시점에서 프랑코 정권의 최후는 순식간에 예약되었다.

황혼의 투쟁 4

프랑코에게 다소 불행한 점이 있다면, 주변국의 외교 상황이 그에게 전혀 행복하지 않다는 점이리라.

미국은 다들 알겠지만 매카시즘의 광풍이 '너 나치지?'로 격침당했고, 거국적인 국뽕 주입에 들어갔다. 자유와 민주주의를 사랑해 매카시를 몰아내고 아이크를 뽑아준 미국인들이 설마 파쇼 냄새 풀풀 풍기는 프랑코를 이뻐해줄 이유가 없잖은가. 영국 또한 사정은 비슷했다.

"대영제국이 프랑코 같은 피에 굶주린 학살마를 도와줬다는 사실은 우리의 역사에 큰 오점으로 남을 것입니다. 그들의 근시안적인 정책으로 인해 우리는 크나큰 피해를 입었습니다. 만약 스페인에서 파시스트들이 패배하고 공화정을 수호할 수 있었다면 지난 세계대전은 달라졌을지도 모릅니다."

지금 집권한 정당인 노동당은 애초에 빨간 친구들이고, 이들 입장에서 프랑코란 씹으면 씹을수록 감칠맛이 계속 나오는 무한의 오징어다리쯤 되는 물건이었다. 씹으면 씹을수록 정적들을 깔 수 있다니까?

프랑코와 '협조적인 관계'를 맺을 수 있다고 믿었고 실제로 그렇게 만든 처칠은 당연히 이번에도 무한까임권을 얻었다.

"처칠 전 총리님. 프랑코를 은밀히 지원한 사실에 대해 무언가 하실 말씀 있으십니까?"

"이보십쇼, 기자 양반. 내가 총리가 됐을 때 이미 공화국은 망조에 접어들었습니다. 굳이 따질 거라면 죽은 체임벌린에게 따져야지요."

"하지만 총리에 선출된 이후에도 프랑코와의 협조를 계속 이어나가셨잖습니까?"

"그러면 우리가 프랑코를 갈궈서 그놈이 독일군과 함께 지브롤터를 공격하는 꼴을 봤어야 했습니까? 북아프리카로 모자라 지브롤터를 지키기 위해 우리 영국의 아들들이 희생해야 했었습니까?"

"제 질문을 정정하지요. 어째서 독일이 패망한 이후에도 프랑코와의 협력을……."

"더 이상 질문은 받지 않겠습니다."

나는 처칠을 이해한다. 종전 직후에 '프랑코도 패자'라고 했다간 더 일찍 선거에서 박살 났을 테니까. 하지만 노동당은 그걸 뻔히 알면서도 처칠에게 '프랑코와 붙어먹은 놈' 딱지를 붙여주었다. 역시 정치는 무섭다.

프랑스는 말할 것도 없다. 현재 프랑스 정계는 무수한 정당들이 난립해 개판을 벌이고 있지만, 그들 모두가 스페인에게 '교훈'을 가르쳐줘야 한다는 점에는 동의하고 있었다. 원래부터 스페인공화국에 호의적이었던 좌익도 좌익이지만, 바로 그 스페인공화국군 상당수가 드골의 자유 프랑스군에 가담해 반—파시스트 투쟁을 지속해 나갔다. 이쯤 되면 무시무시한 업보가 아닐 수 없다.

그리고 남은 한 나라가 설득당했다.

"우리 소비에트연방은 프란시스코 프랑코와 반란군 일당이 저지른 무수한 전쟁범죄 행위를 엄격히 규탄하는 바입니다."

미영프가 한 세트로 움직이는데 소련이 가만히 있으면 프랑코 지지자로 몰리게 생겼다. 스탈린이 빡대가리가 아닌 이상 이 빅 웨이브에 탑승 안 할

리가. CIA와 MI6와 NKVD가 손에 손잡고 스페인에서 활개를 치는 이 기이한 형국.

프랑코의 미친 살육과 학살을 피해 중남미로 도피했던 인사들까지 각국의 지원을 받으며 비밀리에 스페인으로 돌아가면서 프랑코 정권은 다시 한 번 위기에 봉착했다.

"프랑코 정권은 아직까지도 대규모 수용소를 운영하고 있습니다. 이 수용소에서는 온갖 끔찍한 학대와 살인, 암매장이 자행되고 있습니다!"

"나치 독일의 수용소 관련 문건을 획득한 결과, 프랑코가 반체제 인사와 유대인들을 대거 히틀러에게 보냈다는 사실을 확인했습니다. 그들 상당수는 목숨을 잃었습니다."

"프랑코는 '더러운 빨갱이의 피를 정화해야 한다.'라는 명목으로 반체제 인사들의 신생아를 납치해 자신의 지지자에게 나누어주었습니다. 의사와 간호사는 물론 성직자들까지 이 파렴치한 범죄에 동참해 갓 태어난 아이를 훔쳐 내다팔고 있습니다!"

나날이 언론을 통해 쏟아지는 충격적인 이야기. 한 나라가 작정하고 나라 문을 걸어 잠그면 의외로 오래 버틴다는 건 이미 세계 최악의 폐쇄 국가 북조서니스탄의 사례를 통해 나 또한 잘 알고 있는 사실이다.

어차피 이 시점에서 우리의 목표는 지금 당장 프랑코 정권을 무너뜨리고 민주주의를 배달하는 게 아니라, 우리가 이만큼 자유를 위해 헌신하고 있다고 전 세계에 공짜 광고를 때리는 것. 그러니 손해 볼 일은 아무것도 없었다.

꼬우면 전쟁 한판 뜨든가. 깔깔.

* * *

프랑스에 온 김에 파리의 동물원에서 우리 커여운 사막여우 에르빈을 보고 가려 했지만, 에르빈과의 재회는 최악이었다.

"아니, 이게 무슨……."

"어떻습니까. 장군님에 대한 경의를 담아 저희 동물원은 극진히 에르빈을 모시고 있습니다."

"아, 예. 예에. 그렇군요……."

나를 기다리고 있는 것은 살아 있는 에르빈이 아니라 박제가 된 에르빈이었다.

아니, 거, 동물이 수명 다 돼서 죽는 건 어쩔 수 없다 쳐도 '유진 킴의 애완여우 에르빈' 팻말 붙여서 전시해 놓은 건 또 뭐냐고. 혹시 나를 박제 못 하니 이놈이라도 박제하자 뭐 이런 뜻인가? 20세기는 내가 감당하기엔 너무 힘들다.

원래 사람이 힘들고 어려울 땐 자신의 뿌리를 거슬러 올라가는 법. 나는 미국인이지만 한국계의 정체성 또한 가지고 있다. 굳이 정확하게 말하자면 원 역사 대한민국 제6공화국 사람의 정체성이지만, 그건 이 세계에선 존재할 일 없는 곳이니 잠시 제쳐 놓자.

"…그래서 그 한국계의 정체성이 저와 무슨 관계입니까?"

"한국 속담에 꿩 대신 닭이라는 표현이 있거든요."

"내가 닭이라고?"

'사막의 여우' 에르빈 롬멜은 나를 어이가 없다는 듯 바라봤다. 섭섭한데. 역시 유대인 샤워실 가스밸브 돌리던 낙지 패거리 버릇을 못 버리고 문화상대주의를 받아들이지 못했나.

에르빈이 죽었으니 아쉬운 대로 롬멜이라도 한번 보고 가겠다는 게 그렇게 이상한 논리인가? 이번 기회가 아니면 과연 내 인생에 독일에 또 올 일이 있을 것 같지도 않고.

냉전이 격화되면서, 동서로 분단된 독일은 유럽의 최전방으로 전락했다. 그 말인즉슨 당연히 두 독일 모두 군대를 재건해야 한다는 소리였고, 교도

소 아랫목에서 뜨뜻하게 몸 지지고 있던 옛 국방군 장성들은 하나씩 바깥 나들이를 하며 스멀스멀 창군 준비에 이런저런 도움을 주게 되었다.

롬멜은 가장 빠르게 전향을 선언하고 법정에서 미주알고주알 증언한 인물 중 한 명이었고, 원래 히틀러의 신임으로 출세한 인물인 만큼 그 증언 또한 매우 큰 가치가 있었다. 그렇다고 해서 나치 독일군의 인기 아이돌이었던 그를 서독군이 재기용할 일은 없었지만.

"나를 모욕하고자 찾아온 것이라면……."

"패자를 희롱하는 취미는 없습니다. 귀하의 증언으로 나치의 범죄 행위 상당수가 규명된 만큼, 이에 심심한 감사의 말씀을 드리고자 할 뿐입니다."

"살고 싶어서 떠들어댔을 뿐이오."

애초에 비—융커 출신에 뒷배가 없던 인사였기 때문일까. 그 유명한 만슈타인을 비롯한 상당수 독일군 장성들은 '학살은 몰랐다. 그거 다 친위대가 한 일이다.'라고 모두 다 같이 물타기를 시도했지만, 롬멜이 법정에 나와 '총통께서 까라고 해서 깠다. 학살 행위는 친위대가 저질렀지만 이들의 활동에 편의를 봐주라는 지시가 있어 그에 따랐다.'라고 박아버린 탓에 그들에겐 괘씸죄가 가산되었다. 그 덕택에 만슈타인이나 구데리안 같은 인물들은 여전히 교도소에서 행복하게 지내고 있다더라.

"저랑 일 하나 같이 안 해보시겠습니까?"

"일?"

"우리 국방부에서 지난 전쟁에 대한 전훈을 분석해야 한다고 하도 시끄러워서 말이지요. 북아프리카 전역에 대해 우리가 함께 저술한다면 후대 사람들에게 크나큰 자산이 되지 않을까요?"

"개인적으로 회고록을 저술하고 있긴 한데."

"장담컨대 저랑 공저하면 노후는 물론 자식과 손자들까지 대대손손 돈 걱정은 안 하고 사실 수 있을 겁니다."

롬멜은 커피를 마시며 잠시 고뇌에 빠졌다.

하긴 내가 생각해도 좀 그렇긴 하구만. 본인이 어떻게 잘나가다가 어떻게 고꾸라졌는지를 써야 한다? 그것도 자길 발라버린 놈이랑 같이? 저 양반도 어지간히 에고가 센 것 같은데, 쉽사리 동의하진 않겠지.

"하나, 제안이 있소."

"일단 들어는 보겠습니다."

"실은… 최근 생활고에 시달리고 있소."

"……."

"나와 부인이 먹고살 걱정을 할 만큼 비참한 처지는 아니지만, 아들 대학도 보내야 하고 결혼 자금도 준비해 줘야 하오. 그리고 또……."

"계약금은 넉넉하게 챙겨드리겠습니다."

근엄하던 모습은 어디로 가고 그의 얼굴이 아주 해맑아졌다. 그래. 돈은 중요하지. 암.

* * *

몇 달 뒤. 지중해에 널리고 널린 그리스의 한 섬.

"…라는 일이 있었습니다."

"하하하! 자본주의가 참 대단하긴 합니다그려. 그래서 이제 천하의 롬멜이 킴 장군을 찬양하는 글을 쓰게 되는 겁니까?"

"제가 찬양을 받고 싶으면 얼마든지 더 나팔수를 고용할 수 있습니다."

"흠. 그야 그렇지요. 그런 의미에서 나 또한 킴 장군을 위해 나팔을 잔뜩 불어줄 수 있는데, 혹시 뭐 좀 없겠습니까?"

그곳에서 나는 티토와 재회했다.

"티토 동지가 나팔이라니. 그것참 진귀한 경험이겠군요."

"킴 장군이 얼마나 탁월한 지휘관인지, 그리고 그 누구보다 혜안이 있는 사람인지 가장 잘 이해하고 있는 사람이 나 아니겠소? 기꺼이 나팔을 잡아야지요. 이번 만남을 고대하면서 이렇게 영어에 능숙한 통역까지 구했습니다. 전부 다 제가 장군을 흠모하기 때문입니다."

"놀라운 우연의 일치입니다. 저 또한 이 혼란스러운 발칸에 평화와 안정을 가져다줄 지도자가 있다면 그건 오직 티토라는 거인 한 사람뿐이라고 믿고 있거든요."

"흐하하하하!!"

"크헤헤헤헤!!"

지중해의 아름다운 풍광을 배경으로 나누는 밀담은 참으로 달달했다.

"그래서, 나팔값은 무얼 청구하고자 하십니까?"

"옛날에 장군이 제게 했던 말 기억하십니까. 저희 이웃에 촌장집 아들놈이 하나 있는데 그놈 등쌀이 참 이만저만 아니라고 했었는데."

"그럼요. 콧수염이 참 인상적인 사람이랬지요."

"그 작자가 요즘 제가 하는 일을 모조리 훼방 놓다 못해 대놓고 적대적으로 굴고 있습니다. 아무리 봐도 제 모가지에 관심이 지대해진 것 같더군요."

너무 노골적인데. 아무리 티토라고 해도 엄연히 공산권 지도자. 스탈린과 정면 대립한다거나, 미국과 손잡고 소련에 대항한다는 선택지를 고를 사람은 아니다.

"설마 새 친구를 사귀고 싶다는 뜻은 아니겠지요? 제가 종종 나가는 모임이 있긴 한데, 여기에 끼고 싶다면……."

"하하하. 거긴 텃세가 좀 있다고 들었습니다."

그럼 그렇지. 설마 NATO에 가입하고 싶단 소리인가 했네.

우리 쪽 첩보에 따르면, 티토는 이웃한 소국인 알바니아를 자신의 유고슬라비아 연방에 합병하고자 했지만 스탈린의 강력한 반대에 사실상 실패로 돌아간 듯했다. 그리고 또 다른 정보는 유고슬라비아가 불가리아와 거대한 연방을 구성하려고 했으나, 이 또한 모스크바의 완강한 반대에 부딪히고 있다는 이야기도 있었다.

요컨대, 현재 티토는 자국의 확장을 위해 시도하던 모든 일들이 소련에게 가로막힌 셈. 꼭지가 돌 만하다.

"사실 저는 촌장의 권위를 대단히 존중합니다만, 그곳이 이리 대놓고 저를 괄시하고 심지어 살의까지 띠고 있으니 참… 갑갑합디다."

"제가 또 인간관계의 전문가 아니겠습니까? 동지를 도와드리고 싶은데, 대체 어떻게 도와드리면 우리 티토 동지의 입장에서 최선일지를 잘 모르겠군요. 문화의 차이라는 게, 사소한 실수로 큰 오해가 생기기 딱 좋잖습니까."

'이제 변죽은 그만 울리고 슬슬 원하는 걸 말해 보시지?'

궁하니까 여기까지 직접 나온 것 아니겠나. 엄연히 한 국가의 수장이자 압도적 권위까지 갖춘 사실상의 독재자인데.

티토 또한 내 시그널을 캐치했는지 고개를 끄덕였다.

"우리 유고슬라비아는 자주적으로 혁명을 수행하고 있으며 앞으로도 노동자와 농민을 위한 국가를 만들기 위해 모든 힘을 쏟을 것입니다."

"그야 당연한 말씀이지요."

"…정말입니까?"

"원래 모든 국가는 국민을 위해 존재하는 게 당연하잖습니까. 어떤 식으로 국민을 위하는가는 전적으로 유고슬라비아인들의 뜻에 달려 있습니다."

그래. 너네가 빨갱이놀음을 하든 말든 상관없다고.

어차피 티토도 그 입장상 대놓고 '우리가 미국의 도움을 받습니다.'라고 외치지는 못한다. 그러니 우리 또한 '우리는 유고 공산당을 지지합니다.'라고 외칠 일도 없지. 딱 물밑에서 협조하는 관계만 되어도 대박이다.

그 뒤로는 각종 경제 협력에 대한 이야기가 오갔고, 나는 미리 아이크와 합의한 대로 유고슬라비아에 대대적인 경제 원조와 차관 제공을 해줄 의사가 있음을 밝혔다. 대신 티토는 서방으로 유고의 풍부한 각종 원자재를 수출하기로 약속했다. 그리고 가장 중요한 문제가 남아 있었다.

"혁명을 위한 동지의 숭고한 의지는 참으로 만인의 귀감이 됩니다만, 안타깝게도 어떤 콧수염에겐 그 의지가 반역 시도로 보이나 봅니다."

"…안타까운 일이지요. 그 사람이 원래는 안 그랬는데, 요즘 들어 아첨에 귀를 기울이더니 완전히 맛이 가버렸습니다. 이 유고슬라비아는 다른 나라와 달리 순전히 자력으로 혁명을 수행한 나라인데, 그 사람 눈엔 우리가 자기 졸개로 보이는 것 같습니다."

"원래 한번 노망이 들면 그게 낫는 일은 거의 없습니다. 죽을 때까지 증세가 점점 더 심해지겠지요. 동지께서도 그걸 가장 걱정하고 있지 않습니까?"

"역시 킴 장군이시군요."

소련은 유고의 모든 행동을 방해했다. 그리고 이제 더 나아가서 유고를 찍어버리려고 하고 있었고. 티토는 진지하게 소련의 군사적 침공을 고민하고 있었다.

"지금 동지에게 필요한 건, 스스로를 지킬 수단 같습니다."

"하. 그렇게 보이십니까?"

"이제 슬슬 인정하시지요. 티토 동지의 존재 자체가 그 콧수염의 권위를 건드리고 있습니다. 그가 귀하를 인정한다는 건 애시당초 불가능한 일인 셈이지요."

이미 스탈린에게 시달릴 대로 시달린 사람에게 천마신공 같은 걸 보여줘 봤자 놀리는 꼴밖에 되지 않는다. 연판장에 서명받는 건 나중으로 미뤄야지. 나는 대신 준비해 온 카탈로그를 꺼냈다.

"우리는 유고슬라비아 인민군의 현대화를 위해 다양한 무기를 제공할 의사가 있습니다."

"…너무 퍼주는 것 아니오? 이거 들고 한판 붙어보란 뜻으로 해석되오만."

"반댑니다."

떨떠름해하는 티토를 향해, 나는 두 눈 가득 확신을 담고 그를 뚫어지라 노려보았다.

"스탈린은 지극히 계산적인 인간입니다. 유고 인민군이 약하다면 그는 침공하겠지만, 수지타산이 맞지 않는다고 판단되면 결코 총을 꺼내지 않을 겁니다. 이 정도는 받아 가야만 침공을 억제할 수 있으리라 판단됩니다."

"…귀국의 호의에 감사하오."

"그리고 이것과 별개로, 혹시 유학생 보낼 생각 없으십니까?"

"흐하하하하! 미국, 미국 유학이라? 월스트리트로 보내 자본주의 공부시키면 딱이겠구려!"

"……."

"…농담 아니었소?"

아니. 나는 진심인데.

황혼의 투쟁 5

아무리 천하의 티토라 한들, 내 친절한 미국 유학 제안을 넙죽 수락할 만큼 깡이 좋지는 못했다.

"우리 유고의 젊은이들이 미국으로 유학을 가서 자본주의에 물들길 원하십니까?"

"하하. 그럴 리가요. 혹시 아실지 모르겠지만, 저는 수십 년 전부터 교육에 헌신해 온 사람입니다."

"예. 잘 알고 있습니다. 수십 년 전부터 키워온 인재들이 고스란히 미국식 자본주의를 따르는 인물이 되어 한국과 일본의 지도층이 되었다지요?"

티토는 의자 등받이에 허리를 쭉 기대며 시니컬하게 받아쳤다. 아니, 거참 누가 들으면 내가 세뇌라도 하는 줄 알겠어. 그럼에도 불구하고 내가 담배 한 개비를 꺼내자 그는 곧장 라이터를 꺼내 불을 붙여주었다.

"한국과 유고는 전혀 사정이 다릅니다. 제가 처음 교육을 떠올렸을 무렵, 한국인들은 일본 제국주의자들의 우민화 정책에 시달리고 있었지요. 반면 유고는 유럽에 붙어 있고, 오래도록 독립적인 국가를 유지해 왔잖습니까."

"약간의 차이가 있다는 점은 알겠습니다."

"그리고 미국 유학을 간다손 쳐도 꼭 모두가 친미에 물드는 건 아닙니다. 대충 제 계산으로는 20퍼센트? 30퍼센트? 그쯤 되는 유학생들이 빨간 물이 들어버리지 뭡니까? 이거참, 미치는 줄 알았습니다."

슬슬 그의 얼굴에도 어이가 빠져나가는 것이 보였다. 기껏 진실을 이야기해줘도 왜 저런 반응이람.

"누군가는 끝없는 마천루와 무한한 부에 홀리고, 또 누군가는 그 마천루 아래 굴다리에서 볼 수 있는 지독한 빈부격차에 충격받고, 또 누군가는 생전 처음 당해보는 인종차별의 맛에 반감을 갖게 됐지요. 그럼에도 불구하고 저는 그들에게 일괄적으로 특정 사상을 주입하지는 않았습니다. 모름지기 공부란 스스로 길을 깨달아야 하는 법이니까요."

"하하하! 말씀대로라면, 공산주의 사상으로 무장한 젊은이들이 미국에 가더라도 2할쯤은 자본주의로 전향할지 모른다는 뜻 아닙니까."

뭐, 그야 그렇지.

"솔직히 말해서, 그런 친구들이 살아남을 것 같진 않군요."

"설마 우리 유고연방이 고작 미국 물 좀 들었다고 유학생들을 다 죽여버릴 거라고 생각하십니까? 우리를 그런 무자비한 나라로 여기시다니."

"에이, 아닙니다. 목숨이 끊어져야 꼭 죽는답니까? 나라의 부름을 받아 유학 갈 정도의 똑똑한 친구들이 제 이름 떨치지 못하게 되면 그게 살아남지 못한 것이지요. 그리고 자비로 떠나는 것과 국가에서 선발되어 목적의식을 가지고 떠나는 게 같습니까? 의무를 다하지 않고 일신의 안녕만을 추구하면 당연히 중히 쓰이지 못하겠지요. 당연한 일입니다."

티토의 거부감을 확인했으니 굳이 유학 건을 더 키울 필요는 없다. 그냥 '우리가 이만큼이나 오픈되어 있습니다.'라고 과시하는 수준이면 충분하렷다. 어차피 그를 만나기 위해 이 머나먼 지중해까지 온 마당에, 논의해야 할 일은 차고 넘쳤다.

엄격하게 따지자면, 사실 티토 또한 훌륭한 공산 국가의 독재자다. 아이젠하워 행정부가 핵심으로 제창하고 있는 이놈의 '킴 플랜'은 민주주의적 가치의 수호를 핵심 원리로 삼는데, 정작 자기 집에서 정적 탄압하고 공산당 일당독재를 모토로 삼는 티토를 끌어들인다는 건 자가당착인 게 사실.

하지만 참으로 다행스럽게도 티토는 서방 언론을 다루는 법을 잘 알았고 이미지메이킹의 중요성 또한 인지하고 있는 인물이다. 적어도 이 양반이 미쳐서 천안문에 탱크 보내기 비슷한 짓거리를 하지 않는 이상, 내가 유고슬라비아를 끌어들인다고 해서 욕을 먹을 일은 없겠지.

그는 어지간히 호탕해 보이고 싶었는지 내 제안 상당수를 그 자리에서 덥석덥석 수락했고, 심지어 내게 먼저 이런저런 안건을 제시하기도 했다. 어쩌면 자신의 절대권력을 과시하려는 걸지도 모르겠네. 그러나 그 외의 대부분은… 노가리 까기였다. 원래 국제 외교고 뭐고 결국엔 친목이 핵심이지.

마지막 날 밤. 둘 다 배가 터지도록 밥을 먹고 가득 찬 위장 사이사이를 비싼 술로 빵빵하게 채운 뒤.

"킴 장군. 하나 궁금한 게 있습니다."

"제가 답변할 수 있는 것이라면 무엇이든 허심탄회하게 말씀드리도록 하겠습니다."

"아아. 국무장관으로서가 아니라, 한 시대의 역사를 장식한 유진 킴이라는 인간의 의견이 궁금한 겁니다."

티토는 내가 다시 한번 선물해준 하바나 시가의 맛을 음미하며 대뜸 물어보았다.

"대원수가 보기에, 이 시대에 가장 위대한 공산주의 지도자는 누구라고 생각하십니까?"

"허허. 그걸 저한테 물어보시다뇨."

"그야 원래 이런 건 내부가 아니라 외부에서 평해야 정확하지 않겠습니까?"

"그러면 뭐, 당연히 레……."

"레닌 동지는 뺍시다. 생각해보니 당연한 이야기겠군요."

대충 레닌 찬양 몇 마디 좀 하고 끝내려 했지만 곧장 블로킹당했다. 어우. 솜씨 좀 봐. 배구 선수 했어도 대성하셨겠어.

티토는 어깨를 한번 가볍게 으쓱하며 정말 자신은 가볍게 물어본 것이라는 양 제스처를 취했고, 나 또한 옆에 있던 술 한 잔을 마시고는 잡담하듯 자세를 풀었다.

"레닌을 빼고 논하자면 역시 스탈린이겠지요."

"뭐. 혹시나 했는데 역시나군요. 이유를 들을 수 있겠습니까?"

"히틀러의 침략에도 굴하지 않고 오히려 동유럽을 적화시키기까지 했으니, 사실 제가 아니라 누구에게 물어봐도 이건 스탈린의 이름이 나올 수밖에 없겠군요."

"하긴 그렇지요. 그러면 그다음은 혹시 누구입니까?"

"모택동을 2순위로 놓겠습니다. 그 어려운 환경에서 기어이 중국의 절반을 거머쥐었잖습니까."

아직 모택동은 저 유명한 참새 슬레이어라든가 문화대혁명 같은 신비한 자폭 스위치를 누르지 않았다. 원 역사를 아는 나야 절반이나 지켰다는 데 안심하고 있지만, 이 세상 사람들이 봤을 때 모택동은 거적때기나 걸치고 다니던 반군 부스러기에 불과한 중국 공산당을 이끌고 중국의 절반을 적화시킨 기적의 명장이자 지도자.

게다가 국공 내전에선 유엔 명패를 달고 서방연합군마저 줄줄이 개입했음에도 패배는커녕 중화민국의 명줄을 끊기 직전까지 몰아세웠으니, 이제 막 열강의 쇠사슬을 벗어나려 하는 구 식민지인들 눈에 모택동은 그야말로 기적의 위인 아니겠는가.

"모택동 동지라. 틀린 말은 아니군요. 그럼 세 번째는 누구입니까?"

"그야 당연히 지금 제 앞에서 시가를 음미하고 계신 분이지요."

"하하하. 빈말 한 번 듣기 참 힘듭니다. 그럼 이것도 마저 물어봐야겠지요? 제가 어떻게 하면 3위에서 1위로 올라갈 수 있겠습니까?"

"외부의 강력한 압력에 굴하지 않고 오히려 나라를 더욱 강성하게 키울 수 있다면 충분히 모택동과 스탈린을 뛰어넘을 수 있겠지요."

"제가 생각하던 바와 정확히 일치하니 참으로 안심이 됩니다. 우리의 우정이 진실로 이 세상에 도움이 되었으면 더욱 좋겠군요."

"그렇게 될 겁니다."

우리는 다시 한번 술잔을 가볍게 부딪쳤다. 티토의 눈에 맺힌 저 불꽃이 아주 마음에 들었다.

"그런 의미에서, 우리의 우정을 위해 부탁 하나 드려도 되겠습니까?"

"당연하지요. 우리는 진정으로 사선을 넘나든 전우잖습니까."

"근래에 대원수께서 저명인사들의 서명을 수집한다는 소문을 들었습니다만……."

"콜록! 콜록! 켁! 케엑!"

사레들리겠다, 이 자식아!

인간이 코로 술을 뿜는 진기한 장면을 목도했음에도 불구하고 그는 노련한 정치인답게 일절 흔들리지 않았다.

"어째서 제게는 '그걸' 보여주시지 않는 겁니까. 우리의 우정이 고작 그 정도였습니까?"

"아니, 그게 아니고."

"제가 만년필까지 미리 챙겨 왔습니다. 어디 있습니까? 설마 두고 왔다고 하진 마십쇼. 그런 물건을 갖고 있는 사람이 그걸 몸에서 떼어 놓을 리 없잖습니까."

"하하. 하하하하."

티토는 내게서 거의 갈취하다시피 천마신공을 뺏어 들고는 의기양양하

196

게 자신의 서명과 소감을 남겼다. 실로 말세였다.

* * *

유진 킴의 유럽 출장은 성공적이었다. NATO는 빠르게 확대되었고, 아이슬란드와 노르웨이뿐만 아니라 전범국인 서독, 기적의 환승에 성공한 이탈리아 또한 NATO 가입을 준비하기로 했다.

영국은 식민지의 점진적 독립에 원칙적인 찬성을 표시했다. 보다 정확히 말하면 식민지를 유지할 능력도 안 되고 돈도 안 되니 영향력만 남기고 빠져나오기로 결정한 것이다. 물론 그들의 아가리에 맞있는 핵폭탄을 선물로 물려줬다는 사실이 빠질 순 없었다.

이에 반해 프랑스는 '베트남 포기하면 됐지, 알제리까지 포기하라고? 간섭이 좀 심하시네?'로 삐딱하게 나왔고, 프랑스의 핵무기 보유 시도를 미국과 영국이 함께 막으려 하자 매우 분노했다. 하지만 프랑코를 함께 조지고, 친프랑스적인 스페인 망명정부를 복귀시키는 방안에 대해 논의함으로써 빠게트가 완전히 삐져서 토라지는 일은 막았다.

그리고 유고슬라비아.

"티토는 이용가치가 충분해."

"통제가 가능하겠나?"

"푸하하하! 통제라니. 히틀러도 스탈린도 그의 뻣뻣한 모가지를 꺾지 못했는데 우리가 무슨 수로 통제를 해?"

용수철 같은 인간. 물리적으로 그의 머리통에 총알을 박아 넣지 않는 이상, 그는 결코 힘과 폭력으로 굴종시킬 수 있는 인간이 아니라고 유진은 판단했다.

"전에 말했던 크렘린 교황청 분열 계획, 기억하나?"

"스탈린을 오클라호마 농장에 유폐하자던 그거 말이군."

"각하. 혹시 옥좌에 앉으니 치매가 오셨습니까? 백악관 의자 근처에서 똥 냄새가 난다던데 그게 혹시 지린……."

"농담 좀 했다고 누굴 벌써 풍 맞은 노인네로 몰고 있는데, 자꾸 그러면 어? 군 복귀 명령 내리는 수가 있어!"

"그딴 게 가능하리라 생각하십니까, 대통령 나으리? 좀 상식적인 말을 하세요."

"대원수 현역 복귀로 어디 한번 여론조사 돌려 볼까? 되는지 안 되는지?"

아이크가 박장대소하는 동안 얼굴을 코 푼 휴지처럼 일그러뜨린 유진은 다시 자세를 바로했다.

"크렘린의 통제를 거부하는 유고슬라비아가 커지는 것. 그 자체로 소련의 권위를 건드리는 꼴이 되지. 그가 아니면 스탈린에게 덤벼볼 용기라도 있는 사람은……."

"모택동은 안 되지."

"그렇지. 우리에게도 결국 남은 건 티토밖에 없단 말이야."

이미 원수지간인 중공을 팻감으로 쓰기엔 너무 껄쩍지근하다.

"그러니 유고의 체급이 커지는 건 우리에게도 좋은 일입니다."

"티토가 확장 정책… 불가능할 것 같은데."

"지금 당장은 그렇지. 오히려 스탈린이 유고를 침공하지 않을까 살짝 기대해봄 직한데."

만약 진짜로 스탈린이 노망이 나 유고를 침공한다면, 그 결과는 아마 수십 년 이른 베트남 전쟁 혹은 아프가니스탄 전쟁이 되리라.

한편 티토 또한 비슷한 이야기를 하고 있었다.

"미국은 우릴 아주 전폭적으로 밀어줄 모양이다."

티토는 이번 대담을 통해 확신했다. 물론 정치인들이라는 건 동서고금을 막론하고 뻔뻔함이 기본 장착이니, 여차하면 도마뱀이 꼬리 잘라내듯 자신들은 모르는 일이라며 발뺌할 가능성을 상수로 두고 판단하는 건 지극히 현명한 일이다. 하지만 유진 킴이란 존재는 잘라내기엔 너무 거대하다. 그가 어마어마한 타격을 입고 실각하지 않는 한 쉽게 손바닥 뒤집듯 말을 바꾸진 못하리라.

"우스운 일이군. 같은 사회주의 동지들이 우리의 대의를 존중하긴커녕 찍어누르지 못해 안달인데, 정작 미 제국주의자들이 우리를 지지해준다니."

"저들은 그저 우리와 소련이 충돌하기만을 바라고 있지 않겠습니까?"

"당연히 그렇게 봐야지. 하지만, 지금 상황이 어디 잘 지내고 있는 우리와 소련을 미국이 이간질하는 상황인가?"

소련의 침공 징후는 도처에서 엿보이고 있었다. 저 막강한 붉은 군대. 다들 서부 전선에 현혹되어 제대로 된 평가를 내리지 못하거나 혹은 너무 허황한 수준으로 고평가하지만, 소련군은 명백히 나치 독일을 깨부순 강군이다. 그리고 바로 그 불곰은 언제든 그 앞발을 휘둘러 단숨에 유고를 찢어버릴 의지로 가득 차 있었다. '공산주의의 대의에 동참하지 않는 반동을 징벌한다.'라는 명분을 내세워서.

"확실하다. 우리도 도움의 손길이 필요하지만, 미제 놈들 또한 소련에 맞설 대전사가 필요해."

"동지. 하지만……."

"싸울 생각은 없네. 어디까지나 우리를 지키고자 할 뿐이니."

유고슬라비아는 더욱 위대해져야만 했다. 스탈린이 결코 티토가 꿈꾸는 강대한 유고슬라비아를 좌시하지 않으리라는 사실이 명백해진 이상, 그는 얌전히 굴복하는 대신 최소한 이빨이라도 보이며 으르렁대야 했다. 그러지 않는다면 유고가 저 동유럽에 잔뜩 생긴 소련의 위성국과 다를 바가 없잖은가.

미국은 대체 무얼 노리고 있는가. 유진 킴이란 희대의 대전략가가 고작 소련 하나 엿 좀 먹이겠다고 유고를 지원할까? 티토는 그럴 리 없다고 생각했고, 그렇다면 가능성은 하나뿐이었다.

"미국은 스탈린 사후를 바라보고 있을 가능성이 크군."

"스탈린 동지의 사후라니."

"그것밖에 없어. 그때야말로 우리가 판을 엎을 수 있는 절호의 기회다."

강철의 대원수 하나만을 바라보는 거대한 관료제 기계. 과연 그 대체 불가능한 중추가 사라진다면, 소련은 어떻게 될 것인가?

적어도 평온하지는 않을 터였다.

황혼의 투쟁 6

1949년.

전 세계를 불태웠던 2차대전도. 그 뒤로 세 번째 전쟁이 될지도 모른다는 두려움을 샀던 이스라엘 독립 전쟁과 국공 내전도 모두 끝났다. 물론 세상 곳곳에서는 여전히 갈등이 끝없이 이어졌고, 대개 그 갈등의 끝은 무력 충돌로 귀결되었다.

인도네시아와 필리핀에서는 공산 반군의 대대적인 반란이 일어나 수카르노와 아나스타시오 모두 이 반란 진압에 골몰하고 있었다. 베트남에서는 우여곡절 끝에 향후 국가의 정치체제를 묻는 국민투표가 시행되었고, 그 결과 프랑스 제4공화국을 본따 내각책임제 공화정이 수립되었다.

여전히 옛 식민지에 막대한 영향력을 갖고 있던 프랑스는 첫 목표였던 유사한 정치체제 수립에 성공한 뒤 득의만만해져 그다음 계획, 막대한 금품 살포와 투표함 바꿔치기 등의 부정선거 종합 세트를 펼쳐 빨갱이 당선을 저지하려 했으나 유엔 선거감시단의 정중한 경고에 물러나야만 했다.

애시당초 그 선거감시단에 소련 대표단도 포함되어 있는 시점에서 프랑스의 야욕은 실현 불가였고, 프랑스의 행동이 못마땅했던 미국은 단지 펼

펄 뛰는 소련을 방관할 따름이었다. 그 결과 공산당이 대중 선거를 통해 집권하는 기이한 기록을 세웠고, 마찬가지로 프랑스의 식민지였던 캄보디아나 라오스 등지에서도 비슷한 일이 벌어질 듯했다.

호치민은 베트남공화국 초대 대통령에 당선되었으나 프랑스 제4공화국이 그러하듯 베트남의 대통령 또한 명예직에 가까울 뿐 실권은 그리 크지 않았으며, 얼마 전까지 무자비하게 사람을 죽여대던 공산당의 정권 장악에 기겁한 우파 인사들은 응오딘지엠의 '공화혁명노동당'을 중심으로 단일화된 야권을 구성해 맞서기 시작했다.

중동에서는 중동 전쟁을 통해 점차 영향력을 키워나가던 군부가 기존 왕정에 실망해 혁명을 꿈꾸고 있었고, 중남미에서는 사회주의의 물결이 수면 아래에서 천천히 퍼져나가고 있었다.

그럼에도 불구하고 세상은 평화를 향해 나아갔다.

런던에서는 마침내 올림픽이 재개되었고, 독일은 비록 분열되었지만 저마다의 국가 체제를 수립했다. 온갖 기업들은 집안에 앉아 올림픽을 시청하라며 텔레비전을 팔아먹기에 열을 올렸으며, 가난한 나라에서조차 라디오가 새로운 언론 매체로 대대적으로 보급되며 새로운 시대를 알렸다.

미국의 유럽 재건 계획에 맞서기 위해 소련은 경제상호원조회의(COMECON)를 결성했고, 거대한 공산 경제 블록을 설립해 경제적 봉쇄에 맞서고 자신들의 지상락원을 실현하고자 첫 삽을 뜨기 시작했다. 여전히 지구 어딘가에서는 총성이 울려 퍼졌지만, 경제 성장이라는 새로운 대결 또한 막을 올린 셈이었다.

그럼에도 불구하고 소련의 분위기가 딱히 부드러워지지는 않았다. 오히려 모스크바에서 한참 떨어진 흑해 해안의 한 고급 별장은 그 어떤 시베리아의 극한지대보다도 꽁꽁 얼어붙어 있었다.

"몰로토프 동무도 총기가 흐려진 모양이군. 그렇지 않나?"

"……"

스탈린은 점점 더 괴팍해지고 있었다. 대조국 전쟁 때 어마어마한 기력을 소모해서일까, 아니면 독재 체제 특유의 행정 과부하가 그를 좀먹어서일까, 둘 모두 아니라면 독재자들이 필연적으로 빠지게 되는 정신병적 강박증일까.

그는 여전히 유능했지만, 예전처럼 열정 넘치지는 못했다. 여전히 크렘린 궁 서기장 집무실의 창문으로는 새벽 내내 불빛이 꺼지지 않았지만, 몇 년 전까지만 해도 그 집무실에 앉아 정력적으로 집무를 수행하던 서기장은 밤에 불을 켜 놓을 것을 지시하고는 자리를 비우기 일쑤.

그는 자택의 소파에 푹 눌러앉은 채 술을 들이켜거나, 혹은 전국 방방곡곡 흩어져 있는 그의 별장으로 여행을 떠나 서민들은 상상도 할 수 없는 호사스러운 생활을 즐기곤 했다. 어디까지나 공산 국가 수준에서의 호사일 뿐이었지만.

"그렇지 않냐고 물었네만."

"그렇습니다, 동지. 몰로토프 동지의 자아비판이 필요하다고 저 또한 생각하고 있었습니다!"

"늙고 병들어 다소 민활하지 못한 감이 있지만, 그의 오랜 헌신과 충성을 보건대 금방 옛날의 정력을 되찾을 수 있을지도 모릅니다."

"흐음. 하지만 그의 부인은 반역자잖나. 그가 진정으로 자아비판을 하고자 한다면 부인부터 신속히 버렸어야지."

이제 그에겐 새로운 취미가 생겼다. 아니, 예전부터 즐기던 취미였지만 그 빈도가 더욱 늘어났다.

"가만히 동무들의 충고를 숙고해보노라면, 그 누구보다 늙고 병든 건 바로 내가 아닌가. 역시 물러날 때가 된 듯허이."

"안 됩니다!!"

"서기장 동지께서 저희 곁을 떠나신다면 이 나라는 제국주의자들을 막지 못하고 파멸하게 될 겁니다!"

"어흐흐흑! 제발 그런 말씀은 하지 말아주십시오. 동지가 곧 연방이고 연방이 곧 동지이거늘 어찌 저희를 버리시려 하십니까?"

"영원히 저희를 인도해주셔야 합니다. 저희에겐 서기장 동지의 영도가 필요합니다!"

"다들 엄살들이 심하구만. 내가 당장 내일 죽는다 해도 동무들은 능히 이 나라를 이끌 능력이 되는 인재들이오."

"아닙니다! 아닙니다!!"

"저희는 동지 없이는 벌레에 불과합니다!"

스탈린의 비밀 별장에 '초대'받아 함께 올 이들이라면 그들 또한 당연히 소련이라는 나라를 이끄는 정점들. 그러나 그들조차 스탈린의 한마디 한마디에 일희일비해 그의 장단을 맞춰주기 위해 온갖 아양과 아첨, 애걸을 떨어야만 했다.

이 아부는 단순히 스탈린을 칭송하기만 하면 끝이 아니라는 게 더욱 악질적이었는데, 그의 변덕에 제때 대응하지 못하거나 괜히 오버해 서기장 동지의 심기를 불편하게 하면 차라리 안 하느니만 못한 결과를 가져오기 때문이었다.

짖으라면 짖어야 하고, 재롱을 떨라고 하면 재롱을 떨고, 따라오라고 하면 따라가야 하는 팔자. 다만 이러한 처지가 딱히 최고위 공직자들뿐이냐고 하면 그렇지도 않았다. 적어도 그들은 이 딸랑딸랑의 보답으로 스탈린 최측근이라는 지고의 권력을 손에 넣지 않았는가.

음악을 하는 이들은 스탈린을 칭송하는 음악과 노래를 끝없이 만들고 연주해야 한다. 화가는 위대한 서기장 동지의 위업을 상징하는 장대한 그림을 그려야 하며, 언론은 스탈린 동지의 위엄과 자애로움을 전하는 것이 제1 사명이고, 조각가는 스탈린 동지의 흉상을 최대한 멋들어지게 깎아야 한다.

붉은 군대는 이 위대한 지도자를 위해 기꺼이 유일무이한 대원수 계급장을 바쳤으며, 지난 2차대전이 끝난 후 개선식이 열렸을 때는 오직 스탈린 동지를 태우기 위한 탱크를 만들어 그가 위엄을 떨칠 수 있도록 했다. 그럼에도 불구하고 그는 아직 만족하지 못했다.

더. 더더.

"마침 올겨울은 동지께서 70세 탄신을 맞이하는 경이로운 때가 아닙니까."

"전 세계의 공산주의자들은 스탈린 동지의 탄신을 축복하기 위해 오직 그날만을 기다리고 있습니다!"

"허허. 거참 이 사람들하고는. 그런 화려한 행사를 벌이는 게 정녕 우리 연방의 대의와 어울린다고 생각하나?"

이건 정말 멈추라는 뜻이 아니다. 더욱 그의 마음이 흡족하도록 논리적이고 인텔리하게 빨아보라는 하명.

"동지의 인도 아래, 잿더미가 된 러시아 땅이 전부였던 공산 혁명은 어느새 전 세계를 뒤덮고 있습니다. 저 제국주의자들에게 우리의 위업을 분명히 알려줄 행사는 반드시 필요한 일입니다."

"그렇습니다. 스탈린 동지의 건재함을 보여주는 일은 외교적으로 보나 우리의 사상적 측면에서 보나 필수불가결합니다."

"크렘린의 올바른 지시 대신 자신들만의 이단적, 트로츠키적 사상에 치우치려는 해외 공산당원들에게 무엇이 바른길인지 알려줄 기회가 필요했습니다. 동지의 탄신일 같은 좋은 기회를 허투루 날릴 수는 없습니다!"

"흐으음. 그렇게까지 말한다면 어쩔 수 없겠구려. 다만 쓸데없는 민폐를 끼치지 않도록 아무쪼록 두루두루 고려를 해서 행사를 준비하면 좋겠소."

문득. 스탈린은 여전히 자신의 새디스틱한 욕망이 끝까지 채워지지 않았음을 느꼈다.

"그러고 보니 말이오."

"예, 동지."

"우리의 단결과 융성함을 저들 제국주의자들에게 선보이려면, 당연히 제국주의자들이 우리를 바라봐야 할 것 아니오?"

이미 스탈린의 죽 끓는 듯한 변덕과 온갖 생트집에 익숙해진 그들이지만, 이번에는 다소 추리가 늦어졌다. 어쩔 줄 몰라 하는 저 당황스러움을 보자 비로소 가슴 한켠이 따스해지고 만족감이 차오르매 입꼬리가 씰룩씰룩 올라가는 그였다.

"마침 저 서방에는 우리를 누구보다 잘 이해하는 동시에 누구보다 음험한 자본주의자가 있지."

"서기장 동지. 그 놈팽이가 온다면 이번에 또 무슨 수작질을 벌일지 모릅니다."

"동지께서는 모든 소련 인민, 나아가 전 세계 무산 계급의 희망이자 등불이시고 그놈은 고작 나라 하나의 공직자에 불과합니다. 구태여 모스크바로 그를 부르지 않아도 동지의 위엄은 능히 그를 뒤덮고도 남습니다."

"하하하. 다들 아부가 너무 심하구만. 하지만 나는 진심이오. 최근 그가 종횡무진하며 또 무언가 음모를 꾸미고 있으니, 이곳으로 초대를 하면 적어도 몇 달은 발을 묶을 수 있지 않겠소?"

스탈린은 제 콧수염을 부드럽게 쓰다듬으며 말했다.

"마침 그의 생일이 나와 며칠 간격으로 있잖소? 우리 친애하는 예브게니 킴에게 옛 전우로서의 정을 베풀어주면 참으로 재밌을 것 같구려."

자리에 있던 모두의 머리가 터질 것만 같았다. 예브게니 킴을 모스크바로 불러? 그냥 부르면 땡이 아니고 그놈에게 뭔가 깊은 인상이라도 남겨야 해?

도대체 어디서부터 어떻게 풀어나가야 할지 모르겠다는 당혹감이 퍼져나가기 직전, 스탈린은 갑자기 너털웃음을 터뜨리며 화제를 부드럽게 바꾸었다.

"하하하! 자, 이제 재미없는 일 이야기는 그만두고 한잔들 합시다! 어이, 대머리!"

"예, 동지!"

"내가 한잔 따라줄 테니 쭉 들이켜고 춤이나 좀 맛깔나게 춰봐!"

"감사합니다!"

니키타 흐루쇼프(Nikita Sergeyevich Khrushchev)는 곧장 허리를 90도로 꺾어 경건하게 술잔을 받고, 우스꽝스럽게 춤을 추기 시작했다.

이미 수십 수백 번은 반복된, 흔한 소련 수뇌부의 일상. 이 소련에서 '판단'이라는 것을 할 자격이 있는 유일한 사람이 술 마시며 노니는 지금, 거대한 중앙집권형 기계 소비에트연방의 업무 처리 속도는 이전에 비해 훨씬 저하되어 있었다.

* * *

대소사를 모두 만기친람하는 중앙집권 독재 국가 소련이 뇌경색에 걸렸다. 그리고 한때 미국을 뇌성마비 환자로 만들었던 인물.

"개자아아식들. 개애애애자식들아아!"

조지프 매카시. 그는 울부짖고 있었다. 그는 여전히 상원의원이었고, 단지 청문회를 통해 '견책' 처분을 받았을 뿐이었다. 그것이 전부였다.

하지만 매카시가 법의 머리 꼭대기에서 노닐며 초법적인 짓을 거리낌 없이 자행했듯, 누구보다 법에 빠삭한 워싱턴 D.C. 동종업계 종사자들 또한 그에게 법에는 없는 처벌을 내렸다.

그 어떠한 언론도 그의 말을 받아적지 않았다. 의회에서 그가 발언을 요청해도 모두가 그의 말이 들리지 않는다는 듯 노골적으로 무시했다. 우격다짐으로 발언을 하려 하면 사람들은 기다렸다는 듯 그만을 남겨 놓은 채 썰물처럼 빠져나가곤 했다. 그의 모든 요청은 기각되거나 혹은 애초에 그런

게 없던 것처럼 취급당했고, 그는 사실상 사회적으로 말살당했다.

당적이 남아 있고 금배지가 남아 있으면 무엇 하는가. 그의 존재 자체가 허깨비 취급당하는데.

"유진 킴은 빨갱이라고! 빨갱이!! 너희는 다! 다 속고 있다고! 씨발롬들아!!"

그의 말을 들어주는 것은 오직 애완술병뿐. 원래부터 술을 즐기던 매카시는 이제 사람이 술을 마시는 게 아닌 술이 사람을 마시는 지경에 이르렀고, 동료 의원들은 얼씨구나 하며 '알콜중독자'의 말을 더더욱 뻔뻔스레 무시하기에 이르렀다.

그는 더 이상 아무것도 아니었다.

[킴 국무장관, 모스크바 방문설!]

[스탈린 70세 생일 참석 여부 귀추 주목… 국무부 '정해진 바 없어.' 회피!]

"이 나라는 틀렸어. 빨갱이가 나라를 팔아먹으려 한다는 사실을 아무도 알아주지 않… 않……."

그는 제멋대로 뻣뻣해지는 이곳저곳의 근육을 신경질적으로 주무르며 다시금 위스키 병을 붙들었다.

꼭 인간이 심장이 멈춰야만 죽어버리는 건 아니었다.

황혼의 투쟁 7

솔직히 말해, 이 시점에서 매카시는 딱히 내게 큰 관심사가 아니었다. 매카시를 법적으로 처벌하느니, 그냥 병신으로 만들어두는 게 훨씬 낫지. 이야기 들어보니 어차피 곧 죽을 것 같더만. 알콜중독자가 되어 대가리에 구멍이 송송 날 때쯤 정신병원에 넣어두면 완벽하겠어.

"장관님. 시리아에서 쿠데타가 터졌습니다."

"미치겠네. 혹시 우리가 손 쓴 건 아니죠?"

"절대 아닙니다."

이스라엘 독립 전쟁, 훗날 제1차 중동 전쟁으로 불릴 전쟁 이후 중동은 개차반이 났다. 이 전쟁에서 가장 처참하게 박살 났던 나라 중 하나인 시리아에서는 즉각 쿠데타가 터졌고, 대통령은 망명해야만 했다. 여기까진 뭐 그러려니 하겠다.

하지만 1949년 한 해 만에 세 번째 쿠데타라니. 혹시 시리아는 로마인가? 오직 로마의 후예만이 가능하다고 생각했던 민속놀이가 이역만리 시리아에서 벌어지다니. 대단하다, 대단해.

"도대체 저 사막에서 무슨 일이 벌어지고 있는지 우리가 제대로 파악은

하고 있습니까?"

"최초로 쿠데타를 일으켰던 후스니 알 자임(Husni al-Za'im) 참모총장은 우리 생각보다 훨씬 정권을 창출할 능력이 부족했던 것 같습니다. 그와 함께 쿠데타를 일으켰던 군인들이 차례차례 독자적인 쿠데타를 일으키는 것으로 보아, 이미 시리아는 군에 대한 통제를 상실한 듯합니다."

"프랑스인가? 또 프랑스인가?"

"그럴 리가요. 프랑스가 손을 썼다고 하기엔 너무 파괴적입니다."

그렇지. 프랑스가 개입했다고 하기엔 너무 저 꼬라지는… 너덜너덜하지 않은가. 처음 쿠데타를 일으켰던 저 알 자임이라는 사람은 두 번째 쿠데타가 일어나면서 처형당했고, 두 번째 쿠데타를 일으켰던 놈도 지금 막 세 번째가 일어난 기념으로 총살당했단 소식이 들어왔다. 미친 것 같다.

개입도 어느 정도가 돼야 개입을 하든가 하지. 너무 개판이라 손을 쓰기도 뭐하다. 여기선 식민지 관리의 전문가들이었던 영국과 프랑스에 묻어가야지.

"그리고 이거 말입니다만."

"…예."

"어떻게 해야 할 것 같습니까?"

장내의 모두가 입을 조가비처럼 다물었다. 아니지 아니야. 조가비도 사치다. 이 모시조개 같은 인간들.

'올해 말 우리 소비에트연방에서는 스탈린 동지 70번째 생일을 기념하는 행사를 열 예정입니다.'

'그렇군요. 축하드리고 앞으로도 오래오래 행복하게……'

'그런 의미에서, 동지께서는 옛 전우였던 예브게니 킴을 이번에 모스크바에서 뵈었으면 좋겠다고 하셨습니다.'

그땐 순간적으로 뇌정지가 왔다. 빨갱이들을 먼지로 만들기 위해 전 세계를 종횡무진하고 있는 나를 모스크바로 초대한다고? 날 담가버리게?

210

'스탈린 동지를 위해 선물로 예브게니 킴을 가져왔습니다.'

'킴의 박제라니. 이건 참으로 진귀하군. 붉은 광장에 전시해두세나.'

이건 확실히 너무 멀리 나갔지만, 대체 왜 날 부른단 말인가. 그냥 노망이 났다고 생각하면 내 멘탈이야 편해지겠지만 세계 공산주의자들을 모두 이끄는 대마왕 콧수염이 기저귀에 똥 싸는 치매 노인이 됐을 리도 없는데.

스탈린 칠순 잔치가 어디 동네 어르신 잔치인가. 당연히 전 세계에서 으뜸가는 빨갱이들이 모조리 모스크바로 달려와 누가 누가 최고의 빨갱이인가 자웅을 겨루는 행사가 될 게 분명하다. 스탈린은 잔치 호스트답게 온갖 화려한 쇼와 볼거리를 장전해둘 테고, 다른 놈들도 손님으로서 재롱잔치 하나쯤은 준비하겠지. 근데 거기에… 미 제국주의의 첨병을 부른다? 모르겠다. 도통 모르겠다.

"제가 직접 가겠습니다."

"장관님. 하지만……."

"대신 개인 자격으로 가지요."

누가 봐도 요식행위였지만 이게 내가 할 수 있는 전부였다. 사람 괴롭히는 거 좋아하는 스탈린의 변태성을 고려하면, 이미 그 미친놈은 나나 국무부 사람들이 고통받는 모습을 상상하며 행복해하고 있을지도 모른다.

'뭐? 기껏 우리가 초대를 했는데 오지 않는다고? 감히 본 천마에게 이런 굴욕을 주다니, 전쟁이다!'

…같은 일이 벌어지지 않는다는 보장이 없잖은가. 그래도 가면 밥은 좀 제대로 주겠지. 거기까지 인간이 쪼잔하려고.

밥 안 주면 진짜 전쟁이다.

* * *

유진 킴이 이제 막 발간된 신작 소설 《1984》의 초판본을 구입하고 희희낙락할 무렵. 태평양 반대편 대한민국은 두 번째 선거를 맞이했다.

이승만 정부는 전시라는 명분을 활용해 재보궐 선거를 치르지 않고 4년을 보냈고, 이번 선거가 명실상부한 두 번째. 그리고 4년간 대한민국의 정치 지형도는 많은 변화가 있었다.

"사랑하는 전라도 도민 여러분! 전라도가 어떤 곳입니까! 대한민국 팔도에서 가장 먼저 해방된 땅! 그 누구보다 자유를 사랑하고 정의를 소중히 여기는 곳 아닙니까! 우리가 언제까지 일제에 부역하던 지주놈들을 우리의 대표로 선출해 줘야 합니까!"

"야, 너 말 다 했어?!"

"유세를 하랬더니 왜 중상모략을 하고 있어! 때려치우고 내려와!"

"한독당에 한 표 던져 주십시오! 김유진 장군님과 함께하는 한독당이야말로 이 나라를 더욱 부강하게 만들 수 있습니다 여러분!!"

가장 먼저, 각 정당들이 뭉치기 시작했다. 이승만과 김구가 있는 한국독립당은 서북에서 민심을 잡은 기독민주당, 그리고 방정환이 물주로 있는 천도교청우당 등과 연립하기로 결의했다.

이번 제2대 선거에서 이들의 목표는 바로 전라도. 초대 선거에서 전라도는 한국민주당이 큰 세를 얻고 있었지만, 토지개혁과 전시 경제부흥으로 재미를 본 전라도에선 여당이 이길 수 있으리라는 심산으로 작심하고 달려든 셈.

"여러분, 부통령 후보 조봉암이는 얼마 전까지 노동당에서 빨갱이 활동하던 극악무도한 국적(國賊)이었습니다. 하지만 권력에 미친 이승만은 이러한 천인공노할 역적조차 끌어안고는 그 누구보다 빨갱이 정책을 고수했습……."

"왜 너는 입으로 똥을 싸고 있냐!"

"이승만이가 빨갱이면 미국 대통령은 왜 찾아왔냐!!"

아이젠하워와의 악수 장면 사진은 핵무기에 준하는 파괴력을 자랑했다. 베트남 파병 문제에 대해서는 입을 꽉 다물고 선거에서 김유진과 아이젠하워의 이름을 신나게 팔아먹은 결과는 당연히 대승리. 하지만 항상 그랬듯, 비싼 이름을 써먹었으면 대가를 치러야 한다.

"야! 승만아! 너 진짜 미쳤냐?!"

"명색이 독립운동 했다는 사람이, 임시정부 대통령 지냈다는 사람이 이게 말이냐 주까래이냐! 때려치워!"

"여러분 진정! 진정하십시오! 무언가 오해가 있는 모양인데……."

"오해는 무슨 오해!"

"이승만이가 미쳐서 일본군을 서울로 부른다!!!"

선거 직후 떨어진 폭탄에 서울은 아수라장이 되었다.

[해방 10년도 채 되지 않아 한국 땅에 발을 디디는 일본군… 정녕 이 나라의 민족 정기는 어디로 갔는가?]

[PATO 연합 훈련을 훼방 놓는 좌파, 믿을 수 없는 폭거!]

이 혼란 끝에 이승만 행정부가 꺼낸 해결책은 바로 정면 돌파. 비행기를 타고 서울에 들어온 일본 대표단은 온갖 환영 의전도 모두 생략한 채 곧장 한국 국회의사당으로 향했다.

"거, 어차피 다 같은 샌—프랑코 지점인데 너무한 거 아닌가?"

"하하하. 정치가 다 그런 게지요. 모리 선배님은 그동안 별일 없으셨습니까?"

"우리도 우리대로 난리지. 제국 시절 생각하는 퀴퀴한 영감쟁이들 때려잡는다고 난리도 아냐. 그러니까 지금이야말로 우리 동발 장학생들이 똘똘 뭉쳐서 아시아의 단결을 해치려는 불령… 크흠, 불건전한 인사들을 막아야 하지 않겠나?"

"어어. 방금 불령선인 어쩌고 하려고."

"아니라니까."

"김 장군님께 다 일러바쳐야지."

"이봐, 정 차관. 그땐 나도 죽지만 너도 죽는 거야. 어딜 감히 하늘 같은 선배한테……"

차량이 국회에 도착하자 더 이상 농담할 시간은 없었다. 장관이 차에서 내리자마자 사방에서 카메라 플래시가 터지고, 빼곡한 경호원들의 장벽을 뚫고 한마디라도 취재하기 위한 기자들의 고함이 터져나왔다.

"일본군이 한국에 상륙하려 한다는 게 사실입니까?!"

"일본은 아직도 한국을 식민지로 여기고 있습니까!"

"자세한 이야기는 대한민국 국회에서 하겠습니다. 일본연방은 끔찍하고 부끄러운 과거에서 벗어났으며, 오직 우호선린 외의 어떠한……"

"쪽바리는 한국에서 썩 꺼져라!!"

수라장. 장관은 입을 닫고 곧장 국회로 들어갔지만, 그곳 분위기 또한 욕설과 폭력만 없다뿐 크게 다르지 않았다.

"괜찮으시겠습니까?"

"아, 연대장. 이토 히로부미처럼 총 맞고 골로 가지 않은 걸 보니 아직은 괜찮소. 생각보다 다들 절제하는구만."

PATO를 전신마비 환자가 아닌 아시아의 방패로 써먹으려는 미국의 의지는 확고했다. 그리고 그러려면 반드시 핵심 파츠인 한국군과 일본군이 서로 '협조'를 해야 한다. 미친 소리라는 걸 모두가 뻔히 알고 있지만 어쩌겠는가. 매일 밤마다 중공군과 소련군이 압록강을 건너는 악몽을 꾸는 것보단 낫지 않은가.

외부인들이 모두 빠져나가고 국회 본회의장의 문이 굳게 닫히자, 분위기는 생각만큼 나쁘지 않았다.

"우리 일본연방은 PATO 총사령부의 요청을 받고 개마고원 일대에서 벌어질 PATO군 연합 훈련에 1개 연대를 보낼 계획입니다. 마찬가지로, 홋카이도에서 시행될 다음 훈련에서는 우리 또한 한국군을 맞이할 수 있기를 고대하고 있습니다."

"우리 국민들은 일제 35년의 고통을 여전히 기억하고 있고, 일본군의 패악질이 엊그제처럼 생생합니다. 공산주의 국가들의 도발을 막겠다는 PATO의 대의는 잘 알고 있지만 과연 일본군이 그 죄를 반성하고 있는지는 잘 모르겠습니다."

"일본연방 육군은 전범재판을 통해 과거를 청산하였으며 민주주의를 수호하는 곳으로 거듭났습니다."

어차피 미국이 까라면 까야지. 요식행위란 걸 뻔히 알면서도 일단 할 일은 하는 셈이었다. 그리고 일본으로서도 준비가 없는 건 아니었다.

"안녕하십니까. 이번 PATO 연합 훈련에 참여할 예정인 일본연방 육군 제1공정연대(공수부대) 연대장, 나카무라 대령입니다."

"꽤 젊으시구려? 일본군 전쟁영웅이신가 보오?"

"당신 입 좀 다물어!"

곧장 의원석 어딘가에서 비꼬는 말이 날아왔지만, 나카무라가 무어라 반응하기도 전에 옆에 있는 의원들의 야유가 쏟아졌다.

'누가 저 새끼 입 좀 닥치게 해봐!'

'나카무라가 누군지도 안 알아봤나, 저 멍청이는?'

'김유인 장관이 노려보고 있는 걸 보니 저 자식은 글렀군.'

태평양 오지 한가운데에서 헨리 킴을 구조한 뒤 미군에 투항. 이후 전쟁 수행 및 전후 안정에 적극 협조. 당연히 헨리와는 형님 아우 하는 사이에, 미국에서도 고평가하고 있다 보니 언젠가 차기 참모총장은 따 놓은 당상.

애시당초 일본연방 육군이란 게 키메라 괴물과 딱히 다르지 않아, 전차 부대나 공수부대 같은 특수한 부대를 제외한 대다수 보병 부대는 모두 각 주의 주방위군을 차출하여 편성하게 되어 있다. 육군 따위 없는 셈 치고 해군에만 전념하라는 상국의 배려가 참으로 눈물겹지 않은가.

한편, 자기 자신의 전공도 아닌 데다가 골치만 아픈 일에 불려나와 애써 표정을 관리해야 하는 김유인은 한바탕 푸닥거리를 하고 있는 의원들보다는 오히려 딴생각에 여념이 없었다.

원래도 그랬지만 그의 큰형은 좀… 좀 많이 돌아버린 것 같았다. 혹시 장관이란 자리에는 인간의 나사를 풀어버리는 기능이라도 담겨 있나?

'부탁이다, 동생아. 이 형이 평생 소원이 있으니 제발 이것만 좀 들어다오.'

이미 그놈의 평생 소원 운운 탓에, 유인이 한국에 새롭게 설립한 회사의 사명은 '샬롯'이 되었다. 회사 이름이라고 하기엔 너무나도 이상했지만 솔직히 그러려니 했었다. 근데 이젠 뭘 하라고?

'야구단 하나만 설립해 다오. 부탁이다. 부산에는 자이언츠가 필요하다. 내가 가만히 천시와 지리를 살펴보니 동래에 거인이 있으면 문무대왕의 정기를 얻어 왜인들을 굽어살필 수 있으니…….'

'일본에도 만들면 더 좋고.'

독립한 지 10년도 안 된 나라에 무슨 얼어죽을 야구단이란 말인가. 야구단은.

유인은 문득 동발 1기생이라는 저 모리라는 놈을 노려보았다. 생각해 보면 저놈도 미국 있을 적 야구에 미친 놈 아니었던가? 갑자기 머리가 어지러워졌다. 빨리 때려치우고 집에나 가고 싶었다.

도입할 거면 차라리 젊은이들 신체 강건하게 해주는 최고의 스포츠 미식축구나 도입해야지, 코딱지만 한 빠따나 붕붕 휘둘러대는 야구는 무슨 놈의 야구인가. 이번에야말로 체육 교과서를 개정하고 말겠다는 야심이 김가 삼형제의 막내를 뒤덮고 있었다.

5장
경애하는 서기장 동지

경애하는 서기장 동지 1

1949년.

한—일 연합 군사 훈련이라는 희한한 짓거리로 그 첫발을 내디뎌서일까.
이승만 행정부 제2기는 날이면 날마다 버라이어티한 일들이 일어나고 있
었다.

"대한민국 서울시 공무원이란 놈들이 뇌물을 처먹이지 않으면 그 묵직
한 궁뎅이를 의자에서 떼지 않는다는 건 모르는 사람이 없지만, 그 서울시
시장 해먹고 있는 장택상(張澤相)이 그 뇌물을 상납받고 그 새끼들 뒷배를
봐주고 있답니다! 대통령은 당장 나와 이 의혹에 해명하십시오!"

"그게 사실이라면 즉각 경찰과 검찰이 수사에 나서⋯⋯."

"대관절 건국한 지 10년도 안 된 나라에서 조선시대 말기에나 벌어지던
부정부패가 횡행하는 게 말이나 됩니까? 조만간 매관매직도 하고 황구첨
정도 하겠습니다그려?!"

근대 국가는 하루아침에 성립되지 않는다. 하지만 전국민적인 문맹 퇴치
운동, 종교계와 시민단체 등의 대대적 지원, 일자무식을 수치로 여기고 배
운 사람을 존경하는 유교 문화, 한반도인 DNA에 단단히 박혀 있는 '배우

고 익혀서 과거 급제하면 팔자 한방에 대역전' 메타 등등.

조선인, 그리고 황국신민이었던 이들이 한국인으로 바뀌기에 5년이면 충분했다. 저 수면 아래에서는 신분 상승, 그리고 잘살아 보겠다는 욕망이 마치 화산처럼 폭발하고 민주 국가의 주인의식이 자리를 잡아나갔지만. 반대로 말하면 그렇게 아득바득 기어올라온 사람들이 가장 먼저 뒷주머니에 관심 갖는 것 또한 실로 당연한 인간세상의 법칙.

권력 만지는 관료, 신흥 자본가, 국회의원 등이 짬짜미 붙어먹고 나랏돈 후루루 짭짭 해먹는 일이 일상다반사처럼 벌어졌고, 시민들 또한 옛날처럼 그 꼴을 두 눈 뜨고 지켜만 보는 대신 실력을 행사하기 시작했다.

날이면 날마다 도심 한가운데에서 시위가 일어나는 가운데. 진짜 핵폭탄은 다른 곳에서부터 터졌다.

"못살겠다! 갈아보자!"

"농민 민심 외면하지 마라!"

"정부와 국회는 즉시 추곡수매법을 통과시켜라!!!"

여전히 한국의 으뜸가는 산업은 농업, 그중에서도 쌀농사. 미국과 중화민국이라는 초거대 국가에서 쏟아지는 저렴한 농산물로 인해 농산물 가격이 하루가 다르게 떨어지자, 마침내 농민들의 원성이 폭발 임계점에 다다랐다.

"이러다 우리 농민들 전부 다 죽게 생겼습니다!"

"농자천하지대본이라 했습니다. 지금 정부에선 농민들 전부 죽으라고 재촉하는 겁니까?"

"농민들 표심을 따라야 하는 의원님들의 입장은 저도 십분 이해하고 있습니다만, 대한민국의 미래를 위해서는 현 경제 정책을 고수해야만 합니다."

"뭐요? 당신만 애국자고 우리는 당리당략에 미친 모리배야?!"

"이 나라에 두 번째 기회가 있을 것 같아? 있을 것 같냐고!"

국회의원들이 입에서 불을 뿜든 말든, 김도연(金度演) 재무부장관은 움츠러들기는커녕 오히려 그들을 향해 삿대질을 해가며 목에 핏대를 세웠다.

"일본이 경제를 재건하고 있어요! 대관절 이 나라가 일본보다 잘난 게 뭐가 있습니까? 인구가 더 많습니까, 자원이 더 많습니까? 가진 거라곤 맨주먹밖에 없는 나라가 잘 먹고 잘살려면 산업화, 근대화라도 빨리 해야지요!"

"세계 각국의 부흥은 상공업의 부흥에 달려 있고, 국토가 좁고 인구가 적은 우리나라의 환경상 농업의 비중은 축소되어야만 합니다. 빠른 산업화를 위해서는 농촌의 노동력이 도시로 올라와야만 합니다."

"상공부장관! 지금 농촌을 죽이겠단 말로 들립니다만?"

"영국이나 일본의 사례만 보셔도 알 수 있습니다. 저곡가 정책 없이는 절대 산업화를 달성할 수 없는……."

"계집이 집에서 애나 볼 것이지 어디서 설쳐대고 있어! 니가 죽는 것도 아니면서 뭐가 그리 대단한 희생하는 것처럼 나불대냐!"

재무장관의 말에 부연하고 있던 임영신(任永信) 상공부장관이 난데없는 이 원색적인 폭언에 무어라 반응하려던 찰나.

"흠흠. 다들 진정하시지요."

문교부장관 가라사대 다들 진정하라 하니 머리끝까지 차오른 노기가 쭉 내려가고 순식간에 국회가 평온을 되찾을지어다. 외국인이 봤다면 혹시 문교부장관이란 직책이 교황 비슷한 자리인가 착각할 만한 진풍경이 벌어지고, 때를 놓치지 않고 재무장관이 연이어 발언했다.

"지금 우리 대한이 일본에 앞서는 건 오직 하나뿐입니다. 바로 김 장군님이 계신다는 것 말입니다."

"그, 재무장관님. 그 말씀은 조금……."

"죄송합니다만 문교부장관님, 저는 진심입니다. 지금 일본에 비해 비교우위를 가지고 있는 것이라곤 미국과의 파이프라인이 탄탄하고 혈맹의식,

동지의식이 있다는 점 하나뿐입니다. 그리고 세월이 흐를수록 이 이점은 점차 사그라들겠지요. 아무리 고통스럽더라도 지금이 조국을 근대화시킬 유일한 기회입니다."

현 대한민국 관료 계층의 성골은 누가 뭐라 해도 독립운동한 사람들이었고, 그다음 진골은 동양교육발전기금 출신으로 미국 먹물 먹고 귀국한 인텔리들.

김도연과 임영신 모두 일본 유학, 미국 유학과 동발 장학금, 독립운동이라는 테크트리를 모두 탄 성골 중의 성골이었고, 이들의 의견은 단순한 개인의 신념이 아닌 대한민국 인텔리 계층의 공통된 뜻이기도 했다.

'20년 내에 일본과 비교해도 꿀리지 않을 산업화를 달성하지 않으면 우리는 일본의 경제적 식민지로 전락할 게 뻔하다.'

'어떠한 부작용을 감수하더라도 급진적이고 혁명적인 근대화가 필요하다.'

그리고 이들에게는 청사진이 있었다. 허허벌판에서 근대화를 이룩한 모범 케이스들이 하나도 아니고 둘씩이나 한반도의 이웃 국가 아니었던가? 낙후된 나라 러시아를 양대 패권국가로 격상시켰던 스탈린의 5개년 계획. 그리고 이에 영감을 받아 시행되었던 만주국의 경제 개발 계획.

누구보다 미국물을 잔뜩 마시고 온 이들이 주목하는 정책이 빨갱이 본진의 청사진이라는 사실은 참으로 얄궂은 역설이었지만, 대공황 때 스테이크를 먹을 수 없어서 미트로프를 만들어먹던 나라와 '보릿고개'라는 단어가 사전에 등재되는 조선이 같은 처지일 리가 없잖은가.

한편, 이승만은 이와 별개로 야당 인사들과 접견을 갖고 있었다.

"이것 참. 귀한 분들 얼굴을 뵙게 되니 참 반갑습니다."

"별로 안 반가울 거 다 아니 그런 말 하지 않아도 괜찮습니다."

원내 제2당으로 도약한 사민당. 그 당수인 여운형과 당 중진인 김도연이야 당연히 올 사람들이었다. 적어도 사민당만큼은 관리를 해줘야 원활한

국정 운영이 가능했으니. 하지만 박용만은 왜? 농촌 운동에 전념할 뿐 정치엔 일절 얼씬도 하지 않던 그가 왜 갑자기 동행했단 말인가.

혹시 김유진의 메신저로 온 게 아닌가 속으로 짐작만 할 무렵, 여운형이 입을 열었다.

"농촌 문제로 온 나라가 시끌시끌하다는 건 잘 알고 계시리라 믿습니다."

"또 그 이야깁니까? 그거라면 나보단 경제에 훨씬 더 박식한 장관이나 다른 관료들이……."

"알고 있습니다. 그들의 희생을 감수해서라도 이촌향도를 유도하고 저곡가 정책을 취해 옛 일제가 그러했듯 산업화를 이룩하자. 가슴 아프긴 하지만 우리 사민당이 해당 정책이 품은 대의 자체를 부정하진 않습니다."

"그러면 굳이 회동할 필요는 없었던 것 같소만."

"불만과 분노로 고조되어 가는 농촌 민심에 최근 이질적인 무언가가 끼어들고 있습니다."

이건 또 무슨 말인가.

막말로 농촌 표심 잡겠다고 설치는 게 누군가. 사민당 아닌가. 무지렁이 촌놈들 가슴에 헛바람 주입해선 정부 시책에 반발하게 만드는 망종들 같으니. 시뻘겋진 않다뿐이지 다홍색도 결국 빨갱이 아종이 틀림없었다. 이승만의 표정만 봐도 무슨 생각을 하는지 다 알겠다는 듯, 박용만이 짐짓 고개를 절레절레 흔들었다.

"지금은 잠시 당쟁은 접어둡시다. 내가 올라온 것도 그 때문이니."

"…변죽은 그쯤하고 본론부터 꺼내보시오."

"농촌에 야학하는 청년들이 있는데, 그 친구들이 공부하는 책 중에 이런 게 있었소."

박용만은 책 한 권을 꺼내 이승만에게 내밀었다.

"《농촌개혁론》?"

그는 저질 갱지를 얼기설기 엮어 놓은 이 책을 대강대강 넘겨 보았다.

"자세히 읽어보면 기절하실 텐데."

"내 공사가 참으로 다망해서 말이오. 이 책 내용이 뭐요?"

그런데 말은 안 하고 모두가 입을 다물고 머뭇거리는 게 아닌가.

문득 짜증이 치민 이승만이 무어라 하기 직전, 김도연이 눈을 질끈 감고 사탄의 이름을 발음하는 것처럼 중얼거렸다.

"중공, 그러니까 모택동 사상(마오이즘)이오."

승만은 자신도 모르게 혀를 콱 깨물었다.

* * *

1949년 12월.

전 세계의 이목은 모스크바로 쏠리고 있었다.

[소비에트연방의 모든 인민들은 스탈린 동지의 70번째 생일을 성대하게 맞이하기 위해 열과 성을 바쳐 스스로 잔업에 나서고 있습니다. 12월 21일은 실로 위대한 날이 될 것입니다.]

[모스크바의 한 자동차 공장에서는 만장일치로 20% 생산성 향상을 결의하고 완제품 승용차를 예상치보다 50대 더 생산하기로 하였습니다. 툴라의 석탄 광산은 조국의 번영을 위해 연초 계획에서 추가로 70만 톤의 석탄을 더 채굴하기로 선언했습니다.]

[체코슬로바키아에서는 스탈린 동지에 대한 경의와 충성을 표하는 거국적인 서명운동이 일어났습니다. 어제부로 서명에 참여한 인원수가 천만 명을 돌파한 가운데, 각지에서는 스탈린 동지의 동상을 세우기 위한 치열한 경쟁이……]

[폴란드에서는 스탈린 동지의 전기를 사고자 하는 인민들의 행렬로 연일 서점이 미어터지고 있습니다. 폴란드인들은 그들을 구원해주고 올바른

길로 이끈 스탈린 동지를 진심으로 흠모하고 있으며, 어떻게 하면 스탈린 동지의 교시를 더욱 잘 이해할 수 있을지 연구하는 클럽과 서클이 하루에도 수십 개씩 새로이 창설되고 있습니다…….]

[프랑스에서는 장 폴 사르트르를 비롯한 저명인사들이 공산주의의 지도자 스탈린 동지를 위한 축전을 보내 왔습니다. 이탈리아 공산당 또한 파쇼 도당들을 격퇴하고 인민들을 해방시킨 스탈린 동지에 대한 충성 맹세를…….]

[위대한 스탈린의 영도가 우리 소비에트연방 인민들을 공산주의의 영광스러운 길로 인도했습니다. 위대한 스탈린 동지의 70번째 생일을 위한 우리의 노력은 그 누구에게도 강요받지 않은, 오직 우리의 친구이자 어버이이자 스승에 대한 무한한 감사와 경애에서 우러나온 헌신입니다!]

웃음벨 그 자체. 체코 인구가 1,200만쯤 할 텐데 천만 명을 돌파해? 폴란드가 스탈린을 배우고 싶어? 한국인이 히로히토의 안녕을 위해 신사참배하러 가는 소릴 해대고 있네. 아무래도 미쳤나 봐요.

스탈린은 본인이 소원하던 대로 신의 반열에 올랐다. 과거 러시아인들은 독실한 정교회 신도로서 그리스도를 섬겼지만, 이제 차르의 노예 대신 소비에트연방의 인민으로 거듭난 그들은 참으로 신실하게 어버이 스탈린 동지를 섬기는구나.

저 꼬라지를 보니 스탈린을 위한 노래 가사가 떠오른다. '레닌 님 쓰시던 축지법, 오늘은 서기장님 쓰신다.' 한 곡조 뽑아주면 그 강철의 콧수염이 얼마나 좋아할꼬.

전 세계 공산권 이곳저곳에서는 스탈린 동상을 세운다, 도시나 산 이름을 스탈린으로 바꾼다, 야단법석을 떨어댔고 모스크바를 향해 대규모 대표단을 보내기에 여념이 없었다. 그리고 그 무수한 대표단 중에서는 개인 자격의 유진 킴도 끼어 있었다.

미치겠다. 아무리 생각해도 이건 호랑이 아가리로 기어들어 간 뒤 코에

후추를 팡팡 세게 뿌리고 이빨을 실로폰처럼 딩가딩가 두들기는 꼴 아닌가.

"반갑습니다, 킴 동지. 드디어 모스크바에 오셨군요."

"하하하. 초대를 받았는데 오지 않으면 예의가 아니지요. 그동안 별일 없으셨습니까?"

내 여상한 인사말에 몰로토프는 일부러인지 떨떠름한 기색을 숨기지 못했다.

"그렇습니다. 저야 늘 잘 지내고 있지요. 우선 먼 길 오시느라 여독이 쌓이셨을 테니 미국 대사관으로 안내해 드리겠습니다."

우중충한 겨울의 모스크바는 희미한 눈발을 흩날리며 자본주의 반동분자를 반기고 있었다.

경애하는 서기장 동지 2

모스크바의 미국 대사관에 도착하자 몰로토프는 일이 바쁘다며 곧바로 떠났고, 그곳에는 찰스 볼렌(Charles Eustis Bohlen) 소련 주재 대사를 비롯한 대사관 직원들, 그리고 내가 직접 선발한 통역이 날 기다리고 있었다.

"모스크바에 어서 오십쇼, 장관님. 찰스 볼렌입니다."

"반갑습니다, 볼렌 대사님. 저는 개인 자격으로 왔으니 굳이 장관님이라 불러주실 것까진 없습니다."

"그러면 본래의 직무로 돌아가 대원수님이라고 불러드리면 되겠군요. 하하, 농담입니다. 그렇게 우울해 하시면 어떡합니까. 개인 자격으로 오셨으니, 그냥 편하게 저를 '칩(Chip)'이라고 부르시죠."

"고마워요, 칩. 모스크바에 있는 동안 잘 부탁드리죠."

그는 짬밥이 두둑이 쌓인 외교관이었고, 20년이 조금 안 되는 기간 동안 소련을 주 전공으로 자신의 커리어를 쌓아 온 인사였다.

"그러고 보니 장관님께선 이곳이 처음이 아니셨죠?"

"예. 전쟁이 터지기 한참 전에 유럽 여행을 왔었지요. 미친 콧수염을 둘이나 만나는 바람에 도로시한테 왕창 깨졌었……."

"하하하!!"

대사는 갑자기 큰 웃음을 터뜨리며 말을 자르고는 팔꿈치로 내 옆구리를 툭툭 찔렀다. 뭔가 신호를 주고 싶어 하는 기색. 나는 곧바로 화제를 돌렸다.

"모스크바가 예전보다 훨씬 나아진 것 같군요. 활기로 넘치는 도시입니다."

"그렇지요. 소련 수뇌부가 실로 탁월하게 내정을 펼치고 있습니다."

그는 입으로는 그렇게 말하면서 손으로는 메모지를 꺼내 무언가를 급히 휘갈겨 써 내게 보여주었다.

[듣는 귀가 많음.]

빌어먹을. 도청? 아니면 프락치?

누가 편집증 환자의 본진 모스크바 아니랄까봐 아주 지랄도 풍작이다. 나와 대사의 잡담이 대강 끝나가는 듯하자 기다리고 있던 통역이 곧장 다가와 인사를 건넸다.

"킨 쇼군 사마! 이렇게 오랜만에 뵙게 되니 참으로 감동입니다!"

"야마다 씨, 이 먼 곳까지 불러 죄송하게 됐습니다."

"주군께서 부르시면 설령 팔열지옥이라도 기쁜 마음으로 따라가는 것이 가신의 도리 아니겠습니까?"

개인 자격인 만큼 국무부 직원을 대동하는 건 껄끄럽다. 명분도 명분이지만, 내 행적을 굳이 부하 직원에게 하나부터 열까지 오픈하기도 뭣하거든. 도대체 스탈린을 만나면 무슨 일이 벌어질지 짐작하기도 싫다. 고심 끝에 나는 샌—프랑코 직원 중에서 러시아어에 능한 사람을 한 명 데려가기로 했지만, 뜻밖에도 이미 본인 사업 잘 굴리고 있던 야마다가 스스로 모스크바행을 자청했다.

야마다야 원조 일본제 이코노믹 애니멀답게 일본이 상대하던 주요 무역국, 그러니까 러시아어는 물론 중국어와 한국어 또한 능통했다. 이 말인즉슨 나와 야마다가 이야기할 때 한중일영어를 모조리 짬뽕한 잡탕말로 대화를 나누면 다른 사람이 엿듣기에 참으로 개같다는 뜻. 이 마굴 같은 모스크바에서 최고의 능력이었다.

나는 이야기를 나누며 대사가 안내해주는 대로 대사관 깊숙한 곳으로 들어갔고, 그중 가장 깊이 있는 작은 방에 들어간 뒤 문을 굳게 닫았다.

"휴. 이제 편히 말씀 나누셔도 됩니다."

"무슨 일입니까?"

"영문은 모르겠지만, 이곳 대사관 내부에서 나눈 이야기 일부가 소련 당국의 귀에 들어가고 있는 것 같습니다. 참으로 부끄러운 이야기지만, 아무래도 대사관 내부 인사 중 간첩이 있는 것 같군요."

"빌어먹을. 도청이라거나 아니면……."

"몇 번씩 도청기 검사를 하고 있지만 찾을 수 없었습니다. 일단 이 방만큼은 안전합니다."

골치 아프구만. 나는 여전히 실실 웃고 있는 야마다를 보며 용건을 꺼냈다.

"자, 괜히 오셨을 리는 없고. 무언가 목표가 있으십니까?"

"당연히 제 충심에서……."

"좋습니다. 충성심 입증이라는 목적 하나. 하지만 그 외에 개인적으로 거두고 싶은 이득도 있지 않겠어요? 내가 도와줄 수 있는 일이라면 도와주고 싶습니다."

"이래서 제가 킴 쇼군님을 모십니다. 황군 놈들은 돼지처럼 처먹을 줄만 알지 베푼다는 단어를 모르던 놈들이었거든요. 하하!!"

"어우. 저도 월급쟁이인데 당연히 그 마음 잘 이해하지요."

"실은 소련과의 무역 가능성에 대해 확인차 왔습니다."

미친 건가?

"혹시 제정신이십니까?"

"그렇게 말씀하실 줄 알았습니다만, 저는 지극히 정상입니다."

나는 간략하게 대사와 야마다 두 사람에게서 현황에 대한 이야기를 청취했다. 현재 소련은 단순히 공산권 경제 블록을 형성하는 것으로 끝이 아니라, 아예 문화와 사상적으로도 서방 자본주의 세계와의 완전한 단절을 꿈꾸고 있는 듯했다.

원래 빨갱이들이란 검열을 밥 먹듯이 하는 종자들이지만, 요즘 들어 문학 서적은 물론 과학 이론 같은 부분에서마저 사상검열 빔을 쏴대고 있단다. 그런데 핵은 대체 어떻게 만든 거지?

"하지만 아무리 철의 장막을 두툼하게 치려고 용을 써도, 소련 인민들이 알음알음 우리의 상품을 구입하려고 암시장을 뒤적거린다는 사실은 변하지 않습니다."

"제가 확인한 바로는 밀수 경로는 크게 둘입니다. 하나는 유고슬라비아를 경유하는 밀수 루트로, 티토를 제명하고 유고 방면 국경에서 단속을 강화하는데도 불구하고 이 루트가 폐쇄되지 않고 있습니다."

그 티토와 짜웅해서 신나게 미제 매직 아이템을 넘기고 있는 건… 애초에 내가 꾸민 일이지만 입 다물기로 했다.

"그리고 제가 오게 된 이유는, 아시아 방면 루트가 열려 있기 때문입니다."

"그래요?"

"일본과 한국에서 중화민국으로 수출한 제품 상당수가 비무장지대인 장강을 거쳐 중공으로 넘어가고 거기서 다시 일부는 시베리아 방면으로 흘러갑니다. 또한 두만강 유역에서도 은밀하게 블라디보스토크 방면으로 밀수가 행해지는데……."

"잠깐. 잠깐잠깐."

이건 또 무슨 소리야. 모택동랜드로 수출? 시베리아? 두만강?

"시베리아에 사람이 얼마나 있다고 그게 시장이 형성됩니까?"

"블라디보스토크에서 시베리아 횡단 철도를 통해 유럽 러시아로 유통되는 것으로 짐작하고 있습니다."

진짜 미치겠네. 역시 자본주의는 괴물이고 보이지 않는 손이야말로 신이시다. 하지만 아무리 그래도 그렇지, 한국과 일본이 소련이랑 쎄쎄쎄 하면서 무역하는 꼴을 내가 대놓고 인정해줄 순 없잖은가. 나는 별 특별한 생각이 없더라도 우리 미국 시민들은 절대 그 꼴을 봐주지 않을 거다.

"그럼 그냥 거기서 밀수업 하면 되는 일 아닙니까? 아니면 정말 정식으로 통상 조약을 맺고 싶단 소립니까?"

"절대 아닙니다. 저 또한 공산주의자들과 친해져 봤자 오히려 훗날에 재앙이 일어날 일만 가득하다는 걸 누구보다 잘 알고 있습니다. 다만 현지 사람들이 어떤 상품을 필요로 하고 선호하는지 제 눈으로 직접 보고 싶었기에……."

야마다는 내 목소리에 살짝 퉁명스러움이 섞이자마자 곧장 고개를 조아리며 불쌍한 척을 했다. 아니 거, 손자도 있으신 분이 왜 이래. 내가 다 미안해지게.

"그런 거라면 상관은 없습니다. 걸리지 마시고. 행여 무슨 문제 생기면 장사 엎어질 건 각오하시고."

"하하. 물론입니다. 절대 쇼군님께 피해가 가지 않도록 하겠습니다."

이걸 뭐라고 해야 하나. 이제 막 해방된 한국인들이 저 정도 경제동물로 진화하길 바라는 건 욕심이겠지. 애초에 상업 짬밥부터 너무 차이가 있으니까. 벌써 진화 끝나버렸으면 이상한 괴물 형태가 되어버린 토게피를 본 것처럼 가슴이 미어질지도 모른다.

아무튼, 즐거운 모스크바 관광은 이제 시작이다.

* * *

유진 킴이 앞으로 있을 일들을 생각하며 머리를 싸매고 있을 때.

중화인민공화국의 국부이자 시대에 한 획을 그은 사상가 모택동은 10월부터 진작 모스크바에 도착해 있었다.

"스탈린 동지. 중국의 인민들은 오직 소련의 지원만을 필요로 하고 있습니다."

"분명히 말씀드리겠지만 우리는 평화를 원합니다. 장개석이 이끄는 제국주의의 괴뢰도당들이 중국 남부를 부당하게 점유하고 있는 점은 매우 서글픈 일이지만, 전쟁은 중국 인민들에게 훨씬 더한 비극을 안겨다주리라 봅니다."

빌어먹을. 평화 같은 소리 하고 있네.

모택동이 속으로 욕지기를 늘어놓고 있을 때, 스탈린은 아무렇지도 않게 충고를 읊고 있었다.

"이제 어떠한 체제가 더 우수한가는 무력 대결이 아닌 경제 성장으로 증명해야 할 것입니다. 모 동무는 이미 많은 업적을 이룩했으니 충분히 해낼 수 있으리라 믿고 있습니다."

"장개석은 미 제국주의자들의 지원을 받아 그 비루한 정권을 유지하면서, 인민들에게 당근과 채찍을 연달아 내밀고 있습니다. 황폐화된 중국 경제를 회복하기 위해서라도 우리는 소련의 지원이 절실합니다."

"당연히 사회주의 동지 국가들끼리는 서로 협력해야지요."

하지만 그렇지 않았다. 한중일 3개국이 중공과 소련의 거대한 주먹이 언제 그들을 향해 날아올지 몰라 전전긍긍하고 있는 지금. 중공 또한 중화민국과 그 뒷배에 있을 미국의 침략이 언제 일어날지 모른다는 생각에 반쯤 미쳐 날뛰는 상태.

스탈린은 중공의 이러한 불안감을 훤히 꿰뚫고 있었고, 이번 기회에 중공을 완벽하게 자신들의 따까리로 두기 위해 온갖 불평등한 거래 조건을 내밀고 있었다.

대련의 조차는 그대로. 안보를 보장받는 대신 만주에 지천으로 깔린 각종 광물 자원의 상당 지분을 소련에게 헌납. 산업 발전에 필수적인 공업 설비를 비롯한 여러 첨단 제품을 제공받는 대가로 소련이 꿈꾸는 거대한 경제 블록의 하위 파트너로 전락.

여기까지는 다 이해할 수 있다. 거렁뱅이와 부자가 협업하면 결국 상하 관계가 나뉘게 되는 건 인간세상의 진리니까. 하지만 소련은 중화의 자존심마저 건들고 있었다.

"동지. 신강은 전통적으로 중화의 강역이었습니다. 우리는 그 땅의 정당한 통치자이며……."

"내가 들은 바와는 조금 다르구려. 카슈가르(Kashghar, 신강의 다른 말)의 현지인들은 스스로 자립할 의지와 능력을 모두 가지고 있는 것 같소만. 더군다나 그들은 굉장히 짧은 시기에 중국 봉건 왕조에 정복당했을 뿐이잖소?"

하나의 중국. 모택동이건 장개석이건 이 절대적인 명제에서 자유로울 수는 없었다. 확실히 소련에게서 만주를 돌려받은 건 어마어마한 성과였지만, 국공 내전 때 끝장나지 않기 위해 소련의 도움을 애걸한 결과 그들은 신강 지역의 주도권을 상실하고 말았다.

청나라 때 신강으로 편입된 이 지역은 이제 '카슈가르소비에트사회주의공화국'이 되었고, 형식상으로는 중화인민공화국의 통제를 받는 지역이지만 실질적으로는 소련의 일부와 마찬가지가 되었다. 외세에 의해 중화의 강역이 침탈당한 셈이다.

"그렇지 않습니다. 그곳은 한족들, 그리고 중화인민공화국을 구성하는 소수민족들이 거주하는 정당한 중국의 강역입니다."

"그 부분에 대해서는 현지의 민심을 듣고 나중에 이야기합시다."

"그렇다면 최소한 티베트만큼은 되찾아야 합니다."

"…방금 내가 전쟁은 피해야 한다고 하지 않았소?"

"티베트인들은 미개한 승려 계층과 거기에 부역하는 귀족들의 착취에 신음하고 있습니다. 한때 중국은 그들을 문명으로 인도했지만, 우리가 제국주의자들의 손에 갈가리 찢겨나갈 당시 봉건주의자들이 모든 것을 도로 과거로 회귀시켰습니다."

티베트만큼은 되찾고 싶다. 아니, 되찾아야만 위신을 세울 수 있었다. 두 달 동안 모택동은 신강과 티베트 건으로 스탈린을 집요하게 설득했고, 처음에는 정색했던 스탈린조차 이제 서서히 '간접적인 개입' 정도는 괜찮지 않을까 하고 점차 설득되고 있었다.

영국의 방조. 다시 티베트를 합병하고 싶지만 제 코가 석 자인 장개석. 그리고 여기에 스탈린의 허락을 받은 모택동이 마오이즘을 덕지덕지 끼얹기 시작했다.

경애하는 서기장 동지 3

어느 날. 점심쯤 되어 소련 측에서 리무진 한 대를 대사관 앞으로 보내줬고, 나와 야마다는 그 차에 올라탔다. 차는 조용히 모스크바 시내를 떠나 한적한 교외로 나왔고, 거기서도 다시 얼마간을 달린 끝에 어느 멋진 숲으로 들어왔다.

"참 멋진 곳입니다, 쇼군님."

"잠시."

나는 조용히 한 손을 들어올려 야마다의 입을 막았다. 숲이라고 해서 항상 자연을 벗 삼지는 않는 법.

무슨 의도에서인지는 모르겠지만 스탈린이 보내준 이 리무진은 우리 빨갱이 친구들의 풍습대로 창문을 시꺼멓게 틀어막아 놓은 대신 말끔한 유리가 그대로 붙어 있어 바깥 풍경을 그대로 내다볼 수 있었고. 내 눈에는 이 숲은 전혀 다른 방면에서 친숙했다.

"짬 냄새가 진동을 하네."

"짬……?"

군데군데 보이는 삽질과 진지 공사, 그리고 제설의 흔적들. 위장포로 덮어 놓고 최대한 감쪽같이 숨겨 놓았지만 친숙하다 못해 소름이 돋는 대공포와 고사포 진지. 딱 봐도 경계 근무 중인 병사들. 그리고 군데군데 눈에 띄는 너까래까지. 으음. 옛날로 돌아간 느낌이다. DMZ의 맛이야. 짬찌 김 소위는 물론 군필 한국인들이라면 키에엑 하며 PTSD가 재발할 것만 같은 바로 그 맛이다.

야마다의 눈엔 거기까지 보이지는 않는 듯했지만, 이내 곳곳에 쳐진 철조망과 몇 겹으로 설치된 육중한 방벽을 보고 그의 입 또한 다물어졌다. 그리고 마침내 도달한, 이 모든 엄중한 경계의 한가운데에서 호젓하게 제 멋을 뽐내는 별장.

"도착했습니다."

운전수가 열어준 차 문을 통해 밖으로 나오자 청량한 숲내음이 내 허파를 가득 채운다.

정정. 채웠었다.

"늦었군."

"하하, 그렇습니까. 오랜만에 뵙습니다, 서기장 동지."

"…킴 동지는 그 '동지'라는 말을 쓰는데 아무 거리낌이 없나? 미합중국의 장관이 동지라는 말을 쓴다고 내가 언론에 제보해야겠군."

파이프에서 모락모락 피어오르는 독한 담배 연기가 곧장 코를 찌른다. 원래 흡연자들이 남의 담배 냄새를 또 더럽게 싫어하는 법.

강철의 대원수는 뚱한 표정으로 나를 기다리고 있었다. 그 몇 년 새 그는 훨씬 늙어버렸다. 얼굴은 갈수록 자글자글해지고 있었고, 어둠 속에서도 그의 체구가 예전만 못하다는 사실은 쉽게 눈에 띄었다. 하지만 그는 스탈린이다. 그는 처음부터 그깟 육체적 체격이 중요했던 인물이 아니었고, 이젠 손가락 하나로 세상을 불태울 수 있는 권력자다.

"귀하를 기다리고 있던 건 아니네. 바깥바람이나 쐬려고 잠시 나와 있었을 뿐이지."

"그야 물론이지요. 이쪽은 제 통역인……."

"내가 알아야 할 인물인가?"

"그렇게 물으신다면… 그 정도는 아니지요."

"믿을 수 있는가?"

"물론입니다."

"그거면 된 거 아닌가. 내 다챠(Dacha)를 소개해주겠네."

칼 같구만. 뇌세포 1밀리그램도 쓸데없는 곳에 할애하지 않겠다는 마인드인가. 아주 셜록 홈스 납셨어. 우리는 조용히 세계 빨갱이들을 다스리는 마굴 안으로 들어갔다.

* * *

러시아인들은 다챠, 그러니까 별장을 아주 애지중지한다고 들었다. 물론 스탈린이야 엄격하게 따지면 러시아인이 아니라 조지아인이지만, 저 강철의 대원수는 본인 고향조차 총각김치 와삭와삭 씹어버리듯 갈기갈기 찢어버리는 인간이다. 괜히 헛생각했다가 말이 헛나오기라도 하면 큰일이니 지금 여기선 잡생각도 자제해야겠지.

나는 로비에 외투를 걸어두고 미리 준비해 온 선물을 그에게 건넸다. 모름지기 조선인의 혈관에는 남의 집에 방문할 때 빈손으로 가지 않는다는 철칙이 흐르는 법. 선물을 주고받으며 적당히 하하호호하려던 내게, 스탈린은 초장부터 나에게 당황스러움을 주었다.

"자, 오늘의 주빈이 왔으니 점심부터 듭시다. 요리를 준비하게."

"알겠습니다."

네? 점심? 지금… 5시가 다 돼 가는데?

"오셨습니까."

"네. 여러분들의 배려 덕택에 아주 편안히 왔습니다. 그런데 점심이라 뇨?"

"서기장 동지께서는 불철주야 이 나라를 경영하는 데 혼신의 힘을 다 쏟으시는 탓에 다른 범인(凡人)들과는 생활 패턴이 조금 다르십니다. 그래서 지금이 점심시간이지요."

아니, 이 사람들아. 혹시 소련인들은 혁명하면서 시계 눈금도 봉건적 규칙이라고 타도했냐고. '조금'이 아니잖아?

내 당황해하는 모습을 보면서도 몰로토프는 일절 흔들림이 없었다. 그냥 그러려니 하는 기색.

"그러면 저녁은 언제쯤 먹습니까?"

"보통 9시를 넘겨서 먹습니다. 이렇게 모인 날엔 새벽까지 즐겁게 보내는 편이지요."

"이보게, 몰로토프. 혼자 손님을 독차지하다니, 그런 부르주아적 태도는 좋지 않다네. 이리 오시오. 상이 차려지기 전까지 잠시 시간이 있으니."

스탈린은 손을 까딱여 나를 불렀고, 몰로토프는 재빨리 몸을 옆으로 돌려 나더러 얼른 가라는 듯 길을 비켜주었다. 나는 막 발걸음을 떼려다 말고 몰로토프를 잠시 힐끗 바라보았다.

얼굴 가득 묻어 있는 저 형용할 수 없는 감정. 굴욕감? 좌절감? 하여간 결코 긍정적인 느낌은 아니리라. 공산주의 국가의 정점에 이른 사람들에게 '부르주아적'이란 단어는 과연 그냥 우스갯말일까? 내 시선이 그에게 닿는 것과 거의 동시에 그는 표정을 관리했고, 나는 곧장 눈알을 돌리고는 스탈린에게로 다가갔다.

"저기가 내 서재라네. 이곳에 있을 땐 대개 저기서 집무를 하고 있지."

"이 귀중한 곳에 저를 초대해주시다니, 감사할 따름입니다."

"하! 말은 참 매끄럽군. 저기 저 라디오 보이나? 그 늙은 제국주의자 처칠이 처음으로 모스크바에 왔을 때 선물로 준 물건이지."

나는 서재를 스윽 스캔해 보았다. 아쉽게도 내가 전에 준 도넛 방석은 보이지 않는다. 설마 반동적인 물건이라고 태워버렸나. 뒤이어 내가 오늘 묵을 침실, 바깥의 널찍한 정원, 그리고 베란다까지.

"이곳에서 바깥을 보고 있자면 근심이 사라지는 느낌이지."

"겨울인데 춥지는 않습니까?"

"러시아인에게 추위를 묻다니. 재미있는 농담이군. 여기 있으면 가끔 새나 작은 짐승들이 온다네. 그놈들에게 먹이를 뿌리고 있노라면… 결국 나라는 사람은 누군가를 먹여 살리는 일을 한다는 실감이 나거든."

새에게는 모이를 뿌려주면서 누군가를 굴라그에 처넣거나 처형하라는 문서에 서명하고 다닌 건가. 거참 크리피한데. 솔직히 스탈린이 살린 사람이 많을지 죽인 사람이 더 많을지 궁금하긴 하다.

"중공의 모택동 동무는 만나 보셨소?"

"아쉽게도 그럴 기회가 없었습니다."

"아쉽다라! 하긴 세계 최고의 명장께서 뭐가 두려워 모택동 같은 인사를 피할까. 원한다면 혹 소개를 해줄 수도 있소. 그도 킴 동지에게 지대한 관심이 있더군."

"하. 하하하."

더 이상 인간백정들이랑 엮이는 건 싫은데 말이지. 막말로 모택동은 날 삶아먹어버리고 싶지 않을까. 내가 준 원자의 힘이 그놈 머릿속에 아주 선명하게 각인되어 있을 텐데.

"모 동무는 킴 동지에게도 관심이 많지만, 어떻게 하면 사회주의 혁명을 더욱 세계만방에 전파할 수 있을까에 대해서도 크나큰 관심이 있소. 한 명의 공산주의자로서 당연히 혁명은 진전되어야 한다고 생각하지만, 우리 킴 동무는 아마 상당히 불편할 테지?"

"이전에도 몇 번 언급한 것 같지만, 저는 사회주의의 필요성이나 역사성을 결코 부정하지 않습니다."

"크. 크흐흐. 가관이군. 내가 지금 미합중국 국무장관과 이야기하는지 아니면 미국 공산당 대표단과 이야기하는지 헷갈린단 말이야!"

"뭔가 오해가 있으시군요. 저는 지금 휴가 내고 온 일개 야인에 불과합니다. 크헤헤!"

"암. 그렇고말고. 이 자리에 미국 장관은 없는데 내 깜빡했구만."

그렇게 웃기지도 않은 이야기를 크게 웃으며 떠들길 잠시, 스탈린의 눈깔이 희번득거렸다.

"동무는 혹시 티베트왕국이란 나라를 아는가?"

"그야 물론이죠."

"그곳에는 참으로 야만적인 구습을 지닌 국가가 있다고 하더군. 이 개명된 20세기에 아직도 봉건적인 구조의 후진적 국가가 있다니. 그곳의 인민들이 얼마나 고달플지 모르겠소."

갑자기 왜 자애로운 척 지랄이지. 소련이 티베트에 침을 바른다? 국공내전 당시 은근슬쩍 신강에 궁둥이를 깔고 뭉개 앉았으니, 그다음 진출로로 티베트를 찜쩍대는 게 물리적으로 불가능진 않다.

현재 전 세계 국가 중 중화민국과 중공 양국에 쌍뻐큐를 내밀어 가면서까지 티베트왕국을 승인한 나라는 극히 드물다. 그리고 미국 정부 또한 티베트왕국을 정식으로 승인하지는 않았다. 우리가 얼마나 돈과 사람 생명을 갈아 넣어가며 장개석을 살려줬는데, 티베트를 승인하는 순간 장개석 정권의 명치에 핵펀치를 날리는 꼴이 되잖은가. 그놈의 '하나의 중국' 타령은 참 골치가 아프단 말야.

물론 공식적인 승인이 없었다뿐, 티베트에 대해선 고민이 많다. 티베트의 독립을 지원하고 친미 국가로 묶어 고원 일대를 지키느냐, 아니면 장개석에게 하청을 주고 중화민국의 일부로서 티베트를 지키느냐. 그것도 아니면 아예 손 털고 히말라야와 사천을 기점으로 빨갱이를 방어하느냐.

"미합중국이 오래전부터 제창해 온 민족자결주의의 원칙에 따라, 티베트의 운명은 당연히 티베트인들의 손으로 결정해야 한다고 생각합니다."

"그렇소? 그거 다행이군. 나 또한 그렇게 생각하오."

뭐지. 혹시 이 인간백정이 드디어 정교회 신부로 직종을 변경하기로 결심했나 의심이 들려던 찰나.

"티베트인들은 자신들을 옥죄고 있는 인습과 압제에 맞서 스스로의 권리를 깨닫고 각성할 것이오. 그들의 자발적인 투쟁에 외세의 개입이 있어선 안 되겠지."

"정말입니까? 외국에서 빨간 물 먹고 온 사람들이 국경을 넘는 게 아니라요?"

"자네 영지도 미국에서 자본주의 교육을 받고 돌아온 이들이 다스리고 있잖나."

"제 영지가 아닌데요."

"이보시오, 짜르. 정말 그곳이 자네 영지가 아니라면 내가 조선인들과 따로 교섭 테이블을 차려도 군소리하지 않겠지?"

아아악! 때리고 싶어! 부탁이야. 제발 한 대만 때리게 해줘! 성질 긁는 솜씨 좀 봐라. 저 망할 콧수염에 담배빵 지져주고 싶네. 그동안 무슨 이빨 터는 수련만 했나.

"적당히만 하세. 적당히."

스탈린의 입에 걸려 있는 저 무척이나 기묘한 미소. 꼭… 남을 엿 먹이면서 쾌감을 느끼는 변태 새끼들이나 지을 법한 미소이지 않은가.

처음부터 다시 복기해보자. 티베트 이야기는 갑자기 뚱딴지처럼 튀어나온 게 아니다. 그러면 그 앞에 나온 이야기는? 모택동. 그리고 그가 모택동에 대해 한 이야기를 따져 보자면.

"장개석은 티베트가 중국의 일부라고 주장하고 있지만, 애시당초 그곳은 청나라가 일방적으로 정복한 땅 아닙니까."

"그렇지."

"이제야 간신히 안정을 찾은 티베트에 외세가 개입한다면 이는 굉장히 불행한 일이겠지요."

"그렇소. 비록 우리 연방과 미국 사이에 생각의 차이가 있긴 하지만, 우리는 제국주의를 단호히 배격하고 약소 민족의 번영을 응원하는 사이 잖소?"

"그런데 만약, 만약에 말입니다. 그런데도 불구하고 옛날처럼 제국주의적 의도를 드러내는 이들이 있다면 어찌해야 할까요?"

"글쎄올시다. 그건 나도 모르겠군."

스탈린은 그제야 만족스럽다는 듯 고개를 끄덕이며 제 파이프를 꺼내 불을 붙였다.

'간첩이든 선전선동이든 혁명 사주든 물밑에서 하는 것까지 터치하진 않겠지? 대충 그 안에서 깔짝대기만 하자고. 근데 전쟁은 하지 말자. 힘들어.'

이 새끼. 혹시나 모택동이 티베트에서 뻘짓하면 대가리를 깨도 된다고… 팔아치우고 있어?

"예브게니 동무와는 참 대화가 편해서 좋단 말이지. 앞으로도 오래오래 그 자리에 있어줬으면 좋겠구려."

"소련은 참으로 복받은 나라입니다. 스탈린 동지와 같은 위대한 거인이 이토록 오래도록 나라를 이끌 수 있다니, 미국에서는 상상도 할 수 없는 일 아닙니까."

"동지는 아직 공부가 부족한 모양이구려. 내가 준 책은 어쨌소?"

"그거로 타박하시면 곤란합니다. 독일어판을 주셔 놓고 안 읽었다고 뭐라 하시면 안 되지요."

"저런. 그러고 보니 그 책은 챙겨 왔소? 잘 보관하고 있나 한번 보고 싶은데."

딸꾹. 스탈린은 어느새 먹이를 바라보는 매의 눈을 한 채 나를 응시하고 있었다.

경애하는 서기장 동지 4

"아니, 누가 선물을 여기저기 들고 다닙니까?"

"오며 가며 심심할 때 읽으라고 준 책이오만."

"그럼 영문판으로 주셨어야지요."

"그런 것치곤 꽤 여기저기 들고 다녔던 것 같은데."

나도 그렇고 이 콧수염 노인네도 그렇고, 입에는 미소가 걸려 있지만 눈에선 웃음기가 점차 가시기 시작했다. 설마 스탈린이 미쳤다고 겨우 선물 상태 좀 보겠다고 대뜸 말을 꺼냈을까.

호치민도 티토도, 회담은 모두 극비리에 진행되었다. 호치민이야 명색이 소련 공산주의의 노선에 따르는 공산주의인데다가 크렘린의 지원이 절실한 처지고, 무엇보다 당장 이번 생일 잔치에도 참석했다. 애시당초 스탈린의 귀에 천마신공에 대한 이야기가 들어가지 않는 게 이상한 일이지.

티토에 대한 건도 아마… 알고 있다고 봐야겠지. 그래. 전 세계에서 빨갱이들이 자진해서 정보를 갖다 바치는 마교의 수장에게 비밀이 있을 리가 있나. 어차피 이 모스크바로 올 때부터 한소리 듣는 건 각오하고 있었으니, 적당히 비위나 맞춰줄지 뻔뻔스레 굴지를 정해야 할 텐데.

"설마 이미 주신 선물에 부가가치를 조금 창출했다고 화내시려는 건 아니지요?"

"내가 봤을 땐 부가가치가 오르긴커녕 어디 내놓지도 못할 만큼 엉망진창으로 만든 것 같소. 동무의 자본주의적 능력이 이토록 무능할 줄이야. 그냥 재능이 증명된 군사 분야에나 전념하지 그러셨소."

"저는 어린이와 어른이 모두에게 꿈과 희망을 주고 그 대가로 빳빳한 녹색 종이를 받는, 자타가 공인하는 유능한 경영인입니다. 무에서 유를 창출하고 있으니 마르크스도 탄식하고 갈 자본가 아닐까요?"

"호박에 줄 긋는다고 수박이 되는 건 아니란 속담이 동무의 고향에 있다고 했던가? 철이 되면 저기 보이는 밭고랑에 내가 직접 수박 농사를 지어서 잘 아는데, 수박은 수박씨를 뿌려야 맺히지 호박에 부가가치를 창출하려 해봤자 수박이 되지는 않소. 이번엔 꼭 영문판 자본론을 줄 테니 제발 읽어보시오."

지금 우린 천마신공이나 수박 농사 이야기를 하는 게 아니다. 유고슬라비아다.

'떡상이 예정된 티토 코인에 투자하는 건 지극히 합리적인 활동 아닐까요?'

'지금 내 면전에서 거기에 투자를 하겠다고? 뒈지고 싶냐?'

당연히 이깟 으름장 좀 듣는다고 티토에 대한 투자를 멈출 린 없다. 스탈린이 그걸 모를 만큼 노망이 든 게 아니라면, 그냥 이건 자신들의 심기가 매우 불편하다는 사소한 의사표현에 불과하겠지.

"내 동무의 지갑 사정을 염려해 조언을 했으니, 부디 내 마음에서부터 우러나온 충고를 귀담아들으면 좋겠소."

"하하. 걱정 마십시오. 월 스트리트에는 항상 '투자 책임은 개인에게 있습니다.'라는 말이 있거든요."

아니나 다를까, 그 또한 적당한 선에서 멈췄다. 낄끼빠빠의 선을 정확히 체크하는 저 솜씨 좀 보라.

"점심 준비가 다 된 것 같소. 갑시다."

"하하. 서기장 동지의 식탁이라니, 참으로 기대됩니다."

오프닝치고는 너무 묵직하구만. 우리는 곧장 옆에 있는 큼지막한 테이블이 도드라지는 식당으로 향했다. 거대한 레닌의 초상화가 걸린 걸 보니 누가 봐도 빨갱이 두목 하우스였다.

"베리야와 몰로토프는 이미 안면이 있으니 생략하겠소. 저 친구는 말렌코프. 여기 이 사람은 미코얀. 저 대머리는 흐루쇼프. 쟤는 카가노비치."

"반갑습니다."

스탈린의 다차에 초대받은 인물들은 당연히 하나같이 소련 핵심 중의 핵심인 거물들. 그들을 소개받는 것만으로도 모스크바에 찾아온 보람은 충분했다.

"아, 그리고 오늘의 요리사도 소개해야겠군. 우리의 입맛을 책임질 분이오. 레닌 동지의 식탁도 채워주던 타고난 볼셰비키라오."

"스피리돈 이바노비치 푸틴입니다."

"잘 부탁드립니다."

식사는 평온했다. 6시가 다 되어서야 먹는 게 점심이라는 건 다소 혼란스럽긴 했지만 아무튼 서기장 동지의 파티 테이블은 참으로 풍성했고, 밥을 먹은 뒤엔 다들 느긋하게 앉아 노가리를 깠다. 하지만 그 분위기도 잠시.

"……"

"……"

스탈린이 잠시 화장실에 가겠다며 자리를 비우자, 장내에는 순식간에 찬바람이 쌩쌩 불기 시작했다. 아니, 뭐. 이해는 한다. 나랑 하하호호 잡담을 나누다가 화장실에서 치질과 사투를 벌이고 돌아와 기분이 불쾌해진 스탈린이 그걸 보고 '너 간첩'이라고 하면 곧장 굴라그행 아닌가. 자유로운 미국 시민인 내가 너그러운 마음으로 양해해 줘야지.

참으로 불쌍하고 딱한 사람들. 물론 저놈들도 다른 사람들에겐 무자비한 숙청과 철권을 갈기는 인간백정이겠지만, 적어도 진짜 압도적인 단 한 명 앞에서는 빌빌 기어야 하지 않은가. 별로 저렇게 살고 싶지는 않다. 그리고 스탈린이 손에 물기를 닦으며 돌아오자마자, 그들은 순식간에 누구보다 열정적으로 놀고 싶은 인간들로 태세를 전환했다. 와.

"배도 채웠으니 이제 한 게임 합시다."

"오늘은 제가 이길 겁니다, 동지."

"허. 열심히 연습했는지 어디 한번 보세."

그다음엔 뭐… 평범했다. 사악하고 음험한 빨갱이 두목들이래봐야 노는 게 뭐 별반 다를 거 있나.

"자. 킴 동지, 어떻게 치시겠소?"

"허허. 제가 또 D.C.에서 맛쎄이의 달인으로 명성이 자자한데……."

"테이블 찢어먹으면 당구대 하나 새로 사야 할 게요."

"거 쪼잔도 하셔라."

당구부터 시작해서 고로드키(Gorodki)라는 러시아 전통 빠따 휘두르기 게임, 포커, 체스, 술 마시고 떠들기, 별도로 설치된 전용 홈 시어터에서 영화 보기, 대머리 놀리기 등등… 그사이에 우린 저녁까지 먹었고, 스탈린의 끝없는 취미 활동은 새벽 3시까지 계속되었다.

시발, 딱 봐도 다들 죽을 맛인데 이 영감들은 스탈린 똥꼬 좀 빨겠다고 이 짓을 매일같이 한단 말이지. 권력이 대단하긴 해.

나는 술기운이 너무 올라온다는 핑계로 잠시 자리를 빠져나와 아까의 그 베란다로 향했고, 스탈린은 내 퇴각을 보며 "도망간다! 미제의 수괴가 연방의 보드카에 겁먹고 도망가고 있다!"라며 박장대소했다. 아니, 니네들은 간이 무슨 4개씩 달려 있니? 잠시 담배에 불을 붙이고 의자에 앉아 멍 때리고 있는 그때.

"실례합니다, 동지. 불 좀 빌려주시겠습니까?"

"아. 예."

한 남자가 나를 따라나와 담배를 입에 물었다. 라브렌티 베리야였다.

"베리야 씨는 저 자리를 비워도 괜찮은가보지요?"

"솔직히 말하겠습니다. 서기장 동지께서 혹시 모르니 한번 따라가보라고 하시더군요."

"명성과 다르게 무척 솔직담백하시군요."

"저는 남의 거짓말을 잡아내는 일을 하지, 제가 거짓을 말하지는 않습니다."

정말? 과연 그럴까? 못 믿겠는데.

"명성 드높은 킴 장군께서 보시기에 저희들의 꼬락서니가 아마 꽤 우습게 보일 것 같습니다."

"그럴 리가 있겠습니까. 공적인 시간이 아닐 때는 거지건 왕이건 누구나 마음 편히 쉬어야지요."

"킴 장군께서 장관으로 재임하신 이래, 우리 소련은 무척이나 난처해지고 있습니다."

나는 애써 이 자리를 그냥 사적인 것으로 만들려고 했지만 베리야는 내 모든 의도를 깡그리 무시한 채 다짜고짜 일의 영역을 꺼내 왔고, 자연히 이 새벽까지 안 자고 있던 내 기분 역시 그리 썩 좋을 리가 없었다.

"그래서 뭐 어쩌란 겁니까. 날 지하실로 끌고 가 거꾸로 매달고 코에 보르시라도 부어주려고요?"

"아. 아닙니다. 전 절대 장관님을 탓한 게 아닙니다."

그는 내가 자리에서 일어나려고 하자 슬며시 제 몸으로 내 진로를 가로막으며 속사포처럼 쏘았다.

"이 나라는 엉망진창입니다. 인민의 삶을 개선하려는 노력은 모두 좌절되었고, 군비경쟁 대신 경공업을 육성해야 한다고 주장하던 관료들은 숙청당했습니다. 죄인들을 시베리아 굴라그에 처넣어 자원 개발에 종사시키고 있지만, 사실 그 죄수들을 감독하는 비용이 자원 개발로 얻는 이득을 아득하게 상회하고 있는데도 감히 누구도 스탈린 동지께 진실을 보고하지 못하고 있습니다."

"……"

나는 잠깐 말문을 잃었다가, 야마다에게로 고개를 돌렸다.

"야마다 씨."

"예, 쇼군님."

"지금 똑바로 통역한 거 맞습니까? 뭔가 잘못된 게……."

"저는 술도 안 마셨기 때문에 지극히 정상적으로 통역했습니다."

그러니까 지금, 비밀경찰 수장인 베리야가 나한테 소련이 개판이라고 털어놓고 있다고?

"제게 이런 말을 하는 영문을 모르겠습니다."

"우리는 평화가 필요합니다. 혁명 수출 같은 거창한 논리보단 당장 인민들의 입에 감자 한 알이라도 더 넣어줘야 합니다."

"그러니까 그걸 왜 나한테……."

"훗날 그 누가 스탈린 동지의 뒤를 잇든, 같은 체스판에서 얼굴을 맞대고 있는 미합중국의 움직임에 영향을 받지 않을 순 없습니다."

베리야는 야마다가 통역하기 편하도록 배려라도 하는 건지, 천천히, 그리고 또박또박 자신의 말을 발음했다.

"폭압적인 스탈린주의 시대가 종말을 고한다면, 미합중국과 함께 선의의 경쟁을 하는 새로운 시대를 만들고 싶다는 게 제 소박한 바람입니다."

"…그렇게 되면 참으로 멋지겠군요."

"그럼 먼저 들어가겠습니다. 말씀대로 너무 오래 자리를 비우고 있자니 불안하군요."

베리야는 그렇게 사라졌다.

"장관님."

"들은 거 전부 잊어요. 오래 살고 싶으면."

"예."

이 집 돌아가는 꼬라지 좀 보라지. 나는 입에 문 채 불도 붙이지 못한 담배에 그제서야 라이터를 가져다 댈 수 있었다. 니코틴을 가득 머금은 연기가 알콜이 차지한 자리를 밀어내고 뇌혈관 가득 핑핑 돌자, 갑자기 무언가가 번뜩였다.

"저 양반 웃긴 사람일세."

"그러게 말입니다."

스탈린이 시켜서 나한테 왔다고 했으면서 돌아간다고? 죽고 싶어서?

거짓말을 못 하긴 개뿔.

* * *

다음 날 아침, 대사관으로 돌아왔음에도 내 헝클어진 머릿속 실타래는 펴질 줄을 몰랐다. 대체 이 소련에 무슨 일이 일어나고 있는 건가. 스탈린은 얼마나 더 오래 살 수 있는가. 스탈린 사후에는 어떻게 되는 건가. 내 희미한 원 역사 지식에 따르면, 스탈린 사후 이 소련이란 나라의 사령탑에는 흐루쇼프가 앉게 된다.

어제 있었던 파티에서 흐루쇼프는 심심하면 갈굼당하면서 당구대 아래에 쪼그려 앉아 춤추기, 대머리 농담의 희생양 되기, 스탈린 술주정 받아주기, 축음기 음악에 맞춰 코사크 댄스 추기 등등 온갖 수모를 다 당했지만 애초에 저 자리에 있을 수 있다는 것만으로도 그가 거물 정치인이란 사실을 증명한다.

그럼 베리야는 원 역사에서 어떻게 됐을까. 비밀경찰의 수장인 데다가 성격까지 변태적인 그자를 진심으로 믿고 따를 사람이 얼마나 있겠으며, 사방에 뿌린 원한은 어떻게 치우겠는가. 아무리 생각해도 베리야의 말로는 뻔할 뻔 자다.

그런데 내가 개입한다? 무슨 수로? 아무리 내가 티토도 지원한다고 하지만, 베리야처럼 미래가 시궁창밖에 보이지 않는 사람을 밀어줘서 그 권세가 얼마나 갈 것이며 우리가 얻을 수 있는 이득이 있긴 한가. 모르겠다. 지금은 일단 내 손패가 뭐가 있는지도 모른다. 히든은 까봐야 판돈을 키우든가 말든가 하지.

"돌아오셨군요. 파티는 어떠셨습니까?"

"으음. 아주, 아주 좋았습니다. 스탈린 동지의 인간미를 알게 되니 개안하는 느낌이군요."

나는 그렇게 말하면서도 손날을 번쩍 들어 모가지를 써는 시늉을 몇 차례 하고는 중지를 번쩍 치켜들었다. 참으로 개같았다는 내 뉘앙스는 대사에게 확실히 전달되었으리.

그런데 대사 뒤에 걸린… 저거 뭐지.

"저건 뭡니까, 대사님?"

집무실 한쪽 벽에 붙어 있는 으리으리한 나무 장식. 미국 국장(國章)인 독수리 무늬가 섬세하게 조각된 멋진 물건이었다.

"저건 소련 보이스카우트에서 미소 양국의 우호를 위해 만들어준 선물이랍니다. 아이들이 만든 물건이라고 하기엔 참 솜씨가 대단하지 않습니까?"

"아니. 아니아니."

내 야매심리학 학점을 책임져 준 건 단연코 일요일 오전 M모 방송국의 한 음모론 프로그램. 집안이 콩가루가 되기 전까지 일요일에 아침밥 먹고 나서 〈동물농장〉 보고, 엠빙신 보고, 〈전국노래자랑〉 틀어 놓은 채 점심 먹는 건 정해진 루틴이었다고. 그리고 저거, 본 기억이 있다. 나는 불쾌한 기시감을 느끼며 그 목재 국장을 향해 천천히 다가갔다.

"장관님?"

"도끼 있습니까?"

"갑자기… 도끼요?"

"아니면 오함마든 뭐든! 아무거나!"

"밖에 누구 없나?!"

나는 대답을 기다리지 않고 그 국장을 벽에서 떼어냈고, 직원 한 명이 진짜로 날이 시퍼렇게 선 도끼 한 자루를 들고왔다.

"장관님. 노이로제가 오신 건 알겠습니다만 그래도 타국이 준 선물을 이렇게 하면…….."

"나는 스탈린한테 직접 받은 선물도 막 다루는 놈이니 괜찮을 겁니다, 아마도."

"아마도라니……."

빠악!

세로로 세운 국장의 한가운데로 도끼날이 박혔고, 뚜껑이 떨어져나가며 이 망할 물건은 정확히 반 토막 나며 그 뱃속을 드러냈다.

"이게 뭐야."

"…미소 양국의 우호를 상징하는 물건이지요."

딱 봐도 장식품 안에 들어 있기엔 참으로 묘한 기계가 잠들어 있었다.

그래. 이래야 냉전이지. 좆같은 새끼들.

경애하는 서기장 동지 5

라브렌티 베리야는 결코 멍청하지도, 둔하지도 않다. 이 살얼음판 같은 곳에서 무수한 경쟁자들을 헤치고 꼭대기까지 올라온 이가 설마 그러할까. 하지만 지금만큼은.

"뭐?"

순간적으로 멍청해질 수밖에 없었다.

"미 대사관에 설치해두었던 도청기가 들켰다니 지금 농담하나?"

"아닙니다. 정말……."

"술 처먹고 집에 들어간 사람이 대뜸 도끼로 국장을 쪼개고 도청기를 찾았다는 말을 나더러 믿으란 말이냐!!"

마침내 베리야의 분노가 폭발하자 부하들은 그저 대가리를 박을 수밖에 없었다. 그는 지체없이 크렘린으로 발걸음을 옮겼다.

'큰일이다.'

그는 도청기가 발견되었다는 사실 자체는 그렇게 큰 타격이 아니라고 판단했다. 어차피 미국인들도 도청 같은 대수롭지 않은 일이야 밥 먹듯이 하지 않겠는가? 하지만 시기가 문제였다. 12월 21일 스탈린 생일 기념 행사를 겨우 며칠 앞둔 지금. 행사를 깽판치기에 완벽한 명분이 손에 떨어지지 않았는가. 마치… 노린 것처럼.

'노렸다, 라.'

베리야의 머릿속에서 온갖 음모와 가설이 조합되고 쪼개지길 수십 차례. 그는 침착하게 숨을 고르고, 비통한 표정을 얼굴 가득 담을 준비를 한 뒤 스탈린의 집무실로 들어갔다.

"알았네."

도청기에 대한 보고를 끝마치자, 스탈린은 어떠한 미동도 없이 콧수염을 쓰다듬으며 말했다.

"들킨 걸 어쩌겠나. 더 손을 쓸 수도 없고."

"우리 내부에 미 제국주의에 동조하는 간첩들이 있는 게 분명합니다."

"반드시 찾아내 완벽하게 뿌리를 뽑도록 하게나."

베리야는 조용히 물러났고, 홀로 남은 스탈린은 담배 파이프를 입에 문채 생각에 잠겼다.

이 세상에 우연이란 존재하지 않는다. 우연으로 보이는 일들은 모두 이유를 찾아내지 못했을 뿐이다. 하물며 예브게니 킴이 그냥 심심해서 도끼질을 했는데 그 안에 도청기가 들어 있었다는 웃기지도 않는 우연이 벌어질 가능성은 0에 수렴한다. 어떻게 알고 있었을까.

누군가가 도청기에 대한 이야기를 킴에게 밀고했다? 그럴 것 같지는 않았다. 가장 가능성이 있는 건 역시 첩보조직 내에 미제 간첩이 숨어 있는 것이다. 그렇다면 킴은 이미 오래전부터 도청기에 대한 정보를 쥐고 있었고, 소련이 가장 난처해질 타이밍을 노려 패를 깐 셈이 된다.

설령 그렇지 않더라도, 누군가는 책임을 져야 하니 숙청은 필연. 베리야가 잘 솎아내리라. 죄가 없으면 만들어서라도. 문제는 그 '밀고자'가 고위 인사일 경우인데, 킴과 접촉한 인물 중 가장 유력한 용의자는 바로 그 첩보조직을 쥐고 있는 베리야와 가장 자주 킴을 만난 몰로토프. 역설적으로 바로 그렇기 때문에 스탈린은 그 둘을 용의선상에서 제외했다.

'미 제국주의의 수괴 예브게니 킴에게 국가기밀을 팔아먹은 매국노 반역자.'

강철의 대원수는 바로 이 시점에서 아무나 대가리를 따버릴 전가의 보도를 쥐게 되었다.

어차피 소련이란 나라에서 진실은 크게 중요하지 않은 만큼, 거물을 둘이나 치워버릴 수 있는 이 명분을 셀프로 쥐여줄 머저리는 소련 고위층까지 올라오지도 못한다.

베리야는 아직 갈아치우기엔 충분히 빠릿빠릿했고, 몰로토프는 이제 좀 치워버리고 싶었지만 대체하기엔 마땅한 인물이 없었다. 당장 예브게니와의 파이프라인이 가장 튼실한 사람 또한 몰로토프 아닌가. 모든 가능성을 제외하고 나면 가장 믿기 어려운 사실이 곧 진실인 법.

'어제의 파티에서 정보가 누출되었다.'

꼭 누군가가 기밀을 나불대야만 킴이 눈치를 챌 수 있는 건 아니다. 그날 술을 진탕 처먹고 나누던 이런저런 잡담 한 토막 어딘가에서, 킴은 그 탁월한 직감으로 '소련인들이 정상적인 루트로 알 수 있는 정보보다 더 많은 정보를 알고 있다.'라는 사실을 간파했을지도 모른다. 예를 들자면 유고슬라비아에 대해 나누었던 미묘한 의견 교환.

너무 기민하게 움직였던 탓에, 대사관에서 정보가 새어나가고 있다는 추측에 다다랐다면? 불가능한 이야기는 아니지 않은가. 모르겠다. 너무 고려해야 할 부분이 많아서 모르겠다.

"밖에 누구 있나?"

"예, 동지."

"몰로토프를 부르게. 예브게니 킴과 접선해야겠어."

일단 그놈의 입은 닥치게 만들어야 했다.

* * *

나는 행사 당일만 구경을 좀 하고, 곧장 소련 국경을 넘어 미국으로 돌아가는 비행기에 탑승했다. 비행기는 노르웨이 오슬로에 착륙했고, 우리가 입수한 전설급 아이템 '도끼에 찍힌 미―소 우호관계의 상징'만 미국을 향해 떠나고 나는 별도로 준비되어 있던 한국행 비행기에 몸을 실었다. 아이고, 바쁘다 바빠.

혹시나 해서 추가로 설명을 하자면, 처음부터 나는 이 행사의 일개 관광객이었지 주빈(主賓)이 아니다. 대체 내가 왜 이 빨갱이 행사에 주빈이 되어야 하는가?

스탈린 생일잔치 때 그의 옆에 쭉 앉아 있던 사람들 명단 좀 봐라. 모택동, 호치민, 베리야 같은 인물들은 물론 동독, 체코, 폴란드, 몽골 등 각 국가의 두목들이 총동문회라도 갖듯 쭈욱 들어앉았다. 저 사이에 내가 끼어서 앉아 있다? 아마 사진 본 사람들 전부 다 '유진 킴이 미국 공산당 당수였나?'라고 생각하지 않을까? 매카시가 이 사진을 좋아하다 못해 따봉이라도 찍고 가겠네.

처음 도청기를 발견한 후 대사는 얼굴이 시뻘게져서 당장이라도 스탈린의 몸뚱아리를 벌집핏자로 만들어버릴 것만 같았지만, 노련한 외교관답게 얼마 지나지 않아 그는 이성을 다시 부여잡았다.

"소련의 위신을 흔들 만한 건수를 잡았으니 충분한 대가를 요구할 수 있겠습니다."

"이게 그 정도겠습니까?"

"평소라면 아니지요. 소련의 버릇대로 발뺌하거나 혹은 조작이라고 잡아뗄 겁니다. 하지만 지금은 놈들의 잔칫날이잖습니까?"

역시 썩어도 외교관. 혐성이 충만하다. 저 웃음에서 사악함이 묻어나오고 있어.

당장 스탈린이 촛불 70개가 꽂힌 케이크를 받고 막 후우 하고 불을 끄려는 찰나, 갑자기 미국 대사관 직원들이 난입해서 '내 귀에 도청장치가 있습니다! 내 귀에 소련산 레드—도청기가 박혀 있습니다! 전 세계 프롤레타리아 여러분, 들어주십시오!' 하면서 깽판을 친다고 생각만 해도 가슴이 두근거리고 암행어사 출또야를 외치는 마패맨이 된 것만 같다. 솔직히 이게 재미가 없으면 세상만사에 흥미를 못 느끼는 전두엽 절제당한 인간이 틀림없다고.

하지만 우리가 뭔가 액션을 취하기도 전에 스탈린의 돌쇠 몰로토프가 총알같이 왔고, 결코 절대 도청기 이야기는 아닌 '무언가'에 대한 협상을 할 수 있었다.

'대사관에 선물해준 국장 장식, 너무 멋져서 내가 D.C에 가져갈 거임. 혹시 무슨 문제라도? 아무 문제 없죠? 반출 안 된다고 꼬장 피울 거 아니죠?'

'나는 조용히 행사 구경만 하고 끝나는 대로 바로 출국할 거임. 스탈린 동지가 내 생일잔치도 해준댔는데 그거 못 받아서 너무너무 아쉬움. 그런데 제가 좀 바빠서 어쩌겠어요.'

딜은 아주 싱겁게 끝났다. 모르긴 몰라도 몰로토프는 우리의 자비심에 집에 돌아가면서 감사의 눈물을 줄줄 흘렸으리라.

"더 뜯어먹지 그러셨습니까?"

"그랬다가 괜히 빨갱이들 자존심 발작 버튼 누르면 골치 아파집니다."

"정확하십니다. 이 일을 크게 피우면 재미없겠죠."

뭣보다도, 지금 여기서 도청기 같은 일에 비싼 가격을 매겨버리면 우리도 똑같은 짓 하다가 걸렸을 때의 대가도 비싸진다. 아무리 생각해도 NKVD—KGB와 CIA의 능력을 비벼보면 우리가 더 많이 당할 것 같지 않은가? 차라리 지금은 킵해 놓고, 나중에 빨갱이들이 성낼 일이 생겼을 때 '너넨 더한 짓도 했잖아!' 하면서 바닥 데굴데굴 굴러다닐 재료 삼는 게 더 낫다.

"예상보다 훨씬 일찍 소련을 떠나게 되는군요. 이거, 여기까지 초빙했는데 도움이 되지 못한 것 같아 죄송합니다."

"아닙니다, 쇼군님. 무척 많은 걸 배우고 갑니다."

야마다는… 모르겠다. 이 인간도 확실히 제정신은 아냐. 내 주변엔 왜 하나같이 다 또라이들만 있단 말인가.

보통 사람들 같으면 스탈린이나 베리야 같은 인간들이 으르렁대는 모습을 보면 식은땀이 샘솟고 아랫도리가 축축해져도 이상하지 않을진대, 야마다는 그야말로 마이 페이스로 '삐비빅. 저는 통역하는 기계인데스. 나는 아무거도 모르는데스.'로 일관하며 마귀가 가득한 지옥 같은 다챠에서도 강철 멘탈의 직업정신을 자랑했다.

"어디 가서 자랑은 못 하겠지만, 그래도 훗날 제가 늙어 죽을 때쯤 회고록에 한 토막은 써도 되겠지요?"

"그걸 넣고 싶으시다면 소련이 망한 뒤에야 공개해주시면 고맙겠군요."

"소련이 망할 일이 있을까요?"

"우리 생각보다는 아마 일찍 망할 것 같습니다. 저 꼬라지를 뻔히 보셨으면서 왜 그러십니까."

"…하긴, 그도 그렇군요. 전 옛날에 영업하던 일본군이나 중국 쪽이 생각나 오히려 친숙했습니다. 거기도 심심하면 담가버리네 죽여버리네가 예삿말처럼 나왔거든요."

아. 그거였나. 소련에 비빌 법한 광기를 자랑하던 일본제국. 거기에 마적과 군벌이 판치던 중화 대륙. 당신들은 대체…….

중간에 이런저런 일들이 일어나긴 했지만, 우리는 무사히 몇 차례 비행기를 갈아탄 끝에 서울에 도착할 수 있었다. 북극 항로를 거치면 방사선을 쬔다고 하던데, 그래도 시베리아와 중공 상공을 가로지르는 경로보단 이게 훨씬 안전하지. 그렇게 해서 다시 돌아온 한국 땅.

"왔냐."

"옹야. 형한테 '왔냐.'가 뭐냐."

"이게 형인지 웬수인지 구분이 잘 안 가서 그렇지."

"평소에는 그렇다 쳐도 생일을 맞이한 형한테는 좀 잘해줘야 하는 거 아냐? 내가 선물도 챙겨 왔는데."

공항에서 날 기다리고 있던 건 우리 아기 돼지 삼형제 중 막내 포지션을 담당하는 유인이었다. 그런데 이 녀석, 머리숱이 점점 줄어들고 있다. 우리 집안에 탈모 유전자는 없는데 어쩌다 저렇게… 아, 대학원을 가서 그렇구나. 그치. 아빠한테 이야기 듣기로 우리 고조할아버지까지 거슬러 올라가도 민머리는 없다고 했다고.

나는 가방을 주섬주섬 뒤져 모스크바에서 가져온 선물을 내밀었다.

"이게 뭐야. 책?"

"그래. 스탈린 서기장이 직접 준 따끈따끈한 선물이지."

"…《자본론》? 미쳤어, 형?"

"어허. 그냥 받아."

"진짜 소련 물을 먹었더니 처돌았나 봐."

어허. 처돌이는 처돌았어도 처갓집 양념치킨은 처돌지 않았다고. 그러고 보니 이제 이 나라에도 양념치킨을 기대할 수 있는 건가? 내가 역사를 너무 뒤틀어버린 탓에 후라이드 양념 반반 무마니가 사라져버렸으면 어쩌지? 덜덜대는 포드제 자동차에 올라타니 조금 살 것 같다. 여기엔 도청기도, 엿듣는 비밀경찰도 없을 테니.

"엄마는?"

"건강하시지. 못난 아들놈이 속병 내는 것만 빼면. 소련 간다는 소리 들으시곤 매일마다 기도하러 가시더라."

"거, 참. 빨갱이 랜드도 다 사람 사는 동넨데 설마 미국 국무장관을 죽여버릴까."

"그 말 엄마 앞에서 했으면 등짝 몇 대는 더 맞을 거니까 그냥 입 다물어."

"예에."

동생과 함께 이것저것 시답잖은 이야기나 하고 있자니 서울의 풍경이 서서히 보이기 시작했다. 김가의 권능을 손에 쥔 문교부장관 김유인 씨는 끝끝내 미식축구 도입에 실패했고, 야구 또한 실패했다. 이 가난한 나라에서 가장 인기 있는 스포츠는 권투와 씨름이고, 팀 스포츠라고 할 만한 건 축구가 1등이란다. 역시 뽈 하나 던져주면 만사 오케이인 축구의 아성을 넘는 건 쉽지 않았다.

"야마다 씨, 들으셨죠?"

"허허. 제가 귀국하는 대로 한국에 야구를 보급할 수 있도록 총력을 다 하겠습니다."

"역시 충신이시군요. 귀하의 헌신을 잊지 않겠습니다."

이래서 옛날 황제들이 간신을 곁에 뒀구나. 띠꺼운 말만 퉁명스레 하는 동생 헛소리를 듣다가 야마다의 아부를 들으니 실로 달달하도다.

"오늘 내가 만나야 할 사람 따로 있어?"

"아니. 가족 행사라고 분명히 선 그어 놨어. 대통령이 괜히 껄떡대긴 했는데 내가 막았고."

"잘했어."

"우성 선생님은 참석하실 거고, 아, 드럼 장군도 온대."

"…그 양반이 왜 여기 있어?"

"몰랐어? 서울 근교에 그분 저택 지었잖아. 사업체도 몇 개 가지고 있고, 건국유공자 서훈도 받았고."

내가 사람 인생을 망치지는 않은 것 같아 다행이네. 잘살고 있다고 하니 좀 안심이 된다. 마침내 차량이 목적지에 다다르고, 나는 미리 세팅된 큼지막한 홀 안으로 발을 디뎠다. 홀 사방에 알록달록 풍선이 깔려 있고 저 구석편에선 악단이 나팔을 신나게 불어대고 있다. 중간엔 무슨 남산 봉우리

만큼 큰 케이크가 세팅되어 수십 개의 촛불이 타오르고 있다.

그… 혹시 내 직무가 서기장으로 바뀌었습니까?

"어이구. 얼굴 보기도 힘든 우리 장남 왔니?"

"엄마. 몸은 좀 어때?"

"누가 속 썩이지만 않으면 나는 건강하다. 그렇지, 그렇지. 어이구. 홀쭉해진 것 좀 봐. 밥 안 먹고 다니니?"

"아이고. 요즘 배가 나와서 죽을 판인데 뭘 안 먹고 다닌대."

"니가 맨날 나쁜 생각만 속에 품고 다니니까 얼굴이 그렇게 상하는 거아니니. 정치한다고 했을 때 말렸어야 했다. 교회는 나가고 있어? 주일에 피곤하다고 땡땡이치는 건 아니고?"

"아이고. 나랑 하나님이랑 직통으로 안부 묻는 사인데 무슨 교회… 악!악!"

"어디 가서 그런 소리 함부로 하지 마라. 너는 농담이지만 남들한텐 그렇게 안 들리는 수가 있어."

아니, 몰로토프한테 이미 '성령께서 내게 임하시어 도청기 위치를 알려주셨다.'라고 이빨 다 털어 놨는데 이걸 무를 수도 없잖아. 우선 입찰권을갖고 있는 어머니의 턴이 끝나자 그 뒤로 손님들이 한도 끝도 없이 밀려오기 시작했다. 이게 한 번 컷을 해서 이렇단 거지?

"자. 대원수님! 이리 오시지요!"

"폐활량 측정하겠습니다! 불 끄십시다!"

"경애하는 대한민국 독립의 영웅, 조선 민족의 무궁한 영광을 위해 평생헌신하신 김유진 장군님의 탄신일을 맞이한 것을……."

저 사회자 저거 짤라버려야지. 모두의 시선이 집중된 가운데, 나는 케이크 앞으로 다가가 크게 심호흡했다.

"후우우!!"

앞으로 내 목숨은 얼마나 더 남았을까. 모를 일이다.

경애하는 서기장 동지 6

나는 대한민국이란 나라에 별로 기대하는 게 없다. 내가 특별히 유별난 국까여서도 아니고 미국에서 오래 살다 보니 미국인이 된 것도, 아예 관심이 사라진 것도 아니다. 정말 기대할 때마다 아픈 현실만 보이기 때문이다.

일본 애들이 옛날 추억한답시고 〈마루코는 아홉살〉 볼 무렵에 한국은 〈검정 고무신〉이다. 그나마 지금은 일본도 〈맨발의 겐〉 시대에 가까우니까 차라리 격차가 덜한 편이네. 이게 웃을 일이 아닌데 헛웃음이 막 나온다. 미국이랑 비교하면 눈이 퉁퉁 부을 것 같으니 그냥 넘어가자. 미국은 방장사기맵이니까.

그나마 나는 낫다. 21세기 메갈로폴리스 서울의 위용을 아는 사람은 이 세상에 나 하나뿐이고, 그런 내가 봤을 땐 1949년의 동경이든 서울이든 다 거기서 거기니까. 뉴욕쯤은 돼야 오, 소리가 나오지. 하지만 이 시대 사람들 눈엔 어떻겠는가. 그야말로 이가 갈리는 일 아닐까.

"…오늘 이 자리엔 해방의 영웅, 김유진 장군님께서 몸소 참석해주셨습니다. 김 장군님을 비롯한 많은 독지가들의 후원을 통해 앞으로 참전 용사들과 노병들이 질 좋은 의료 서비스를 제공받을 수 있게 된 점 참으로 감사히 여기며……."

아무튼 각설하고.

내가 아무리 개인 자격이라고 악을 쓰고 발악을 한들 사람들이 '아, 개인이시니 장관이 아니군요.' 하면서 받아들여 줄 리가 없다. 오랜만에 한국에 왔으니 일단 개인 자격으로라도 소화할 수 있는 일정은 좀 돌아야지. 안 그러면 진짜 무슨 일이 일어날지 모른다.

예를 들면 지금 이거. 국공 내전 당시 내가 욕 처먹는 것 좀 커버치겠답시고 병원 건설에 돈을 좀 출자한 일이 있었는데, 그 결과물이 얼추 나왔다.

국군수도통합병원. 일명 수통. 내 기부 좀 받아서 수통 짓는 건 뭐라 할 일이 아니다. 오히려 좋은 일이지.

"장관님, 어떻습니까!"

"오랜만에 뵙습니다, 철기 장군님."

"하하하! 이제 이범석 의원이라고 불러주시죠!"

그렇군요, 의원님. 금배지 축하드립니다.

그러면 우리 의원님. 대체 내 눈에 보이는 저건 수통이랑 무슨 관계가 있는지?

"저건 대체… 뭡니까?"

"보시다시피 장군님 동상입니다!"

내 불편한 심정을 아는지 모르는지 이범석은 동심 가득 해맑은 표정 그대로였다. 저 어이없는 크기의 거대한 동상. 부상당한 병사들을 참으로 자애로이 굽어살피는 거인 김유진… 주체냐? 주체랜드의 혹부리우스냐? 김유진이 아니라 김정일 동상인데?

"저걸 만들 돈이면 병상을 몇 개는 더 살 수 있었을 텐데요."

"걱정 마십시오. 저 동상은 별도로 성금을 모아 만들었고, 젊은 예술가들이 자진해서 제작에 참여하고 싶다고 앞다투어 나섰습니다. 장군님께서 불쌍한 병졸들을 위해 쓰라고 지시하신 돈은 단 한 푼도 들지 않았습니다!"

아니. 아니아니. 지금 그게 문제가 아니잖아. 내가 수령님이 될 판이라고!

"김 장군님께서 이런 걸 불편해하신단 건 저도 알고 있습니다."

"…알아주시니 그나마 다행이군요."

"하지만 딱히 선택의 여지가 없었습니다. 모름지기 조선 놈들은 사촌이 땅을 사도 배가 아픈 민족 아니겠습니까. 하물며 쪽바리들이 우리보다 더 잘 먹고 잘살고 있는데 이 배앓이를 어쩌면 좋겠습니까?"

"그래서 만든 게 저거라고요."

"아예 남남으로 살면 볼 일도 없겠지만, 장군님과 미국은 우리가 일본과 더 적극적으로 교류하길 원하시잖습니까. 우리가 발전해서 일본이 부럽지 않을 만큼 잘 먹고 잘사는 날이 오기 전까지, 이런 마취제라도 없으면 절대 교류는 오래 지속되지 못할 겁니다. 솔직하게 말씀드리자면… 쪽바리들이 아무리 반성을 하고 사죄를 했다 한들, 고작 그 정도로 왜정의 상처가 나을 린 없으니까요."

나는 잠시 동상을 바라보며 입을 다물었다. 참으로 근엄하게 우뚝 서 있는 저 거인 김유진 아래엔 환호하는 한국인 군상이 있고, 그 옆에는 볼썽사납게 자비를 구걸하는 듯한 일본군 한 무리가 있다. 왜 동상을 만들었는지 목적이 팍팍 느껴지는 듯한 구도였다.

원 역사에서도 미국은 한일 국교 정상화를 원했고, 당시 한국을 장악했던 정권은 군부 독재체제였음에도 불구하고 한일 수교 문제에서는 어마어마한 국민적 반발을 샀었다. 지금은 생각보다 훨씬 빠르게 국교가 정상화되었다. 한국은 훨씬 빨리 성장하고 있었고, 이 성장은 원 역사 일본이 먹었을 파이를 제법 많이 가로챈 덕이기도 하다. 격차는 생각보다 많이 좁혀졌다. 하지만 펀더멘털이 부족하다.

"결국 문제는 경제군요."

"그렇습니다. 저희는 미국의 의지를 존중하는 만큼, 부디 장군님께서도 우리의 이런 소소한 존경심 표출을 너그러이 넘어가주시면 감사하겠습니다."

이 양반, 정치인 다 됐네.

"한 가지 제안할 게 있습니다."

"말씀만 하시지요. 장군님의 제안이라면 불지옥에 뛰어들더라도 기필코 시행하겠습니다."

"이제 한국도 슬슬 국민체육의 기틀을 잡을 때가 온 것 같은데……"

"예?"

아니, 왜. 불지옥보단 야구가 낫잖아.

* * *

[어째서 대한에는 프로―스포츠단이 존재하지 않는가?]

[무릇 선진 문명국은 스포츠를 통해 체력을 단련하고 국가의 명예를 드높이는 것이 상례라 할 수 있다. 지난 36년 베를린 올림픽에서 손기정 선수가, 48년 런던 올림픽에서 이사무엘(Samuel Lee)이 금메달을 획득함으로써 한민족이 우수한 민족이라는 사실을 증명한 것은 실로 통쾌한 민족적 성과였다.]

[이제 우리는 선진 문화 시민으로 도약해야 할 차례다. 프로페셔널 리그의 설립은 우리의 국격을 한 단계 도약시킬 절호의 기회로서……]

"야. 나랑 얘기 좀 하자."

귀국 며칠 전. 내가 참으로 탁월한 혜안과 번뜩이는 지혜 가득한 신문 사설을 읽으며 커피를 홀짝이고 있는데, 잔뜩 골이 난 동생놈이 갑자기 방 안으로 난입했다. 당장이라도 저 번쩍번쩍 머리를 들이대며 스피어를 날릴 것 같은 기세만 보면 레슬매니아 나가도 되겠어.

"이게 미쳤나. 하늘 같은 형보고 야라니. 너 이러는 거 바깥에 사람들이 알았다간 큰일 난다?"

"그 새끼들은 김유진이가 이딴 등신인 줄도 모르는 놈들이고! 내가 무리랬잖아! 이 나라에 프로 야구단이 말이나 되는 소리냐고!"

"아니, 일본엔 있잖아. 그리고 사설에는 야구의 ㅇ자도 안 나왔다? 내가 씨름단을 차리자고 했는지 축구단을 차리자고 했는지 어떻게 알아?"

"지랄하고 있네. 야구단 만들고 싶어서 국회의원들 옆구리 찔러댄 거 모를 줄 알아? 뱁새가 황새 따라가다 가랑이 째지게 생겼으니까 이러지!"

유인이가 화났다. 거참, 한번 해보고 아니면 땡이지.

"사랑하는 동생아."

"왜, 또라이야."

"이 형은 말이에요, 도쿄에는 요미우리 자이언츠가 있는데 부산에는 롯데… 흠흠. 샬롯 자이언츠가 없는 걸 보면 배알이 꼴려요."

"그러니까 서울도 아니고 왜 부산인데."

"다 형의 심모원려니까 믿어보라니까 좀."

미식축구보단 그래도 야구가 낫잖아. 힘 좀 쏟으면 될 것 같은 거랑 아예 턱도 없는 거랑은 완전히 다른데. 일본은 굉장히 오래전부터 야구가 인기였고, 식민지였던 조선이 영향을 안 받을 수도 없으니 야구의 보급은 꽤 빠르게 이루어졌다.

하지만 일본이 군국주의화되고 미쳐 가면서 스포츠 역시 탄압 대상이 되었고, 한 10년 넘게 조선 야구는 명맥이 끊겼었다. 그나마 축구는 덜 탄압당했고. 결론만 말해서, 일본은 그 유명한 고교야구 '고시엔'은 물론 프로 리그까지 활발하게 운영되고 있지만 한국은 애초에 고등학교도 이제 막 건물 올리고 있는 상황.

"빠따만 쳐서 먹고살 수 있는 건 아무리 봐도 무리야. 이 나라 사람들 중에 야구장 입장권 살 수 있는 여력이 있는 사람이 얼마나 되려고?"

"그러면 실업팀은 어때."

"그것도 기업들이 자진해서 차려야 의미가 있지. 우리가 회사 두들겨 패서 억지로 실업팀 운영하라고 윽박지를 순 없잖아?"

"그러면 메리트를 주면 되잖아."

"어떻게?"

어떻게는 무슨 어떻게냐. 아직도 우리가 가진 가장 큰 자산이 뭔지 모르겠느뇨, 어리석은 동생아.

"너랑 내가 야구에 미쳐서 관심이 깊다고 소문을 흘리는 거야."

"그것만으로 된다고⋯⋯?"

"당연하지. 조선 팔도에 나랑 끈 대고 싶은 새끼들은 죄다 야구단 만들어서 덤벼들 게 뻔하다고. 된다. 이거 무조건 된다. 안 되면 내가 포기할 테니까 그냥 한번 시도나 해봐."

프로 야구단이 안 된다면 중간 단계로 실업야구라도 흥행시켜 봐야지. 절대 내가 그냥 빠따 치는 게 보고 싶어서 이러는 게 아니다. 《백범일지》에도 적혀 있듯 문화의 힘이야말로 으뜸 아니겠는가.

원 역사의 WBC건 뭐건 다 그렇지만, 스포츠로 일본을 꺾는다는 것만큼 한국인들에게 직빵으로 카타르시스를 퍼먹일 수 있는 게 없다. 그러려면 일단 인프라부터 조성해야 하고. 돔구장은 못 만들더라도 밑바탕은 좀 키워야 하지 않겠어?

나는 스스로의 완벽한 심모원려에 두려움마저 느끼며 미국으로 귀국했고. 몇 달 뒤 신문을 보고 마시던 커피를 토했다.

[1950 브라질 월드컵 지역 예선─대한민국, 일본에 승리!]

아니 씨발. 아니, 월드컵이 왜 갑자기 튀어나와. 왜?? 브라질에 대표팀 보낼 돈이 있어? 국대 선발은 또 어떻게 했고?

[지금 국내는 축구 열풍을 넘어서 광기가 불고 있음. 우리도 그냥 축구단이나 만들 테니까 그렇게 알아.]

얼마 지나지 않아 유인이에게 날아온 전보는 프로야구에 대한 내 원대한 꿈이 쫄딱 망해 상장폐지됐음을 알려주고 있었다.

그래. 뽐이나 실컷 차라. 내가 졌다.

* * *

같은 시각. 소비에트연방, 모스크바.

"아무 조짐이 없다고?"

베리야는 최근 입술이 바싹바싹 말라가고 있었다. 이해할 수 없다. 합리적이지 않다. 베리야는 오랫동안 첩보와 방첩 업무에 종사해 왔고, 그는 나름대로 자신의 분야에서 전문성을 갈고닦아 왔다고 자부했다.

예브게니 킴은 초청을 받아 소련에 왔고, 스탈린과 베리야 자신 등 여러 인물을 만났다. 그리고 회합에서 돌아온 직후, 도청기를 찾아냈단 사실을 가장 극적인 방식으로 연출했다. 스탈린과 마찬가지 논리를 통해 베리야는 '우연히 도청기를 찾아냈다.'라는 사실을 배제했다. 킴은 어떤 루트로든, 혹은 어떠한 추론을 거쳐 도청기를 알아차렸다.

이제 베리야는 다음 고민을 해야 했다.

'왜 그런 짓을 한 거지?'

도청기를 눈치챘다면 도끼질 같은 영화의 한 장면을 연출하는 대신 얼마든지 다른 방식으로 써먹을 수 있다. 당장 베리야 그 자신이 미제의 도청기를 발견한다면 이걸 통해 '어떤 역정보를 흘려보내 미국인들을 엿 먹일까.'를 고민하며 사흘 동안 밥을 안 먹어도 배가 부를 게 뻔하다.

처음 소련의 수뇌부들은 이것이 '수틀리면 너희 잔치 개판낼 수 있다.'라는 시그널이라고 생각했다. 그래서 일단 킴을 보내고 도청기도 얌전히 넘겨줬다. 입막음료부터 우선 지불하고, 킴이 국무부로 복귀해 대통령과 논의를 거친 뒤에 본격적인 도청 사건에 대한 대가를 논의하리라 판단했기 때문이다. 이게 가장 합리적이잖은가.

그런데 아무 일도 없었다. 그는 한가롭게 고향에 돌아가 이런저런 잡스러운 행사에 참석하고 귀국했다. 귀국한 뒤에도 특별한 액션은 아무것도 없었다.

'왜? 왜? 대체 무슨 속셈이냐!'

한 가지 가능성이 있긴 했다. 소련 내부의 정치적 구도를 흔들기 위해서.

실제로 베리야는 바짝 움츠러들어야만 했고, 몰로토프는 조만간 실각할 것처럼 위태위태하기 그지없었다. 자아비판은 당연하거니와 자신들에게 아무 죄가 없다는 걸 입증하기 위해 무자비하게 하급자들 중 희생양을 선발해 굴라그와 총살대로 보내야만 했다. 말도 안 되는 소리 같지만, 아무리 생각해도 이건 그를 향한 경고 같았다.

'날 멋대로 너희 권력투쟁에 써먹으려다간 그 뚝배기를 깨버릴 줄 알아라.'

현재로서 가장 타당한 가능성은 이것뿐. 어차피 이게 맞건 그르건 베리야가 택할 수 있는 활로는 하나밖에 없었다.

"스탈린 동지."

"무슨 일인가."

"몰로토프 동무의 반역적 행보에 경종을 울려야 한다고 생각합니다."

아무튼 미제와 야합해 기밀을 누설한 범인은 몰로토프여야 했다. 그래야만 그가 살았다.

6장
회자정리

회자정리 1

1940년대 후반부터 마침내 미국 경기가 살아나기 시작했다. 맥아더 전 대통령에게는 참으로 유감스러운 결과겠지만, 그의 임기 동안 시행했던 정책이 이제서야 그 약효를 발휘하기 시작했다고 볼 수 있었다.

세계 곳곳에서 벌어졌던 미군의 분쟁이 막을 내렸다. 잘 교육받은 청년들은 직장을 구하고 가정을 꾸렸고, 베이비 붐이라고 불릴 거대한 사회 현상이 그 싹을 보이기 시작했다. 그가 주도한 맥아더 플랜은 서유럽의 경제를 재건했고, 다시금 활력을 되찾은 서유럽은 거대한 시장이 되어 미국이 수출하는 막대한 재화를 게걸스럽게 집어삼켰다. 공급 과잉 상태인 미제 밀가루와 옥수수 또한 원조 물자의 탈을 쓰고 전 세계 방방곡곡으로 퍼져나갔다.

끔찍했던 국내의 매카시즘도 소강 상태에 빠져들었고, 정치적 안정을 되찾자 남은 일은 오직 잘 먹고 잘사는 일뿐. 마치 수십 년 전, 대공황이 찾아오기 전처럼 눈부신 호경기가 찾아왔다. 나는 샌—프랑코 출판사 직원들의 집요한 독촉을 받으며 《스타 스트러글》 새 원고 뭉치를 던져줬고, 그들은 희희낙락하게 씹고 뜯고 맛보며 새로운 콘텐츠를 신나게 팔아재꼈다.

텔레비전이 대대적으로 보급되자 방송국들은 새 시장을 놓고 혈투를 벌이기 시작했고, 우리는 TV에 방영할 프로그램을 제작해 이 흐름에 가장 빨리 탑승하기로 결정했다. 우리의 흐름이 신속했던 덴 한 가지 뼈아픈 비하인드 스토리가 있었는데, 《스타 스트러글》이 대성공을 거두었음에도 우리가 간과했던 한 가지 문제가 두드러졌기 때문이다. 바로 너무 무겁다는 것.

애초에 원판의 상당수가 세기말 감수성 농후한 꿈도 희망도 없는 물건들이기 때문일까, 힙스터 갬성 충만한 어른들이야 '세상에, 이런 건 난생처음이야!'라며 환호했지만 어린아이들의 꿈과 희망과 달러를 빨아먹기엔 조금 벅찬 감이 없잖아 있었다.

내가 '유진 킴과의 식사권'까지 걸어 가면서 미친 듯이 매출을 끌어올렸다지만, 애시당초 이딴 거에 매혹되는 건 애들보다는 어른이었다. 유진 윙카의 황금 티켓을 손에 넣은 다섯 명의 선택받은 아이들이 하나같이 코에 수염 부숭부숭한 중년 아저씨라는 사실을 알아버렸을 때의 내 기분을 이해해줬으면 좋겠다.

모름지기 애들 장사의 최고봉은 장난감. 우리가 이미 딱지 장사로 어른이의 돈을 한껏 빨아먹긴 했지만, 카드게임처럼 약간의 사행성을 포함하지 않는 이상 어른의 지갑을 여는 건 생각보다 빡빡했다.

"저희의 도움이 필요하시다구요."

"그동안 극장에서 쌓인 경험이 있으시잖습니까. 디즈니가 아니면 우리가 누구와 함께 새로운 시장에 도전하겠습니까?"

그러니 답은 2~30분짜리 TV용 애니메이션. 이걸 어떻게 참겠나. 그동안 애들을 꼬드기려면 극장으로 유인해 만화영화를 보여줘야 했지만, 이제 새 시대의 어린이들은 TV 앞에 앉아서 온갖 콘텐츠를 접할 수 있었다. 스마트폰이 나타나기 전까지는 TV야말로 미디어의 황제로 군림하리라.

샌—프랑코 산하 만화 출판사들, 그리고 디즈니가 보유한 각종 IP를 모조리 동원한다. 그동안 찍어 놨던 무수한 극장판 애니메이션을 짜깁기하고

리메이크해 방송국에 납품할 용도로 개조하면서 시장의 반응을 탐색하고, 그 이후 시장성이 검증되자 곧장 본격적으로 제작 개시.

"생각보다 수익이 높지는 않군요."

"그야… 수익을 바라고 찍는 물건이 아니니까요. 판촉 효과를 노리는 거죠."

"그래도 본전치기로는 곤란합니다. 방송사에서 대금을 더 받아낼 수 없다면 하다못해 단가라도 더 낮춰야 하는데."

"하청을 주는 건 어떻겠습니까?"

"그걸 생각하지 않은 건 아닙니다만, 퀄리티가 너무 떨어지면 방송국에서도 거부할 겁니다."

"글쎄요. 제가 생각하고 있는 곳이라면 방송국이 절대 거절하지 않을 것 같군요."

나는 유인이에게 전보를 쳤고, 얼마 지나지 않아 방정환이 평양에 스튜디오를 차리고 하청을 소화할 예정이라는 답신을 받았다.

"미스터 뱅이 한국에 제작소를 열었다고요?"

"그렇습니다. 그는 이미 고국에서 제자들을 육성하고 있고, 단순한 제작이라면 그림에 능한 데다 임금까지 저렴한 인력을 대거 확보하고 있습니다."

"협상은 저희가 하겠습니다. 장담컨대 방송사마다 돈다발을 싸들고 달려올 테니까요. 핫핫핫!"

아무튼 디즈니는 원가를 절감했고, 샌―프랑코는 장난감 매출이 올랐고, 한국은 일자리와 신산업을 챙겼다. 이게 보이지 않는 손, 자본주의의 위엄이지. 보고 있나, 빨갱이들?

＊ ＊ ＊

　미국은 후끈후끈 달아오르고 있었지만. 그 기쁜 상승세에 탑승할 수 있는 건 아니었다. 하루가 멀다고 경조사를 알리는 연락이 쏟아졌다. 누구 아들내미 결혼식, 누구는 손자를 얻었네, 그리고 누구는 죽었네.

　내가 귀국한 지 얼마 되지 않아 미합중국 공군의 아버지 헨리 아놀드 원수가 눈을 감았다. 이미 대전 당시부터 몇 번씩이나 죽을 위기를 넘겼으니 어찌 보면 오래 살았다고도 할 수 있겠다. 그리고 몇 달 뒤.

　나는 또 다른 부고를 접했다.

　— 드럼 장군이 어제 돌아가셨습니다.

　"…그게 무슨 소립니까. 몇 달 전에 뵀을 땐 아직 정정하시던데."

　— 심장마비라고 합니다. 조문은 어떻게 하면 되겠습니까.

　"제가 직접 가겠습니다. 플로리다입니까?"

　— 아닙니다. 뉴욕입니다.

　나는 사무실로 전화를 넣어 출근이 어렵다고 했고, 레번워스 시절부터 안면을 튼 도로시도 동행하기로 했다. 심란하기 짝이 없다. 사람 죽는 걸 하루이틀 본 것도 아닌데. 게다가 그는 일흔도 넘은 노인네 아닌가. 괜히 중병에 걸려서 벽에 똥칠하다 고통스럽게 죽느니, 자다가 조용히 죽은 거면 그나마 낫긴 하다.

　그럼에도 불구하고 가슴 텁텁한 이 느낌을 떨쳐내긴 어려웠다. 몇 달 전, 서울에서 열린 내 생일 파티가 마지막이 될 줄은 전혀 몰랐다. 그때 건강이 안 좋은 기미라도 있었다면 조금이라도 더 한마디라도 했을지도 모른다. 사실 생각해 보노라면 드럼이 내 인생의 대단한 절친도 아니고, 단지 서로의 이해득실에 따라 짬짬이 협력하던 업무상 관계에 불과하다.

　내가 그 양반을 건강에 눈곱만큼도 좋을 리 없는 중국 땅에 집어 던진 탓에 명이 짧아진 건 아닐까… 같은 생각이 문득 들기도 했지만 이것도 웃기는 소리. 내 명령을 받고 총탄이 빗발치는 사지로 달려나간 병사들이 듣는다면 내 뺨따구를 다섯 대 치고 한 대 더 치고도 남는다.

그걸 뻔히 아는데도 불구하고 이리 가슴이 불편한 건, 아마 그와 마지막으로 나누었던 이야기 때문이겠지.

'임무를 다하고 명예를 드높이기 위해 이 아시아 변방까지 왔지만, 우습게도 재물은 넘치게 받았지만 명예만큼은 드높이지 못했어.'

'하하. 대한민국 독립유공자이신 드럼 원수께서 명예가 부족하다뇨?'

'내가 형주에서 패하지 않았다면 국공 내전은 벌어지지 않았을지도 모르네. 장개석의 주력군을 온전히 보전했다면 모택동 같은 늑대가 그 이빨을 드러내지 못했을지도 몰라.'

'하. 그걸 누가 압니까. 주력군이 고스란히 빨간 물이 들어서 장개석이 쫄딱 망했을지는 또 누가 알아요?'

'항상 이기기만 했던 자네는 내 심정을 이해 못 하겠지.'

나는 '원 역사의 스틸웰보단 훨씬 잘했다.'라고 말할 수도 없었고, 구태여 거기서 구구절절 내 하소연을 늘어놓지도 않았다. 그리고 그게 끝이었다.

그는 자신의 최선을 다했다고 생각하며 죽었을까, 아니면 끝끝내 역사에 패전처리 투수로 남는다는 심적 고통을 끌어안고 죽었을까. 관에 들어간 노장이 땅속에 묻히는 것을 지켜본 우리는 그리 오래 머무를 수도 없었다. 나는 현직 장관이었으니까.

열차를 타고 워싱턴 D.C.로 돌아온 나는 곧바로 업무에 복귀했고, 그를 잊기 위해 노력했다. 사실 잊는 일은 너무 쉬웠다. 맨날 하던 일이었으니. 하지만 이 부고라는 건 꼭 빨래통에 처박아둔 묵은 빨래 같아서, 결국 세탁기를 돌릴 때쯤엔 그동안 쌓인 것들을 한꺼번에 내 눈으로 직시해야 하곤 했다.

그리고 빨래통은 생각보다 금방 차올랐다.

* * *

1950년의 여름 휴가철.

우리 가족은 마셜의 초대를 받아 이번 여름 휴가는 마셜 농장(진짜)에서 보내기로 했다. 이미 결혼한 둘이야 뭐 자기들끼리 알아서 지내라 하고, 제임스와 셜리도 데려가고 싶었지만 둘 다 바쁘다며 까버렸다. 아무래도 둘 모두 애인 하나씩은 생긴 것 같았다. 후. 쟤들도 빨리 다 결혼시켜야 내가 할 일이 끝나는 건데.

그리고 꿩 대신 닭이라고, 저 머나먼 캘리포니아에서 마셜 농장까지 찾아온 이가 있었으니.

"흐으하하하하하! 후배님!"

"시끄러워 죽겠군. 괜히 초대했어."

"기차 화통 삶아먹으셨습니까? 귀청 다 떨어져 나가겠네."

그 이름하야 중세 광전사였다.

"패튼 부인. 오랜만에 뵙습니다."

"이 사람 같지도 않은 사람이랑 친하게 지내줘서 항상 고마워요."

"그게 무슨 말이야! 내가 후배님을 위기에서 몇 번이나 건져줬는데, 내가 고맙단 소릴 들어야지!"

"……."

"킴 대원수님과 마셜 원수님 덕택입니다. 정말 감사합니다."

천하의 패튼이 격침되기까진 몇 초 걸리지 않았지만, 그는 몇 분도 되지 않아 심해에서 부활해 다시금 퍼덕대기 시작했다. 패튼의 뒤를 이어 브래들리 부부가 도착했고, 밴플리트 부부 또한 그리 오래 기다리지 않았다. 이제 남은 건 맥네어인가.

아이크가 못 온 게 안타깝긴 하지만, 원래 왕관의 무게라는 게 다 그런 거 아니겠나. 이 자리에 합류하고 싶다면 대통령 대신 전직 대통령이 되어야 한다. 깔깔.

"이보게, 국무장관."

"예, 주인니… 아니, 원수님."

"워싱턴에 있는 자네라면 더 잘 느낄 텐데, 혹시 그, 미국이 망할 징조 같은 게 보이지 않는가?"

"지금 바로 앞에 있잖습니까."

"이젠 아예 둘이서 날 무슨 악령 취급하는군. 이! 캘리포니아주! 공화당원들의! 선택을 받은! 조지 스미스 패튼 주니어 상원의원! 후보님을 악령 취급하다니!"

"그게 바로 나라가 망할 징조란 걸세. 도대체 무슨 자신감으로 출마인가?"

마셜이 한 손을 이마에 가져다 대며 탄식했다. 공화당원 패튼까지는 그렇다 쳐도, 대체 어떻게 경선을 이긴 건지 원. 아이크와 내 이름을 신나게 팔아먹었다는 건 알지만 다들 미쳐버린 건가? 그렇다고 진짜 뽑아줘?

아니지. 아니야. 아직 본 선거도 해봐야 아는 것 아니겠나. 캘리포니아 시민들은 누구보다 똑똑한 사람들이니 패튼에게 금배지를 달아주진 않을 것이다.

"이제 저는 새 사람으로 거듭났습니다. 전장에서 다져진 이 탁월한 리더십과 카리스마로 캘리포니아를 더욱 위대하고 아름답게……."

요즘 보좌관들이랑 같이 연설 연습이라도 하고 있나.

중세 기사의 장광설을 한 귀로 듣고 한 귀로 흘리며 바베큐를 열심히 준비하고 있는데, 도무지 그의 연설 대행진이 끝날 기미를 보이지 않았다. 장관이고 의원 후보고 나발이고 여기서는 다 춘식이고 대식이니까 빨랑 와서 고기나 구우라니까?

"어디서 풀벌레 소리 들리지 않습니까?"

"그야 당연한 일 아닌가."

"흠. 이 동네 벌레 소리는 참 신기하군요. 어떻게 벌레 소리가 매카시시,
매카시시시."

"…잘못했네. 내 그때의 실수는 뼈저리게 반성하고 있어. 인제 그만 용서
해주지 않겠나, 후배님?"

"그럼 닥치고 고기나 구워요. 맛있으면 봐드리겠습니다."

"제기랄."

마셜은 특제 소스를 준비하겠다며 사라졌고, 불쌍한 오마르가 패튼에
게 붙들린 틈에 나와 제임스는 담배를 피우러 나갔다.

"그거 들었냐."

"그거가 뭔데."

"브래드한테 어떤 여자가 엄청나게 추근대는 모양인데."

"…그래?"

"29살 연하래. 기자랜다."

"퍼싱 장군을 봐서 그런가. 29살 차이면 생각보다 나이 차이 덜한 것 같
은데. 돌아가신 영감님 애인이 몇 살 차이였지?"

"브래드가 그 불여우 같은 여자한테 반쯤 넘어간 것 같은데……."

"지금 할 얘긴 아닌 것 같으니까 일단 닥쳐봐. 우리 패튼 후보님! 고기 전
쟁은 어떻게 됐습니까?"

"승리했네! 빨리 칼이랑 접시나 챙겨 오게나!"

우리는 꽁초를 버린 뒤 쫄래쫄래 고기를 향해 다가갔다. 음. 프레시 미
트. 자꾸 브래들리 부부에게 시선이 쏠릴 것만 같다. 안 되지. 고기에만 집
중해야 해.

"마셜 장군님? 빨리 나오십쇼!"

"자. 일단 먼저 자르겠네!"

우리가 분주히 바베큐를 해체하는 동안에도 마셜은 이상하게 나오지
않았다. 그가 걸어나온 것은 내가 막 그를 찾아 주방으로 들어가려고 하려

던 찰나였다.

"유진."

"소스 가지러 가신 분이 왜 이리 오래 걸리셨어요. 화장실 들르셨습니까?"

"방금 전화를 받았네."

그는 고개를 천천히 젓더니, 주름진 눈꺼풀을 손으로 꽉꽉 주무르며 말했다.

"맥네어가 죽었다는군."

나는 접시를 바닥에 떨어뜨리고 말았다.

회자정리 2

돈이 많으면 편하긴 편하다. 처음에 맥네어 부인은 우리가 머나먼 버지니아에 있으니 애도하는 마음만 받겠다고 했으나, 나는 전용기에 일행들을 싣고 휴가의 일부를 맥네어의 마지막을 전송하는 데 쓸 수 있었다.

"어차피 우리도 하나씩 관짝 들어갈 텐데, 굳이 벌써부터 남 먼저 가는 꼴 구경할 필요 있나?"

"제발 그 지랄맞은 주둥아리 좀 닥치게."

"단 한 명의 기자가 이 이야기 주워듣기라도 했다간 그토록 오매불망하는 의원님 소리도 못 듣게 될 겁니다. 아시죠?"

중간에 헛소리해대던 사람이 누구인지는 굳이 말하고 싶지 않다. 비밀이다. 어찌어찌 장례도, 그 이후의 휴가도 전부 끝나고 돌아가는 길.

"내 부탁 하나만 들어줄 수 있어?"

"불안하게시리 갑자기 왜 그래."

"그냥 들어줄 건지 말 건지만 말해줘."

"뭔지를 말해야 들어주든가 말든가 하지."

도로시의 뜬금없는 말에 나는 갑자기 불안해졌다.

내가 혹시 실수한 거 있나. 술을 너무 마셨던가, 아니면 말실수를 한 게 있나. 혹시 어떤 고얀 놈이 찝쩍댄 건가. 그렇지. 이거 같다. 내가 잘못을 했을 리가 없잖아. 누군지만 조용히 듣고 그게 누구든 간에 당장 척추를 접어버려야지. 일단 후버를 불러서…….

"담배 말이야."

"응?"

"끊으면 안 돼?"

"끊으면 나 죽어. 이거도 없으면 진짜 죽어버린다고."

나는 있는 힘껏 고개를 짤랑짤랑 흔들었지만, 내 손을 붙든 도로시의 악력이 점점 거세지고 있었다. 놔, 놔주십쇼.

"담배 몸에 해롭다며."

"응? 누가 그래. 아직 제대로 된 연구 결과도 없고, 건강에 좋다는 의사들도 많잖아."

"애들보고 담배 피우지 말라고 한 사람 어디 갔어?"

"성장기 애들이랑 쉰 넘은 영감이랑 같… 나."

도로시의 눈빛이 점점 험악해진다.

"나 과부 만들 거야 정말?"

"어허. 말을 뭐 그렇게 해. 죽고 싶어서 피우나. 일하다 보면 다 담배가 필요할 때가 있으니까 그렇지."

"그럼 나도 피워도 뭐라 안 하겠네?"

"그건 안 돼."

"왜?"

"몸에 안 좋, 아니, 음, 담배 냄새 싫으니까… 왜 우리 집 여자들은 잠시도 내 등짝을 가만히 내버려두질 않아?!"

"맞을 짓을 하니까 그러지."

인정한다. 어느새 내 논리가 자가당착이 되고 있었다. 그치만 나로서는 약간 억울하다. 저어기 프랑스의 껑다리랑 아이크는 하루에 네 갑씩 피워댔는데 나는 겨우 세 갑 반밖에 안 피운다고. 어마어마한 격차 아닌가.

물론 프랑스제 에펠탑—맨은 지독한 새끼다. 어떻게 하루 네 갑 피우던 인간 굴뚝 주제에 하루아침에 금연을 할 수 있단 말인가. 금연만큼 지독한 짓이 없는데 그걸 해버렸다. 그러니까 인간미가 없지. 에잉.

아무튼 전 세계의 온갖 독재자와 정치인을 상대로 단련된 이 유진 킴이 협상에서 순순히 패배를 인정할 순 없다.

"내가 은퇴하면 끊을게."

"죽을 때까지 일하고 싶잖아?"

"무슨 소리야. 내 목표는 조기 은퇴야. 장관직도 아이크 그 못된 놈 때문에 억지로 떠안은 거라고."

"그래. 그래. 알았어. 그러면 올해까지만 일하고 사직하면 되겠네?"

음… 어… 그만둔다? 지금 이 민감한 시국에?

"그래도 해 온 일이 있는데, 나도 좀 천천히 정리를 하고 나서 그만둬야지."

"거봐. 평생 일만 하다 죽겠네."

한창 실랑이를 한 끝에, 나는 결국 흡연량을 좀 줄이겠다는 약속을 해야만 했다.

그래. 오래 살긴 살아야지.

* * *

시간은 계속 흘렀다.

내가 이 망할 집무실에서 멍하니 당근 스틱을 씹는 동안에도 세상은 제멋대로 굴러갔다. 패튼이 결국 당선되어 상원의원이 되었음에도 불구하고 외계인이 나타난다거나 달 뒤편의 나치 UFO가 침공하는 일도 없었다.

몇 년간 토탈 세 번의 금연 시도가 있었고, 당연히 전부 실패했다. 새벽마다 직접 내 담뱃갑에 당근을 썰어넣어주는 도로시에겐 미안하지만 죽을 것 같다. 진짜로. 이래서 금연을 하기 싫었다. 아편 중독자들이 금단증상에 시달리는 수준은 아니지만, 괜시리 까칠해지고 성격만 더러워지잖은가. 나 하나 담배 끊겠다고 아랫사람들은 대체 무슨 고생이란 말인가.

'킴 장관이 금연을 시도할 때마다 정권 하나가 무너지는 것 같은데, 기분 탓입니까?'

'절대 아닙니다. 우리 국무부의 목표는 세계 각국의 안정과 번영이지, 결코 혼란에 있지 않습니다.'

아무튼 이런 소리까지 듣는데 내가 어떻게 이 자리에 계속 앉아 있을 수 있겠나. 게다가 이 국무장관이란 자리의 난이도는 날로 높아지고 있었다.

"킴 장군! 참 오랜만에 뵙습니다. 그동안 내가 보고 싶지는 않던가요?"

"지금은 장관입니다."

"하하하. 그렇지. 이제 장관이시지. 이 다우닝가 10번지에서 킴 장군과 나란히 앉으니 꼭 히틀러와 싸우던 옛날로 돌아간 느낌이란 말이오. 그땐 참 좋았는데."

처칠이 돌아왔다. 이 심성 고약하기로 따지자면 세계 랭킹 5위 안에 들 만한 영감쟁이가 다시 총리가 됐다는 뜻은, 다시 말해 영국이 집안 정리보다는 다시 한번 제국주의의 깃발을 들고 싶다는 뜻이기도 하다.

세상 참 이상하기도 하지. 아직 죽기엔 이른가 싶은 사람들은 참 빨리 가버리고, 왜 아직 안 죽었나 싶은 놈들은 꿋꿋하게 살아남을 뿐만 아니라 불사조처럼 부활해버렸다.

"중동이 어지럽습니다. 알고 계시겠지요?"

"저희는 티베트가 더 급하다고 보고 있습니다만."

"티베트는 너무 오지에 있다 보니 우리 영국 입장에선 도와드리기가 다소 곤란하군요. 민족자결주의적 시각에서 보더라도 티베트인들은 스스로의 문제를 해결할 수 있어야 합니다."

이 망할 영감이. 니네가 낼름 처먹었던 땅이잖아. 인도를 지키기 위해 티베트를 확보했던 영국은, 이제 인도가 독립해 떨어져 나갔으니 티베트에도 관심이 사라져 있었다.

처칠의 말마따나 NATO와 PATO라는 두 방패로 서유럽과 동아시아를 틀어막은 지금, 공산권은 팽창을 위해 중동에 빨간 칠을 하려는 듯했다. 그리고 스탈린이 대놓고 경고했듯, 첫 타석을 끊은 티베트에서부터 파란이 일었다.

티베트는 그 특성상 미국 또한 직접 개입하는 게 사실상 불가능하다. 일단 중화민국이 티베트의 독립을 절대 인정 못 한다고 눈알을 까뒤집는 건 차치하고서라도, 히말라야 뒤편에 짱박힌 내륙국에 무슨 수로 지원을 한단 말인가?

처칠이 저리 뜨뜻미지근한 것도 까놓고 보면 장개석의 영향이 크다. 저 늙은 불독은 홍콩이라는 불알을 장개석에게 붙들린 상태라, 감히 중화민국의 심기를 거슬러 불알이 꽉 프레싱당하는 꼴은 피하고 싶은 셈이다.

차라리 모택동이 미쳐버려서 그 끔찍한 티베트 고원에 군대를 파병한다면 PATO의 이름으로 못된똥 징벌작전을 개시할 수도 있으련만, 택동이는 절대 혹부리우스 같은 빡대가리가 아니다. 아무리 참새 헌터라고 놀린다고 한들 그놈이 20세기 최고의 군략가이자 정략가 중 한 명이란 사실이 바뀌지도 않는다.

빨갱이들은 은밀하게 하층민들을 중심으로 공산주의 사상 전파와 더불어 내부 동조자를 구축하고자 했고, 얼마 지나지 않아 티베트에서는 내전의 기운이 물씬 풍기기 시작했다. 티베트의 적화를 방치할 수도 없지만, 반대로 가장 개입 명분이 충분한 중화민국군의 개입만큼은 티베트인들이 극구 거부하는 상황.

처칠과 나는 아쉬운 대로 인도라는 카드를 꺼냈다.

[인도, 티베트에 안전 보장 제공 의사 밝혀. 군사 고문단 파병도 열려 있어.]

[파키스탄, 티베트의 주권 보호를 위해 도움을 줄 수 있어…….]

그러자 뜬금없이 파키스탄에도 불이 붙었다. 남 잘되는 꼴은 못 보는 숙명의 라이벌리가 너무 무섭다. 그리고 이와 별개로 중동에서는 서서히 구질서가 무너지고 있었다. 곳곳에서 혁명과 쿠데타가 빈발하고 근대화를 내건 새로운 정권이 자리를 잡기 시작한 것이다.

"미국인들 여러분은 두 개의 조약기구를 통해 집단안보를 성사시켰지요. 우리 영국 또한 중동 일대에 새로운 조약기구를 만들어볼까 합니다. METO(Middle East Treaty Organization)라고 이름 붙이면 딱이겠는데."

"그게… 되겠습니까?"

"하! 아직 대영제국의 영향력은 건재합니다. 걱정 딱 붙들어 매시오."

당연한 말이지만 처칠은 그… 자기들이 얼마나 중동 사람들에게 증오받고 있는지 모르는 듯했다. 정확히 말하자면 알지만 '니들이 그래서 어쩔 건데.'에 가까우려나. 처칠 내각이 위풍당당하게 중동의 자기네 똘마니들에게 소집령을 내리고.

"이스라엘을 인정하라고?"

"그놈들이랑 한 편을 먹고 빨갱이에 맞서자니, 영국인들이 마침내 돌아버린 것 같습니다."

"이보시오. 우리들은 소련이 무섭지가 않아요. 당신네 제국주의자들이 훨씬 더 무섭지!"

"이집트인들이여! 떨쳐 일어나자! 무능한 국왕이 다시 한번 나라를 영국인들에게 팔아먹으려 한다! 유대인의 종놈이 될 것인지, 이 나라를 지킬 것인지. 우리는 지금 선택해야만 한다!"

얼마 지나지 않아 이집트에서 쿠데타가 터졌고, 왕정은 끝장났다.

경악한 처칠은 수에즈 운하에 군대를 파병해 만약에 대비하겠노라고 했고, 새로이 집권한 이집트 군사 정권은 정중하게 '수에즈에서 꺼지지 않으면 전쟁.'이라는 통첩을 날렸다. 당연한 말이지만 METO는 시작도 못 했다. 내가 믿을 새끼를 믿어야지.

"더 못해먹겠습니다."

1952년 11월. 아이크는 재선에 성공했고, 공화당은 의회를 평정했다. 이 좋은 기회를 곱게 놓칠 수 없었던 나는 얼른 백악관으로 달려가 정중하게 사직서를 내밀었었고.

"하하하하하."

그 망할 놈은 내가 보는 자리에서 너무나 맛있게 담배를 쪽쪽 피우더니, 담뱃불로 내가 낸 사직서를 지져버렸다.

"킴 장관님."

"예."

"4년만 더 하시죠."

"그러고도 사람이십니까?"

"나만큼 훌륭한 상사가 어디 있다고 그러나. 누구처럼 히스테리도 안 부리는데."

"온 세상이 나를 괴롭히는데 지금 장난하냐. 대통령 각하, 유진 킴이 월권을 행사하고 부하들을 괴롭힌다는 소리가 자자한데 스스로의 권위를 지키셔야지요?"

"그건 내가 알아서 할 일이고. 4년 뒤엔 정말 풀어준다니까?"

밉다. 세상이 밉다.

아이크 행정부 시즌2에서도 풀려나지 못했고, 처칠이 싸지르는 똥을 내가 뒤에서 닦아줘야 했다. 여전히 금연은 실패하고 있었다. 궁지에 몰린 나는 혹시나 하는 마음에 빠게트 껀다리에게 안부를 묻는 편지를 보내면서 겸사겸사 도대체 무슨 수로 금연을 했냐고 물어봤는데, 돌아온 대답은 참으로 가관이었다.

'그거 하나 못 끊어서 빌빌댐? 남자 새끼가 쯧쯧'

개새끼. 진짜 개새끼. 역시 프랑스인은 상종할 놈들이 못 된다. 암만 좋게 좋게 돌려 말한다 한들 저걸 내가 못 알아들을 정도로 맛탱이가 가지는 않았다고.

[나는 언론의 입을 빌려 프랑스 전 국민에게 내가 금연을 한다고 선언했습니다. 이제 내 위신을 지키기 위해서라도 다시 담배를 입에 대지 못하게 되었으니, 킴 장관 또한 이 방법을 써보는 게 어떠할지?]

하지만 드골은 틀렸다. 나란 놈은 몰래 피울 궁리를 하면 했지 절대 저런 고지식한 짓을 할 사람이 아니란 말이다. 자존심과 가오를 위해 목숨을 거침없이 던져대는 빠게트들이나 저런 게 먹히지.

캐피탈리즘의 망령인 내 머릿속엔 '유진 킴 대원수도 담배는 끊었지만 카멜은 끊을 수 없었습니다. 건강에 좋은 담배는 오직 카멜뿐.' 같은 광고 캐치프레이즈가 둥실둥실 떠다니고 있다. 어마어마한 수익이 될 텐데. 요즘 내 주머니가 홀쭉해지고 있는데 한탕 크게 땡기면… 안 되지. 그런 짓을 해버렸다간 도로시가 부엌칼로 당근 대신 날 썰어버릴 거다. 말년에 집에서 쫓겨나면 이게 무슨 꼴이냐.

라틴아메리카 곳곳에서는 혁명의 기운이 넘실거렸다. 이스라엘이라는 큼지막한 뇌관이 꽂혀 있고 영국과 프랑스라는 기름을 끼얹은 중동은 도저히 이길 가망이 없었다. 중동이 새빨개지는 건 이미 기정사실이었다. 서유럽은 평온했지만, 아시아의 장개석 정권은 대대적인 민주화 시위에 시달리고 있었다. 그가 진짜 '천안문'하지 않는 이상 장개석 정권의 앞날은 매우 어두컴컴해 보였다.

주한 미국 대사관에서는 내년에 예정된 대한민국 대통령 선거에서 여운형의 당선 가능성이 매우 높다고 비밀 문건을 보내왔고, CIA는 '친위 쿠데타를 일으켜 이승만을 3선 시키는 게 어떨까요?'라는 보고서를 제출했다가 내 앞에서 대가리를 박았다.

내 능력 부족인가. 아니면 그냥 미국이 세상만사를 다 컨트롤하려는 행위 자체가 병신 뻘짓에 불과한 건가. 그렇게 끝없는 고통을 당하던 1953년 1월의 어느 날.

"이 새벽에 뭐야. 제길."

나는 비적비적 침대에서 일어나 쉴 새 없이 따르릉대는 전화통을 붙들었다.

"예. 전화 받았습니다."

— 장관님. 죄송합니다. 긴급한 일이 발생했습니다.

"말씀하십쇼."

— 스탈린이 죽었습니다.

"당장 가겠습니다."

정신이 번쩍 들었다. 잠이라도 깰 겸 대강 얼굴에 냉수만 좀 문지른 나는 옷을 갈아입었고. 아주 잠깐 고민한 끝에, 당근스틱 대신 담뱃갑을 들었다.

미안해 여보. 내가 잘못한 게 아니라 전부 스탈린 탓이야.

회자정리 3

70세 생일을 맞이한 이후, 스탈린의 철권은 훨씬 더 매서워졌다.

소련은 물론 공산주의 세계의 모두가 그의 손에서 인형처럼 놀아나야만 했다. 그는 위대한 사상가이자, 지도자이자, 정략가이자, 살아 있는 신이었으니.

레닌그라드 지역당이 다른 곳에 비해 도드라지는 기미가 보이자, 스탈린은 인정사정없이 대숙청을 벌여 지역당과 그곳의 인재들을 사실상 끝장내버렸다.

'레닌그라드는 나치 독일을 상대로 영웅적인 투쟁을 선보였으나, 그곳 지역당의 반동분자들은 자신들의 선전(善戰)을 스탈린 동지의 지도력 대신 자신들이 잘났기 때문이라고 선동하였다.'

항변할 말은 많았지만, 아무도 듣지 않았다. 레닌그라드는 피로 물들었다.

한편. 도청기 사건 이후, 베리야는 자신이 혐의를 받는 불미스러운 일을 피하기 위해 맹견처럼 날뛰며 몰로토프를 물어뜯었다.

"서기장 동지. 몰로토프가 유대인과 결탁했다는 사실을 모르는 이는 없습니다. 그리고 유대 제국주의자들은 예브게니 킴과 은밀하게 손을 잡고 우리의 체제를 타도하길 열망하고 있습니다. 대체 누가 우리의 가장 내밀한 비밀을 빼돌려 그 사악한 아시안에게 밀고했겠습니까? 오직 몰로토프뿐입니다."

"베리야 동무. 그대의 업무 특성상 날카로워질 수밖에 없다는 점은 내 잘 알고 있네만, 너무 그렇게 함께 일하는 동무들을 비난하진 마시구려."

웃기는 일이었다. 한때 소련의 외교 정책을 떡 만지듯 주물러대던 몰로토프가 왜 저렇게 나약해졌는가? 스탈린의 호의가 점차 사라지고 있다는 사실을 모두가 깨달았기 때문이다. 베리야가 어떤 인물인가. 눈치 하나로 소련의 정점까지 올라온 인물 아닌가.

그는 눈치껏 스탈린의 뜻이 여기 있다고 보고 움직였고, 스탈린은 자신의 관대함과 자비로움을 과시하면서 몰로토프의 권력을 서서히 실추시켰다. 유대인들 또한 전통적인 타깃이었지만, 온고지신이라 했던가. 이스라엘의 건국은 유대인을 탄압할 새로운 명분이 되었다.

'계급 투쟁 외의 모든 것은 자본가들이 자신들의 체제를 유지하기 위해 만든 허상에 불과하다. 따라서 소련은 민족이라는 거짓 개념을 타파하고 프롤레타리아의 나라를 이룩해야만 했다. 하지만 유대인들은 여전히 자신들의 민족성을 버리지 않았다. 그들은 노동자와 농민의 일원으로 자본주의 타파를 위해 투쟁하기보다는, 자신들의 진정한 조국 이스라엘을 위해 헌신하기를 원한다……'

이스라엘은 스탈린의 70살 기념 생일에 대표단을 파견하지 않았다. 이스라엘의 수뇌부는 좌파적이었지만 소련의 노선을 따르는 공산주의자까지는 아니었고, 대표단마저 보냈다간 정말 레드 팀으로 확정되리라는 두려움 또한 있었기 때문이다. 그리고 스탈린은 여기에 매우 큰 의미를 부여했다.

"받아먹을 건 다 받아먹었으니 이제 우릴 버릴 작정이군. 저치들은."

"저들에게 처절한 응징을 가해야 합니다!"

"유대인들을 모조리 쓸어버립시다!"

만약 중동에 소련이 바늘 하나 꽂을 틈이 없었다면 이렇게 강경한 모습을 보이진 못했으리라. 하지만 중동 곳곳에서는 기존 체제를 무너뜨리고자 하는 반체제적 움직임이 포착되고 있었고, 소련은 이들 혁명가들이 영국과 프랑스를 적대하는 이상 결국엔 자신들과 손을 잡게 되리라고 판단했다.

"이집트, 이라크, 시리아, 레바논, 이란… 제국주의 침략자들에게 맞서는 모든 민족은 우리의 도움을 구할 수 있을 것이오."

그리고 그들을 포섭하려면 당연히 이스라엘을 버려야 한다. 아랍과 이스라엘은 절대 한 바구니에 들어갈 수 없는 원수지간이니. 냉정한 계산의 결과, 러시아의 옛 전통인 포그롬—반유대주의 봉기가 부활했다.

민중들은 차르의 시대가 돌아온 것처럼 폭도로 돌변해 그들의 이웃이었던 유대인들을 두들겨 패고 약탈하고 불을 질렀으며, 그 고초에서 살아남은 무수한 소련 내 유대인들이 스탈린 동지의 손짓 한 번에 간첩 혐의로 처형당하거나 혹은 굴라그로 끌려갔다. 하지만 여기서 끝내면 스탈린이 아니다.

"체코인들은 우리 소련의 지원을 얻어 제국주의의 멍에에서 벗어났음에도 불구하고 유대인들과 야합해 자신들 손에 있던 나치 파쇼 도당들의 무기를 팔아치웠다. 이는 명백한 이적행위 아닌가?"

체코는 날벼락을 맞았다. 애초에 그 남는 무기를 이스라엘에 대주라고 명령한 게 스탈린 아닌가?

'체코슬로바키아는 예전부터 산업이 잘 발달되어 있고 쉽사리 우리에게 종속되려 하지 않고 있다. 이번 기회에 무릎을 분질러 놔야겠어.'

체코에서도 한바탕 피바람이 몰아쳤고, 무수한 사람들이 서방의 간첩이라는 혐의를 받고 처형당했다. 티토의 유고슬라비아를 조지지 못하는 것을 보고 혹시나 하며 고개를 들락말락 하던 동유럽 인사들은 이 무자비한 철권 앞에 다시 대가리를 박고 말았다.

물론 스탈린도 불사신은 아니었다. 지병인 심장병은 점점 심해져 갔고, 피부병은 온몸을 뒤덮었다. 새하얗게 물든 머리카락에 생기라고는 한 점도 없었고 체력은 고갈되었다. 그 탓인지 해가 갈수록 그는 크렘린보다는 따뜻한 흑해 별장에서 시간을 보냈고, 새로운 사람들을 만나는 것도 거부했다.

그러나 그는 끝없이 정치를 해나갔다. 그에게 있어서 정치란 아랫사람을 숨도 못 쉬게 견제하고 서로 부딪치게 만드는 것이었고, 이는 호흡처럼 자연스러운 일이었다. 몰로토프는 팔다리가 잘려나갔다. 주코프는 실권 없는 명예직으로 좌천당했다.

베리야의 필사적인 재롱에도 불구하고, 스탈린은 다음 타깃이 베리야라는 암시를 깔기 시작했다. 베리야 또한 몰로토프가 당했듯 한 꺼풀 한 꺼풀 그 권세가 무너져내렸다. 그리고 이즈음, 몽골의 공산 독재자였던 처이발상이 죽었다.

"베리야. 혹시 자네가 죽였나?"

"절대 아닙니다, 동지! 저는 동지의 명 없이 그 어떠한 일도 하지 않습니다!"

처이발상은 골수 공산주의자였고, 2차대전과 국공 내전 때도 스탈린을 위해 충실하게 싸워 왔다. 하지만 몽골 민족주의자이기도 했던 그는 스탈린이 중국이 점유한 몽골 땅을 돌려주지 않는 데 실망했고, 심지어 은밀하게 몽골을 소련의 일부로 흡수하려 한다고 믿고 완전히 격분했다.

그런 그가 암 진단을 받고, 항암 치료를 위해 모스크바로 왔다가 며칠 만에 죽어버렸다. 온 세상이 '스탈린이 베리야를 시켜 처이발상을 죽였다.'라고 떠들어대고 있었다. 희생양이 필요했다. 그리고 때마침 스탈린의 눈에 새 제물이 눈에 띄었다.

"서기장 동지. 동지의 건강이 심히 우려스럽습니다. 이대로 계속 정무에 열중하시다가는 오래 버티지 못하실 겁니다."

"지금 나보고 물러나라는 소리요?"

"저는 의학적인 소견을 말씀드렸을 뿐입니다. 동지의 업무는 너무나 방대하고 이런 생활 패턴을 유지하면 건강한 성인 남성도 오래 버티기 힘듭니다."

그의 건강을 위해 조언했던 스탈린의 주치의는 얼마 지나지 않아 숙청당했고, '흰 가운 입은 간첩단'에 대한 소식이 전 공산권을 강타했다. 세상에, 합법적으로 주사와 칼질을 하는 의사들이 알고 보니 간첩이었다니! 그리고 이것이 스탈린이 휘두른 마지막 칼질이었다.

"피곤하군. 좀 쉬어야겠으니 방해하지 말게."

이 말을 남기고 침실로 들어간 그는 그날 밤 뇌출혈로 쓰러졌다. 수천 명의 군인과 경호원이 그를 지켰지만, 감히 스탈린 동지의 침실에 멋대로 들어갈 용기 있는 이는 아무도 없었다.

그는 만 하루 동안 방치되었고, 경호원들은 스탈린에게 전해야 할 소포를 받은 뒤에야 그 핑계로 침실에 들어갈 수 있었다. 이들이 침실에서 목격한 것은 바로 방바닥에 개구리처럼 뻗은 채 온몸을 달달 떨고 오줌을 질질 흘리는, 말 한마디조차 꺼내지 못하고 꺽꺽대는 게 전부인 스탈린이었다.

유감스럽게도 응급조치를 할 지식이 있는 의사들은 전부 그의 손에 죽거나 굴라그로 배송된 뒤였다. 경호원들은 끽해야 흘러내린 오줌을 닦고 그를 소파에 뉜 채 담요나 덮어주는 것이 할 수 있는 전부였다. 강철의 대원수 이오시프 스탈린은 그렇게 인간으로서의 존엄함조차 지키지 못한 채 벌레처럼 죽음을 맞이했다.

마지막까지 피와 눈물, 죽음을 흩뿌리던 독재자의 말로였다.

* * *

1953년의 2월이 다가오기 직전, 나는 모스크바에 다시 한번 발을 디디게 되었다. 저번엔 칠순 잔치 손님으로 왔는데 이번엔 장례식 조문객이라니. 역시 죽음 앞엔 장사 없구나.

이놈의 빨갱이들은 항상 신기한 게, 유물론과 무신론을 자웅일대검처럼 휘두르는 주제에 어째 정작 하는 짓은 고대 이집트로 회귀하는 것 같다. 레닌의 시체를 미라로 만들고 영묘에 전시하는 게 대체 투탕카멘 피라미드랑 뭐가 차이가 있지? 정말 레닌재림 만마앙복이라도 외치려고 이러나? 명계의 문을 열고 부활의식을 치르고 싶으면 차라리 카드게임을 하란 말이다.

아무튼 스탈린이 지었던 레닌 영묘는 이제 레닌—스탈린 영묘가 될 예정이란다. 그의 시신 또한 예쁘게 방부처리되어 별들이 제자리에 돌아오고 르뤼에가 떠오를 때쯤 좀비로 부활할 듯하다.

"아이고, 아이고!!"

"스탈린 동지, 저희를 두고 떠나시면 어떡합니까!"

"어흐흐흑!!"

스탈린의 장례는 꼭 말로만 들었던 혹부리우스의 장례식을 보는 듯했다. 수많은 사람들이 누구의 강요도 아니고 진심으로 통곡하며 자신들의 앞날을 불안해했고, 스탈린의 장례 기간 내내 모스크바는 애도와 눈물의 물결로 철렁거렸다.

저건 절대 빨갱이들이 총을 들이밀고 애도하라고 해서 나오는 게 아니다. 오히려 공산당은 괜히 인명 피해가 나는 참극을 막기 위해 용쓰는 기색이 역력했다. 진짜 이러다가 압사자라도 나올 거 같다.

"생각해보니 조금 이상하군요."

"어떤 점이 말씀이십니까?"

몇 년 만에 다시 왔지만, 모스크바 주재 미국 대사는 아직도 저번에 봤던 볼렌 대사였다. 능력이 너무 출중한 것도 문제야. 아주 뽕을 뽑아먹으려 하잖은가. 그런데 왜 갑자기… 눈동자에 습기가 촉촉해지지……?

"장관님의 입국을 순순히 허가하는 것 말입니다."

"저요?"

"저라면 입국 자체를 불허할 것 같은데 말이죠. 지금처럼 살얼음판 같은 정국에서 장관님 같은 예측불허의 패는 아예 안 받는 게 최선책이지 않겠습니까?"

"확실히 말씀대로군요."

대사의 말이 맞다. 사실 소박한 개인적 소망으로는 그냥 입국 불허 떴으면 좋았겠다 싶다. 나는 오랜만에 야매심리학을 꺼내야 했다. 나 같은 낙하산이 수십 년간 짬밥 먹은 전문가와 이야기하려면 뭐 어쩌겠나.

"일단은 당연히 제가 안면이 있는 사람이니 막는 것도 우습겠죠. 스탈린 살아 있을 적엔 아예 먼저 초청했었는데, 죽자마자 아랫것들은 막아버린다?"

"하하하. 위신이 상하긴 하겠군요."

말하다 보니까 이건 이거대로 재밌겠네. 장담컨대 전 세계 사람들 다 불러다 모아 놓고 '소련 공산당은 개쫄보라네~' 메들리를 지어 불러줄 용의가 있다. 하지만 소련은 근본적으로 통제가 빡빡한 일당독재 국가. 머리에 뿔 달린 자본주의 마구니들의 헛소리 따위는 눈 감고 귀 막으면 그만이다. 이게 고작 전부는 아니겠지.

"제 생각엔, 이번 기회에 저랑 좀 이야기를 하고 싶은 분이 있나 보군요."

"…베리야."

대사 또한 지난번 있었던 일은 알고 있다. 이 복마전 같은 모스크바에서 활동하는 사람은 당연히 이런 걸 알아야 활동하지. 그리고 우리 둘 다 어떤 페도필리아 새디스트 아첨꾼 음모론자를 떠올릴 수밖에 없었다. 아니나 다를까.

"반갑습니다, 예브게니 킴 동무."

"이렇게 저를 불러내시다니, 조금 당혹스러운데요."

"그래도 대단하시군요. 새벽에 불러냈는데 잠깐의 망설임도 없이 따라 나오시다니."

한밤중에 갑자기 나타난 차량 한 대. 어딘지도 모를 곳으로 향한 이 차를 타고 달리니, 베리야가 기다리고 있었다. 그런데 이 자식은 사람 고문하던 버릇을 못 털어버렸나, 어디서 은근히 위협을 하려고 지랄이지.

"저 담글 겁니까?"

"아니오."

"그러면 됐군요."

"…그게 끝입니까?"

"반대로 말하지요. 아까 차를 얻어타고 왔는데, 살아 있는 유진 킴 대신 머리통에 구멍이 난 채 뇌수를 흘리고 있는 제 시체가 있으면… 그거 뒷감당 가능하십니까?"

내가 스탈린도 아니고 네깟 놈 공갈에 눈 하나라도 깜짝할 것 같냐?

"소련은 오직 평화를 바라며, 킴 동무의 신변은 철저히 보장받을 겁니다."

"그거 다행이군요."

"이제 새로운 협상을 해야 할 것 같아 제가 이 자리에 모시게 되었습니다."

"이 축축한 벙커 안 말이지요."

베리야는 잠시 말을 잃고 머뭇거리다 곧장 화제를 돌렸다.

"저는 이 나라의 권력을 손에 쥐었습니다. 이제 이 라브렌티 베리야의 시대가 온 셈이지요."

"축하드립니다."

"별말씀. 그리고 저는 그 누구보다 냉전의 종식과 평화를 갈망하고 있습니다. 더 이상 공포와 억압으로 우리를 옭아매던 스탈린은 없으니까요! 바로 내가! 인민들을 평화와 번영의 길로 인도하겠습니다!"

그때보다 더욱 노골적이시구만.

"그런 의미에서, 완전한 평화를 위해 독일을 통일시키는 방안은 어떻습니까?"

"성사만 된다면, 베리야 동지는 한 시대의 거인으로서 영원히 칭송받을
수 있겠군요."

"제가 못 할 것 같습니까."

응. 암만 봐도 너는 제 명에 못 죽을 것 같아. 그동안 인간백정 놀이 실컷
해 놓고 무슨 권력을 쥐시겠다고?

나는 속에서 맴도는 폭언을 꾹꾹 참으며 담뱃갑을 꺼냈다. 그리고 그 안
에는 당근 스틱이 수줍게 고개를 빼꼼 내밀고 있었다. 돌겠네 진짜.

회자정리 4

이럴 리가 없는데. 하나 잘못 챙겨 왔나? 너무 급하게 짐을 꾸리다 섞여 들어 왔나.

나는 잠시 손만 꼼지락거리며 머뭇대다, 결국 당근 스틱을 꺼내 들었다. 하지만 내 찝찝한 마음과 별개로 베리야는 이 당근 스틱이 무슨 지옥 유황불 저 밑바닥의 악마가 준 물건이라도 되는 것마냥 기함하는 듯했다.

"담배 없으십니까?"

"아. 괜찮습니다."

"제가 하나 드리지요."

"괜찮습니다."

"혼자 피우면 그게 무슨 재미겠습니까? 자, 어서 하나 받으시지요."

뭐냐고 이 반응. 물론 도청과 감시와 사찰과 스토킹을 밥 먹듯이 저지르는 비밀경찰의 수장 베리야가 내가 금연 때려치운 지 오래라는 걸 모를 리가 없다. 당장 여기 오기 전에도 몇 갑을 피워댔는데.

아. 그래선가. 몇 시간 전까지만 해도 뻑뻑 피우던 놈이 갑자기 당근 스틱 꼬나물려고 하니 뭔가 좋지 않은 시그널로 보였던 건가.

"감사합니다."

"별말씀을요. 앞으로 소련과 미국 또한 이렇게 서로 부족한 부분을 채워 나가면 참 좋을 텐데요."

말은 청산유수가 따로 없다. 혀를 쇼트닝으로 튀기고 왔나. 음. 니코틴이 들어가니 괜한 짜증이 가라앉고 심신이 평안해진다. 이게 중독이지.

흔히들 담배를 피우면 스트레스가 풀린다고 하는데 진실은 그 반대다. 약쟁이들이 약을 안 빨면 순간적인 상황 변화를 받아들이지 못하고 난폭해지듯이, 흡연자들도 혈중 니코틴 농도가 떨어지기 시작하면 스트레스를 받기 시작하다가 담배를 다시 피우면 얌전해지는 것이다.

이걸 알면서 왜 피우냐고? 이 세상이 날 중독자로 만들었다. 나는 전혀 죄가 없다. 결백하다. 남자라면 당연히 호쾌하게 술 담배를 빨아야 한다는 이 미친 마초이즘의 세상이 잘못된 거지 내 탓이 아니다.

베리야가 요구하는 건 아주 간단했다.

'내가 소련을 개혁해서 훨씬 민주적인 국가로 만들 생각인데 당신네들 입장에서 봐도 이건 좋은 일이잖아? 그러니까 당분간 얌전히 있어주실래요?'

그리고 나는 금방 결론을 내렸다.

"이런 말 하기엔 참으로 그렇지만⋯ 죽은 스탈린은 비록 파쇼들을 막기 위해서라지만 너무 철권통치를 휘둘렀어요."

"전적으로 동감합니다."

"소련이 훨씬 더 믿을 만한 대화 상대가 된다면 이는 자유와 정의를 사랑하는 미국으로서 당연히 행복한 일이겠지요. 앞으로 하시는 일 모두 잘되길 기원하겠습니다."

"하하하. 물론이지요. 앞으로 지켜봐주시면 감사하겠습니다."

뻥이다. 애초에 나는 베리야를 제대로 된 협상 상대로 인식조차 하고 있지 않았다.

조만간 뒈질 놈인데 뭘.

* * *

장례식은 참으로 오묘했다. 원 역사의 북조선도 그랬지만, 모름지기 수령 동지가 죽고 나면 그 장례식의 장례위원들이야말로 권력 서열 순위를 보여주는 바로미터 기능을 했다. 그리고 이들 장례위원 중 진심으로 슬픔의 눈물을 보이는 이는 한 명밖에 없는 듯했다.

"어떻게, 어떻게 이럴 수가. 대체……."

"진정하시지요."

"진정하고 있습니다. 스탈린 동지는 우리의 상관이기도 했지만 내 친구이기도 했습니다. 오랜 세월을 함께한 친구가 떠났는데 어찌 슬프지 않겠습니까?"

다만 그 한 명이 몰로토프라는 사실이 참으로 의외였다.

"몰로토프 동지."

"예, 킴 장군."

"우리끼리니까 솔직하게 이야기합시다. 저는 사실 조금 당혹스러워서 말입니다. 스탈린은 동지를 핍박하지 않았습니까?"

"…그렇지요. 저는 그의 자비를 구걸해야 했고, 그의 비위를 맞춰줘야 했습니다. 그건 분명 사실입니다."

그는 태연스레 고개를 끄덕였다.

"하지만 그건 최근 몇 년간, 그가 약해지고 상처 입은 뒤의 일입니다. 그가 사라진 지금… 잠깐 그를 위해 울어주지 않을 이유가 되진 않는군요."

몰로토프에 대한 숙청은 착실하게 진행되어 최근 몇 년간 거의 모든 공직에서 하나둘 배제당했었고, 이제는 굴라그행만 남아 있던 상태였다. 스탈린이 덜컥 죽지 않았더라면 몰로토프는 분명 처형장과 굴라그 중 어디 한 곳으로 확실히 끌려갔으리라.

나로서는 이해할 수 없다. 러시아인들은 원래 이런 건가, 아니면 같은 인간백정으로서 동질감이라도 느끼고 있나, 혹은 독재자에게 수십 년 동안 고통받다가 마침내 스톡홀름 증후군에라도 걸린 건가.

아무튼 스탈린은 죽었고, 몰로토프는 다시 장례위원으로 착석했다. 생사가 이렇게 역전되다니. 우리 입장에선 그래도 말이 통하던 사람이 그대로 남아 있는 셈이니 나쁠 건 없다. 몰로토프가 돌아온 걸 보면 곧장 알겠지만, 돌아온 사람은 그 하나뿐만이 아니었다.

"예브게니 킴. 왔구려."

"건강해 보이시니 다행입니다."

주코프가 돌아왔다. 그는 저 멀리 보이는 베리야를 찢어 죽일 듯 한 번 대차게 노려보고는, 다시 얼굴에 힘을 풀고 내게로 시선을 돌렸다.

"경치 좋고 물 맑은 곳에 한 몇 년 지내다 보니 도로 회춘하더군. 그러는 킴 장군은 어째 한참 만에 다시 봤는데도 딱히 늙어 가는 모습이 보이지 않는구려."

"하하. 무슨 소립니까. 얼굴에 주름 늘어난 게 보이지도 않으십니까?"

"지금 본인 나이를 좀 떠올리시오. 고작 주름 따위로 그런 말을 하다니. 웃기지도 않는군."

아니, 따지고 보면 나 군에서는 손 뗐으니까 당신이랑 얽힐 일도 없잖아. 그럼에도 불구하고 주코프는 그 뒤에도 몇 번씩이나 자꾸 은퇴를 들먹거렸다. 착한 유진 킴은 남이 해달라고 하면 또 절대 그러기 싫은 에베법 근성의 미국인인데. 자꾸 이러면 내가 국무부 의자 가죽이 마르고 닳도록 비비고 싶어진단 말이야.

"언제까지 일할 작정이오?"

"이제 슬슬 퇴직하고 싶은데, 나라에서 풀어주질 않으니 큰일입니다."

"제발 좀 은퇴해줬으면 하고 내가 성당이라도 찾아가야겠소?"

"부디 기도 좀 팍팍 올려주십쇼. 아무래도 저 하나로는 하나님께서 기도 에너지가 부족하다 여기시는 모양입니다."

"그야 그렇겠지. 귀하가 은퇴하지 않고 오래오래 일하길 바라면서 기도 하는 이들이 온 세상에 깔려 있을 텐데. 미국인들도 다들 멍청하진 않군. 하긴. 오래오래 붙들고 아껴서 써야지."

내가 주방에 놔둔 버터냐? 아껴서 쓰게?

대충 그렇게 서로 입으로 뻐꾸기를 날려대며 하하호호 웃는 사이 대충 주변을 스캔해 보았는데, 딱 봐도 주코프의 세력이 어마어마해 보였다. 눈 치라거나, 적개심이라거나 등등. 가만 생각해 보노라면 뭔가 좀 앞뒤가 맞 지 않는다.

"주코프 동지."

"뭐요? 혹시 보드카가 더 필요하다면……."

"제가 국무부장관을 그만두면 은퇴를 하겠습니까, 아니면 군문으로 돌 아가겠습니까?"

"그야 미국인들이 정할 일 아니오. 나와는 크게 관계없지."

"정말 그렇습니까? 관계가 아주 많을 것 같은데."

그는 대답을 할까 말까 망설이는 듯하더니 결국 말을 꺼냈다.

"우리 붉은 군대는 어디까지나 침략자로부터 조국을 지키기 위해 존재 하오. 그러니 귀하께서 어머니 러시아를 침략하기 위해 진격해 오지 않는 이상은 별로 두렵지 않소. 설령 그게 당신이라 한들, 우리는 결코 침략자에 게 굴하지 않으니."

"에이. 왜 그러십니까. 그런 걸 묻는 게 아닌 걸 다 아시면서."

"…장례 일이 바빠 나는 잠깐 일어나 보겠소."

주코프는 자리를 피했고, 통역을 위해 따라 나왔던 대사가 눈살을 찌푸 렸다.

"장관님. 굳이 주코프를 불편하게 만드신 이유가 있습니까?"

"돌아가는 게 조금 제 생각과 다른데요."

"어떤 점에서 말씀이십니까."

우리는 인적이 드문 곳으로 잠시 자리를 옮긴 뒤 최대한 바짝 코트를 끌어올리고 속삭이듯 말했다.

"대사님. 스탈린 사후 소련을 장악할 만한 인사가 누구라고 보이십니까?"

"저희도 모든 외교적, 첩보적 자산을 총동원해 이를 파악하기 위해 노력하고 있습니다. 하지만 이 빨갱이들은 그걸 캐치하기 참 어려운 구조인지라……."

"그냥 지금까지의 결론만 말씀해주시죠."

"주코프 아니겠습니까."

"…다른 인물이 아니라요?"

"물론 주코프 본인은 쉬이 움직일 수 없습니다. 우리의 문민통제와는 다소 다르지만, 저들 또한 군부의 정치 개입을 달가워하지는 않으니까요. 그렇지만 그와 별개로 2차대전을 승리로 이끌었던 스탈린이 사라진 이상, 이제 그 공훈은 군부의 차지 아니겠습니까."

나는 담뱃갑을 열었다가 다시 얌전히 차례를 기다리고 있는 당근 스틱을 보고 눈이 멀어버렸다. 대사의 담배를 빌려 한 대를 입에 물고 나니 슬슬 상황이 눈에 들어온다.

대놓고 밀어달라던 베리야. 복귀해서 흑흑 울던 몰로토프. 거기에 주코프까지.

"나 때문인 것 같은데."

근거 없는 자신감이 아니다. 충분한 근거를 가진 자신감이다. 고민이 더 늘어나는구만.

* * *

공산주의의 심장 모스크바.

당연한 말이지만, 공산당의 최고위직쯤 되면 은밀히 만날 거처 하나둘 마련하는 건 일도 아니다. 하물며 비밀경찰의 수장인 베리야가 끼어 있다면 그 절대적 보안은 굳이 두말하지 않아도 확실. 스탈린의 시신이 아직 식지도 않았음에도, 이들은 차후 권력의 향방을 놓고 선택을 해야만 했다.

"돌아가신 스탈린 동지께서는 생전 군부의 힘을 빼야겠다고 몇 번이고 준비를 했었지만 결국 실행에 옮기지 못했습니다. 어째서인가."

"미국인들."

"그렇습니다. 지난 대숙청은 분명 간첩을 솎아내고 기강을 다지는 효과가 있었지만, 비열한 히틀러의 침략에서 더 많은 희생이 일어나는 안타까운 부작용 또한 있었습니다. 과연 군부에 손을 댔을 때 미국인들이 가만히 있었을 것인가? 우리는 모를 일입니다."

베리야는 주먹을 휘두르며 열변을 토했고, 누구 하나 따로 입을 떼는 이가 없었다. 그리고 베리야는 그들에게 계속해서 선택을 종용했다.

"군인들이 권력을 쥐게 된다면 우리는 더 무능하고 더 폭력적인 두 번째 스탈린을 섬겨야 할 겁니다. 평화가 찾아온다면 자신들이 실업자가 된다는 사실을 모를 만큼 저들은 무지하지 않습니다. 개혁을 통해 모두가 꿈꾸는 공산주의 낙원을 만들 것이냐, 아니면 끝없는 군비경쟁의 늪에 끌려 들어가 파멸하느냐! 지금 우리의 눈앞엔 두 가지 갈림길이 있습니다!"

제정 러시아 시절부터 오늘날에 이르기까지, 이 땅에 사는 사람들은 외세의 침략에 대한 거대한 트라우마가 있었다. 나폴레옹, 히틀러뿐만이 아니라 적백내전으로 대변되는 자본주의 세계의 침략까지.

예브게니 킴으로 상징되는 서구 제국주의의 폭력이 눈앞에 있는 지금, 체제를 수호해 세계 공산화의 사명을 지켜야 한다는 강박관념에서 자유로

올 수 있는 이는 아무도 없었다.

"베리야 동무. 만약에 군부를 잘못 건드렸다가 자본주의자들이 우리를 공격하려 한다면… 그때는 누가 책임을 질 거요?"

"이제 세상은 핵무기의 시대입니다. 미국인들도 쉽사리 전쟁을 결단하진 못할 겁니다. 그들은 전쟁을 일으키려면 온 세상 곳곳에 버섯구름이 피어오를 각오를 해야 하지만, 우리 내부의 보나파르티스트들은 얼마든지 우리의 혁명을 무로 돌릴 수 있습니다."

베리야의 뱀 같은 혀가 계속해서 그들의 불안감을 부추겼다.

"그리고 군부는 벌써부터 우리의 통제를 거부하려고 합니다. 우리는 이번 장례식 때 사고를 우려해 모스크바로의 과도한 인파 유입을 차단하려 했지만, 저 군바리들은 제멋대로 열차를 통과시키고 모스크바로 수십만 명이 쏟아지게 만들었습니다."

결국 대규모 압사 사고가 일어나고야 말았고, 주코프는 이 막중한 장례식에 똑바로 통제를 하지 않아 대규모 재해를 일으킨 베리야를 슬며시 규탄했다. 베리야가 느끼기에 이는 선전포고나 마찬가지였다.

"나 또한 스탈린의 노예였소. 나는 결코 누구 하나 죽이고 싶지 않았지만, 이를 거부했다간 스탈린은 나를 전임자처럼 처참하게 죽였겠지. 내 본의는 평화, 그리고 협력에 있습니다. 몰로토프 동무. 부인을 되찾으시니 참으로 기쁘지 않습니까?"

"…베리야 동무의 배려에 몸 둘 바를 모르겠구려."

베리야가 스탈린의 사망을 확인한 후 가장 먼저 한 일은 굴라그로 끌려갔던 몰로토프 부인을 석방하는 것이었다.

"나는 가장 먼저 굴라그를 폐쇄하고, 단순 잡범과 억울하게 끌려간 인사들을 모두 석방할 계획입니다."

"……!"

"뒷감당, 가능하겠소?"

"이제 스탈린의 시대가 끝났습니다. 언제까지 죽은 그를 두려워할 작정입니까!"

자리에 모인 인사들은 저마다 고민 끝에, 하나의 결론에 다다르고 있었다. 어디 한번 해보라지. 베리야와 주코프가 목숨 걸고 서로 싸우게 내버려두고, 이긴 쪽에 붙으면 될 일 아닌가. 솔직히 말하자면, 둘 다 죽어나자빠지는 게 소비에트연방을 위해 최고였다.

마침내 라브렌티 베리야의 시대가 다가오고 있었다.

회자정리 5

솔직히 소련의 역사에 대해서 자세히는 모른다. 아니. 정정하겠다. 내가 아는 역사가 애초에 별로 없다. 나 때는 말이다, 한국사도 근현대사도 전부 문과만 치는 선택과목이었다고!

하지만 불행 중 다행히도, 학교에서는 배운 적이 없어도 냉전이라는 특수성 덕택에 대한민국 육군 간부는 정훈교육이라는 걸 좀 받아야 했다. 그리고 나 같은 경우엔 모시는 상관이 《국방일보》 좀 읽으라고 하도 구박을 해서 거기 나온 몇 가지 에피소드도 좀 기억이 난다.

아무튼, 원 역사에서 스탈린이 죽은 뒤에는 대머리 흐루쇼프가 새 두목이 된다. 이 사람은 쿠바 미사일 위기도 일으키고, 스탈린 격하 운동도 하고, 소련 농업을 멸망시키는 혁혁한 공로도 세운다. 옆집 참새 헌터도 그렇고 빨갱이 두목의 역할 중엔 농촌 멸망도 포함된 게 아닐까.

이 대머리라는 건 그냥 대단히 중요한 요소인데, 소련의 두목은 풍성헤어와 대머리가 번갈아 가면서 집권한다고 한다. 마지막 차르 니콜라이는 풍성했던 탓에 대머리 레닌에게 죽었고, 레닌을 이어받은 건 다시 풍성헤어인 스탈린이다. 그리고 이 우주의 법칙은 소련이 망하고 나서도 계속되었다고 한다. 놀랍지 않은가?

이 섭리에 따르면 이마가 반들반들하게 1.4 후퇴를 한 베리야 또한 소련의 정권에 도전할 자격이 있다. 하지만 주코프는 이마가 비행장처럼 널찍하긴 하지만 대머리를 칭하기엔 아직 숱이 제법 많은 관계로 꽤 애매하다 할 수 있지. 그리고 흐루쇼프는 저번 파티에서 본 바와 같이… 베리야보다도 숱이 적다. 역시 서기장이 된 데엔 다 이유가 있어.

하지만 지금 이 시점에서 원 역사대로 흐루쇼프의 집권이 일어날지는 전혀 미지수다. 당장 베리야가 저렇게 설치고 있지 않은가. 난 전혀 모르는 이야기라고. 지금은 비밀경찰이라는 권능의 칼날을 붕붕 휘둘러대는 베리야, 그리고 대조국 전쟁의 승리를 견인한 군부의 수장 주코프가 대립하고 있는 상황.

그리고 조금 머리가 지끈거리지만… 소련의 이 치열한 권력투쟁에는 나 또한 한몫하고 있다. 원 역사보다 미국의 위세가 훨씬 강해졌다. 소련을 절벽 끄트머리까지 몰아붙이던 나치를 미합중국이 압도해버리며 베를린에 성조기를 꽂았고, 태평양 전쟁 또한 원 역사에 비해 스무스하게 끝났다. 게다가 나같이 반짝반짝한 전장의 아이돌까지 있잖은가. 소련의 경계심이 훨씬 더 커져도 이상하지 않다.

그리고 저놈들 입장에서 외세, 미합중국이 위협적이면 위협적일수록 군부는 더욱 큰소리를 칠 수 있다. 까놓고 말하자면, 주코프는 내가 은퇴하기를 원하지 않는다. 오히려 최대한 내가 오래오래 해먹었으면 하는 입장이겠지.

여기서 한 발 더 나가 내가 국무부장관 그만두고 다시 합참의장이든 뭐든 군사 관련 직책에 앉는다면 그날로 주코프는 행복의 나라로 떠나버릴지도 모른다.

'미 제국주의자들이 우리를 군사적으로 압박하려는 의도를 명백히 드러냈다!'

'이런데도 군부의 힘을 빼려고? 이 나라를 지키는 게 누구?'

이제 앞뒤가 맞다. 이러니까 베리야가 평화 좋아요를 외치고 있지. 주코프 입장에선 '제발 우리한테 압력 좀 더 넣어줘.' 같은 소릴 했다간 그냥 매국노 역적으로 처형대로 특급 송달당하는 엔딩이니 차마 그렇게는 말 못하고 은퇴 어쩌고 같은 요상한 말만 떠들어댔으리라.

당연한 말이지만 나는 평화가 좋다. 마침 스탈린 사망이라는 거대한 이벤트가 있으니 소련 또한 화해 무드로 변모하기에 딱 좋은 구도. 여기서는 다 함께 비둘기도 날리고 올림픽도 나가면서 화기애애한 모습을 연출하면 참 좋겠지만… 그 평화주의자가 베리야. 안 될 거야, 아마. 나는 망할 게 뻔한 회사 주식 사는 취미는 없거든.

가장 베스트는 미래 치트를 알뜰살뜰 활용해 흐루쇼프와 접촉해 보는 것이겠지만, 오히려 내가 여기서 대뜸 그 대머리와 접점을 가지면 소련 내 다른 경쟁자들의 어그로를 끌지도 모른다. 본인이 먼저 접촉하고자 하는 게 아니라면 나는 가만 있는 편이 낫겠지.

결론은 뭐다? 현상유지. 내가 적극적으로 해빙 분위기를 잡아봤자 베리야가 끝장나면 나만 병신이 된다. 지금은 때가 아니구만. 내가 모스크바를 떠나는 날까지 흐루쇼프는 접촉해 오지 않았고. 세상은 요동치기 시작했다.

* * *

전 세계 공산주의의 영도자였던 스탈린이 죽었다.

소련의 그 누구도 절대적 지위의 상징이던 명함, '서기장'을 칭하지는 못했고 여러 인사들이 제각기 분할된 직함을 받아 들게 되었다. 새로운 소련의 국가원수는 말렌코프(Georgy Maximilianovich Malenkov)라는 사람이었지만, 대사관에서 보내주는 첩보에 의하면 말렌코프는 바지사장, 아니면 끽해야 공동대표 비슷한 존재였고 실권은 베리야가 잡은 듯했다. 그리고 베리야가 주도하는 소련은 날이면 날마다 충격적 속보를 쏟아냈다.

"미국인들은 중국에 인류 최초의 원자폭탄을 투하한 데 이어, 이제는 수소폭탄이라 불리는 끔찍한 대량살상무기를 개발하고 말았습니다. 우리 소련 또한 스스로를 지키기 위해 핵무기를 개발하였으나 우리는 결코 이 끔찍한 무기를 사용하고 싶지 않습니다. 따라서 우리는 전 세계 노동자와 농민을 위해 미합중국에 공개적으로 제안하는 바입니다. 소련과 미국 두 나라가 핵무기의 사용과 배치를 금해 인류의 평화를 위해 노력해야 합니다. 그대들에게 침략의 야욕이 없음을 증명해 공존과 공영의 길로 갈 수 있음을 세계만방에 보여줍시다."

핵무기 금지 조약 제안.

"스탈린은 잔혹하게도 굴라그라 불리는 수용소를 운영하고 무고한 이들을 시베리아로 보내 강제노동에 종사하게 했습니다. 감옥과 굴라그를 합쳐 신변이 구속된 채 고통받고 있는 이들은 약 300만 명에 달하며, 이들 중 상당수는 무죄거나 증거가 불충분함에도 유죄 판결을 받았습니다. 현 시간부로 굴라그에서의 강제 노동은 폐지될 것이며, 교도 행정은 정당한 법률에 의해 처리될 것입니다."

굴라그 폐지.

공개리에 선언한 정책이 이 정도였으니, 비밀주의의 본산 크렘린에서 알음알음 새어나오는 진짜 소식들은 당연히 상상을 초월하는 수준이었다.

"지금 뭐라고 하셨습니까?"

"크렘린이 유고슬라비아와의 관계 복원을 위해 움직이고 있습니다."

이건 조금 곤란한데. 매서운 한 수다. 티토가 우리 손을 붙잡고 있는 건 어디까지나 소련에게서 버림받았기 때문. 그리고 티토가 소련 패거리에서 강퇴당한 이유는 스탈린의 졸개 노릇을 하지 않았기 때문이다. 이제 소련이 스탈린의 유산을 부정하려 한다면, 구태여 티토를 왕따시킬 이유도 없어진다. 합리적이지만 우리에겐 딱히 대응책이 없다.

"유고에 특사를 보내야겠는데……."

"보낸다고 해서 티토를 우리 편으로 잡아둘 수 있을까요?"

"어렵지요."

몇 시간 뒤, 나는 백악관의 호출을 받았다.

"유진, 앉게."

"예, 대통령 각하."

아이크는 애써 이름을 부르며 편안한 분위기를 만들려 했지만, 상황이 딱히 편하지는 않았다.

"중립에 가까웠던 유고가 다시 레드 팀의 반열에 합류한다면 많이 곤란해지지 않나?"

"소련이 공포 정치를 포기하고 합리적인 노선으로 돌아간다면……."

"이런 말 하긴 뭣하지만, 지금 외교 이야기를 하는 게 아냐."

커피가 나오면서 대화가 끊겼다. 오늘따라 컵에 동동 떠 있는 얼음이 참 거슬린다.

"유고슬라비아 포섭은 우리 행정부의 업적이었어. 유진 킴 국무장관의 빛나는 금자탑이었다고."

"그렇지요."

"그런데 결과적으로 보자면, 유고는 우리에게서 막대한 자금과 무기를 수혈받고 소련에게로 돌아가는 꼴이 되네. 야당은 무슨 일이 있어도 이 기회를 놓치지 않을 거야."

'빨갱이에게 퍼다 준 멍청이들' 타이틀을 붙이려고 용을 쓰겠지. 안 봐도 뻔하다. 나는 잠시 말을 고르다가, 그냥 대놓고 말하기로 했다. 언제 내가 그런 거 했다고.

"어차피 티토와의 야합은 일시적이었던 거잖습니까. 소련 내부의 정치 상황에 따라 유고는 언제 또다시 레드 팀에서 이탈할지 모릅니다. 우리가 티토를 살려놨기 때문이지요. 유고 역시 이걸 모를 리가 없으니, 보험으로 우리와의 끈을 놓치지는 않을 겁니다."

"알고 있네. 하지만 정치적 뒷감당은?"

"솔직하게 말해야지요. 우리가 티토에게 달러를 대주지 않았으면 스탈린이 탱크로 유고인들을 뭉갰을 거라고."

"설득이 될 것 같지는 않은데."

아이크와 나는 담배만 줄창 피우며 잠시 침묵했다.

"진."

"예."

"재미없으니 몸에서 힘 빼. 네가 겉만 뻣뻣한 척한다고 해서 진짜로 존경심이 우러나오는 놈도 아니고. 명령을 해야 몸에서 힘 풀 텐가?"

"…그러지."

나는 피식 웃음을 터뜨리곤 자리에서 일어나 아이크의 등 뒤로 향했다.

"내가 힘을 풀랬지 이리로 오라고 한 적은 없는데?"

"아이고. 어깨에 힘이 딱딱하게 들어가셨네. 밤에 뭘 하길래 이리 근육이 뭉치셨나."

"이, 이 자식이. 내가 너보다 몇 끼를 더 먹었는지나 알아?"

"늙었다고 자랑하고 있네. 그냥 간단한 걸 왜 그리 복잡하게 생각해. 장관 교체하고 해빙 무드로 나가면 끝이잖아?"

"이 자식은 기회만 좀 엿보이면 자꾸 퇴직을 하겠다고 육갑을 떠네."

곧장 내 손을 뿌리친 아이크가 냉정하게 말했다. 아니, 여기선 이게 합리적 초이스라니까요? 답답하게 왜 그러시나. 내가 그렇게 욕 먹을 짓을 했어?

"분명하게 지금 이 자리에서 못박아 놓지. 유고 건이 머리 아프긴 하지만 여태껏 잘 일하던 사람을 갈아치울 수준으로 큰 문제는 아니야. 그러니 퇴직하겠다는 얼토당토않은 소리는 집어치워."

"좋게 좋게 해도 되는 말을 참 얄밉게 하십니다?"

"네가 문제야, 네가! 네가 그만둔다고 민주당이 아가릴 다물 것 같아? 이젠 비선실세로 전직했다고 좋알좋알댈 게 뻔한데 사퇴는 무슨 놈의 사퇴야!"

억울하다. 선거 운동 좀 도와줬다고 비선이네 흑막이네 이게 말이 되는 이야긴가 말이다. 이런 프레임 뒤집어씌우기 정치를 멈추고 정견과 정론으로 승부하는 의회가 되어야 하지 않을까? 지금이라도 민주당은 음해를 멈추고 누구보다 선동, 날조와 거리가 먼 나를 본받도록 하자.

"그래서, 행정부의 의견은?"

"장관으로서 네가 나한테 의견을 제출하는 게 순서가 맞지 않을까?"

"일단 누누이 강조하지만, 베리야는 인망이 전혀 없어. 저 변태새끼 인간백정이 왜 갑자기 착한 척을 하겠어. 입바른 말이라도 안 하면 언제라도 모가지가 날아갈 것 같으니 남들 듣기 좋은 말이나 주워섬기는 거 아니겠냐고."

"그러면 우리가 그의 집권을 슬쩍 도와주면 어떨까."

"본인의 권력이 확고해지면 더 이상 가식의 가면을 쓸 필요도 없어지지 않을까. 그러면 그놈도 도로 스탈린식 통치로 회귀할지도 모르지. 스탈린이나 베리야나, 그 나물에 그 밥 같거든."

"너는 전혀 베리야를 믿지 못하는군."

"당연하지. 차라리 히틀러를 믿고 만다."

믿을 구석이라곤 하나도 없는 불량채권 아닌가. 차라리 믿을 만한 다른 놈이 평화와 공존 노선을 들고 나왔으면 주저 없이 거기에 호응했을 텐데. 후. 미치겠군.

"사실 하나… 기대? 같은 걸 하고 있는 게 있긴 있는데."

"그래. 네 녀석이 이렇게 얌전할 리가 없지. 뭔가 또 비열하고 추악한 음모를 꾸미고 있어야 내가 아는 유진이지!"

이 자식이 보자 보자 하니까 사람을 진짜 뭐로 여기는 거야. 대통령이니까 참는다. 후. 스탈린이 죽은 줄 알았는데 아이크 뒤편에 있었어. 썩 아이크의 몸에서 빠져나와라, 이 오줌싸개야!

"베리야는 스탈린의 철권통치를 부정하고 대대적인 자유를 약속했잖나?"

"그렇지."

"게다가 티토조차 품에 안겠다고 선언했고."

"그렇네만."

"그럼 다른 나라들 입장에서 보자고. 끝까지 으르렁댄 티토는 자주적 권리를 그대로 보유한 상태로 다시 소련과 손잡을 수 있는데, 우리는 왜 소련의 사슬에 묶인 채 고통받아야 하나?"

우리의 시선은 누가 먼저라 할 것도 없이 유럽 지도로 향했다.

에스토니아, 라트비아, 리투아니아의 발트 3국. 동독, 폴란드, 체코, 헝가리, 오스트리아 등 중부 유럽. 루마니아, 불가리아, 알바니아가 있는 발칸반도.

"…소련의 영향권에서 나라 한두 개쯤 뜯어내자고?"

"아차 하면 3차대전이야. 냉전이란 단어에 빗금 치고 열전이 시작되겠지. 역사에 길이 이름이 남겠어."

아이크는 잠시 고민하더니, 신경질적으로 꽁초를 재떨이에 비벼 불을 껐다.

"무슨 일이 있어도 전쟁은 안 돼."

"당연하지."

"하지만 말일세… 그걸 두려워해서 우리가 약소 민족의 도움 요청을 뿌리치는 모양새가 되어도 끝장이야."

아이크는 마치 전쟁터로 돌아온 듯 다시 날카로운 기세를 내뿜었다.

"모든 경우의 수를 열어 놓고 한번 검토해 보자고."

"앞으로 꼬박꼬박 자기 전에 기도 좀 해야겠네."

"종교 섞어서 기도하지 말고 제발 똑바로 좀 해."

"예에."

살아 있는 불곰을 묶어 놓지도, 마취하지도 않은 채 빨대를 꽂아 웅담 채취하기. 난이도가 너무 높잖아 이건.

7장
동유럽 위기

동유럽 위기 1

1953년.

"지금 우리끼리 싸울 필요 있습니까? 일단 저 역겨운 베리야부터 죽여야 하지 않을까요?"

"솔직히 저 새끼를 좋아할 놈이 누가 있겠습니까."

"남이 흘린 피 받아먹고 살던 새끼가 이제 와서 평화의 사도 행세하는 꼬락서니가 참 역겹긴 한데."

베리야에 대한 성토가 줄을 잇던 찰나, 한 사람이 담뱃재를 딱 털며 말했다.

"베리야를 치우면 주코프는 누가 막습니까?"

"……."

베리야에게는 참으로 천운이었다. 소련이라는 거대한 나라를 다스리는 이들 권력자들 중 그 누구도 베리야를 좋아하는 이가 없었고, 그를 죽여버려야 할 이유는 차고 넘쳤다.

비밀경찰이라는 이빨로 무수한 이들을 깨물어 죽인 맹견. 그런데 스탈린이라는 주인이 사라졌다. 인격적인 부분을 떠나, 통제 불능이라는 사실

하나만으로도 그는 죽어야 마땅했다. 군부의 권세가 막강하지만 않았더라도 그는 사지가 찢어져 죽었겠지만, 지금은 그가 필요하다. 일단 베리야를 적당히 견제하되 목숨줄은 붙여주기로 합의한 뒤, 소련 정치인들은 가장 먼저 스탈린이 남긴 유산을 싹 쓸어버리기로 했다.

'개인 숭배는 마르크스─레닌주의에 어긋난다.'

'토론을 통한 의견 교환과 수렴은 보장되어야 한다.'

'공산당 내부에서 비판의 자유가 보장되어야 한다.'

소련의 최하층 막노동꾼에서부터 공산당 권력자에 이르기까지, 스탈린 치하 수십 년간 진짜 자유를 누릴 수 있었던 이는 오직 스탈린 단 한 명뿐. 이제 제발 사람처럼 살고 싶다는 절규와 염원은 모두가 동일했고, 소련인들은 스탈린 없는 삶에 서서히, 하지만 급속도로 적응해나갔다.

모스크바에서 발원한 거대한 폭풍은 이제 전 공산권을 넘어서 전 세계를 휩쓸고 있었고, 이 탈─스탈린주의라는 거대한 바람은 엉뚱한 피해자를 양산하며 세계 정세를 근본적으로 뒤틀기 시작했다.

"스탈린 동지께서 잘못되었다고? 지금 크렘린 놈들은 전부 반동인가?"

"강력한 지도자가 당을 견인하는 걸 개인 숭배라고 비난하다니, 이건 명백히 비상식적인 태도다!"

"스탈린 동지께서 죽자마자 그분의 은덕을 기리긴커녕 배신을 해? 네놈들이 사람이냐!"

스탈린이 몸소 꼼꼼하게 관리하던 소련의 동맹 국가들. 가장 먼저 발작 스위치가 들어간 건 당연히 가장 덩치 큰 모택동이었다.

'스탈린 동지의 몸이 식기도 전에 크렘린은 서방 제국주의와의 평화와 공존 같은 이야기를 떠들고 있다. 바로 몇 년 전 그들이 이 중국 땅에서 저지른 짓거리를 보라. 자신들의 이익을 위해 원자폭탄마저 서슴지 않고 투하하던 사악한 이들이 그대로 권좌에 앉아 있는데 어째서 소련은 구질구질한 굴종의 길로 걸어 들어가는가?'

'지금도 미제는 장강 이남의 중화 인민들의 삶을 생지옥으로 만들고 그 고혈을 착취해 부귀영화를 누리고 있다. 소련은 정녕 세계 공산주의 혁명에 앞장서려는 의지가 있는가?'

모택동의 입장에서 미—소 해빙 무드라는 건 결코 받아들일 수 없었다. 이래서야 중화 통일의 대업은 물 건너가는 것 아닌가.

"지금이야말로 남진의 기회입니다. 장개석 정권은 무한에 핵을 쏘면서 스스로의 정통성을 걷어찼습니다. 소련이 조금만 도와준다면 당장 중화 민국을 참칭하는 역도 무리들을 모조리 동중국해에 처박을 수 있단 말입니다!"

"이보시오, 주은래 동무. 그게 3차대전을 뜻한다는 사실은 잘 알고 있겠지요?"

"우리로서는 모택동 동지의 노선에 대해 의구심이 듭니다. 중화인민공화국 또한 우리와 발맞추어 개인 숭배보다는 조금 더 인민의 삶의 질 향상에 관심을 기울이는 게 어떨까 싶소만."

"그렇다면 최소한 우리가 경제적으로 뒤떨어지지 않도록 더 많은 지원을 해주십시오."

중공의 핵심 인사인 주은래가 직접 찾아와 몇 번이고 간곡히 설득했음에도 불구하고, 크렘린의 권력자들은 모두 똑같은 생각을 하고 있었다.

'중국은 지금이 딱 좋다.'

'남중국이 없었다면 저놈들은 진작에 우리 통제를 벗어나 제 꼴리는 대로 놀았을 게 뻔하구만.'

이미 세계 공산주의의 맹주라는 자부심과 지도력은 티토라는 이레귤러로 인해 흠집이 나버렸다. 중공마저 이탈한다면 과연 어떤 일이 일어날지 그들은 생각하고 싶지도 않았다. 그리고 크렘린을 향해 이런 날카로운 독설을 퍼붓고 있는 인물들은 모택동이 끝이 아니었다.

스탈린 워너비들. 동유럽에 나라 하나씩 거머쥐고 그곳에서 미니 스탈린이 되려고 열심히 나라를 굴리던 인물들. 우습게도 소련은 당장 자신들의 위성국가부터 단속해야 했다.

* * *

집단지도체제는 그 특성상 반응이 다소 둔해질 수밖에 없다. 머리가 두 개인 초갈도 당장 행동이 자연스럽지 못한데, 하물며 머리가 아홉 개쯤 있는 히드라면 어디 똑바로 걷기라도 하겠나? 소련의 행동이 어쩐지 지지부진해 보이는 게 기분 탓은 아니리라.

솔직히 말하면… 무섭다. 그냥 역사를 건드리지 않고 똑같이 가고 싶다. 가만히 내버려두면 적어도 핵전쟁 아포칼립스물로 갑자기 배경이 바뀔 일은 없잖은가.

그런데 이것도 참 우스운 이야기인 게, 이미 역사가 뒤틀린 게 한둘이 아니다. 아이크는 4년 일찍 당선되었고, 맥아더도 백악관 맛을 봤고, 히틀러는 훨씬 일찍 지옥으로 돌아갔다.

이미 바뀐 게 너무 많은데 이제 와서 내가 원 역사를 돌려 달라고 징징대면 예수 그리스도께서도 니가 사람이냐 독사 새끼냐 하며 몸소 채찍으로 내 등짝에 바를 정 자를 새겨주실 것만 같다. 따흐흑.

지금 소련이 약해 보이는 틈을 타 배를 째고 응답을 뜯는다. 말은 좋지만, 결과적으로 이거 근시안적인 짓 아닐까. 소련의 피해망상은 더 심해질 테고, 냉전은 격화되리라. 아차 하면 핵전쟁이지만 그게 아니더라도 세계적 긴장 수위는 당연히 높아진다. 하지만 아이크의 말도 틀리지 않았다.

우리가 도덕과 자유를 핵심 아젠다로 내세운 이상, '소련이 탱크로 시민들을 깔아뭉개도 너희 미국은 못 본 척하는 거야?'라는 비난을 받았다간 진짜 주옥된다. 어느 쪽이든 고통받는 딜레마인 셈.

가장 좋은 건 소련이 완벽하게 국내는 물론 동유럽 위성국가들까지 통제해 우리가 찌를 구석을 안 주는 거지만, 그게 가능했던 유일한 인간이 스탈린 아닌가? 두 번째 스탈린이 그렇게 척척 등장할 것 같진 않다.

따라서 우리는 빌미를 주지 않기 위해 소련의 움직임에 대해 최대한 원론적인 반응만 할 뿐, 선제적으로 움직이지는 않으려 노력했다.

"핵무기는 비인도적인 병기이며, 우리 문명을 직접적으로 위협하는 재앙의 씨앗입니다. 미합중국은 항구적인 평화를 위해 모든 노력을 기울이고 있으며, 소련의 이번 제안에 대해서도 대단히 긍정적으로 받아들이고 있습니다."

"국무부 대변인께 질문하겠습니다. 그렇다면 소련과 핵무기 감축 협상에 들어간단 말씀이십니까?"

"원론적인 의미에서는 그렇습니다. 미합중국은 언제나 대화의 문을 열어 놓고 있습니다."

나는 내가 직접 얼굴 내밀고 떠드는 걸 좋아하는 편이지만, 원래 좋은 이야기는 직접 하고 나쁜 이야기는 남에게 떠맡기는 게 세상 편히 사는 지름길이다. 뭣보다 맨날 내가 나서면 우리 대변인이 월급 받기 미안해질 것 아닌가. 절대 노는 꼴을 못 봐서 이러는 게 아니다.

"소련은 평화에 대한 의지가 있다고 밝혔으나, 지금도 세계 곳곳에서는 공산주의자들이 폭력으로 평화를 파괴하려는 움직임을 보이고 있습니다. 세계 공산주의의 총본산이자 지도자를 자처하는 소비에트연방은 핵무기 감축과 같은 지엽적인 문제를 논하기 이전에, 진정으로 평화에 대해 논하고자 하는 의지를 보여야만 합니다."

'니네 그냥 핵무기 격차 쪼들려서 감축 어쩌고 하는 거잖아? 까놓고 말하자. 니들이 핵전력 더 탄탄했으면 핵무기 줄이잔 소리 안 했을 거 아냐.'

"민주주의는 그 누구도 부정할 수 없는 인간의 가장 중요한 가치입니다. 하지만 공산주의자들은 이를 부정하고 끊임없이 인간의 자유의지를 짓밟으려 합니다. 진정으로 그들이 공존과 공영을 원한다면, 먼저 억압받는 시민들을 고통에서 해방시켜 줘야 할 것입니다."

'아쉬운 소리 해야 할 처지면 그… 뭔가 수수료를 좀 지불해야 사이좋게 지낼 수 있겠지? 친구비 같은 거?'

당연히 친구비는 선불이다. 원래 친구끼리는 돈을 주고받아야 우정이 샘솟는 거라고. 당연한 말이지만, 친구비를 원화도 아니고 달러도 아니고 짐바브웨 달러 같은 거로 주면 우정 대신 주먹이 날아간다. 소련이 그렇게 우리와의 마법 같은 프렌드쉽을 갈구한다면 당연히 우리한테 필요한 걸 좀 내줘야 하지 않겠나.

민주주의는 그런 점에서 무적의 방패다. 아무튼 민주화하라고 요구하는 것만큼 완벽한 명분이 또 어디 있겠나. 소련을 향해 낚싯바늘 하나를 던진 뒤, 나는 유고슬라비아의 이탈을 막기 위해 움직였다.

"장관님."

"예."

"유고 측에서 장관님과의 직접 회동은 다소 어려울 것 같다고 합니다."

"허허허허."

이 양아치 새끼들 본성 나오는 것 좀 보라지. 스탈린의 죽빵은 무서웠던 놈들이 이제 쥐어터질 일은 없을 듯하니 곧장 '그래도 우리는 빨갱이고 너네는 퍼렁인데 계속 만나기엔 좀……' 하면서 선을 긋네? 문제는 아쉬운 건 우리란 점이다.

"얼마면 돼."

"네?"

"그렇게 전하세요. 얼마면 되냐고. 우리는 돈 많잖아. 친구비 좀 쥐여주자고."

저 유명한 레전드 신파극, 무려 한국을 빛낸 100명의 위인들 노래에도 수록된 '이수일과 심순애'의 스토리를 아는가? 사채업자 김중배가 심순애를 꼬실 수 있었던 건 반짝이는 다이아 반지 덕택이었다. 티토가 이래도 끝끝내 내 말을 들어주지 않는다면 다이아로 뚝배기를 찍어주면 되지. 이래서 다이아가 좋다. 유사시 흉기로 쓸 수 있거든.

"돈 문제가 아니라 사상의 문제이기 때문에 어쩔 수 없다고 하는데……."

"동유럽 맹주 자리에 관심 없냐고 던져봐요."

"비밀 회담을 준비해 놓겠다고 합니다. 스케줄 잡겠습니다."

거 봐라. 애들 말랑이 거래나 국제외교나 거기서 거기라니까.

* * *

베를린. 냉전의 최전방. 실시간으로 체제 경쟁이 벌어지는 현장. 그리고 이즈음 동독 사람들은 현실을 직시하고 있었다.

'이 나라는 답이 없다.'

동독의 발터 울브리히트(Walter Ernst Paul Ulbricht)는 골수 스탈린주의자였다. 그는 골수 스탈린주의자였으며, 스탈린식의 정책이 옳다고 믿고 있었으며, 스스로도 스탈린식 통치를 실행에 옮기고 있었다.

그를 숭배하는 내용의 영화를 포함해 무수한 종류의 프로파간다가 이 '위대한 공산주의 독일 영웅'을 포장하기 위해 진행되었으며, 당장 올해 6월엔 60세 생일 기념 행사를 성대하게 치러 개인 숭배의 끝장을 볼 계획이었다.

나라가 멀쩡히 굴러가는 상태에서 개인 숭배놀음을 한다면 또 모르지만, 동독의 상황은 파탄 일보 직전. 울브리히트 정권은 스탈린이 했던 거의 모든 정책을 그대로 모방했다.

무자비한 반대파 탄압과 숙청, 처형. 교회 세력 말살. 강력한 중공업화, 군수 공업 위주의 산업 재편. 집단농장 강제화. 민간 산업 국유화.

빨갱이들의 집단농장에 대한 집착은 만국 공통인 것인지, 제법 넓은 농경지를 갖고 있던 동독은 순식간에 기근과 기아에 시달리게 되었다. 생산성은 바닥을 찍었고 도시민들은 하루가 다르게 치솟는 빵값에 배를 굶주리는 신세로 전락했다.

그런데도 불구하고 '체제 경쟁'을 위한 당의 야근과 특근 요구는 가면 갈수록 늘어만 가고 있었다. 이런 상황이면 으레 대규모 불만이 폭발할 만도 하지만, 놀랍게도 여태까지 동독 정권은 대대적인 반정부 시위에 부딪히지는 않았다. 그도 그럴 것이, 동독 사람들은 목숨 걸고 데모를 하는 대신 서독으로 탈출한다는 쉽고 빠른 선택지가 있었기 때문이다.

"크렘린은 인민들을 배신했소."

울브리히트는 굳건하게 선언했다.

"우리에겐 서독 인민들을 제국주의의 압제에서 해방해야 할 막중한 책임이 있고, 이를 위해 전 인민은 하나로 단결해야만 하오. 모두가 고난의 행군을 이어나가도 모자랄 판에 유화 정책이라니?!"

"……."

"독일민주공화국의 전 노동자와 농민들은 조국 수호와 사회주의 강국 건설을 위해 추가적인 자발적 노동에 종사해야 합니다. 지금 이 시점에서 약해져선 안 됩니다. 그랬다간 나태와 퇴폐, 자본주의적 적폐가 우리의 틈새로 파고들 겁니다!"

6월 30일에 예정되어 있는 그의 기념일. 이날 그는 전 세계에 동독의 위엄을 과시하고 과거 스탈린과 같은 절대적 영도자의 지위에 오를 결심을 굳혔다. 그리고 이를 위해서는…….

"서독으로 탈출하는 이들을 결코 용서하지 마시오."

"알겠습니다."

"특히 서베를린! 서베를린으로의 탈출은 즉각 사살해도 좋소."

아직 차마 그 유명한 '베를린 장벽'을 건설하라는 명령을 내리지는 못했다. 울브리히트와 공산당 지도자들은 결코 멍청하지 않았고, 장벽의 건설 자체가 체제 경쟁에서 패배했다는 인정과 마찬가지라는 사실을 그들은 너무나 잘 알고 있었다.

다만 그들이 몰랐던 것은.

"일하다 죽겠다, 이 개자식들아!!"

"추가 노동 철폐하라!!"

"자유 선거 보장하라!!"

"사민당을 복권하라!!"

모름지기 사람은 내가 고통받는 것 자체로는 화를 내지 않는다. 그러나 소련조차 개혁을 하고 있는데 어째서 우리는 이토록 고통받아야 하는가? 나보다 더 심한 꼴이라고 생각했던 소련인들이 자유를 얻었는데 우리는 왜?

동독 전역이 시위의 물결로 불타오르기 시작한 것은 그야말로 순식간의 일이었다.

동유럽 위기 2

"우리는 빵을 원한다!"

"우리는 기계가 아니다!!"

하나의 현상을 해석하는 방법엔 여러 가지가 있다. 그리고 대개 사람들은 자신에게 가장 유리한 방향으로 해석하기 마련.

"전부 죽여야 합니다!"

"내 예상이 맞았소. 제국주의자들이 우리 공화국을 무너뜨리기 위해 음모를 꾸미고 있었소!"

"이 위기를 극복해야만 정권을 유지할 수 있습니다. 음모가들의 도전은 모두 분쇄되어야만 합니다!"

올브리히트 정권은 자신들의 생존을 위해 이 대대적 시위를 '반동분자들의 정권 전복 시도'로 규정했다.

"하지만 동지. 저들은 단순히 배가 고파서 그런 게 아닐지……."

"그렇지 않소. 명백한 증거가 나왔다, 이 말이외다."

"증거라니요, 대관절 어떤 증거가 있길래……."

"그렇소. 시위대 중 일부가 옛 나치당의 노래를 불러대고, 히틀러가 살아 있으며 돌아올 것이라 떠들어대고, 골목 으슥한 곳마다 하켄크로이츠를 그려대고 있소.”

“……”

물론 나치 추종자들이야 당연히 혐오스럽기 그지없는 놈들이지만, 그놈들이 슬그머니 대가리를 내미는 것이 이번 시위의 성격마저 결정 지을 정도인가? 울브리히트의 대답은 YES였다. 그리고 그가 YES라고 했으면 이제 YES인 것.

“지금 당장 소련군에게 연락하시오. 나치 잔당들이 궐기했으니 어서 책무를 다하라고!”

“알겠습니다.”

이미 곳곳에서 일어나는 시위를 유심히 지켜보고 있던 소련군 또한 동독 정부의 요청이 접수됨과 동시에 곧장 행동을 개시했다. 동독은 다른 동유럽 위성 국가와 달리 패전국의 명에를 쓰고 있고, 여전히 점령군의 자격으로 소련의 붉은 군대가 주둔하고 있다.

이는 곧 언제든 소련군이 동독 인사들의 머리채를 휘어잡고 시베리아 굴라그로 데려갈지도 모른다는 뜻이기도 하지만, 반대로 말하자면 인간백정 외국군이 어떠한 부담 없이 ‘외국인’에게 총을 겨눌 수도 있다는 뜻. 하물며 그게 원수 같은 독일 놈들이라면 말할 것도 없다.

“나치가 부활했다! 선량한 독일 노동자와 농민들을 포섭한 이들은 다시 한번 세계대전을 일으키고 우리의 조국을 불태우고자 한다! 전 장병들은 즉시 실탄을 장전하고 교전을 준비하도록. 반복한다……”

“미친 새끼들. 또 전쟁이 하고 싶어?”

“하여간 독일 놈들은 전쟁에 환장했다니까.”

동베를린 전역이 시위로 몸살을 앓은 뒤 바로 다음 날.

이제 시위는 서서히 단순한 노동자 대우 개선을 넘어서 울브리히트와 공산당의 독재에 대한 반발로 번져나가고 있었고, 다시 한번 거리로 뛰쳐나온 동독인들은 독재의 하수인이자 민중을 향해 휘둘러지는 몽둥이인 경찰, 그리고 동독 비밀경찰 슈타지(Stasi)를 공격했다.

이들 시위대가 자신들의 요구를 관철하기 위해 대대적인 시위에 나서는 동안, 소련군은 가장 먼저 서베를린으로 가는 모든 길을 장악했다. 통신을 차단하고 시위대가 도망칠 길목을 모조리 틀어막은 뒤, 거대한 탱크 몇 대가 그 육중한 몸을 이리저리 뒤틀며 베를린 대로를 가로질렀다.

— 현 시간부로 전국에 계엄령이 발령되었습니다. 시민 여러분들께서는 폭동에 휘말리지 않도록 각별히 유의해주시기 바라며, 군인들의 통제에 따라주시기 바랍니다.

— 나치 잔당들에게 알린다. 너희들은 지금 나치에 선동되어 반정부 음모에 연루되었다. 지금 즉시 일터로 복귀하고 생업에 종사하라.

"이 좆같은 빨갱이 새끼들이 무슨 놈의 나치 타령이야!"

"약탈이랑 강간만 줄창 하던 니들이 나치 욕할 처지냐!"

"어어, 나치 새끼들이 더 발악합니다!"

"발포 개시!!"

콰앙!

평소였다면 다들 점심을 먹었을 시간. 소련군의 전차가 불을 뿜는 것을 시작으로 사방에서 총성이 줄을 이었다.

"미친 슬라브 놈들이 쏜다!"

"사람 살려! 사람 살려!!"

"우아아악!!"

소련군의 총알에는 그 어떠한 자비심도 없었다. 이들은 치밀하게 군사작전까지 수립해 '반란군'을 토벌했고, 무수한 이들이 죽거나 다쳤다. 시위는 동베를린을 벗어나 동독 전국 각지에서 벌어졌지만, 동독 경찰과 소련군은 이를 모조리 무력을 동원해 무자비하게 짓밟았다.

— 독일민주공화국에 잔존하고 있던 네오나치 세력의 봉기는 노동자와

농민, 그리고 붉은 군대의 단결로 인해 무위로 돌아갔습니다!

─ 폭도들의 범죄 행위로 많은 상점이 약탈당하고 불에 탔으며, 다친 이들이 셀 수 없습니다.

─ 이들이 갑작스럽게 세력을 얻고 날뛸 수 있었던 배경에는 과연 무엇이 있을까요? 정부는 체제를 무너뜨리기 위한 그 모든 도전에 응전할 태세가 되어 있다고 선언하였으며…….

동독의 시위는 그렇게 총칼 앞에 무수한 피만을 뿌린 채 진압되었다. 그러나 그 후폭풍은 이제부터가 시작이었다. 가장 먼저 불타오른 곳은 당연히 모스크바.

"대체 그게 무슨 소리야, 우리 소련군이 동독 인민들을 탱크로 뭉갰다고?!"

"뭉개지는 않았습니……."

"전차 주포를 쏘나 캐터필러로 깔아뭉개나 뭐가 다르단 말이야!!"

애초에 동독의 공산주의자들이 누굴 보고 배웠겠는가. 크렘린의 정치인들 중 누구 하나 반정부 시위를 무력 진압한 것에 대해 양심의 가책을 느끼는 이들은 없었다. 감히 정권에 대들었으면 죽어야 마땅하지 않겠나? 그러나 군부를 때릴 소재가 생긴 건 그야말로 호재.

"이 끔찍한 만행이 왜 일어났는지 군부는 시급히 해명해야 합니다."

"우리는 어디까지나 독일민주공화국 정부의 요청에 응했을 뿐이오."

"그런데 왜 우리에겐 보고 하나 없었습니까?"

"현지의 상황이 너무 급박하게 흘러갔기에, 내게도 보고가 들어오지 않고 선조치에 들어갔습니다. 현장 지휘관의 임기응변을 존중하는 건 지극히 당연한 군사적 상식입니다."

"이건 외교 문제예요, 군사 문제가 아니라!"

역사는 뒤틀렸다.

본래 베리야가 주도하던 소련은 울브리히트에게 동독 경제 파탄의 책임을 묻고 동유럽 위성 국가를 대상으로 온건책을 폈지만, 그 이후에 동독에서 대규모 시위가 발생하자 온건책을 폐지하고 다시 강경책으로 선회했다. 실각했던 울브리히트는 불사조처럼 부활해 다시금 철권통치를 폈고 그 대신 베리야가 처형당했다.

하지만 지금, 소련 내부의 파워 밸런스가 바뀌면서 발생한 몇 달의 격차.

"동독에서 발생한 시위는 명백히 스탈린식 정책의 한계를 의미합니다. 인민들은 지쳤습니다. 연방의 안정을 위해서는 그 무엇보다 민생 위주 정책이 필요하다는 증명입니다."

이로 인해 원래라면 '비밀경찰도 권력도 전부 포기하겠소! 살려만 주시오! 제발!'을 외치면서 끌려갔을 베리야는 여유만만하게 자신이 옳았노라고 거드름을 떨 수 있었다.

"또한 우리는 체제를 수호해야 할 군인들이 인민을 향해 총부리를 돌리는 동안 아무것도 하지 못했습니다. 이건 명백한 위기 상황입니다."

"베리야, 이 개 같은 새끼가……."

"주코프 동무, 뭐라고 하셨습니까?"

"책임을 통감하고… 있다고… 말했습니다… 베리야 동무."

그리고 그 베리야를 개처럼 질질 끌고 나갔을 주코프는 지금 식은땀을 흘리며 궁지에 몰리고 말았다.

"발터 울브리히트와 같은 이들은 자국의 안녕과 번영을 위해 힘쓰기는커녕, 너도 나도 스탈린과 같은 지위를 얻고자 개인 숭배에만 혈안이 되어 있습니다. 즉시 그에게 책임을 묻고 동독 인민들을 어루만져줄 새로운 인사를 앉혀야 합니다."

"지금은 그래야만 하겠지요."

"하지만 그를 내치는 건 아깝지 않겠습니까? 다른 인물을 띄워주는 건 좋지만, 내부적으로 견제할 수단도 있어야 합니다."

"좋습니다. 대신, 동독뿐만 아니라 동유럽 각국 모두 우리와 호응할 수 있는 새로운 얼굴을 깔아야 합니다."

그리고 이 과정에서, NKVD의 권한은 더욱 강화되리라. 자리에 앉아 있는 정적들의 얼굴에 점점 초조함이 짙어져 감에도 불구하고, 베리야는 그들의 안색을 살펴볼 겨를이 없었다.

조금만 더 가면, 서기장의 자리가 그를 기다리고 있을 듯했다.

* * *

같은 시각. 백악관은 눈이 시뻘겋게 충혈된 이들로 가득 차 있었다.

"동독에서 벌어진 소요는 우리의 예상을 웃도는 듯합니다."

"소련과 동독은 이를 나치의 준동이라고 발표했으나, 현지 협력자들과 탈출한 이들의 증언으로는 물가 상승과 과도한 추가 노동에 따른 불만을 제기하던 시위인 것으로 확인되었습니다."

"소련군이 학살을 자행하고 있는 건 틀림없는 사실입니다. 서베를린에서 전차포의 포성과 총성이 들렸습니다."

"서독 대사가 긴급 접견을 신청했습니다."

아이젠하워의 이마엔 식은땀이 송골송골 맺혀 있었지만, 이를 훔칠 겨를도 없었다.

"국무장관."

"예."

"우리가 할 수 있는 일은?"

"부담이 큽니다."

동독은 벌집이다. 소련군이 직접 주둔하고 있는 곳을 건든다? 3차대전 시작하려고? 유진은 목을 삐뚜름하게 한 번 틀더니 한숨 섞인 보고를 이어 나갔다.

"다른 나라라면 모르겠지만 저긴 동독입니다. 패전국 동독 말이지요. 소련이 이를 나치의 준동이라고 명시한 이상……."

"재미없단 소리군."

"인권 유린을 규탄하는 성명을 준비하고 있습니다. 각하께서 지시만 하시면 곧장 유엔을 통해 발표하겠습니다."

"NATO는?"

"명령만 하시면 급변 상황에 대비한 다국적군 훈련을 준비하겠습니다. 소련 빨갱이들에게 우리가 좌시만 하지는 않겠다는 메시지를 전달할 수 있을 겁니다."

국방부장관의 말에 아이젠하워는 고개를 끄덕였다.

"서유럽 놈들. 이번 일로 정신 좀 번쩍 들었겠군."

"놈들이 뿔 달린 마귀라는 걸 이렇게 다시 깨닫게 되었으니까요."

한동안 잠잠하던 소련군이 민간인 학살로 화려하게 어그로를 끌었다. 당장 안보 이슈가 터져나올 수밖에 없다. 누구보다 빨갱이를 싫어하는 처칠에게는 호재. 프랑코 때리기와 알제리 짓밟기에 골몰하고 있는 프랑스에게는… 조금 애매하다. 다만 강경론이 득세하고 있으니 여당에겐 유리하겠지.

"서독 정계가 이번 일로 요동치고 있습니다. 동독에 가족과 친지를 두고 있는 이들이 무척 많으니 말입니다. 동족이 빨갱이 손에 학살당하고 있는데 아무것도 못 하는 무력한 정권이라고 욕을 먹고 있습니다."

"사민당은 끝이군. 그럼 기민당이 집권하나?"

"그렇게 예상됩니다."

소련이 설치면 설칠수록, 저들을 경계하는 나라들은 자연스럽게 천조국 미합중국의 보호가 얼마나 중요한지 깨닫게 된다. 한동안 동독 사태에 대해 어떻게 대응해야 할지를 논의한 이후, 사람들이 다 나가고 유진 킴만 남자 아이젠하워는 곧장 담배에 불을 붙였다.

"그래서, 웅담은 뺄 수 있을 것 같아?"

"농담이지? 동독은 곰 쓸개가 아니라 눈깔이라고. 후벼 파면 찢어져."

"소련이?"

"우리가. 좌악좌악."

서독 대사관도 대사관이지만, 유고의 움직임 역시 활발해졌다. 중간에서 꿀을 빨려던 티토도 아이스 버킷 챌린지라도 찍은 것처럼 아주 얼음물을 옴팡지게 뒤집어쓴 기분이리라.

"흠……."

"소련이 무자비하게 탱크로 사람을 깔아뭉갰으니 당분간은 잠잠해지겠지만, 고작 이 정도로 동구권이 안정화된다고 보기엔 부족하지. 당장 굶어 죽게 생긴 사람들을 전부 짓밟을 수는 없잖아?"

독재 정권이 불만을 가라앉히는 방법은 두 가지. 첫 번째는 흔히 개발독재라 부르는 유형으로, 시민들의 배를 불려주고 희망고문을 통해 정권을 유지하는 방법. 그리고 두 번째는 당연히 북한식 플레이. 경제고 나발이고 다 때려치우고, 숨만 쉬어도 배가 고파질 정도로 파탄국가가 되면 시위 같은 걸 할 여력조차 사라져버린다.

하지만 이 냉전기에서 후자를 골랐다간 당장 자유와 정의를 사랑하는 아메리카가 민주주의를 배달해주러 간다. 시민들이 배가 고파 독재자와 싸울 수 없다면 뒤로 몰래 구호물자를 먹여서라도 반정부 운동을 조직해주면 될 일 아닌가.

스탈린주의를 포기한 소련은 결국 인민들에게 미래를 약속해야만 한다. 유진은 결론을 내렸다.

"이번에는 분명하게 경고만으로 그쳐야 해. 대신, 다음에 또 비슷한 사건이 터졌는데도 경고로 그치면 이제 우리 '경고'를 들어줄 사람은 세상 그 어디에도 없어. 그때도 지켜보기만 한다면 위신이 실추된다고."

"이거 1차대전 아닌가. 서로 위신 세우려다가 정면 충돌하는."

"설마 살아 있는 곰 쓸개를 빼려고 하는 주제에 앞발에 맞을 리스크도 피하고 싶어 해? 순 도둑놈 심보구만. 정치인 다 됐어."

"그 앞발이 누카—앞발이니까 이러지."

유진은 혀를 차면서도 골똘히 생각에 잠겼다.

'역시 빨갱이는 믿을 게 못 되는 새끼들이구만.'

저게 천안문과 다를 게 뭔가. 천안문은 차라리 자국군이 나서기라도 했지, 외국군이 남의 나라 민간인을 죽여대? 몽둥이를 휘두르긴 해야 한다. 어디서 어떻게 휘두르냐가 문제지.

그리고 몇 달 뒤.

"장관님. 체코 프라하에서 대규모 시위가 발생했습니다."

"차 준비해주세요. 당장 백악관부터 갑시다."

생각보다 찬스는 빠르게 다가왔다. 입술이 바싹 말라오고 있었다.

동유럽 위기 3

체코슬로바키아는 엄연한 독립국이었었다. 1차대전 이후 민족자결주의에 따라 오스트리아—헝가리제국은 해체되었고, 연합국은 체코의 독립을 승인했다.

하지만 고작 30년도 채 지나지 않아 이들의 자결권은 아돌프 히틀러라는 미치광이 콧수염 악마의 손에 무참하게 짓밟혔다. 어처구니없게도, 1차대전에서 패배한 국가를 공중분해시키며 체코슬로바키아라는 나라의 성립을 도왔던 그 연합국은 히틀러의 야욕에 맞서기가 두려웠던 탓에 그의 공갈에 넘어갔다.

체코는 버려졌고, 무기력하게 잡아먹혔다. 작지만 탄탄하게 산업화를 이루었던 이 나라의 막대한 군수물자와 공장은 고스란히 나치의 금고와 군대를 살찌우는 먹잇감이 되었고, 연합군은 그 체코제 무기에 막대한 인명 피해를 입어야만 했다.

몇 년 뒤, 히틀러는 자살했고 독일 제3제국은 파멸했다. 다시 한번 돌아온 연합군은 이번에야말로 체코슬로바키아가 자주 독립국임을 천명했고, 모든 것을 원상 복구시켰다. 그러나 이는 이번에도 몇 년을 채 가지 못했다.

안타깝게도 미치광이 콧수염 악마는 이 세상에 하나가 아니라 무려 둘씩이나 존재했기 때문이다.

모스크바에 있던 이 악마는 다시 한번 체코슬로바키아를 파멸로 인도했다. 체코는 붉게 물들었고, 무수한 이들이 죽거나 도망쳐야만 했다. 하지만 이미 적화된 체코조차 스탈린의 눈에 차지는 않았고, 그는 '유대 시오니스트들의 음모'를 외치며 체코 공산당에서 대숙청을 전개했다.

그리하여 1952년 연말. 체코 공산당의 고위직 당원 14명은 하루아침에 모스크바로 끌려와 재판을 받게 되었다. 가장 고위직인 루돌프 슬란스키(Rudolf Slánský)는 체코의 제2인자이자 체코 공산화의 주역이었고, 그를 포함한 11명은 유대계였다.

모스크바로 호송당한 이들에겐 트로츠키주의자, 티토주의자, 시온주의자라는 혐의가 붙었고, 애초에 재판의 목적 자체가 목적이었던 만큼 처음부터 끝까지 엉터리로 진행된 재판 끝에 이들 대부분은 사형이 구형되었다. 그리고 처형이 집행되기 직전. 갑자기 악마가 죽었다.

"동무들에게 죄가 없음은 우리 또한 잘 알고 있소."

"저희는… 어떻게 되는 겁니까?"

"걱정 마시오. 스탈린은 죽었소. 애초에 혐의부터가 웃기지도 않는 일이었지. 티토주의자 겸 시온주의자라니. 내가 책임지고 그대들을 고국으로 돌려보내주겠소."

"감사합니다! 베리야 동지의 따스한 말씀에 마음이 놓입니다!"

스탈린이 죽은 직후, 베리야는 이들을 즉시 석방하고 차디찬 감방 대신 모스크바의 고급 호텔로 숙소를 바꿔주었다. 그야말로 죽다 살아난 이들은 자신들을 스탈린에게 팔아치운 체코 현 정권에 대한 복수심으로 불타고 있었고, 베리야가 '돌아가서 정의를 구현'할 것을 제안하자 그에게 충성을 다 바치고 체코를 정상화하겠노라 맹세했다.

그러나.

'빌어먹을 자식.'

'스탈린도 스탈린이지만 네놈은 아무 죄도 없더냐?'

이들은 당연히 공산당원이었지만, 자신들을 무기력하게 내준 체코 공산당보다도 소련에 대한 증오가 더욱 컸다. 애초에 스탈린의 공갈 협박이 아니었다면 체코가 그들을 내주었겠는가?

베리야 또한 이를 모르지는 않았지만, 그의 계산은 간단했다.

'내 도움 없이 너희가 어쩔쏘냐?'

그리고 그의 예상대로 되었다. 체코로 귀환한 이들은 베리야의 지원 아래 피의 복수를 벌이기 시작했다.

"자, 잠깐! 나는 어쩔 수 없었어. 내가 끌려갈 순 없었......!"

"스탈린이 죽지 않았다면 우린 처형당했겠지. 이제 동무가 날 버린 대가를 치를 시간이오."

"미안하네! 내가 잘못했네! 제발!"

스탈린주의를 배격하고 국가를 정상화한다는 명분 아래 다시 한번 대숙청이 벌어졌고, 공산당 핵심 간부 수천 명이 처형대로 끌려갔다.

"체코슬로바키아 인민 여러분! 이제 우리는 개혁과 개방의 길로 나아갈 것입니다! 억압과 감시의 시대가 끝나고 새로운 사회주의의 시대를 향해 전진하겠습니다!"

"......"

"이제 어떻게 되는 거지? 정말 개혁을 한다고?"

"아직도 공산당을 믿냐. 지들끼리 죽고 죽이는데 명분만 내세우는 거지."

"지금 좋다고 히히덕대다 너도 수용소 끌려가는 수가 있어. 그냥 사려."

그러나 시민들의 반응은 싸늘했다. 온건책을 내세우면 시민들이 새로운 정권을 지지해주리라 생각했던 이들은, 시간이 지남에도 불구하고 지지율이 오르지 않는다는 사실에 당혹감을 느꼈다. 어째서 자유를 돌려주려 하는데도 저들의 불만이 풀리지 않는가?

동유럽 위기 3   339

"인민들의 분위기가 점점 불온해지고 있습니다."

"우리가 통제 완화를 약속했음에도 저 배은망덕한 반동 놈들은 더 많은 자유를 외치고 있습니다."

"서방 제국주의자들이 배후에 있는 게 틀림없습니다! 놈들이 교묘하게 무지한 인민들을 선동하고 있어요!"

'빨갱이'가 서방 국가에서 세상의 모든 시련을 설명해주는 마법의 단어로 먹히듯 이들 공산 국가들 또한 '미제의 음모'라는 기적의 키워드가 있다. 이들은 이 기적의 힘을 빌어 현실에서 고개를 돌렸다.

이들이 외면하고 있는 진실. 체코 공산당에게는 집권 명분 따위 없다는 점. 상당수 시민들에게 체코 공산당은 소련의 앞잡이요, 매국노였으며, 반란을 일으켜 멀쩡한 나라를 집어삼킨 작자들에 불과했다.

다른 유럽 국가와 비교해서도 전혀 꿀리지 않던 민주 국가의 일원이었고, 수백 년 전부터 부유하기로 이름 높았던 보헤미아가 바로 체코였다. 그런 나라를 쿠데타로 낼름 처먹은 뒤 공포-억압-통제로만 지탱하는 스탈린주의 풀풀 풍기는 나라로 뒤틀어버렸고, 온 나라를 피로 물들였으니 당연히 그 대가로 경제는 나락으로 곤두박질쳤다.

이제 와서 개혁하겠다고 떠들어 봐야 공산주의 이념을 굳건히 믿는 이들을 제외하곤 코웃음만 치는 게 당연지사. 공산 정권 또한 이 사실을 너무나 잘 알았기에 자라나는 청소년은 물론 전국적으로 사상 교육에 열을 올렸으나, 그런다고 모든 사람들이 공산주의에 매력을 느낄 리는 없었다.

그리고 마침내.

"언론의 자유를 보장하라!!"

"배급을 정상화하라!"

"물가를 즉시 안정시켜라!!"

억눌린 시민의 분노가 터져나오기 시작했다.

* * *

워싱턴 D.C., 미국 의회의사당은 도떼기시장을 방불케 하듯 소란스러 웠다.

"동독과 체코슬로바키아에서 연이어 대규모 시위가 터져나오고 있다고 들었습니다."

"현 행정부는 어째서 자유를 원하는 저들의 목소리에 귀를 기울이지 않 는 겁니까?"

"전임 대통령, 현 대통령부터 그 아래 장관들에 이르기까지, 현 정권은 유례가 없는 군사 정권이라고 볼 수 있습니다."

"야! 지금 뭔 소릴 하는 거야!!"

"누구보다 자유와 정의를 소중히 여긴다고 자부하던 현 정권이 정작 민 주주의가 짓밟히는 이 시국을 맞이해 어째서 조속히 움직이지 않는지 그 이유를 설명해주시기 바랍니다."

때가 왔다! 민주당은 오랜만에 신이 나서 야당으로서의 본연의 역할, 다 시 말해 행정부 때리기에 나섰다.

"유진 킴 국무장관입니다."

"예, 장관님. 부디 해명을 부탁드립니다."

"동유럽에 대한 개입은 소련과의 심각한 관계 악화를 불러일으킬 수 있 습니다. 이미 우리는 동독에서 시위가 발생했을 때 다양한 외교 수단을 통 해 엄중히 경고했으며……."

"하지만 저들 빨갱이들에겐 말로 하는 경고는 아무런 의미가 없다는 사 실만 확인되었습니다. 설마 이렇게 앵무새처럼 몇 번 울고 끝입니까?"

유진은 그 어느 때보다 피골이 상접해 보였고, 딱 봐도 몸에 힘이라고 는 하나도 없었다. 그는 침통한 표정을 지은 채 애써 시선을 피하기에 급급 했다.

"…이 이상의 행동은 제 권한으로 말씀드리기 무척 난감합니다."

"왜 군사적 옵션에 대해서는 말을 아끼십니까?"

"다들 잘 아시겠지만, 존경하는 미 의회의 의원 여러분들께서 제가 대원수 계급장을 품에 끌어안은 채 일할 수 있도록 특혜를 베풀어주셨습니다. 제가 군사적 옵션에 대해 논하면 이는 국무장관으로서가 아닌, 미 육군 대원수로서의 의견으로 받아들여질 수 있습니다."

"왜 말을 못 합니까! 당당하게 말씀하십시오. 우리가 만약 소련과 힘싸움을 벌이면 패배합니까?"

"그건 제가 아니라 합참의장이나 국방부장관께 물어보셔야지요."

주먹을 날리면 흐느적거리기만 하는 샌드백. 에어벌룬처럼 팔랑대는 킴 장관을 보며 의원들은 저마다 상념에 잠겼다.

'천하의 유진 킴도 지금은 답이 없지.'

'말 한 번 실수했다간 핵전쟁 위기다. 대원수도 성질 많이 죽었군.'

상원 외교위원회로 불려나온 유진은 신명 나게 두들겨 맞았다. 심지어 여당인 공화당 의원들조차 격앙된 민심을 반영해 솜방망이로라도 그를 일단 두들겨야 했다.

"현재 수소폭탄을 보유한 나라는 우리뿐 아닙니까? 전 세계의 평화를 해치고 있는 소련에게 단단히 교훈을 줘야 하지 않을까요?"

"스탈린이 죽고 소련의 정권이 교체 중에 있는 만큼 그 불확실성이 증대하고 있습니다. 우리는 가능한 한 모든 수단을 써서……."

솔직히 말해, 의원들이 봤을 때 그다지 그가 불쌍하지는 않았다. 대통령의 신임을 받으며 몇 년째 외교정책을 총지휘하고 있던 게 유진 킴 아닌가. 그동안 열심히 설쳤으니 이제 그 대가를 수령하는 셈.

개입주의 성향의 의원들이 봤을 때, 유진은 입만 열면 명분이니 민주주의니 떠들면서 빨갱이들의 준동을 방치하는 나약한 놈이었다. 반면 고립주의 성향의 인사들에게 유진의 정책은 입으로만 옳은 말을 재잘거리며 세계 곳곳에 개입해 쓸데없는 피를 흘려대는 위선 그 자체였다.

마침내 샌드백 처지에서 풀려난 그가 퀭한 눈을 한 채 돌아가자, 한 사람이 그에게 슬쩍 다가가 말을 걸었다.

"장관님. 괜찮으십니까?"

"네, 물론이지요. 요즘 야근이 잦아져서 좀 피곤하군요."

"우리 당이 장관님께 딱히 억하심정이 있어서 이러는 건 아닙니다."

"물론 잘 알고 있습니다, 트루먼 의원님. 야당이 야당 일을 하는데 제가 왜 뭐라 하겠습니까?"

트루먼은 그 말에 슬며시 웃으며 고개를 끄덕였다.

"아시다시피 미국인들의 자존심엔 꽤나 깊은 상처가 나 있습니다."

"저 또한 그 부분은 동감합니다."

우리가 아니었으면 히틀러를 누가 때려잡았겠는가? 하지만 결과만 놓고 봤을 때, 소련은 동유럽 전체를 집어삼켰고 국공 내전에서도 크나큰 성과를 거두었다. 매카시즘의 공포가 가신 뒤에 남은 건 상처 입은 자존심과 그에 따른 분노뿐.

"장관님의 정책에 비추어 보더라도, 이번에는 개입을 피할 수 없을 것 같습니다만……."

"지금은 그렇지만, 소련과 군사적 대립을 개시한다면 주전론은 순식간에 사그라들고 버섯구름의 공포를 떠드는 이들만 가득하게 될 겁니다."

"그건 음……."

"그렇지요. 그건 집권 여당과 행정부 부담이지 야당 부담이 아니지요."

야당이 이래서 편하다. 언제든 탈룰라해서 반전 시위 좀 해버리면 끝이니까.

"너무 노골적으로 말해버리시니 제가 할 말이 궁해지는군요."

"체코에는 개입할 겁니다. 다만, 개입 수위는 엄격한 정세 판단을 통해……."

"장관님. 빨리 가보셔야 합니다. 급한 건입니다."

유진은 허겁지겁 달려와 무언가를 속삭이는 부하 직원과 밀담을 잠시 나누더니, 트루먼을 향해 고개를 돌렸다.

"구경 가시겠습니까?"

"구경? 아, 설마 '그거' 말입니까."

"예. '그' 의원님 기자회견이 잡혀 있었거든요."

유진과 트루먼은 약간 걸음걸이에 속도를 붙여 의회 복도를 걸어나갔다. 국무부 직원의 인도하에 목적지에 다가가자, 쩌렁쩌렁한 목소리가 그들의 고막을 파고들었다.

"어째서 우리가 쫄아야 합니까? 어째서 우리가 불알 없는 계집애들마냥 빨갱이 새끼들의 지랄염병에 달달 떨어야 합니까? 언제부터 이 미국이 덤비는 새끼들 아굴창을 안 날리고 깡패의 비위를 맞추는 국가가 됐습니까?!"

"오, 신이시여."

"…가끔 저 양반을 볼 때마다, 오줌 싼 이불을 보는 느낌입니다."

유진의 중얼거림은 안타깝게도 기자들 앞에서 사자후를 토하는 한 상원 의원에게 들리지는 않았다.

"이 조지 스미스 패튼 주니어는 자랑스러운 합중국 육군을 이끌고 온 유럽을 전부 쏘다녔습니다. 파리도, 베를린도 우리의 자랑스러운 성조기 앞에서는 좆도 아니었습니다. 짝불알 새끼의 군대조차 우리에게서 승리를 따내지 못했는데, 그 짝불알에게 개 맞듯이 처맞고 다니던 빨갱이 새끼들이 두렵다니. 그럴 거면 빨리 달린 불알 떼고 얌전히 집에서 애나 볼 것이지……."

저게 신문과 방송에 실린다고? 19금 딱지 붙여서 규제해야 할 것 같은데?

유진의 심경과는 정반대로, 패튼은 그 어느 때보다 흥에 취해 있었다.

"지금 우리에게 필요한 건 바로 용기입니다! 이 애미, 애비 없는 씹새끼들아, 꼬우면 핵전쟁 한번 해보자. 불타면 모스크바가 불타지 뉴욕이 불타겠냐 하는 바로 그 용기! 영국과 프랑스는 이 용기가 없었기 때문에 히틀러에게 체코를 팔았습니다. 그래서 그놈들, 평화 얻었습니까? 오히려 더 처맞았지! 또 체코입니다! 또! 우리가 어금니에 딱 힘주고 싸우자고 해야 빨갱이 새끼들을 제압할 수 있지, 이렇게 질질 끌려다녀선 안 됩니다!"

"장관님. 하나만 물어보겠습니다."

"패튼을 통제할 수 있냐고 물어보신다면 제 대답은 NO입니다."

트루먼은 고개를 절레절레 저었다.

"선수끼리 그냥 솔직히 말합시다. 장관님께서도 체코에 개입하고자 하시는 것 아닙니까? 암만 봐도 지금 패튼… 의원의 발언은 장관님의 속뜻 같은데요."

"의원이란 단어를 말씀하시기 참 힘겨워 보이시는데."

"그래서 제 말이 틀렸습니까?"

"저렇게 말하라고 한 적은 없습니다. 전 바바리안이 아니라서."

적의 간 하나쯤은 뜯어먹을 기세의 흉폭한 광전사가 마이크에 대고 "전재애애앵!!"을 외치는 모습을 차마 더 지켜볼 수 없었던 유진은 끝끝내 고개를 슬며시 돌리고 말았다.

얼마 후 미 상원은 마침내 체코슬로바키아에 대한 '고강도 개입'을 주문했고, 국무장관은 묵묵히 고개를 숙인 채 시민과 의회의 뜻을 더욱 반영하겠노라고 답해야만 했다.

"크헤헤헤헤헤!"

"이봐, 후배님. 사람들이 날 보고 다들 미치광이 전쟁광이라고 불러대는데. 내 이미지는 어떻게 책임져 줄 텐가?"

"누가 들으면 꼭 미치광이 전쟁광 아닌 줄 알겠네요."

"나 다시 현역으로 돌려보내줄 텐가?"

"아뇨."

"그럼 내가 나서지도 못하는데 전쟁해봐야 뭐 하나?"

"미치광이 전쟁광……."

집에 돌아온 장관이 연신 크헤헤 웃음을 토하며 위스키를 들이켠다는 사실은 극소수만 아는 비밀이었다.

동유럽 위기 4

민주주의의 핵심은 여론을 수렴하는 과정이다. 하지만 때때로는, 꿈쩍하지 않는 여론을 움직이기 위해 다양한 상호작용을 해야 할 필요도 있다. 이 분야의 최고 전문가는 당연히 지옥에서 기어나온 조커와 할리퀸 듀오인 짝불알과 괴 박사가 있고, 마찬가지로 대중선동을 금과옥조로 여기는 빨갱이 무리들이 있다.

하지만 이들과 민주주의 사회 사이엔 분명한 선이 있는 것이, 나치 파쇼들이건 빨갱이들이건 이놈들은 '당이 민중을 이끌어야 한다.'라는 확고한 신념을 공유하고 있다. 시민이 나치당을 따라야 하고, 공산당이 인민을 계도해야 한다.

저기에 당 이름만 공화당과 민주당으로 바꿔서 말해보라. 그딴 소리 했다간 곧장 다음 선거엔 국물도 없다. 공화당이 시민을 이끌어야 한다? 감히 저딴 소릴 에베벱의 나라 미국에서 떠들다니. 죽어도 싸잖아.

당장 희대의 정치 10단, 휠체어 아래 촉수 수백 개를 달고 다니던 외계 대통령 FDR만 해도 독재를 했다고 욕먹는 게 미국이다. 결국 '여론이 잘못됐으니 내가 바꿔야 한다.'라는 발상 자체가 독재의 씨앗이니 어쩔 수 없는 셈. 그러면 여기서 문제.

미국인들은 체코를 위해 정말 한판 붙을 생각이 있을까? 만약 내가 마이크 하나 챙겨들고 도심으로 나가 인터뷰를 한다면 아마 상당수 미국인들은 이렇게 말하지 않을까.

'체코슬라비스트로? 거기가 어딘데요?'

그래. 이게 현실이지. 내가 생각해봐도 어디에 붙어 있는지도 모를 나라를 위해 핵전쟁 리스크를 감당한다는 건 보통의 발상이 아니다. 그러니 주전론에 불을 붙이는 건 내가 아니라… 언론의 역할이다.

[유럽에서 울려 퍼지는 자유의 외침.]

["우리는 미국이 필요합니다" 학살당하는 시민들의 절규!]

[또다시 악을 외면하는 서방 세계… 우리는 얼마나 비겁해지려 하는가.]

[서독 외무장관, "스스로에게 재앙을 불러일으킬 무모한 행동을 단념해야."]

"이 빨갱이 새끼들은 우리가 살려줬는데 왜 이렇게 설치는 거야?"

"쯧쯧. 불쌍도 해라."

"독일 놈들은 염치도 없나 봐."

"자기들이 전쟁만 안 일으켰으면 저 사람들이 소련에 먹혔겠나?"

괜히 입법, 사법, 행정 다음이 언론이란 소리가 있는 게 아니다. 이 시대에 인터넷이 있는 것도 아니니, 대중이 제각기 판단하고 여론을 조성하려면 최소한 정보가 퍼지긴 해야 한다. 언론이 아니면 어떻게 이런 일이 가능하랴.

"그냥 후배님이 직접 당당하게 말하면 되지 않나?"

"뭐라고 말입니까."

"뭐긴 뭔가. 지금 주먹을 들면 저 저열한 러시아인들의 대갈통을 다 으깨버릴 수 있으니 한 판 붙을 찬스라고 떠들면 되지!"

"태어나서 단 한 번도 그런 식으로 무식한 소릴 한 적은 없는데요. 진짜로."

"하! 지난 2차대전 때를 떠올려 보게. 히틀러가 전쟁을 일으킬 거라고 온갖 언론을 붙들고 떠들어대지 않았나. 이미 후배님은 역사에 길이 남을 훌륭한 선동꾼이야!"

저건 진짜 억울하다. 선동이라니.

"아기가 절벽으로 기어가고 있는데 가만히 있을 사람이 누가 있습니까?"

"지금은 다른가?"

"네. 굉장히요."

지금까지 카산드라 소릴 들으며 신나게 예언을 떠들어댈 수 있었던 이유. 진짜로 미래를 아니까. 확신이 아니라 사실인데 망설일 이유는 단 한 번도 없었다.

그런데 이젠 정말 모른다. 매 순간순간마다 맨몸으로 지뢰밭을 건너는 느낌. 하지만 이놈의 '앞날 예견 적중률 100% 기적의 선지자' 타이틀은 그때보다 더욱 휘황찬란해졌다. 나도 사람일진대 이 시점에선 슬슬 쫄게 된다. 내 주장이 3차대전의 발발에 영향을 줄지 모르는 판국에 함부로 입을 여는 게 가당키나 하겠는가.

"그동안 척척 다 맞히지 않았나. 이번엔 그 촉이 없나?"

"전혀요. 핵무기도 그렇고, 세계 정세도 그렇고. 불확실한 요소가 너무 많아서 이게 진짜 전쟁으로 커질지 감이 안 오네요."

내가 알고 있던 미래와 너무 달라져서 앞이 보이지 않습니다, 라고 하면 천하의 패튼이라 한들 진지한 얼굴로 정신병원을 수배해줄 게 뻔하다. 나는 대강 그렇게 둘러댔다.

"저 자신도 지금 미래에 대한 확신이 없는데 떠들었다간, 우리나라 시민들에게 전쟁에 대한 잘못된 시그널을 줄지도 모릅니다."

"내 생각은 좀 다른데."

"어떻게 말입니까?"

"유진 킴이란 인간이 저렇게 망설이는 걸 보면 빨갱이들이 뭐라 생각하겠나! '그 유진 킴이 망설이는 걸 보니 우리가 해볼 만한 거 아닌가?'라고 여기게 되면 그건 어쩌려고?"

"아니. 그럼 반대로 생각해 봅시다. 제가 적극적으로 한 판 붙자고 떠드는 걸 보고 미국이 전쟁 의지가 충만하다고 여겨서 대뜸 선제 공격하면 어떡합니까?"

"그땐 당연히 전쟁이지!"

"그러니까 전쟁을 하면 안 된다니까, 이 또라이야!!"

"왜……?"

"다 같이 죽으니까!"

그는 마치 마시멜로를 눈앞에 두고 기다리란 말을 들은 애새끼마냥 처량한 면상을 하고 있었다. 아, 갑갑해. 사고 방식이 일반인과 다릅니다. 전쟁하면 되는데 왜 참냐는 생각이지요.

패튼과 기괴망측한 대화를 하고 있자니 머리가 지끈지끈 쑤셔온다. 역시 두통 케어에는 위스키가 제격이지. 나는 재빨리 미리 준비해둔 애완 위스키병을 붙들었다.

"이제 술꾼 다 됐구만."

"누가 절 이렇게 만들었을지 가슴에 손을 얹고 좀 생각을 하세요."

알콜이 들어가니 오버히트된 머리가 조금 차가워진다. 의회도 나와 생각은 큰 차이가 없을 터. 매카시와 그 떨거지들의 준동으로 난장판이 되었던 미국 사회.

지금은 경제가 회복을 뛰어넘어 미칠 듯한 불장이 오고 있어 돈맛으로 그 상처를 커버하고 있지만, 이건 그냥 반창고에 불과하다. 국내가 개판일 때 가장 쉽고 빠른 수습책은 외부에서 업적을 쌓아 국뽕을 듬뿍 빨아주는 것.

그 누구도 전쟁을 하고 싶어 하는 이는 없다. 단, 전면전이 일어나지 않는 범위 내에서 국공 내전으로 실추된 대외적 위신은 회복하고 싶어 한다. 그런 점에서 의회의 주문은 간단명료했다.

'우리 참을 만큼 참았잖아. 장관님, 이제 밖에 나가서 빠따도 휘두르고 엣헴엣헴도 좀 하는 게 어때?'

'시민들은 여전히 빨갱이를 두려워합니다. 미합중국이 세계 적화를 저지할 능력이 있다는 사실을 어필해야만 합니다.'

이건 아이크의 고민과 일맥상통한다. 그래서 나도 응담 뽑기라는 묘기 대행진에 찬성한 셈이고.

"패튼 의원님?"

"아이고. 또 뭘 시키려고 갑자기 의원님 호칭을 붙이실까."

"지금처럼만 해주시면 됩니다."

극한의 어그로. 전쟁무새. 패튼이 내 분노 대변인이란 사실을 모르는 이도 없겠지만, 반면 '그' 패튼인 만큼 곧이곧대로 저 말을 듣기엔 또 저어한 감이 없잖아 있으리라. 그러니 딱 적당하다. 이제 몽둥이를 뽑아 들 시간이었다.

* * *

워싱턴 D.C. 펜타곤, 합참의장실.

"진, 왔나?"

"여기에 오긴 싫었는데."

"원하면 내가 즉시 자리 비워주지."

"그런 끔찍한 소리는 앞으로 하지 말아 줘. 소름이 막 오소소 돋으니까."

오마르 브래들리 합참의장께선 실실 웃으며 커피를 내줬다. 커피잔에서 모락모락 연기가 피어오르고 있다. 세상에 이럴 수가.

"얼음은?"

"그냥 주는 대로 처먹어."

"나빴어. 주변에 간신들이 많나 보구만."

"국무부 직원들이 하나같이 침통한 얼굴로 커피에 얼음을 넣는다는 소리는 들었지. 반대로 펜타곤 사람은 기쁜 마음으로 커피에서 얼음을 싹 치워버렸고."

"그러니까 간신배들이지. 내가 합참의장 할 적엔 다들 아아야말로 아메리칸의 기상을 나타내는 음료라며 입에 침이 마르도록 떠들던 놈들이. 에에잉."

합참의장은 암묵적으로 육해공이 번갈아 가며 맡고 있다. 해군과 공군이 한 바퀴를 거친 후, 육군참모총장직을 수행했던 브래들리가 갈 만한 곳은 당연히 합참의장 자리뿐.

나는 밴플리트가 NATO 총사령관이나 차기 육참총장 자리로 가지 않을까 예상했는데, 뜻밖에도 녀석은 그 모든 자리를 고사하고 웨스트포인트 교장을 하러 떠났다.

'이 이상 데스크에서 서류 만지작거리는 일만 하다간 미쳐버릴 거야. 출세고 나발이고 난 이제 싫다. 그만하련다.'

어쩌겠나. 보내줄 사람은 보내줘야지.

"일 이야기나 하자고. 우리 대통령 각하의 의중은 정확히 뭐지?"

"소련 빨갱이들에게 더 이상 마음대로 설치면 재미없으리란 우리의 경고를 보다 크고 분명한 목소리로 뚜렷하게 전달하는 것."

프라하에서 벌어진 시위가 점차 체코 전역으로 번져나가는 지금. 헝가리와 폴란드 또한 비슷한 사태가 터지기 시작했다.

폴란드에서는 노동자들의 집단 파업. 헝가리는 새롭게 집권한 너지 임레라는 인물을 중심으로 한 전면적인 개혁 정책.

"미리 경고하겠네. 펜타곤에서는 유럽에서 군을 움직일 경우 소련이 발작적으로 반응하리라고 보고 있어."

"얼마나?"

"지금 보다시피 소련이 장악한 위성국가들 전역에서 불온한 움직임이 보이고 있어. 상식적으로 생각해 보게. 우리가 소련을 공중분해시키려 한다고 놈들이 느껴도 이상하지 않아."

"그건 내가 막아야지."

몰로토프와 미팅을 잡아야겠군.

"우리가 유사시에 투입 가능한 NATO군은 어떻게 되지?"

"별로 없다고 봐야지. 타국 군대를 동원하는 건 정말 세계대전을 암시하는 꼴이니, 내가 봤을 땐 오직 미군만 움직이는 편이 가장 낫다고 보네만."

"그럼 그렇게 하자고. 명함만 NATO 명의로 파고 미군만."

브래들리는 미리 준비해 놓은 자료 뭉치를 내게 반쯤 던지듯 넘겨주었다.

"소련군은 본토, 동독, 그리고 오스트리아에 주둔 중이네. 마찬가지로 우리 미군 중 가장 신속하게 움직일 수 있는 병력 또한 서독과 오스트리아에 있는 병력이고."

"흠."

"준비태세를 격상시키면 유진 네가 원하는 효과는 거둘 수 있을 것 같은데."

"그 정도면 적절하지. 대신… 유사시엔 프라하로 가야만 해."

"체코 국경을 넘자고?"

내 말을 듣자마자 흡혈귀가 목덜미에 이빨이라도 꽂은 듯 브래들리의 얼굴에서 핏기가 쭉쭉 사라지고 있었다. 살짝 미안해지는데.

"내가 소련에 할 말은 딱 하나야. 소련군이 체코슬로바키아 국경을 건너는 순간… 전쟁이라고."

"미친 새끼."

"우린 이미 저 새끼들이 동독을 피바다로 만드는 걸 구경만 했어. 더 이상은 용납 못 해."

체코는 다르다. 처칠이 좋아하는 제국주의적 단어를 빌려 오자면, 체코는 원래 우리 미합중국의 나와바리였다.

당시 대통령이었던 월레스로서는 이미 원자폭탄 개발까지 선언한 상태에서 괜히 스탈린을 자극하고 싶진 않았겠지만, 그건 그거고 이건 이거 아닌가. 이제 스탈린도 뒈졌으니 우리가 체코에 보유하고 있던 정당한 지분을 행사한다고 해도 불만은 없겠지.

"다시 묻겠네. 우리의 목표가 체코의 공산 정권을 무너뜨리고 그곳에 민주주의 정권을 재수립하는 건가?"

"아니. 정확하게 말하자면 체코를 제2의 유고로 만드는 거야."

"그 정도라면… 가능할지도."

내가 왜 티토를 집요하게 설득했다고 생각하나. 지금 써먹기 위해서다. 브래들리와 의견을 교환한 뒤엔 곧바로 소련 대사와의 면담이 기다리고 있었다.

"킴 장관님. 지금 미국은 명백히 제국주의적, 패권주의적 행보를……."

"자자. 대사님. 진정하시지요."

"지금 여러분들은 소비에트연방의 정당한 권리 행사를 막으려 하고 있습니다."

대사는 표정 관리를 영 못 하고 있었다. 아니, 정정하겠다. 안 하고 있다. 많이 급하고 화났다는 제스처다.

"대사님."

"예."

"정당한 권리 행사라고 하셨습니까?"

"그렇습니다. 대조국 전쟁의 승리를 이끈 우리 소련은 승자로서 동유럽에 대한 권리를 갖고 있습니다. 킴 장관님께서 이 사실을 그 누구보다 더 잘 알고 계시지 않습니까."

"인정합니다. 그래서 우리는 동독에서 벌어진 일을 굳이 더 들추지 않았습니다."

나는 대사가 내준 커피잔을 슬며시 도로 밀고는 담뱃갑에서 당근 스틱을 꺼내 물었다.

"체코슬로바키아는 우리 미군이 피를 흘리며 직접 탈환하였고, 그들에게 자유를 돌려줬습니다. 이 자리에서 분명하게 말씀드리겠지만, 소련 여러분이 가진 권리서 그 어디에도 체코가 여러분의 것이라는 말은 없습니다."

"그곳 인민들은 스스로 공산주의에 감화되어 마르크스—레닌의 노선을 따르기로 결심했습니다."

"뭐, 그렇다고 칩시다."

주저 없이 답변이 나오는 걸 보니 미리 준비해 놨구만. 일방적으로 전 정권의 결정을 부정할 수도 없으니 일단은 수용해준다.

"체코인들이 스스로 현 공산주의 체제를 선택했다고 하셨지요? 지금 체코 전역에서 벌어지는 시위를 보건대 그들은 다시 한번 선택을 내리려 하는 듯합니다."

"이는 불순분자들의 망동에 불과합니다. 미국에서도 걸핏하면 시위와 데모가 터지지만 그게 전체 미국인의 의사를 반영하진 않잖습니까."

"제가 우유원정군이라고 대규모 시위를 겪어 봐서 아는데, 규모가 커지면 충분히 민의를 반영한다 볼 수 있습니다."

"우리는 체코슬로바키아 정부와 상호방위협정을 맺었으며, 이에 따라 유사시 체코 국내의 소란에 대응할 의무가 있습니다."

"적당히 합시다. 대사님은 어차피 저희와 직접 협상할 권한 없잖습니까."

아삭아삭. 후. 토끼가 된 느낌이다. 토끼는 원래 아주 흉폭하고 굶주린 동물이다. 어째서 토끼가 그토록 많이 새끼를 까겠는가? 평생 채식주의에 시달리다 보니 그 울분이 죄다 아랫도리로 쏟아지기 때문이다. 만약 토끼에게 샷건이 있었다면 새끼를 까는 대신 피도 눈물도 없는 대량살인마가 됐을 게 분명하다.

"크렘린에 전달하십쇼. 만약 소련군이 그놈의 상호방위협정을 준수하기 위해 체코 국경을 넘는다면, 우리 또한 즉각 국경을 넘어 시민들이 학살당하는 것을 막겠습니다."

"지금 그 말씀을 미국 정부의 뜻으로 받아들여도 되겠습니까?"

"물론이지요. 우리는 체코인들의 자주성, 그리고 소련이라는 나라의 의지를 존중했기에 그동안 침묵을 지켜 왔습니다. 하지만 지금은 글쎄요… 귀국은 도저히 우리를 존중해주지 않는 듯하군요."

대사 붙들고 떠들어 봐야 뭐 하겠나. 어차피 소련이란 나라는 결국 크렘린의 의지에 절대복종하는 나라고 이 사람은 그냥 연락책에 불과할 텐데.

"대사님."

"예, 장관님."

"외교는 연애와 비슷해서, 서로 맞춰 나가는 것이지 한쪽이 일방적으로 양보해야 하는 게 아니라고 생각합니다."

부인 귓방망이 후려치는 게 당연한 일인 러시아 놈들에게 이런 비유를 한다고 먹히겠나. 갑자기 때늦은 후회가 밀려왔다.

"이거 하나만 분명히 밝히겠습니다. 나는 제3차 세계대전이 터지는 걸 결코 원하지 않고, 이를 막기 위해서라면 무슨 짓이든 다할 겁니다."

"그러면 무익한 내정 간섭을 멈추시면 됩니다. 세계는 평화로워질 겁니다."

"굉장히 히틀러 같은 말씀을 하시는군요."

나는 안타까움을 가득 담아, 그 옛날 월레스에게 그랬던 것처럼 간절한 충고의 말을 해줄 수밖에 없었다.

"만약 전쟁이 터진다면, 그땐 저를 전장에서 만나시게 될 겁니다."

"……"

"그리고 당신들을 묻어버릴 겁니다. 독일에서 했던 것처럼."

동유럽 위기 5

평화를 사랑하는 내 애절한 마음에도 불구하고.

"킴 장관! 이런 식으로 나오는데 대관절 우리가 어떻게 미국의 저의를 의심하지 않을 수 있겠습니까!"

비정하기 짝이 없고 인간의 마음이라곤 없는 냉혈한 빨갱이들은 내 애처로운 화해의 손길을 잡지 않았다. 잠시 머뭇거리던 대사는 이제 본인들이 피해자인 것마냥 오히려 나를 성토하려고 하지 않는가. 방귀 뀐 놈이 성내도 유분수지.

"양심이 있으면 좀 가슴에 손을 얹고 생각해 보십쇼. 나는 아시아에서 가능한 한 대의민주주의 원칙을 준수했고, 공산당의 정치 참여를 막은 적도 없습니다. 우리의 혈맹이었던 중화민국이 내전의 불꽃에 휘말렸을 때도 중공을 멸망시킬 생각은 추호도 없었고, 티베트 건도 적당히 눈감고 넘어갔습니다. 그런데 돌아오는 대가가 고작 이겁니까?"

"그건 전혀 관계없는 일들입니다."

"제가 언론에 '소련은 대화의 의지 전혀 없음.'이라고 밝히길 원하시는 게 아니라면 최소한의 책임을 가지고 본 대화에 임해주시기 바랍니다."

대사의 버퍼링이 꽤 오래 걸린다. 꼬꼬마 시절 인터넷하던 추억이 새록새록 떠오르는구만. 아마 대사 나리도 지금 머리가 터져나갈 지경일 게 뻔하다. 본인의 권한은 쥐뿔도 없지만 까딱 잘못했다간 신나는 숙청랜드로 끌려갈 판이니 저렇게 앵무새 노릇을 하는 것밖에 답이 없지 않겠는가.

"자자. 흥분 가라앉히고 앉으시지요."

"지금 그토록 대놓고 공갈 협박을 했으면서 앉으란 말이 잘도 나오는군요."

"나는 절대 군복을 다시 입고 싶지 않습니다. 전쟁의 승패와 관계없이 우리의 아이들은 모두 폐허 속에서 살아가게 될 테니까요."

"그걸 아시는 분께서⋯⋯."

"대사님께선 여기서 물러날 경우 소련의 위신이 실추되는 사태를 염려하고 계시겠지요. 저희 또한 마찬가지입니다."

소련의 위신이 먼저일지 대사 본인의 안위가 먼저일진 잘 모르겠지만 말야. 나는 대사가 슬쩍 내미는 담배를 손을 저어 거절하고 새 당근 스틱을 꺼냈다.

"월레스 전 대통령은 무척 맘씨 좋은 사람이었고 스탈린을, 소련을 진심으로 신뢰했습니다. 하지만 당신들은 우리의 영역이던 체코를 철의 장막 저편으로 집어삼키면서 온건파들의 기대를 최악의 방식으로 배신했고, 우리 미국 정부는 여러분들과 웃으면서 협상하기 힘든 처지에 몰리고 말았습니다. 이건 결코 공갈 협박이 아닙니다. 어디까지나 잘못 맨 매듭을 뒤늦게나마 풀고자 하는 겁니다."

"⋯본국에 귀하의 의견을 전달하겠습니다."

"그거면 됐습니다. 감사합니다."

주사위는 던져졌다. 이제 소련의 반응을 기다릴 차례였다.

* * *

1953년 여름은 너무나도 뜨거웠다. 프라하의 시위는 더욱 격렬해졌고, 이제 시위는 프라하를 벗어나 체코 중소도시로 번져나가고 있었다. 체코인에 비해 차별대우를 받던 슬로바키아인들은 본격적으로 '공산주의 아래에선 다 평등하다며 이게 뭐냐.'라면서 불만을 제기하기 시작했고, 체코의 행정은 사실상 반신불수 수준으로 마비되어 갔다. 그리고 모스크바 또한 예외는 아니었다.

"미국인들은 체코를 원하는 듯합니다."

"예브게니 킴이 공공연히 전쟁을 거론하며 연일 고강도의 발언을 쏟아내고 있습니다."

"여기서 물러나면 안 됩니다. 절대 서방 제국주의자들에게 굴복하는 모양새를 만들 순 없습니다!"

옛날 같았으면 모두가 스탈린의 입만을 뚫어지라 바라보며 그의 입에서 답이 나오길 기다렸으리라. 하지만 이제 스탈린은 없었고, 그 누구도 스탈린과 같은 전지전능한 결정권을 가진 이는 없었다. 결국 필연적으로 따라오는 것은 거대한 눈치싸움.

세계 공산주의를 이끈다고 자부하는 소련이 미국의 공갈에 굴복해 위성국가를 내준다면 그 파장이 얼마나 크겠는가. 적어도 굴복하는 당사자의 정치생명은 확실하게 끝장나리라는 사실은 자명했다. 사람들의 시선은 점차 베리야에게로 쏠리고 있었고, 그 또한 이를 모르지 않았다.

"몰로토프 동무. 동무는 오랫동안 외교 업무에 종사하며 제국주의자들의 속내를 잘 파악하리라 믿고 있습니다."

"지금은 단순히 외교로 결정 지을 수 있는 문제가 아닌 듯합니다만."

"서구의 음모를 파악해야 우리가 어떻게 대응할지 정확한 견적을 낼 수 있지 않겠습니까."

그리고 베리야는 책임 소재를 떠넘기고자 재빨리 물타기에 들어갔다. 몰로토프 또한 뻔히 보이는 이 수작질에 눈살을 미미하게 찌푸렸지만, 그의 입지가 외교에 달린 만큼 딱히 피할 도리도 없었다.

"우선 군부의 의견을 들어야 한다고 봅니다."

"…무엇을 듣고 싶으십니까."

몰로토프는 얼른 자신에게 날아온 불똥을 주코프에게로 쳐냈고, 주코프 또한 안색이 어두워졌다.

"우선 묻겠습니다. 지금 이 사태가 전면전으로 치달을 경우, 우리 붉은 군대는 어떻게 움직일 계획입니까?"

"작전계획상으로는 동원령을 발동하고 즉시 대응 가능한 병력으로 오스트리아와 서독을 공격하게 되어 있습니다. 독일 대부분은 평야지대로, 신속하게 진격해 프랑스까지 다다르는 것이 기본 골자입니다."

"그게 전부입니까?"

"핵무기. 우리의 핵무기는 얼마나 있소. 적들을 날려버릴 능력은?"

"제공권을 장악할 확률은 낮지만, 적들보다 먼저 전면전을 결심한다면 선제 공격의 이점을 잡을 순 있을 겁니다. 본, 함부르크, 파리, 런던 등을 향해 원자폭탄을 투하한다면 그 결정은 신속히, 개전과 함께 즉시 결행되어야 합니다. 시간이 흐를수록 우리의 폭격기가 무사히 적의 심장부까지 파고들 가능성은 줄어듭니다."

"승산이 있단 소리요?"

이게 정말 궁금해서 물어보는 말인가, 아니면 그에게 책임을 떠넘기기 위한 음모의 밑바탕인가. 아무리 생각해도 그는 이런 음습한 음모와는 인연이 없었다. 주코프는 고민 끝에 입을 열었다.

"승산은 없습니다."

"붉은 군대를 맡고 있는 장군 입에서 이런 나약한 말이 나오다니!"

"주코프 동무. 자아비판하시오!"

"자아비판해야 할 사람들은 당신들이야! 군부에서 매번 서구와의 전력 격차에 대해 우려를 표명해도 당신들이 전부 무시했잖아!"

"그만! 지금 우리들끼리 싸울 때가 아닙니다!"

괜히 군부에 꿀밤 한 대 때리고 싶었던 날파리들이 앵앵대자 주코프의 인내심이 한계에 부딪혔고, 이를 기다렸다는 듯 베리야가 장내 분위기를 정리했다. 아무리 생각해도 저 날파리들이 누군가의 지시를 받았을 것 같지만, 그로서는 물증이 없었다.

"주코프 동지. 더 자세한 설명을 부탁드리오."

"재래식 전력만 놓고 보자면, 우리는 미군이 전쟁 준비를 마치기 이전에 프랑스까지 달려갈 준비가 되어 있습니다. 미군이 본격적으로 본토에서 군을 파병하기 전에 유럽 대륙을 석권하느냐 마느냐로 첫 승부가 갈릴 게요. 프랑스를 조기에 무너뜨린다면 승산이 있을지도 모르오."

그는 입에 담배를 꽂고 불을 붙인 뒤, 연기를 내뱉는 척 기나긴 한숨을 토했다.

"하지만 이제 세상에는 핵무기라는 물건이 존재합니다. 우리는 미국 본토를 타격할 수단이 전혀 없고, 반면 미국인들은 모스크바와 키예프에 원자폭탄을 투하할 능력을 보유하고 있습니다."

"그럼……."

"물론 우리 붉은 군대가 순순히 미국인들에게 무너진다고는 할 수 없소. 프랑스에 그들이 상륙한다 할지라도 독일, 폴란드를 거쳐 모스크바까지 오는 동안 그들은 인민의 파도에 빠져 끔찍한 희생을 치르게 되겠지."

물론 그 대가로 인민들 또한 지난 대조국 전쟁보다 훨씬 더 많은 피해를 입게 될 것이다. 주코프는 그 사실을 특별히 언급하지는 않았다. 이 자리에 있는 모두가 지난 대조국 전쟁의 참상을 똑똑히 기억하고 있으니. 장내는 침묵에 휩싸였고, 가장 먼저 이 침묵을 깬 이는 베리야였다.

"주코프 동지."

"예."

"그러면 동지는… 우리가 너그러운 마음으로 체코를 양보해야 한다고 봅니까?"

"체코슬로바키아가 미국의 손아귀에 떨어져 우리를 적대하는 입장이 될 경우, 향후 군사적으로 봤을 때 동독, 폴란드, 헝가리, 그리고 소련 본토까지 우리의 뱃속 깊숙한 곳까지 놈들의 칼날이 닿게 됩니다."

그는 철저하리만치 자신의 의견을 밝히지 않았다. 그 대신 사실만을 나열했다. 지금 전쟁을 하면 끔찍한 시련이 기다리고 있다. 체코를 내주면 향후 NATO의 칼날이 몇 배로 날카로워진다. 이글거리는 주코프의 시선이 베리야에게로 향하자, 다시금 공은 베리야에게 넘어갔다.

'본인이 주도권 잡았으면 결정도 내려야지. 언제까지 그렇게 남에게 떠넘기려고? 쓸데없는 소리 하기나 해봐라.'

'빌어먹을. 빌어먹을… 어째서?!'

틀림없이 예브게니 킴은 온건론자에 가까워 보였다. 하지만 지금 이게 대체 무슨 꼴인가. 이렇게 소련을 들쑤시면 강경파가 득세할 수밖에 없다는 사실을 그가 모를 리가 없었다.

강 대 강 구도? 더욱 서로 간에 으르렁거리는 냉전?

"우선, 몰로토프 동무가 제국주의자들과 접촉해 저들이 무엇을 원하는지 탐색해주셨으면 합니다."

"그러지요."

"그리고 군부는… 군부는……."

도저히 입이 떨어지지 않는다.

모스크바에 버섯구름이 피어오르게 한 인물로 역사에 박제당하고 싶진 않다. 하지만 여기서 나약한 면모를 보였다간 모스크바 대신 그의 이마빡에 뭉게구름이 피어오를 게 뻔하다.

그리고 그는 결단했다.

"주미 대사가 보고한 내용에 따르면, 미국은 체코슬로바키아가 자신들의 영역이라고 간주하고 있소. 그리고 지난 대전쟁을 돌이켜봐도, 우리 붉은 군대는 동부⋯ 슬로바키아에만 진주했을 뿐 프라하를 해방한 건 분명 미군이 맞소."

"베리야 동무?"

"결국 이 파국을 불러일으킨 것은 스탈린의 근시안적인 판단이오. 애시당초 체코를 통째로 집어삼키지 않고 분할하여 슬로바키아인들만 품에 안았다면 이 사달이 나진 않았다 이 말입니다!"

살아 있는 사람에게 책임을 떠넘길 수 없다면, 죽은 자에게 떠넘기면 될 일 아닌가?

"우리는 스탈린의 망령에서 벗어나야 합니다! 더욱 강도 높은 개혁으로 인민의 삶을 개선하고, 나아가 제국주의자들의 심장부에 원자폭탄을 쏠 능력을 갖출 때까지는 은인자중하며 내실을 다져야 할 때입니다!"

모두들 움찔움찔했지만 차마 입을 여는 이는 아무도 없었다. 그래, 이거다. 이 모든 일이 다 스탈린 잘못이라고 못 박아버리고, 개혁과 평화 정책에 더욱 힘을 실어야만 그가 집권할 명분이 있었다.

그러니까 주코프는 죽어야 했다. 강경파의 입을 영원히 틀어막기 위해서는.

* * *

1953년 9월. 핀란드, 헬싱키.

체코 위기가 점차 고조되고, 핵전쟁의 먹구름이 모두의 머리 위에 내려앉았다. 미국 정부는 정식으로 성명서를 발표해 '체코인들의 정당한 시위가 타국 군대의 손에 짓밟힐 경우 결코 좌시하지 않겠다.'라는 의지를 전 세계에 분명하게 밝혔다.

단, 폴란드나 헝가리에 대해서는 전혀 언급하지 않았다. 우리가 명분을 보유한 곳은 오직 체코뿐. 마찬가지로 NATO의 군대가 직접 국경을 맞대고 있는 곳 또한 오직 체코뿐.

폴란드나 헝가리마저 개입하겠다는 의사를 밝힌다면 이는 소련이 타협할 퇴로를 끊어버리는 짓에 불과하다. 응답은 체코 하나면 족하지, 간과 허파도 내놓으라고 했다간 무슨 일이 일어날지 별로 상상하고 싶지 않다.

또한, 체코군이나 경찰이 자체적으로 시위를 진압하는 일에 대해서도 우리는 가타부타하지 않았다. 오직 하나, 소련군의 개입만 차단할 뿐이다. 체코슬로바키아에서 시민 혁명이 터져 공산 정권이 무너진다면 베스트지만, 반대로 저들 빨갱이 새끼들이 어찌어찌 자체적으로 체제에 대한 도전을 막아낸다면 민족자결을 명분으로 하는 우리가 개입할 도리도 없다.

오히려 이런 대규모 시위가 터졌는데도 불구하고 정권을 사수한다면, 이는 체코 공산당이 우리의 예상보다 더욱 강력한 지지세력을 보유하고 있다는 뜻. 최소한 쿠데타를 일으켜 나라 하나를 집어삼켰던 놈들인 만큼 숨겨진 한 수가 있을 가능성도 염두에 둬야 했다.

"…늦는군."

핀란드는 중립국이지만, '핀란드화'라는 단어가 있을 만큼 소련의 강력한 영향력에 놓여 있었다. 아차 하는 순간 소련군에 의해 짓밟힐 판인 만큼 '알아서 사려야' 하는 나라가 핀란드였다.

내가 여기까지 온 건 우리가 외교적 타협을 진심으로 원한다는 하나의 시그널이었지만, 어찌된 영문인지 나와 회담을 하기로 되어 있던 몰로토프는 30분을 넘어서 1시간이 훌쩍 지나도록 나를 바람맞히고 있었다.

"장관님께서도 지난 올림픽을 관광하러 오셨다면 무척 좋았을 텐데요."

"하하. 저 또한 무척 아쉽습니다. 제 동생들이 대신 방문했었다고 하는데, 핀란드가 무척 아름다운 나라였다고 입에 침이 마르도록 칭찬을 아끼지 않더군요."

"아아. 동생분께서 한국 대표단과 함께 왔었지요. 식민 통치에서 해방된 나라가 세계 무대에 오른 모습을 보니 저 또한 무척 감명 깊었습니다."

그저 자리만 빌려줄 예정이었던 핀란드 대통령은 나를 앞에 두고 연신 이런저런 스몰 토크를 하며 내 심기를 살피기에 여념이 없었다. 이 어르신도 참 고생이 많네.

"몰로토프 장관이 입장합니다."

"드디어 오셨군."

"늦어서 죄송합니다, 킴 장관님."

"아닙니다. 핀란드에서 따뜻하게 맞아줬기에 전혀 지루하지 않았습니다."

몰로토프는 전혀 죄송하지 않다는 태도로 내게 무미건조한 사과의 말을 건넸고, 나 또한 시시해서 죽고 싶어졌다는 뜻을 가득 담아 그에게 화답했다. 핀란드 대통령이 자리를 떠나고 둘만 남게 되자, 몰로토프는 그답지 않게 곧장 직구를 던졌다.

"우리는 미합중국의 적대적인 태도에 대해 심각한 유감을 표명하는 바입니다."

"저희는 소련의 권리를 존중하고 있습니다. 다만……."

"미국은 지속적으로 간첩을 파견하고 내부에서 선동을 시도하는 등 소련의 체제를 흔들려 했습니다. 그럼에도 불구하고 우리는 인내했으며, 이번엔 어디까지나 우리의 자주성을 지키기 위해 부득이하게 힘을 행사했을 뿐입니다."

아니, 너희들이 간첩 운운하면 좀 억울한데. 솔직히 미국에 있는 빨갱이 간첩이 많을 것 같냐, 우리가 박아둔 간첩이 많을 것 같냐? 내가 어디 한 번 더 개소리 지껄여 보라는 태도로 입을 꽉 다물자, 몰로토프는 그제서야 들고 온 보따리를 풀어젖혔다.

"몇 시간 전, 라브렌티 베리야가 처형되었습니다. 서방 제국주의자와 결탁해 국가에 대한 반역을 저지른 죄로……."

"이런 씨발."

"참으로 죄송하게 되었습니다만, 저희 또한 이대로 얌전히 물러날 수는 없다는 뜻을 밝히고자 합니다."

내가 몰로토프의 선언을 듣고 있을 때. 소련군은 서베를린으로 가는 모든 도로를 봉쇄했다.

동유럽 위기 6

"이 모든 위기의 근본 원인은 스탈린에게 있습니다! 이제 내가 모든 것을 바로잡고 이 나라에 평화를 가져다주겠습니다!"

이렇게 위풍당당하게 외치던 베리야가.

"살려만 주시오! 권력도 비밀경찰도 모두 주겠습니다, 살려만 주시오!"

납작 엎드리기까진 며칠도 채 걸리지 않았다. 베리야의 생각은 간단했다.

'천하의 주코프도 미국과의 정면 대결은 불가능하다고 했다. 그러니 결국엔 다들 내 평화 노선을 따라올 수밖에 없겠지. 스탈린에게 모든 원죄를 떠넘기면 이 상황을 극복한 내가 자연스럽게 권력을 손에 넣게 된다.'

하지만 크렘린의 다른 수뇌부들은 두 가지 측면에서 베리야와 다른 생각을 품고 있었다.

첫 번째는 이러다 나라 망할지도 모른다는 위기감.

"베리야는 상황을 너무 낙관적으로 보고 있습니다."

"체코슬로바키아를 넘겨준다는 게 어떤 의미인지 모르고 있거나, 알면서도 모른 체하거나 둘 중 하나지요."

도미노 한 블럭이 넘어가면 종국에는 모든 도미노가 쓰러지게 된다. 어째서 동독을 그토록 잔혹하게 짓밟았겠는가. 그 '첫 번째' 도미노가 쓰러지는 걸 막기 위해서였다.

체코뿐만 아니라 헝가리, 폴란드, 발트 3국 등 곳곳에서 불온한 움직임이 포착되고 있는 지금, 체코가 공산주의를 버리고 서방에 합류하게 된다면 다른 위성국가들은 얌전히 있겠는가? 아니면 자신들도 서방에 합류하고자 더욱 몸부림치겠는가?

이들은 입으로는 공산주의 체제의 우월성을 떠들었지만, 현실에서 눈을 돌릴 만큼 사상에 미치지는 않았다.

"하지만 대안이 없잖소."

"서방이 가진 명분이 강력하고, 또한 저들도 쉽사리 발을 빼진 못할 텐데."

"제게 대안이 있습니다."

번뇌하는 이들 소련 수뇌부를 포섭하기 위해 가장 먼저 움직인 이는 바로 우크라이나의 대머리, 흐루쇼프였다.

"흐루쇼프 동무. 대안이 뭐요?"

"모든 죄를 베리야에게 떠넘기는 겝니다."

스탈린 통치 당시 체코슬로바키아는 조용했다. 하지만 스탈린이 '반역자'라고 규정해 처형하려 했던 체코 고위 당원을, 베리야는 석방했을 뿐만 아니라 그들을 새로운 체코의 지도자로 앉혀버렸다. 그리고 베리야가 체코의 머리를 갈아 끼우기가 무섭게 체코는 난장판이 되었다. 어째서인가?

"바로 베리야와 그 일당이 사리사욕에 미쳐 반동들에게 체코를 팔아먹었기 때문입니다."

절대 미 제국주의자들의 공갈에 굴복한 게 아니다. 사악한 베리야가 제 잇속을 채우려고 반역도들에게 체코를 넘겨줬기 때문에, '어쩔 수 없이' 평화를 사랑하는 소련은 참을 수밖에 없는 것이다. 그리고 여기서 베리야의 두 번째 착각이 드러났다.

"그놈이 무슨 짓거리를 했더라도 인민들은 믿어줄 게요."

"인민들은 베리야가 백주대낮 길거리 한복판에서 소녀를 납치했다는 괴담을 믿을 정도로 그를 증오하고 있소. 그런 인간이 나라를 팔아먹으려 했다고 해도 다들 '그럴 줄 알았지.'라고 할 게요."

"바로 그겁니다."

베리야 그 자신의 인망은 네로와 동탁에 비견될 만큼 최악이라는 사실. 베리야가 살아남는 것은 물론 그들의 머리 위에서 군림할지도 모르는 '베리야식 평화주의'와, 흐루쇼프가 주창하는 '이게 다 베리야의 음모' 루트 중 소련 수뇌부의 심금을 울리는 건 과연 무엇일까?

그들은 만장일치로 이번 기회에 베리야를 제거하기로 음모를 꾸몄고, 그 다음 군부와 접촉했다.

"주코프 동무. 우리들은 이 나라를 정상화하기 위해 뜻을 하나로 모았소. 함께 베리야를 죽입시다."

"…정치는 군의 일이 아닙니다. 못 들은 것으로 할 테니 저는 빼주시지요."

"아직 모르시오? 베리야는 동무를 죽일 심산이오!"

"내가 정치에는 소질이 없긴 하지만, 나를 죽이면 군부가 폭발하리라는 걸 모를 만큼 베리야가 멍청하진 않을 것 같은데 말이지요."

"반대요. 베리야가 서방에 체코를 팔아치우면 강경파들의 불만이 하늘을 찌르게 될 텐데, 그때 그놈이 살아남으려면 산 제물이 필요하오. 베리야 그 작자가 두 발 뻗고 자려면 군부를 한 번쯤 짓밟기는 해야 하니, 필연적으로 동무가 숙청 대상이 되겠지."

"…군을 동원할 수는 없습니다."

"우리도 쿠데타를 사주할 생각은 없소. 우리에게 필요한 건 군이 아니라 주코프 동무 단 한 명이오."

마침내 주코프까지 음모에 가담하자 베리야의 운명은 결정되었다.

"라브렌티 베리야! 스탈린의 졸개로서 온갖 죄악을 저지르던 네놈이 스탈린의 이름을 팔아먹으며 호의호식할 수 있을 줄 알았더냐!"

"내, 내가 잘못했소! 나는 단지 죽기 싫었을 뿐이오!"

"닥쳐! 네 손에 죽은 사람들의 절규에 네가 귀 기울인 적이 한 번이라도 있었냐!"

"주, 주, 주코프! 주코프가 배반자요! 저자는 서방과 결탁해 온갖 밀수를 자행하고 있었소! 어째서 예브게니 킴이 이토록 강경책을 폈겠소? 전부 다 주코프와 강경파를 밀어주기 위함이오!"

"아가리 여물어라, 이 아동강간마야!"

역린이 찔린 주코프가 버럭 고함을 지르며 권총 손잡이로 베리야 주둥이에 붙은 옥수수 낱알 몇 개를 추수했지만, 그의 주둥이가 다물어지지는 않았다.

"다들 조심하시오, 주코프는 나폴레옹이 되려 하고 있소! 저, 저자를 막아야 하오. 스탈린 동지도 주코프를 조심하라 하셨소. 저자는 서방 간첩과……."

"서방 간첩과 결탁한 네놈 말을 믿어줄 이는 아무도 없다!!"

그대로 붙들린 베리야는 더 이상 입을 놀릴 수 없을 만큼 먼지가 나게 처맞은 뒤 끌려나갔고, 며칠 뒤 날치기식 재판을 거쳐 초고속으로 처형당했다.

"…이제 상황을 수습합시다."

"미제의 예봉을 한 번 꺾기는 해야 우리의 면이 섭니다."

주코프는 가시방석에 앉은 듯한 신세가 되었다. 베리야가 죽기 직전 입으로 내뱉은 맹독을 크렘린의 그 누구도 신경 쓰지 않는 듯했지만, 그럴 리가 있겠는가. 언젠가 누군가는 이를 명분으로 들고 나와 그를 숙청하리라.

그는 쏟아지는 시선을 느꼈다. 여기서 무언가 혁신적이고 탁월한 제안을 꺼내지 않는다면, 베리야 다음은 그의 차례가 될 것이라는 저 무언의 압력.

"전 세계의 이목이 체코에 집중되어 있으니, 우선 그 시선부터 돌려야 합니다."

"허면?"

"서베를린을 압박해 봅시다."

"만약 체코를 내줄 처지에 몰리더라도, 동서 베를린 모두를 우리가 접수하게 된다면… 나쁘지 않겠습니다."

"아시아 방면에서도 압박을 넣어야 할지도 모르겠구려."

그 결과 서베를린으로 향하는 모든 도로와 철도, 수운이 봉쇄되었다.

베를린 봉쇄의 시작이었다.

* * *

깜찍한 새끼들. 독박 쓰기 싫어서 발버둥을 치는구나.

헬싱키에서 만난 몰로토프는 자신들의 의도를 구태여 숨기려 하지도 않았다.

'너네도 지금 위신 때문에 우리한테 이러는 거잖아. 우리도 위신 좀 세워야겠음. 체코 가져가려면 서베를린 내줘.'

역사는 어디에서 뒤틀렸을까.

내가 고민해봤을 때, 역시 '미국이 2차대전에서 크게 이겼다.'라는 것이 핵심 포인트로 보였다. 원 역사에서 빨갱이들은 기어이 베를린에 깃발을 꽂았고, 그 여세를 몰아 국공 내전에서도 승리. 한반도에서는 UN군이 전면 개입했음에도 불구하고 어정쩡한 휴전으로 전쟁이 끝났다. 이후로도 세계 곳곳이 쭉쭉 적화된 건 물론이다.

이렇게 되자 서방 시민들은 공산권의 성장에 두려움을 느꼈다. 하지만 지금은 다르다. 두려움도 두려움이지만, '어? 저 새끼들 너무 깝치는데?'라는 분노가 차오르는 것이다. 왜? 우리보다 더 약해 보이니까.

그 결과 나와 아이크는 한 번쯤 몽둥이를 들어야 한다는 압박을 느꼈고, 오퍼레이션 웅담 채집에 돌입했다. 절대 내가 갑자기 콧수염 귀신에 씌어서 체코를 탐내고 오스트리아를 합병하고 단치히를 내놓으라고 하는 게 아니다.

"티베트인민공화국을 자칭하는 빨갱이들이 라싸에서 유혈사태를 일으키고, 중공군에게 군사 원조를 요청했습니다."

"모택동이 이에 호응해 중공군이 티베트 국경을 넘었습니다."

"장개석은 우리에게 일방적으로 티베트에 개입하겠다고 통지했습니다. 조만간 무력 충돌이 벌어질 듯합니다."

"대통령께서는?"

"중공의 무력 도발에 단호히 대처하겠다고 하셨으며, PATO군의 준비태세를 격상했습니다."

"소련은 '티베트는 휴전 협정문에 포함되어 있지 않으니 이는 휴전 협정 위반이 아니다.'라는 입장이며, PATO의 움직임이야말로 아시아 평화를 해치는 휴전 협정 위반이라고 반발하고 있습니다."

소련의 말은 틀리지 않는다.

미국과 소련 모두 신강과 티베트를 '중국의 일부'로 보지 않았기 때문에 국공 내전 휴전 협정에도 의도적으로 그 두 곳을 제외했기 때문이다. 하지만 누구보다 대가리 팽팽 돌아가는 모가놈은 이걸 새로운 기회로 여긴 모양.

다만 한 가지 이상한 건, 나는 지금 국무장관인 만큼 군사 업무에 엮일 건덕지가 딱히 없다는 건데…….

"이번에 한국에서 새롭게 당선된 여운형 대통령은 PATO의 동원에 반대하고 있습니다."

"CIA의 예상대로 그는 친소 용공분자였습니다. 장관님. 그를 배제하고 한국에 우리와 더욱 친밀한 인사를 앉혀야 합니다."

"빌어먹을. 내가 직접 가야 하나."

"장관님께선 유럽에 집중해야 하지 않겠습니까? 차관을 보내시는 게……."

"한국과 일본 쪽 파이프라인은 내 개인 역량이 크게 영향을 미치잖습니까."

일단 중공이 경거망동하는 꼴부터 틀어막아야 한다. 국공 내전 시즌 2가 터지면 진짜 핵전쟁이 목전으로 다가온다. 나는 대사관 전용 라인을 통해 유인이에게 곧장 전보를 쳤고, 얼마 지나지 않아 답장이 돌아왔다.

'지원금 좀 늘려 달라는데?'

'이 나라에도 번듯한 제철소 하나 있으면 소원이 없겠다는데.'

아아. 그렇구나. 그런 거였어.

[여운형, "제국주의에 유린당하던 중국인들이 티베트를 침공하는 짓은 역지사지를 모르는 파렴치한 행동. 세계 평화를 위해 PATO가 나서야만 해."]

입금이 완료되자 한국군은 다시금 북진멸공을 외치며 압록강과 두만강 라인에서 얼쩡대기 시작했고, 모택동은 티베트와 만주 양면 전선에 대한 부담감을 느끼게 되었다. 내가 한국을 자본주의의 괴물로 만들어버린 것 같아 가슴이 미어진다.

아시아의 급한 불을 껐으니 다시 유럽에 집중해야 할 시간. 빨갱이들은 서베를린이 우리의 불알이라고 생각하고 이걸 꽉 쥐면 그 입에서 아악 하는 비명 사운드를 들을 수 있으리라 기대한 모양이지만. 유감스럽게도 내가 합참의장으로 재임하던 시절부터 베를린이 봉쇄당할 때를 대비한 플랜은 미리 작성되어 있었다.

체코랑 서베를린을 트레이드하자고? 누구 마음대로. 미국의 장기가 돈지랄이라는 걸 아직도 인식하지 못했나.

* * *

"전 세계에 흩어진 수송기를 집결시키고, 예비기로 돌려진 수송기 또한 모두 원복시켜야 합니다."

캐비넷 안에서 뽀얗게 먼지만 쌓여 가던 계획서가 다시금 빛을 보았다.

"서베를린에 새 공항을 건설한다."

"공군에 한해 NATO 전체를 소집하고, 모든 수송 역량을 확보한다."

"명심하라. 이 작전은 인도주의 목적에서 시행된다. 빨갱이들에게 200만이 넘는 민간인을 인질로 잡더라도 자유 세계는 결코 굴복하지 않는다는 사실을 보여줘야만 한다."

이미 모든 것은 준비되어 있었다. 영국과 프랑스는 즉시 자신들의 수송기를 제공했고, 그 뒤를 이어 이탈리아를 위시한 여러 나라들도 알음알음 보유한 수송기 전력을 내놓았다. 혹시나 모를 소련의 트집을 피하기 위해 서독은 여기서 배제되었다. 2차대전을 치르고 은퇴했던 항공기 파일럿들에게 소집 영장이 발부되기도 전에 전국 각지의 모병소들은 밀려드는 파일럿들로 몸살을 앓았다.

"군복 내놔!"

"자, 잠시 진정하시고……."

"나는 다시 돌아갈 준비가 되어 있으니 당장 망할 군복 달란 말이야!"

"폭탄도 아니고 빵을 보내는데 위험할 게 있나? 빨갱이 새끼들 엿 먹이는 일이라면 당연히 복귀하고말고!"

순식간에 인력과 항공기가 확보되었고, 남은 것은 오직 서베를린으로 식량과 석탄을 배달하는 일뿐.

"나도 가야지."

"정말 가야 해?"

"내가 안 가면 사람들이 뭐라고 생각하겠어. 나 없어도 별일 없지?"

"예에. 도련님 하나 없다고 설마 회사가 망하기야 하겠습니까?"

헨리 킴은 식은땀을 흘리며 애써 옷을 입어보려 했지만, 유감스럽게도 그의 옛 군복은 그의 기대를 배신했다. '킴즈 펭귄'의 마스코트처럼 빵빵 부풀어버린 몸뚱이를 뒤덮기에 그의 군복은 너무나도 작았다.

"다녀올게. 애들 잘 보고 있고."

그의 기억 속 베를린은 2차대전이 터지기도 전, 수십 년 전 히틀러와 돌격대 무리들이 기세등등하게 활보하던 시절에 멈춰 있었다. 적어도 이번에는 폭탄을 매달고 출격할 일은 없었다.

그 사실이 너무나도 그의 가슴을 편안하게 했다.

고증입니다

작내의 시간선은 이미 원 역사와 한참 멀어졌지만, 베를린 봉쇄와 이 파훼법으로
미국이 들고 온 돈지랄 작전은 모두 사실입니다. 이 베를린 봉쇄는 원 역사에서
NATO의 성립을 촉진하는 결과를 가지고 오기도 했습니다.

8장
프라하 대치

프라하 대치 1

1953년 여름. 서독, 프랑크푸르트.

원래도 여름은 더운 계절이건만, 여기에 핵전쟁의 공포가 끼얹어지자 세상은 더욱 후끈후끈해졌다. 프랑크푸르트의 젊은 사업가, 만프레드 마이어는 집 앞에서 얌전히 그를 기다리고 있는 《프랑크푸르트 차이퉁》 한 부를 집어 들고 거실 소파에 걸터앉았다.

따끈한 커피, 차가운 신문의 질감, 창문 너머로 은은하게 들려오는 벌레 우는 소리. 저 끔찍한 전쟁이 앗아갔던 소중한 일상의 한 조각.

미치광이 히틀러의 우악스러운 폭력에 그는 청춘을 빼앗기고, 친구와 가족을 빼앗겼다. 하지만 끔찍한 시련에도 불구하고 그는 굴하지 않았다. 게르만족은 이미 세계대전 패전이라는 멍에를 한 차례 털어낸 저력이 있는 민족 아닌가. 그 또한 아리아인의 한 사람으로서 이런 참상에서 헤어나오는 건 전혀 어렵지 않았다.

[서베를린, 봉쇄당하다!]

[동독, 서베를린으로 향하는 모든 전력 차단!]

["동독 체제를 뒤흔든 간첩은 서베를린에 거점 두고 있어." 소련 측 고위

관계자 증언에 따른 파문 예상.]

"미친 빨갱이들."

베를린은 그가 자라온 고향이었다. 정든 집과 학교와 그가 알던 모든 사람들이 있던 곳. 하지만 그가 마지막으로 목격한 베를린은 폭격과 포격으로 황폐해진 거대한 콘크리트 무덤, 죽은 이들의 시체가 볼썽사납게 나뒹굴지만 그 누구도 차마 수습할 엄두를 내지 못하던 거대한 구덩이에 불과했다.

이젠 더 이상 돌아갈 수도 없다. 그는 모든 것을 잃었고, 가족과도 생이별해야 했으니. 그가 신문을 읽다 말고 상념에 잠긴 동안에도 텔레비전은 아침 뉴스를 열심히 떠들어대고 있었다.

— 영국의 처칠 총리는 의회에 출석하여 베를린 봉쇄에 관한 질의응답 시간을 가졌습니다. 처칠 총리는 이 자리에서 영국의 원자폭탄은 실전 배치가 완료된 상태임을 밝혔으며, 국가의 존망이 걸린 중대한 위기라고 판단될 경우 NATO와 별개로 핵무기를 투하할 수 있다고 선언했습니다.

— 프랑스 당국은 알제리 반란군에게 무기와 군사 고문단을 제공했던 소련이 이제 인질극을 자행하고 있다며 거세게 비난했습니다. 소련 측은 이 의혹을 전면 부인했습니다.

— 독일, 미국, 영국, 프랑스 4개국의 외무장관이 모여 긴급 회담을 가질 예정입니다.

"어머. 저게 무슨 일이래요?"

"소련 놈들이 서베를린으로 가는 모든 물자를 틀어막았다는데."

"세상에. 혹시 당신은 베를린에 친척이나 친구 없어요?"

"응. 아무도."

부인의 물음에 답한 그는 다시 커피잔으로 시선을 돌렸다. 프란츠 슈미트에게는 베를린에 사는 가족이 있겠지만. 지금 프랑크푸르트에 있는 만프레드 마이어는 천애고아였다. 그는 베를린에 대한 걱정을 애써 털어버리고,

아침을 먹기 위해 자리에서 일어났다.

뜨끈뜨끈한 소시지를 비롯한 풍성한 아침 식사가 그를 기다리고 있었다.

* * *

같은 시각. 서베를린.

"서베를린에 남아 있는 석탄 수효는?"

"전기가 끊기면 가장 먼저……."

"병원! 병원부터 챙겨!"

"식량부터 확보해야 합니다."

"여름인 만큼 전염병이 퍼질 우려도 있습니다."

감금당했다. 서베를린 시민들은 다시 한번 불어닥친 미증유의 위기에 불안감을 감추지 못했다.

"지하실 문 단단히 잠가놔."

"알았어요."

서베를린 공무원, 콘라드 슈미트는 상황을 파악하자마자 가장 먼저 지하실부터 확인했다. 전 세계를 뒤흔든 전쟁을 한 번도 아니고 두 번 겪어봤고, 이제 세 번째 전쟁이 터질락 말락 하는 웃기지도 않은 상황.

순무와 톱밥으로 연명하던 그 끔찍한 고난에 치를 떨었던 슈미트 일가는 무슨 일이 있더라도 최소 반년은 먹을 만한 비상식량을 쟁여 놓는 게 습관이 되었고, 지금도 지하실엔 큼지막한 햄과 맥주통이 그들을 기다리고 있었다. 다행히도 상한 음식은 없었으니, 아껴 먹는다면 얼추 반년은 버틸 수 있을 듯했다.

쾅쾅!

"장인어른, 장인어른! 계십니까?"

"어서 들어오게."

문을 살짝 열어주자 기다렸다는 듯 딸 내외가 집으로 들어왔다. 사위 오토 마이어는 딱 봐도 초조한 기색이 역력했다.

"시청에선 무슨 말 없었습니까."

"미군이 나서서 공항을 새로 건설하기로 했다는군. 미국인들이 항공 수송으로 보급을 시도할 모양이야."

"미국인들이 우릴 위해 비행기를 띄워준다니 갑자기 마음이 푹 놓이는데요."

"글쎄. 공중 보급이라는 게 그리 쉬울 것 같진 않은데. 서베를린에 사는 사람이 대체 몇 명인데 그 사람들을 전부 먹일 수 있겠나?"

오토와 콘라드 모두, 지난 전쟁의 하늘을 똑똑히 기억하고 있었다. 푸른 하늘을 새까맣게 물들여버리던 그 그림자의 군세. 끝도 없이 동쪽을 향해 날아오던 미군 항공기. 그리고 그들이 던져대던 지옥의 불벼락.

"…그들이 우릴 포기할까요?"

"어쩌면 그럴지도 모르지."

지금 서베를린에는 그 어느 때보다 많은 인구가 유입되어 있었다. 동베를린에서 벌어진 시위, 그리고 뒤이은 잔혹한 유혈 진압. 동독과 소련군의 이 핏빛 합주곡을 피해 서베를린으로 도망친 난민들의 규모는 어마어마했고, 서베를린의 어지간한 골목이란 골목에는 골판지를 깔고 주저앉은 동독 난민들의 모습이 보이고 있었다. 당장 이들을 어떻게 서독 사회에 무사히 정착시킬지를 논의하던 와중, 정작 그 서베를린이 서독으로부터 격리당하고 말았다.

"당분간 생활이 꽤 팍팍해질 거야."

"설마 전쟁 때보다 더 거지 같을까요."

"하긴. 폭격이 없는 것만으로도 살 만하긴 하겠지."

창문 너머 저 멀리에서부터 작은 점 한두 개가 점차 가까워져 오고 있었다. NATO의 수송기가 이토록 빨리 날아온다는 사실은 긍정적이었지만, 이

내 2백만 서베를린 시민을 먹여살리기엔 턱없이 부족해 보인다는 부정적인 생각이 그들의 머릿속을 가득 메웠다.

다시금 그들에게 시련이 찾아왔다.

* * *

"처칠 이 미치광이가 지금 뭐라고 떠들어대는 거야!!"

천하의 아이크를 이토록 간단히 열받게 만드는 이가 있었으니, 그 이름 하야 갈리폴리의 대영웅 처칠 되시겠다.

— 지금이 바로 자유를 위한 성전을 일으킬 절호의 기회입니다. 스탈린이 죽고 소련이 혼란에 빠져 있으니, 우리는 이번에 동유럽에서 소련의 영향력을 영구히 거세할 호기를 잡았습니다. 이 기회를 놓친다면 과연 소련을 언제 무너뜨릴 수 있을지 장담할 수 없으니…….

"저 미친 영감은 핵전쟁을 일으키고 싶어 안달이 났군."

"그게 영국 입장에선 제일 낫다 이거지."

글쎄? 과연 그럴까?

소련은 무슨 짓을 해도 워싱턴 D.C.에 원자폭탄을 떨어트리진 못한다. 하지만 런던에 떨어트리는 건 조금 운이 받쳐 주기만 한다면 얼마든지 가능하다. 하지만 저 피도 눈물도 없는 처칠은 영국의 이익을 위해서는 지금 소련이란 나라가 멸망하는 게 더 좋다는 결론에 이른 모양이었다. 혹은 자국 공군력을 믿고 있거나.

지금 미국과 소련의 대립이 점차 극한으로 치달으면서 의문의 1승을 챙긴 이들이 속속 나타나고 있었다.

당연히 중공의 모택동이 첫 빠따. 모택동은 순식간에 군대를 일으켜 티베트 일부를 점거했고, 저 끔찍한 고원지대에 곳곳에 말뚝을 박고 뒤늦게 달려오는 중화민국군을 개같이 두들겨 패주고 있었다. 달라이 라마는 히말라야를 건너 인도로 탈출을 준비하고 있었고, 중공의 검은 손길은 티베트 전역으로 퍼져나가는 중이었다.

그리고 정말 갑작스럽게도, 스페인의 인간백정 프랑코가 반사이익을 거두었다. 프랑코를 가장 잘근잘근 패던 건 바로 프랑스였는데, 그 프랑스 또한 이번 동유럽 위기에 휘말리면서 한가롭게 프랑코랑 놀아줄 틈이 없게 되었다. 이번 일만 마무리되면 아무래도 직접 프랑코의 주리를 틀어줘야 할 듯했다. 프랑스라는 고양이에게 갖고 놀라고 털뭉치 대신 던져준 거였는데, 이래서야 끝이 나지 않는다.

"합참의장. 수송기의 준비는?"

"전 세계 곳곳의 예비기를 확보하고 있으며, NATO 내부의 조율 또한 끝나가고 있습니다. 계산에 따르면 하루에 약 2천 톤은 너끈히 수송이 가능할 것 같습니다."

"…부족하잖나. 고립된 사람만 2백만을 훌쩍 넘는다면서."

"하역 작업의 표준 프로세스가 확립되고 인력이 숙달된다면 4천 톤까지 끌어올릴 수 있을 것으로 추산하고 있습니다."

빨갱이들이 주전장을 체코에서 갑자기 서베를린으로 바꾸려고 안간힘을 쓰고 있지만, 우리가 그 장단에 어울려줄 이유는 전혀 없다.

베리야가 고모고모부 총살타를 당해 형장의 이슬로 사라졌다는 건, 소련이 그만큼 강경책을 펼 예정이라는 뜻이기도 하지만 체코에 대한 통제력이 약해진다는 뜻으로도 볼 수 있다.

현 체코 공산당 지도부는 스탈린이 '반역자'라고 찍었지만 베리야의 손에 풀려나고 권력까지 잡은 이들. 빨갱이들의 저 살벌한 숙청 알고리즘에 따르면, 그들의 주인님이던 베리야가 떨려오는 반짝 별이 된 이상 저들 체코 놈들도 어디를 봐야 하는지 갈피를 못 잡을 수밖에 없다.

베리야가 죽은 시점에서 쟤들이 안 죽은 게 신기한 일이다. 아니, 정정하자. 죽이고 싶지만 우리 미국이 개입했기 때문에 못 죽인 것이다.

"몰로토프와의 비밀 회담에서, 그들은 서베를린과 체코를 교환할 용의가 있다고 밝혔습니다."

"웃기는 소리. 그랬다간 서독이 가만히 있겠나?"

"저도 동의합니다. 하지만 우리가 굳이 거부 의사를 밝힐 필요는 없겠지요. 지금 중요한 사실은, 소련은 체코를 손절하기 위한 사전 작업을 준비하고 있을지도 모른단 겁니다."

여기서 반대로 생각해보자. 체코를 대강 미국에게 던져주더라도, 이게 다 베리야 때문이라고 면피할 수 있다면? 이러면 소련도 다시 협상 테이블에 올라올 가능성이 크다. 그놈의 위신만 아니었으면 이미 진작 어떤 형태로든 협상이 진행됐겠지만, 원래 한 세력의 두목쯤 되면 거동이 쉽지 않은 법이니까.

이 법칙은 우리 또한 마찬가지. 서베를린을 유지할 수 없다는 게 확정된다면 그때 다시 슬그머니 협상을 재개해도 된다. 반면, 우리가 서베를린을 완벽히 유지한다면 소련은 교환할 팻감이 사라진다.

"체코는 어떻게 되어 가고 있지?"

"공산 정권은 비상 계엄, 야간 통행 금지, 10인 이상 집회 금지를 선언했습니다. 조만간 무력을 동원한 진압을 개시할 듯합니다."

"또 거지 같은 빨갱이들이 시민을 탱크로 뭉개는 꼬라지가 목격된다면 여론이 크게 요동칠 거야. 체코 저항세력에게 무기를 제공하고 내전을 유도하면 어떨까?"

"소련이 용납할 범주는 아닌 것 같군요, 대통령 각하."

"5분만 쉬고 다시 이야기하세."

식은땀으로 이마가 번들거리는 아이크가 신경질적으로 담뱃불을 붙였고, 화장실에 가려고 자리에서 일어나는 내 뒤로 브래들리가 따라붙었다.

"왜."

"군 내부에서 처칠에게 동조하는 목소리가 있어."

"미친 새끼들. 군복 다 벗겨버려야지."

핵전쟁 하자고? 돌아버렸나?

"핵전쟁을 개시하면 우리가 일방적으로 소련을 두들겨 팰 수 있으니, 지금이 호기라더군."

"좆같은 소리. 소련은 그 자체로 이용가치가 있어."

그럽습니다, 루즈벨트. 그 양반이 살아 있었다면 또 사악한 술수를 부려서 내부 헛소리를 다 찍어눌렀을 텐데. FDR은 일찍이 살아생전 '소련이 위협적인 존재가 될수록 서유럽 국가들은 미국의 충실한 수족이 될 것.'이라고 말했었다.

그리고 나는 형태는 조금 달라졌을지언정 그 노선을 따르고 있었다. 간단한 이야기 아닌가? 처칠이 진심으로 소련 멸망을 기원한다는 그 자체만으로도 알아먹어야지.

소련이 '한때 소련이라 불리던 방사능—잿더미'로 형상변환 하고 나면 영국과 프랑스 같은 놈들은 다시 옛날로 되돌아가려고 발버둥 칠 게 뻔하다. 지금은 미국의 보호 없이는 소련의 죽빵 앞에서 두려움에 떨어야 하니 아가리를 닥치고 있는 거고.

군바리들은 이래서 문제다. 눈앞의 적을 때려 부술 수 있다는 사실 그 자체에 현혹되면 어떡하나. '왜' 때려 부숴야 하는지를 모르면 말짱 도루묵인걸.

"장관님! 장관님!"

"무슨 일입니까."

"체코의 동태가 심상치 않습니다."

"앞장서십시오. 가면서 듣겠습니다."

나는 발걸음을 옮기며 직원에게서 서류를 전달받았다.

대체 또 무슨 일이 터진 거냐.

"예상했던 대로 프라하에서 무력 진압이 개시되었는데, 시민들이 바리

케이트를 설치하고 도시 곳곳에서 저항을 벌이고 있습니다. 이미 사태가 내전의 양상을 띠고 있습니다."

"…좋지 않은데."

"그리고, 이상한 일이 있습니다."

"뭡니까."

"소련이 체코 정부를 향해 비난 성명을 내걸었습니다."

"뭐?"

지금 뭔가 잘못 들은 것 같은데. 우리가 소련의 의도를 파악하기 위해 머리를 채 맞대기도 전에, 빨갱이들은 말 대신 행동으로 자신들의 의지를 표명했다.

'체코슬로바키아 공산당은 트로츠키주의적, 티토주의적, 종파주의적 태도를 수정하지 않고 인민들의 열망을 무자비하게 무력으로 짓밟았다. 세계만국의 노동자와 농민을 수호하는 소비에트연방군은 현 시간부로 체코슬로바키아에 거주 중인 소련인들의 신병을 보호하기 위해 체코 경내로 진입하겠음.'

소련군이 프라하를 향해 진격하기 시작했다.

프라하 대치 2

런던 근교. 처칠의 자택, 차트웰 하우스.

오면서 본 런던의 분위기는 참으로 해괴했었다.

"도시가… 어쩨 썰렁한 것 같던데 말이지요."

"아, 그거 말이오? 어떤 미국인이 핵전쟁을 준비하는 덕택에 사람들이 처자식을 시골로 내려보내고 있어서 그렇소."

런던의 명물이라고 하면 당연히 빅벤과 스모그지만, 바글바글 미어터지는 인파 또한 빠지지 않는 법. 하지만 그 인파는 무척이나 줄어든 것 같았고, 그 대신인지 총리직에 복귀한 성질 더러운 시가 피우는 할배가 나를 반겨주고 있었다.

"누가 들으면 제가 어디 뭐, 빨갱이들 끝장내겠다고 이 사달을 벌인 거로 알겠습니다."

"진짜 끝장 안 낼 게요? 지금 눈 딱 감고 한 판 붙으면 빨갱이들을 모조리 원자 먼지로 만들어버릴 수 있다는 생각은 들지 않으시오? 이런 기회는 두 번 다시 오지 않는다, 뭐 이런 거."

"영국 사람들이 좀 불쌍하다는 생각은 듭니다. 자기들이 이런 전쟁광 총리를 뽑은 줄도 모르고."

"나는 지극히 이성적이오. 저 불곰 놈들이 과연 런던까지 무사히 원자폭탄을 한 아름 끌어안고 날아올 확률이 얼마나 되겠소? 반면 우리의 왕립 공군은 저 악의 성채 모스크바를 확실하게 핵의 불길로 정화해버릴 수 있겠지."

"미리 경고하지만, 체코 방면에 투입된 코만도가 헛짓거리를 했다간 무척 재미없을 겁니다."

"날 뭘로 보고 그런 말을 하시오?"

미치광이 전쟁광. 몰라서 묻나.

얼마 전 현역 복귀를 희망했다가 '예비역도 아니고 퇴역한 어르신은 안 받아줍니다.'라는 답변을 받은 대서양 건너편의 미치광이 전쟁광 상원의원은 신나고 재밌어서 전쟁을 원하는 또라이다. 하지만 내 눈앞의 이 미치광이 전쟁광은… 모르겠다.

지난 전쟁 당시의 그는 화산과도 같았다. 끊임없이 대영제국의 영광을 외쳤고, 그 누구보다 불타오르는 정열로 끝없는 전쟁 속에서도 국민들을 독려했다. 하지만 지금 그는 집에서 요양하는 환자 신세였다. 뇌졸중이 그를 덮쳤기 때문이다.

이만한 중증이면 사임해도 전혀 이상하지 않지만, 이 수상한 시국에 하필 그의 후계자로 취급받던 앤서니 이든(Robert Anthony Eden) 또한 대수술을 받고 후유증에서 회복 중. 결국 엘리자베스 여왕과 일부 내각 인사들은 고심 끝에 처칠의 병을 숨기기로 결의했다. 살날 얼마 안 남은 노인네치고 처칠의 회복세가 빠르다는 것 또한 영향을 끼쳤으리라.

"킴 장군."

"지금은 장관입니다만."

"세상 사람 모두가 그대를 장군으로 알고 있으니 장군이지. 아무튼… 나는 이제 전혀 전쟁을 원하지 않소. 이제 전쟁은 우리에게 비극만을 가져다

줄 게요."

믿을 수 없는 말이지만, 잘 움직이지 않는 왼팔을 바르르 떠는 그를 보면 인간으로서의 측은지심이 먼저 움직이고 있었다.

"스탈린이 핵을 갖기 전에 전쟁을 일으켜야 했소. 이제 우리는 저 끔찍한 버섯구름이 우리가 일궈온 모든 것들을 불태우지 않을까 두려움에 떨며 살아야 하오."

"조금 전에 하신 말씀과 정반대되는 이야기 같습니다만."

"그땐 그랬고, 지금은 아니지. 런던에 원자폭탄이 떨어지느냐 마냐로 도박을 한다니 순 미친 새끼 아니오."

거, 미친 새끼라고 오해해서 죄송하게 됐습니다. 근데 아직도 '그때 전쟁하지 그랬어.' 같은 말을 하는 걸 보니 전쟁광은 맞는 것 같은데.

"미국은, 정말 세계를 불태울 의사가 없는 게 확실하오?"

"물론입니다."

"개자식들. 내가 전쟁을 외칠 땐 평화 타령만 늘어놓고, 이제 해빙 무드를 조성해야 한다고 주장하려니 갑자기 세계를 핵전쟁 위기에 몰아넣었어. 당신네들 전부 지옥에나 떨어지시오."

"적절하게 소련에게 양보를 얻어내는 선에서 끝낼 겁니다. 사실 양보까지도 필요 없지요. 원만한 합의만 본다면 말이지요."

"빨갱이들이 합의에 나설지 모르겠군."

백악관도 그렇고 모두가 하루하루 입술이 바싹바싹 말라가고 있었다. 해볼 만했다. 그리고 해야만 했다. 소련이 동유럽을 탱크로 뭉개는 꼴을 눈감고 귀 막고 외면했다간, 지난 몇 년간 우리가 주도해 왔던 정책과 세계 질서가 모두 한순간에 무너질 테니.

"우리는 이미 크렘린을 향해 경고를 날렸습니다. 사실 그 경고를 저들이 귀담아듣기만 했어도 사태가 이 지경까지 가진 않았습니다."

"킴 장군. 굳이 내 앞에서까지 그런 뻔뻔한 말을 늘어놓지 않아도 되오.

정치는 원래 다 그런 거니까."

"오늘따라 아프게도 때리시는군요."

"대신 오래도록 해먹은 늙은 정치가로서, 딱 하나만 조언해드리리다."

처칠은 드물게도 늘 그래왔듯 성질을 부리는 대신, 어눌해진 말로나마 내 마음을 풀어주려는 듯했다.

"상황이 이 지경이 된 이상… 절대 굴복하지 마시오. 배에 힘 딱 주고 눈 부릅뜨시오. 이미 물러서기엔 너무 멀리 왔으니."

"조언 감사합니다."

영국의 전면 협조를 약속받았다. 이제 우리가 판돈을 올릴 시간이었다.

* * *

2차대전이 끝나고 체코슬로바키아가 나치의 손아귀에서 해방된 후, 체코인들의 국경 관리 목표는 '들어오는 사람을 막는 것'이었다. 그도 그럴 것이, 2차대전이 나치의 패전으로 끝나자 동유럽 전역의 독일계들은 모조리 추방령이 내려졌다.

동프로이센, 폴란드, 체코 등 옛 프로이센과 오스트리아—헝가리제국 전역에 걸쳐 살던 이들 독일인들은 히틀러가 '독일인이 거기 사니 그곳은 우리 땅'이라고 주장하는 명분이 되었고, 소련과 동유럽 각국은 두 번 다시 그딴 명분을 내세우지 못하게 이들 독일계를 깡그리 추방해버리기로 결심한 것이다.

서방은 수백만 단위의 난민이 발생할 게 뻔한 이 추방령에 경악했지만 강철의 대원수를 설득할 수는 없었다. 어차피 자국민의 생활 환경도 개판인 소련인들에게 난민들의 생활 환경 어쩌고를 떠들어봤자 아무런 감흥도 줄 수 없는 건 실로 당연한 일.

아직 공산 쿠데타가 일어나기 전의 체코슬로바키아 또한 이 사안에 대해서는 소련과 한목소리를 냈다.

"우리는 우리 땅에 거주하는 독일계와 헝가리계를 체코인으로 인정하고 싶지 않습니다. 그들은 히틀러와 손잡고 나라를 팔아먹은 반역자들입니다."

"하지만 그들은 민간인입니다. 아버지나 할아버지가 독일계라는 이유만으로 그들 모두를 죄인으로 만들 순 없어요!"

"체코의 미래를 위해선 최종 해결책이 있어야만 합니다. 히틀러를 위해 체코의 등 뒤에서 칼을 찌른 그들은 응당의 대가를 치러야만 합니다."

"암, 그렇고말고. 이번 기회에 동유럽에서 독일계를 싹 정리해야 합니다."

독일에 대한 원한 하나는 으뜸인 처칠이 연신 물개박수를 치며 찬성을 표했고, 손해는 없고 이득만 가득하다는 결론에 다다른 스탈린도 여기에 동조하자 월레스 또한 결국 굽혀야만 했다.

이에 따라 반나치 투쟁에 나섰다는 증거가 없는 모든 독일계와 헝가리계는 모조리 시민권을 상실하였고 추방 명령이 내려졌다. 어차피 명령은 요식이었을 뿐, 이미 한참 전부터 체코인과 슬로바키아인들은 총과 낫을 들고 이들에 대한 집단 린치를 벌이고 있었다.

"이, 이럴 수는 없습니다!"

"우리 가족은 할아버지의 할아버지 대부터 여기서 살았습니다! 저는 체코 사람이에요!"

"우리가 체코계라는 이유로 하등종족 취급당할 때 당신들은 아주 편안했잖아. 자, 이제 누가 운터멘쉬지?"

"독일인은 배신을 일삼는 더러운 민족이니 처리해도 괜찮아. 너희가 뿌린 반유대주의 책자에서 배웠지."

"우린 너희들처럼 가스실은 안 만들었으니 안심하라고. 너네 고향으로 꺼져!"

뿌린 대로 거둔다고 하면 너무 잔혹한 말일까. 이들의 재산은 모두 몰수되었고, 추방 도중 학살이 자행되기도 했으며, 일부는 체코 정부가 지은 강제 수용소로 끌려갔다. 독일인들이 유대인을 위시한 다른 민족들에게 베푼 것 중 가스실만 빼면 모두 되돌아온 셈이다.

이 대규모 추방 이후, 체코 국경 수비대의 가장 중요한 임무는 저들 독일계 난민들이 다시 제 고향으로 기어들어 오지 못하도록 철저히 차단하는 일이었다. 하지만 공산 쿠데타가 모든 것을 뒤바꾸었다.

아무리 고향이 그립더라도 학살과 숙청이 자행되는 불지옥으로 뛰어들고픈 이는 그리 많지 않았고, 반대로 체코에서 탈출하려는 행렬은 꼬리에 꼬리를 물었다. 공산화 이후 새로이 개편된 국경 수비대는 이제 탈출하는 자국민의 감시와 억류, 사살, 그리고 유사시 NATO의 침공에 대비하는 임무를 띠게 되었다.

그리고 지금. 체코슬로바키아 서쪽 국경, 로즈바도프(Rozvadov)라는 마을을 아는 사람들은 그리 많지 않았다. 어제까지는.

"하암. 졸려 죽겠네. 교대 언제 하나."

"1시간은 더 남았습니다."

"죽겠네. 데모 때려잡는다고 애들을 다 끌고 가니까 남은 놈들만 피똥 싸지."

"그래도… 데모 진압하러 가는 것보단 여기서 노가리 까는 게 낫지 않습니까?"

"그건 그래. 빨리 좀 끝났으면 좋겠는데."

"저기, 저기 뭐 보이지 않습니까?"

"뭐가 보인ㄷ……?"

빠악!

초소에서 하염없이 시간을 때우던 국경 수비대원들은 의문의 습격자의 손에 머리에 큼지막한 혹을 하나씩 선물받고 의식이 꺼졌다.

"비, 비상, 저, 저, 적이다. 적 출……."

"자. 손에 든 거 내려놓으시지. 죽이기 싫으니까."

"히이이이!"

"초소 제압 완료. 차단봉 올립니다."

— 수신 감도 양호. 이동하겠다.

준군사조직에 불과한 국경 수비대는 순식간에 제압되었고, 도로는 이들 정체불명의 무리들에게 장악당했다. 그리고 얼마 지나지 않아. 그들의 귓전에도 요란한 엔진 소리가 들리기 시작했다.

"저, 저게 뭐야."

"해방군이지."

끝없는 전차와 차량의 물결. NATO의 깃발을 펄럭이는 이들은 동쪽을 향해 나아갔다. 프라하를 향해서.

"씨발."

"무슨 일이십니까?"

"씨발. 내 인생. 군대를 탈출해야 했어. 그때가 유일한 기회였다고."

"오늘치 약 빼먹으셨습니까."

그리고 그 NATO의 깃발을 위엄차게 휘날리며 나아가고 있던 김도경 중령은 양손으로 구레나룻께를 이리저리 문지르며 소리 없는 절규를 내질렀다. 그가 이끄는 전차대대는 지금 막 독일—체코 국경을 넘었다. 그것도 제대로 된 무기 하나 없이.

임무는 참으로 간단했다.

'프라하까지 진격할 것.'

'부족한 게 많으니 재주껏 현지조달할 것. 약탈하진 말고 돈 주고 사서 쓸 것.'

'절대 교전해선 안 됨. 탄의 절반가량은 공포탄으로 주겠음.'

이게 말인가 방귀인가. 지휘관으로서 오직 그와 몇몇 참모만이 알고 있는 진짜 의도는 더 가관이었다.

'우리가 민간인을 해치면 임무 실패. 체코군이나 소련군을 해치면 3차대전 가능성이 올라감.'

'차라리 소련군 손에 죽으면 죽었지 교전은 최대한 지양할 것.'

"절대 체코인들을 화나게 해선 안 된다니."

"그야 우리는 저들을 지켜주러 가는 것이니까요."

"그렇지."

해방자. 당장 기름조차 간당간당하고, 고장 난 전차를 다시 독일로 가져갈 수단도 마땅찮아 야전수리가 불가능하다면 아예 버리고 가야 하는 상황. 그 와중에도 부랴부랴 윤전기를 돌려 삐라 하나는 어마어마하게 찍어냈다.

[체코인 여러분, 10년 전 왔던 우리가 돌아왔습니다!]

[전 자유 세계 시민들은 여러분을 응원하고 있습니다.]

[NATO는 불의로부터 여러분을 지키기 위해 왔습니다. 이들을 응원하고 도와주신다면 그들이 여러분을 지켜줄 것입니다.]

한 치 앞도 보이지 않는 어두컴컴한 동굴을 헤매는 것 같다. 도경은 갑갑함에 미쳐버릴 것만 같아 전차 바깥으로 몸을 내밀고 담배를 꼬나물었다.

"빨리 가자! 해가 뜨기 전에 최대한 전진한다!"

"예!"

'체코 시민들이 자발적으로 미군에 반대하며 격렬한 저항을 할 경우 퇴각해도 좋음.'

뺨 때리고 반창고 붙여주려는 심보일까. 돼지꼬리처럼 붙은 사족만이 그나마 가진 보험이었다. 그리고 얼마 지나지 않아서, 프라하를 사이에 두고 미국과 소련의 전차가 마주보게 되었다.

프라하 대치 3

소련이 베를린을 포위했을 때, 그들은 승산이 있다고 여겼다.

'공중 보급이라는 게 얼마나 허황한 이야기인지 저 히틀러가 증명하지 않았나. 설령 미군이라고 한들 공중 보급의 어려움이 딱히 가시지는 않는다.'

연합군이 2차대전에서 치렀던 대표적인 공중 보급의 사례는 서부 전선의 저 유명한 아미앵 전역. '총통의 소방수' 발터 모델이 벨기에 방면의 연합군을 포위했을 때, 연합군은 공군을 통한 대규모 수송작전으로 응수했었다.

하지만 서베를린은 상황이 다르다. 그때는 모든 것이 무제한적으로 허용되던 전시. 지금은 어쨌거나 평시. 그 당시 포위된 연합군은 드넓은 벨기에 지역 상당수를 장악하고 널찍한 공간을 확보하고 있었지만, 서베를린은 너무나도 비좁다.

게다가 벨기에에 포위된 연합군 약 50만 명이 며칠, 몇 주를 더 버티기 위한 식량과 탄약 위주의 짧은 수송이 필요했던 아미앵 전역과 달리. 지금 미국과 NATO는 서베를린 시민 200만여 명을 위한 식량, 그리고 수송이 참으로 난감한 석탄을 대량으로 운송해야 했다.

　그리고 무엇보다도, 이 서베를린 포위는 기약이 없었다. 유진 킴의 본대가 포위망을 찢기만 하면 다시 보급을 연결할 수 있었던 것, 그리고 이동식 항구를 추가로 부설해 해상 보급을 개통했던 그때와 달리 3차대전이 터져 미군이 직접 진격해 오지 않는 이상 서베를린 포위는 소련의 자발적 의사 없이는 결코 풀릴 리가 없다.

　바로 그 때문에, 조금 더 '강력한' 방안을 써야만 서베를린을 구할 수 있다고 생각하는 이들도 있었다.

　"수송기를 끌어모으고 있지만 한계가 있습니다."

　"폭격기와 전투기를 끌어모아 동독의 비행장과 공군 기지로 위협 비행을 날리는 건 어떻습니까. 빨갱이들에게 엄포를 놓은 뒤 우리 육군이 서베를린으로 강행돌파를 감행한다면 놈들은 굴복할 겁니다."

　"…르메이 장군. 혹시 패튼의 유령이라도 만났소?"

　"패튼 장군은 멀쩡히 살아 계십니다만."

　"그런데 왜 그 인간이 씐 것처럼 말하십니까. 안 됩니다."

　온화한 브래들리의 이마에 삼단 주름살이 쌓이는 걸 뻔히 봤음에도 석기시대 마니아는 곱게 물러나지 않았다.

　"공군의 일원으로서 이번에 막중한 임무를 맡게 된 건 실로 영광스러운 일이지만, 우리는 유사시를 대비해야 합니다."

　"그리고 3차대전의 방아쇠를 우리 손으로 당기게 될지도 모르지요."

　"우리만 수소폭탄을 보유하고 적은 원자폭탄만 보유하고 있는 이 시점은 둘도 없는 호기입니다. 오직 우리만 원자폭탄을 보유했을 때보다는 조금 덜한 기회지만, 지금이라도……."

　"안 돼."

　펜타곤에서 이런 험악한 이야기가 나온다는 걸 아는지 모르는지, 크렘린 또한 대응책 마련에 모두가 머리를 맞대고 있었다.

"…따라서 공중 보급 시도는 미 제국주의자들의 허세, 블러핑이라고 여겨야 할 것입니다."

주코프는 그렇게 결론을 내렸다.

"원수 동지. 만약 저들이 허세가 아니라 진지하게 공중 보급에 도전한다면 어찌되는 겝니까."

"지금 저들의 무모한 도전에 가망이 있다고 보시오?"

"지난 전쟁에서 연합군의 공군력은 우리와 독일을 합친 것보다도 훨씬 압도적이었습니다. 그때를 고려한다면……."

"전쟁이 끝난 지 10년이 넘었으니 저들의 항공기 상당수도 폐기되었겠지. 그리고 전투기도, 폭격기도 아니고 수송기가 얼마나 있겠소?"

소련 공군 일각에서는 미군 항공력에 대한 두려움 섞인 전망을 내놓기도 했지만, 주코프는 그럴 리가 없다고 굳게 믿었다. 서베를린 수백만 명을 먹여살릴 공중 보급이 가능하다면. 반대로 밀가루와 석탄 대신 그 자리에 폭탄을 챙겨올 수도 있지 않겠는가.

도저히 그런 괴물 같은 힘이 있으리라고, 그게 가능하리라고 생각하고 싶지 않았다. 군부의 수장인 주코프, 그리고 그 예하의 장성들이 한마음 한뜻으로 그렇게 판단했으니 정치가들은 이에 기반한 대책을 고민했다.

"아직 우리의 비밀무기를 공개하기엔 때가 별로 좋지 않은 것 같소만."

"지금 꺼낼 만한 카드는 아닙니다."

"그러면 봉쇄를 유지해 미국인들을 궁지에 몰아넣으면서 체코 문제 해결에 집중합시다."

"헝가리도 신속히 개입해야 합니다."

"군대를 보내 반동들을 싹 정리하는 것 외에 다른 방법이 있겠소? 서방 제국주의자들도 헝가리에 대해서는 말을 아끼고 있소."

하지만 소련은 틀렸다.

1대, 2대에서 10대, 20대, 50대, 100대. 점점 더 많은 수송기가 서베를린을 향해 날아오기 시작한 것이다.

"미국의 수송 역량이 가파르게 상승하고 있습니다."

"우리 측 추산에 따르면 아직 기껏해야 놈들의 수송 능력은 몇백 톤에 불과합니다. 봉쇄 전 서베를린의 일일 1만 톤에 육박했다는 걸 고려한다면 이는 지극히 부족한 양입니다."

"저 수송기를 좌시할 순 없지 않겠소……?"

"지금 민간인 구호용 수송기를 공격하자고?!"

"최소한 우리가 손가락만 빨고 있는 것보단 낫지!"

손가락만 빨아야 했다. 3차대전 위기라는 전대미문의 대재앙 앞에서 머리가 터질 것 같은 건 크렘린이라고 다르지 않았다. 결국 이들은 번뇌 끝에 수송기를 향해 서치라이트를 번쩍인다거나, 혹은 맞대응용 항공기를 내보내 수송기 근처를 괜히 얼쩡거리며 조종을 방해한다거나 하는 간접적 수단의 견제만을 하기로 결정했다.

[졸렬한 소련. 이것이 초강대국의 풍모인가?]

이러든 저러든. 어차피 그들이 취할 수 있는 수단은 그리 많지 않았다.

* * *

체코슬로바키아는 약소국이다. 이 명제를 모르는 이는 아무도 없었다. 하지만 약소국이라 하여 어디 일방적으로 짓밟히기만 하겠는가? 그들 또한 애국심이 있고, 외국군의 침략을 보며 끓어오르는 분노가 있었다. 그러나 그 외국군이 미군과 소련군이라면 이야기는 달라진다.

일방적으로 국경을 제압하고 전광석화처럼 달려온 소련군은 가장 먼저 코시체, 브라티슬라바와 같은 슬로바키아의 핵심 도시를 완벽하게 자신들 통제하에 떨어트렸다.

하지만 동독 주둔 소련군은 베를린에서의 전쟁 위기가 고조되고 있었기에 쉽사리 움직일 수도 없었고, 무엇보다 조약에 매여 있는지라 괜한 명분을 줄 수도 있었기에 그대로 동독에 남아 있었다. 따라서, 소련 본토에서부터 출발한 소련군이 프라하로 가기까지는 꽤나 많은 시간이 걸렸다.

"전방에 미군! 미군입니다!"

"말도 안 돼! 양키들은 정말 전쟁을 벌일 심산인가?"

그리고 그 미묘한 시간 차이 덕분에, 소련군은 프라하 시내에 진입하지 못했다. 프라하로 가는 길을 틀어막은 미제 M—48 '채피' 전차를 향해 주포를 겨눈 채, 그들은 기약 없는 기다림에 돌입하게 되었다.

그리고 두 초강대국 군대를 코앞에 두게 된 프라하 시민들은 더 이상 시위를 할 겨를도 없어졌다. 3차대전이 그들의 앞마당에서부터 시작될 판인데 시위를 나갈 만한 배짱은 없었다.

실질적인 문제도 있었다. 이미 체코의 물류 유통 경로는 양군의 출현으로 인해 엉망진창이 되었다. 아직 항공 운송이 발달한 시대가 아니니 항공 운행의 전면 중단은 그리 큰 타격이 아니다. 하지만 시골과 도시를 잇는 육상 네트워크가 끊어진 것은 말 그대로 동맥경화. 특히 소련군이 진격을 위해 도로와 철도를 일방적으로 점유하면서 체코와 슬로바키아는 사실상 분단 상태에 놓였다.

"감자 한 포대가 이 가격이라고?"

"싫으면 사지 마요. 내일이면 더 비싸질걸요?"

"아니오. 사겠소. 사리다."

상황이 이리되자 주요 도시권, 특히 대도시 프라하의 물가는 하루가 다르게 치솟았고 사람들은 식량을 확보하기 위해 시위는 물론 출근마저 때려치우고 암시장으로 달려나갔다. 그렇지만 그 프라하 시민들이 몰아내고자 했던 공산당 지도부의 마음이 평안해졌냐고 하면, 그렇지만도 않았다.

"어째서, 어째서! 어째서!! 내 목숨에 관심이 많은 놈들이 이렇게나 많은 게냐!!"

"대체 우리가 뭘 잘못했다고. 1년도 채 안 돼서 이게 무슨 일이냐고!"

베리야에 의해 임명된 이들이니, 베리야가 나가리되면서 붕 떠버리는 건 당연지사. 미국과 소련은 서로의 의도를 파악하기 위해 필사적으로 대가리를 굴리면서도 마음에 없는 소리를 떠들어댔다.

"체코인들은 공산주의와 프롤레타리아 혁명의 기치를 따라 스스로 공산주의 체제를 채택했습니다. 소비에트연방은 이들의 놀라운 혁명정신을 응원하고 또 지원해 왔었지요."

"하긴. 레닌도 선거 지니까 쿠데타 일으켜서 정권 잡았지."

"빨갱이가 다 그렇죠, 뭐."

그리고 유엔은 바로 그 마음에도 없는 소리를 떠들기 위한 가장 품격 있고 격식 갖춘 장소. 각국의 대사라는 사람들이 나와 헛소리를 주워섬기고 들리지 않게 쑥덕거리는 모습은 참으로 코스모폴리탄 정신 가득한 아름다운 장면이었다.

"실로 불행하게도, 비밀경찰의 수장으로 악명 높던 라브렌티 베리야는 개인의 사리사욕을 위해 올바른 인사들을 죽이고 반역도들과 야합했습니다. 체코인들은 이들을 몰아내기 위해 떨쳐 일어났고, 우리 소련 또한 선량한 체코슬로바키아 인민들을 도와⋯⋯."

소련의 주장은 간단했다.

'모든 것을 원래대로 돌리겠다.'

'체코 인민들이 '원하는 대로' 지금 정권을 강탈한 모리배들을 모조리 쓸어버리고 인민들의 지지를 얻었던 옛 정권을 회복시키겠다.'

'서베를린? 그건 이번 건과 전혀 관계없는 별개의 문제. 서독과 그 뒤의 NATO가 동독 체제를 뒤흔드는 비열한 행위를 일절 중단하면 차차 '수송 제한'이 해금될 것.'

'티베트인들은 공산주의를 따르기로 결심했으며, 달라이 라마 같은 중세적 종교인의 야만적 신정일치 체제를 더 이상 원치 않는다. 중공군은 봉

건 귀족들로부터 이들 노동자 농민을 지키기 위해 일시 주둔 중이며, 혁명이 완수된 이후 철군할 예정임.'

"그러니까 미제는 썩 꺼져라, 라는 뜻이군. 참 욕심도 많은 친구들이야."

유진을 비롯한 미국 수뇌부는 당연히 소련의 저 개가 유진—바 뜯어먹는 소리에 동의해줄 생각이 없었다. 유엔을 통해 밝힌 미국의 의지는 다음과 같았다.

'서베를린 봉쇄는 어떠한 명분도 없는 실로 비인도적인 처사로, 지금 즉시 어떠한 조건 없이 봉쇄를 해제하라.'

'체코슬로바키아는 1차대전과 2차대전을 통해 전 세계 모든 나라로부터 그 자주성을 인정받은 나라로, 현재 체코 시민들의 민주화 요구에 타국이 관여해서는 안 된다. 소련군은 즉각 철군하라.'

'중공군과 중화민국군 모두 즉시 티베트에서 철군하라.'

'3껏'으로 요약이 가능한 이 주장 역시 소련인들은 귓등으로도 듣지 않았다.

강 대 강. 만인이 지켜보는 유엔에서 자존심 강한 두 천조국이 대결을 벌이는 동안, 진짜 실세라고 할 만한 이들은 다시금 만남을 가지고 서로의 입장을 조율하기 시작했다.

"저번의 일격은 좀 아팠습니다, 몰로토프 동지."

"이제 그만 포기하시지요."

"제 고향에 '포기는 배추 셀 때나 쓰는 말.'이라는 격언이 있지요. 서양식으로 말하자면 내 사전에 포기는 없다고나 할까요. 그런데 솔직히 인질극은 조금 선 넘은 거 아닙니까?"

"전력에서 조금 앞선다고 몽둥이를 들고 협박하시는데, 소비에트연방은 결코 협박에 굴복하지 않습니다. 우리 사전에도 포기는 없습니다."

유진은 문득 몰로토프의 모가지를 붙들고 바트의 목을 조르는 호머 심슨이 되고 싶다는 충동에 시달렸다. 참을 인 셋이면 살인도 면한다 했거늘,

엿을 먹이고 싶다는 이 분노는 어찌하오리까.

'서베를린으로 간 헨리더러 소련 놈들의 방해공작에 실수로 추락한 척을 하라고 해봐? 빨갱이들이 내 아들을 해치려 했다고 울고불고 즙을 짜면……'

잠시 후 자신이 무슨 생각을 떠올렸는지 스스로 깨달은 유진은 화들짝 놀라 재빨리 담배를 입에 물었다. 이게 다 니코틴이 부족해져서 금단증상에 시달리던 뇌가 잘못된 아웃풋을 내뱉은 탓이다. 혹은 워싱턴 D.C.의 독기에 너무 물들었거나. 아무튼 내 탓은 아니다.

"이제 좀 협상의 의지가 생기셨나보군요."

"저는, 그리고 미합중국은 항상 타협하고자 했습니다."

"그렇습니까? 담배를 꺼내신 걸 보니 생각이 좀 달라지셨나본데……"

"이보십시오, 몰로토프 씨. 우리 하루 이틀 본 사이 아니잖습니까. 설마 내가 공갈을 치고 싶을 때 담배 대신 당근 스틱을 꺼낸다는 그 황색언론 찌라시의 우스갯소리를 진심으로 믿으시기라도 하셨습니까?"

"그럴 리가요."

믿었네. 이 병신들. 머리에 빨간 물이 들면 지능도 감퇴하냐고.

"좋습니다. 믿어드려야지요. 그럼 제가 새로운 제안을 하겠습니다. 유엔 선거위원회의 감독 아래 체코슬로바키아에서 자유 선거를 통해 정권을 교체. 양국 군대는 체코에서 철군하며, 헝가리에도 개입하지 말 것. 또한 서베를린 봉쇄를 즉각 풀 것. 어떻습니까?"

"전혀 동의할 수 없습니다. 체코에서는 기존의 정권을 원복시키고, 헝가리의 반동분자들이 일으킨 소요 또한 헝가리 정부가 요청할 경우 우리는 개입할 겁니다. 그리고 동독의 정권을 뒤흔든 음모의 대가로 서베를린을 포기하십시오."

이 새끼들은 진짜 협상할 생각이 없나? 다시 한번 내 내면의 맥가놈이 '저질러! 수폭! 버섯구름!'을 외치는 걸 외면하고, 우리는 며칠간 밤을 설치며 기나긴 협상에 들어갔다.

그리고 한참 뒤. 나와 술잔을 기울이던 몰로토프는 문득 지나가는 말처럼 본론을 꺼냈다.

"실은 말입니다. 저 또한 여러분들과 평화롭게 협상으로 일을 타결하고 싶지만 국내의 모험주의자들이 워낙 압박이 심해 어쩔 수가 없습니다."

"그렇습니까?"

"예. 항상 전쟁을 원하는 건 군부 아니겠습니까. 참 애석한 일이지요."

"그것참 가슴 아픈 일이군요."

주코프 뚝배기를 깨달라고? 그게 가능했으면 내가 이 지랄을 하고 있겠냐고.

"협상의 걸림돌이 사라진다면……."

"체코와 슬로바키아를 분리하는 선에서 매듭짓는 건 어떨까 싶습니다."

뚝배기는 어떻게 깨면 잘 깼단 소릴 듣지?

딱 기다려봐. 데운 술이 식기 전에 주코프의 목을 가져오겠소.

프라하 대치 4

대한민국, 서울. 국회의사당.

"바야흐로 냉전의 엄혹한 칼바람이 칼날이 되어 흩뿌려지는 형국입니다. 한때 중국과 한반도를 피바다로 만들려 음모를 획책하던 공산 비적 무리들은 이제 동유럽에서 세계대전을 준비하고 있습니다."

기자들은 숨을 쉬는 것마저 잊고 젊은 초선 국회의원의 웅변을 서둘러 필기했다. 그의 언변엔 사람을 끌어당기는 힘이 있었다.

"우리 대한민국은 삼천만 한민족이 일치단결하여 자주독립을 실현하였으나, 자유와 민주주의를 소중한 가치로 여기는 전 세계 사람들의 도움이 아니었다면 독립은 훨씬 더 지난한 일이었을 겁니다.

그런데 지금, 중공이 다시금 탱크로 약소민족을 짓밟고 자유중국이 흔들리는 이 위난한 시국에 현 정권은 한미공조를 더욱 강화하긴커녕 당리당략에 얽매여 대계를 보지 못하였습니다.

여운형 대통령 각하. 만민이 잘 먹고 잘살아야 한다는 사회주의 사상 어디에 약소민족을 탱크로 뭉개도 된다는 말이 있는지……."

"야! 싸가지는 챙기고 말해라!"

"몽양 선생님이 네 친구냐?"

"나이 처먹은 게 훈장이냐! 젊은 친구가 바른말을 하면 부끄럼을 느껴야지 어디서 윽박을 질러!"

"사민당 빨갱이 새끼들아. 그렇게 자꾸 간 볼 거면 당명을 자반고등어당으로 바꾸지 그러냐!"

국회가 늘 그렇듯, 뭐 하나 트집 잡을 언사가 나오기 무섭게 결국 쌍욕이 버무려지는 아우성으로 인해 장내는 K—복싱 링으로 바뀌고 말았다. 국회는 이미 장충체육관 개관 기념 역도산 내한 경기 때보다도 더욱 뜨겁게 타오르고 있었고, 사진사들은 연신 플래시를 터뜨려 가며 [어김없이 반복되는 국회 난투극. 총은 안 쏘니 임정 시절보단 나아졌나?]라는 타이틀에 넣을 명장면을 뽑으려 안간힘을 썼다.

"재조지은은 국공 내전 때 이미 다 갚았잖아! 독립한 지 1년도 안 돼서 장정 50만 명 동원한 나라가 세상천지에 어딨냐!"

"빨갱이 새끼들아, 그게 갚은 거냐? 남중국이 망하면 다음은 우리 차례니까 싫어도 싸운 거지!"

"저는 배움이 짧고 경험도 부족하지만, 우리의 평안한 앞날을 위해서는 더욱더 자유세계의 단결에 앞장서야 한다는 사실만큼은 잘 알고 있습니다. 그런데 제철소 하나 받아내겠다고……."

목포에서 당선된 한독당 의원 김대중(金大中)은 이 난장판 속에서도 표정하나 바뀌지 않고 말을 이어나갔지만, 그를 연단에서 끌어내리려는 이들과 지키려는 이들의 폭력으로 얼룩지며 끝내 막을 내리고야 말았다.

"아이고. 잘생긴 얼굴에 멍 생기겠네. 달걀 하나 주랴?"

"감사합니다."

"오늘 김 의원 말 한마디 한마디 들을 때마다 아주 까스활명수 들이켜는 것처럼 얹힌 속이 쑥쑥 내려가. 허허."

저번 대한민국 총선은 사민당의 대승리.

이승만 정부는 정권 말기에 접어들며 피할 수 없는 레임덕에 빠졌고, 부족한 정치력으로 경제적 주요 현안을 해결하기엔 역부족이었다. 사민당은 텃밭인 영남과 강원도에 확고히 세를 굳혔고, 경기도와 황해도 일대에서도 어마어마한 승리를 거두며 대통령직과 국회 모두를 거머쥐었다. 야당들 입장에서는 그나마 단독 과반이 아니라는 점이 위안일 뿐.

불행 중 다행이라고, 한독당은 호남과 충청 일대를 확고한 기반으로 다지는 데 성공했다. 이곳들은 해방전쟁 당시 가장 빨리 미군이 당도해 큰 피해를 입지도 않았고, 지난 '노동당 반란 음모' 때 좌익들의 씨가 말랐으며, 무엇보다도 이승만 정부 8년 동안 대중(對中) 무역과 각종 공업의 발달로 어마어마한 성장을 이룩했다. 사민당이 도저히 발을 붙이려야 붙일 수가 없는 셈.

"김 의원이 빨리 커줘야 빨갱이들 심심하면 젊은 피가 어쩌고, 장강의 물결이 저쩌고 하는 소릴 좀 틀어막지."

"그럼그럼. 그 머리에 피도 안 마른 여운형이 졸개, 영구인지 뭔지."

"영삼, 김영삼(金泳三). 집안이 거제도에서 방귀깨나 뀐다더군."

"나라가 말세야. 집안 빽 믿고 서른도 안 된 놈이 정치를 한다고 설치질 않나… 아차, 김 의원 보고 한 말은 아닐세."

"하하. 괜찮습니다. 많은 지도 편달 부탁드립니다."

한독당으로서는 저번처럼 미국발 호재가 날아오지 않을까 하는 기대도 못내 있었으나, 그런 일은 없었다. 미국인들은 일찌감치 한독당 대신 사민당과 인연을 다졌고, 이는 한독당의 총선 패배에 더욱 악영향을 미쳤다.

"이제 뭐, 우리가 언제까지 미국 눈치를 봐야겠습니까."

"그놈들은 누가 여당이 되든 미국 편만 들어주면 된다 이거지."

"김 장군도 좀, 너무한 거 아닙니까. 우리가 어디 보통 인연도 아닌데."

"언제까지 김 장군이 재채기 한 번 한다고 나라가 독감 환자가 돼서 기우뚱하는 것도 문제에요. 당장 작년 일 보세요. 전도유망한 장교 하나가

신세를 망쳤잖습니까. 김 장군이 참 고맙긴 하지만, 이건 좀 너무한 일이지요."

작년, 김유진 국무장관은 방한해 퇴임을 앞둔 이승만을 비롯해 한중일의 여러 여야 정치가들을 만나고 돌아갔었다. 한국 순방 일정 중에는 육군 사관학교 방문 또한 있었는데, 당시 김유진을 옆에서 호종한 한 육사 생도가 날벼락을 맞았다.

'어떻습니까, 장군님. 저 생도, 아주 똘똘하지 않습니까? 교내에서도 인망이 커서 장군감이라고 불립니다.'

'멩스크가 제 소설 속의 등장인물이라 생각했는데 현실에도 있더군요.'

'예?'

'아, 아직 한국에는 출간 안 됐던가요. 《삼국지》의 위연이 떠오르더군요.'

다른 누구도 아니고 김유진이 콕 집어서 저놈은 아주 글러 먹은 놈이라고 악담을 퍼부어버리니 생도 인생이 어떻게 됐겠는가. 압박이 어찌나 심했는지 그 생도는 결국 육사를 자퇴했고, 이 사건은 여러모로 한국에서 파장을 불러왔다.

"그 자퇴한 친구는 뭐 하고 산답니까?"

"사업을 시작했는데 제법 잘나간답니다."

"육사 입학할 정도면 인물은 인물이겠지."

"아, 김 의원. 혹시 기회 되면 한번 가보겠나? 젊은이들끼리 인연 다지면 보기 좋잖은가. 우리 당에 데려올 수 있으면 더 좋고."

"장난하나! 아무리 그래도 그렇지, 천하의 김유진이가 저놈 쓰면 큰일 나겠다고 평한 놈을 데려온다고?"

"하하. 호랑이 굴에 가봐야 범인지 고양이인지 알아볼 것 아닙니까. 제가 한번 만나보겠습니다. 그래서 그 사람 이름이……?"

"전두환(全斗煥). 여기, 명함 있네."

대중은 고개를 숙이며 명함을 건네받았다. 일단 받긴 받았지마는, 어쩐지 아무 이유 없이 괜시리 께름칙했다.

* * *

　같은 시각. 프라하 인근.

　"자네도 이제 진급해야지. 사단장까지 했던 사람이 언제까지 그러고 있을 텐가."

　"노력… 하겠습니다."

　리지웨이는 저 젊은 킴을 바라보며 혀를 찼다. 하긴, 남들은 일평생 겪기도 힘든 정치적 풍파에 휘말렸었는데 정신이 온전한 게 용할 터. 유진 킴은 웨스트포인트 출신이었고, 위관급 시절부터 멕시코 원정이나 훈련 업무 등에서 두각을 드러냈었다. 게다가 상원의원과 거대 기업이라는 뒷배까지. 여기에 아마겟돈 레포트까지 거론하면 입만 아프다.

　하지만 도쿄 킴은 말단 병사에서 오로지 군공만으로 고속 진급한 케이스. 뒤늦게 앨리스 킴과 혼약을 맺으며 든든한 처가 뒷배를 마련하긴 했지만, 학연이 부족하다는 점은 꽤 치명타였다. 게다가 매카시발(發) 구설수까지. 악재만 켜켜이 쌓여 있다.

　"난 귀관을 믿고 있네."

　"기대에 부응토록 최선을 다하겠습니다."

　"그래야지."

　하지만 야전 지휘를 해본 이들 입장에선 생각이 조금 달랐다. 발터 모델의 '고기분쇄기'를 때려 부순 기갑 지휘관을 그깟 사관학교 좀 안 나왔다고 진급 누락시키는 게 말이나 되는가?

　이런저런 논의와 기 싸움, 그리고 본인의 희망까지 결합되어 도경 킴은 아직 중령에 머무르고 있었다. 2차대전 때의 고속 진급은 인정해주었지만 국공 내전 당시의 사단장 보직은 유엔 평화유지군으로서의 일시적 전시 계급으로 친 셈이다.

"그래서 묻네만."

"예."

"내가 지금 뭘 보고 있는 거지?"

"대민 지원입니다."

리지웨이는 지끈거리는 이마를 붙들었지만, 도경은 한 점의 부끄러움도 없이 어깨를 쫙 펴고 대답했다. 프라하에 도착한 도경은 얼마 지나지 않아 프라하가 각종 물자 공급이 막혀 개판이 되고 있음을 깨달았고, 즉시 상부에 추가적인 보급을 요청했다. 약간의 협의 끝에 미군은 육로 운송의 안전을 담보받았고, 그 뒤로 프라하를 향해 끝없이 물자를 가득 실은 트럭을 보내기 시작했다.

"전투식량 받아 가세요!"

"날이면 날마다 오는 밥이 아닙니다. 자유세계로부터의 선물입니다!"

소련과 대놓고 대치 중인 만큼 미군이 직접 프라하 시내에 진입할 수는 없다. 하지만 프라하 시민들은 미군이 뿌려주는 각종 깡통과 초코바 등의 주전부리를 받기 위해 새벽부터 집에서 나서 머나먼 거리를 걸어왔다. 소련군이 게거품을 물었지만 '인도적 지원'을 명분으로 내건 미군은 귀를 꽉 닫고 계속해서 매수… 가 아닌 대민 지원을 이어나갔다.

그건 그렇다 쳐도.

"혹시 말일세."

"예."

"저놈들… 소련군 아닌가?"

"그럴 리가요."

"소련군이잖나!!"

"사정을 탐문해 보니 급하게 온다고 보급도 제대로 확보 못 했답니다. 내버려두면 약탈이나 할 게 뻔하잖습니까."

리지웨이는 잠깐의 고민 끝에 현장 지휘관의 재량 문제로 치부하기로 했다. 어차피 소련 놈들이 '우리 미국인이 준 밥 타 먹었어요!'라고 외치고 다니지도 않을 테니.

다만 도경 또한 불편한 진실은 일부러 말하지 않았다. 미군 병사들이 밤마다 몰래 진지를 빠져나가 먹을 것과 담배를 주고 보드카를 받아온다거나 하는 것들. 아무튼 서로 먹거리도 주고받다 보면 적어도 총질할 일은 줄어들지 않겠는가.

"아들이 아버지 닮는다는 소리는 많아도, 사위가 장인 닮는단 소리는 또 처음이군."

"칭찬으로 듣겠습니다."

"그래… 사고만 치지 말게, 사고만."

프라하는 평온했다.

* * *

세상의 모든 이목이 동유럽에 쏠리고 있는 지금. 니카라과라든가 과테말라 같은 곳의 소소한 일을 궁금해하는 사람은 그리 많지 않았다. 아프리카쯤 되면 소식을 떠들고 다닐 기자들조차 드물어지고. 이런 상황에서, 제 잇속을 차리고 싶다는 생각이 들지 않으면 그건 국가 지도자로서의 자격이 없는 것일지도 모른다.

국왕을 내쫓고, 경쟁자들마저 모조리 제거한 끝에 마침내 이집트의 독재 지도자로 등극한 가말 압델 나세르(Gamal Abdel Nasser)는 그렇게 여기고 있었다. 그리고 명분도 있었다.

"우리가 약속받은 무기 공여는 아무래도 잊혀진 것 같소."

"체코슬로바키아의 사정이 혼란스러워 무기를 생산할 여력이 없어 보입니다."

'아랍사회주의'를 내걸어 혁명을 일으킨 이집트 군부는 소련과 접촉, 체코제 무기를 저렴하게 가져오기로 했었다. 하지만 스탈린이 죽고 체코가 뜨끈뜨끈해지는 이 상황에서 이집트에 한가롭게 무기를 보내줄 겨를 따위는 없었다.

"이제 세계의 질서는 바야흐로 미국과 소련, 두 나라에 달려 있고 영국인들은 과거에만 매달린 퇴물에 불과하다는 사실이 증명되었소. 세계를 다스린다고 떠들어대던 영국과 프랑스는 허깨비 신세가 되어 미국의 거수기 노릇만 하고 있지."

"그렇습니다."

"우리의 자주 노선을 더욱 선명히 해야 할 때입니다!"

"유고슬라비아의 티토 또한 우리와 비슷한 생각을 가지고 있더군. 미국, 소련 두 나라에 얽매이지 않고 자주적 노선을 가려는 세계 만국이 단결한다면 저들은 결코 우리를 손대지 못할 게요."

여전히 개 버릇 남 주지 못한 영국은 수에즈 운하에 군대를 주둔시켰다가, 급박해지는 유럽 상황과 이집트의 압력으로 인해 결국 군을 철수시켜야만 했다. 그렇다면, 조금만 더 압력을 주면 어떨까?

"지금이 바로! 저 서방 놈들이 멋대로 차지한 수에즈 운하를 이집트인의 품으로 되돌려받을 때요!"

나세르의 야망은 뚜렷했다. 그 모든 식민 지배자의 검은 손길을 끊어내 버리고 자유로워진 아랍 세계. 그리고 그 세계를 선도하는 이집트!

이미 곳곳에서 징조는 보이고 있었다. 미국은 사우디아라비아, 그리고 이란과 접촉해 원유 가격을 훨씬 개선된 조건으로 수입해 가고 있었고, 영국의 욕심은 어김없이 무너졌다.

이제 나세르는 이라크와 손잡고 석유 가격을 조정하고자 했고, 프랑스에서 독립하려는 서아프리카 국가들의 반군을 후원해주고 있었다.

"대통령 각하. 우리가 수에즈 운하를 국유화한다면 영국과 프랑스가 미국을 끌어들일 가능성이 높습니다."

"그 미국이 지금 소련과 극한 대치 중이잖소."

"하지만 언젠가 대치는 끝나고, 그때 다시 우리에게 압력이 들어올지도 모릅니다."

"내가 듣기로, 지금 미국의 외교를 책임지고 있는 유진 킴은 식민지 출신이라 식민제국주의를 극히 혐오한다더군. 걱정 마시오. 미국은 개입하지 않을 게요."

과연 그렇게 잘될까? 어부지리를 얻을 수만 있다면 나세르는 기적의 승부사로 추앙받겠지만 아무도 모를 일이었다.

수송기에서 내린 보급품을 기다리는 독일 시민들

베를린 대공수 작전에는 무려 약 2억 2,400만 달러가 투여되었습니다. 단순 식품, 생필품뿐만 아니라 자본주의의 찐한 단맛을 가진 사탕과 과자 등 기호식품들도 함께 보급됐는데, 이는 이후 '리틀비틀스 작전'으로 공식화되어 14개월간 23톤의 사탕과 과자를 뿌렸습니다.

9장
내일도 저 노을을 볼 수 있기를

내일도 저 노을을 볼 수 있기를 1

무정부 상태에 빠진 체코슬로바키아. 체코와 슬로바키아가 따로 놀고, 수도와 지방이 따로 놀았으며, 수도 프라하조차 정부의 권위가 땅에 떨어졌다.

'이제 믿을 건 미국밖에 없다.'

놀랍게도 체코 정부가 내린 결론은 그야말로 이 시대의 상식을 뛰어넘은 획기적인 무언가였지만, 사실 따져보면 결국 그 수밖에 없긴 했다. 공산주의 종주국이라 할 수 있는 소련은 공산 국가라면 기본 스킬처럼 장착하고 있는 화전양면전술을 구사했다.

"당신들의 죄가 무엇인지 알고 있소?"

"베, 베리야의 농간에 당해 그만……."

"그런 건 전혀 중요하지 않소."

먼저 체코슬로바키아 정부. 사실 아무리 생각해봐도 자신들의 죄는 순전히 숙청당한 베리야 코인에 투자, 아니, 이건 투자도 아니다. 베리야 코인을 강매당한 죄밖에 없어 보였다. 하지만 소련의 생각은 전혀 달라 보였다.

"당신들의 죄는 정권을 잡았음에도 국내 치안 유지에 실패한 것이오. 진작에 저 반동들을 때려잡았다면 지금 이 난리도 없었을 것 아니오?"

"저희는 당의 의지가 개방과 개혁에 있는 줄 알았습니다. 서방 간첩 베리야의 음모에 놀아났기 때문입니다……."

"우선 대외적으로는 우리 소련에 내란 진압을 요청했다고 발표하고 붉은 군대가 진주할 수 있도록 적극 협조하시오. 단, 소련은 이를 부정할 것이오."

요컨대 독박 쓰라는 뜻이었다. 하지만 소련의 밀사는 그들에게 구명줄 또한 내밀었다.

"우리는 서방을 향해서는 그대들을 단죄하겠노라 말하고 모스크바로 압송하겠지만, 적당히 요식행위만 진행하고 석방해주겠소. 결코 그대들을 해치는 일은 없다고 약속을 받았소."

"…그렇습니까. 참으로 안심이 됩니다."

말만 압송일 뿐 실질적으로는 분노한 체코 민중들에게서 빼내 일종의 망명을 시켜주겠다는 제안. 권력을 포기해야 한다는 점은 뼈아프지만, 적어도 죽창에 찔려 죽을 일은 없었다.

단, 소련을 믿을 수 있다는 전제하에서만. 당장 이들이 죽을 뻔한 이유가 뭔가? 스탈린이다. 그런 만큼 이들은 쉽게 소련의 말을 믿지 못했다. 다만 날아오는 주먹이 무서워 그 요구에 굴복했을 뿐. 실제로 크렘린의 현 처신 또한 그들의 불신을 자극하고 있었다.

"체코슬로바키아 공산당 현 지도부가 소련군의 파병을 요청했다는 것은 일부 사실이지만, 크렘린은 결코 그들의 요청 때문에 움직인 것이 아닙니다."

"우리는 어디까지나 체코의 혼란을 종식시킬 경찰력을 파견했을 뿐입니다. 이 혼란을 초래한 이들을 체포하고, 체코인들에게 질서를 돌려줄 것입니다."

빠른 진격과 점령을 위해 체코 정부의 협조는 요구하겠지만, 대외적으로 내세우는 명분은 따로국밥. 게다가 동부 슬로바키아 방면에서 묘한 수작질이 감지되는 것이, 체코와 슬로바키아를 분리해 한쪽만 챙겨 갈지도 모른다는 추측이 서서히 부상하고 있었다. 소련이 슬로바키아만 그 품에 끌어안는다면, 체코는? 그러던 찰나에 미군이 당도했다.

"우리는 미국과 직접 교섭하고 싶습니다."

"죄송하지만 우리에겐 권한이 없습니다."

"그럼 그 권한을 보유한 이를 만나고 싶소."

"죄송하지만 저에겐 그렇게 할 권한이 없습니다. 상부에 문의 후 답변드리겠습니다."

"부탁이오. 지금 이 혼란을 종식시키려면 미군의 협력이 필수불가결합니다."

미국인들도 체코를 먹고 싶어서 들어왔겠지. 설마 정말로 인민을 지키기 위해서 핵전쟁 위기까지 감수하며 이 동네에 기어들어 왔겠나? 그러니 적당한 명분만 준다면, 미국은 체코를 적당히 수술하고 그들에게 개평을 주지 않을까 하는 헛된 행복회로가 뜨뜻하게 달아올랐다.

"현 체코슬로바키아 정권은 그들의 권력을 행사할 최소한의 집권 정당성조차 보유하고 있지 않습니다. 그들이 가장 먼저 해야 할 일은 시민들의 대표와 만나 권력을 이양하는 것입니다. 우리는 체코슬로바키아 시민을 대표하는 정부가 수립되기 전에는 그 어떠한 체코의 정부를 자칭하는 세력과도 협상하지 않겠습니다."

'그런 할머니가 손자 밥 굶기는 소리는 느그 집 뽀삐 앞에 가서나 해라, 이 머저리들아. 무슨 약을 빨았길래 빨갱이 주제에 우리한테 엉겨 붙으려고 이러니?'

유진을 위시한 미국의 입장은 간단했다. 체코슬로바키아 공산 정권은 애시당초 쿠데타로 집권한 개놈들이고, 자기들끼리 죽고 죽이면서 의자 뺏기놀이를 하든 말든 어차피 전부 범죄자들이라는 논리.

원 역사 북조선에서 박헌영이 김일성을 몰아내고 정권을 잡았다고 하더라도 그게 북조선 정부를 인정할 이유가 되지 않는 것과 똑같은 이야기였다. 그렇게 체코 정부를 치워버린 미국과 소련은 다시 협상 테이블에서 구구절절 입씨름을 시작했다.

정확하게는 시작하려고 했다.

"헝가리의 너지 임레가 전면적인 개혁을 선언했습니다."

"유고슬라비아가 체코 정부에 대한 규탄 성명을 발표했습니다."

"티베트에서 중공과 자유중국이 충돌했습니다. 중국군이 처참하게 패배하자 남쪽에서 반정부 시위가 대대적으로 전개되고 있습니다."

"이집트가 수에즈 운하 국유화를 선언했습니다!"

"아니 씨발."

쥐불놀이를 시작할 때는 좋았지만 끝은 마음대로 낼 수 없다. 두 초강대국은 서서히 자신들의 통제력이 흐트러지고 있다는 불길한 컨센서스에 다다르고 있었다.

* * *

옛날이야기에 고르디우스의 매듭이라는 게 있다. 이 매듭은 참으로 복잡하게 지어져 있어서 아무도 풀지 못했다는데, 희대의 마초게이 알렉산더가 칼을 뽑아 이 매듭을 댕강 잘라버리고 '내가 아무튼 이 매듭을 풀었다!'라고 선언한 바 있다.

마초도 아니고 게이도 아니며, 그 대신 명줄 길고 참을성도 풍부한 이유진 킴은 그런 무식한 방식으로 매듭을 풀지 않는다. 근성과 인내심을 가지고 한 땀 한 땀 풀어야지.

워싱턴 D.C.의 퇴근 못 하는 지박령이 되어버린 나는 도장깨기 식으로 각국의 외교 사절들을 하나하나 만나며 어디서부터 매듭을 풀지 우선순위를 정하기 시작했다.

"중화민국은 미국의 도움이 그 어느 때보다 절실합니다."

"아니, 싸울 거면 비등비등하기라도 해야지. 깨강정이 나버려 놓고 우리 더러 도와달라고 하면……."

"티베트는 우리 중화민국의 정당한 강역입니다. 여러분들이 휴전 협정에 티베트를 누락시켰기 때문에 이 사달이 나지 않았습니까?"

장개석을 손절하고 싶다. 하지만 장개석 외에 대안이 있느냐고 묻는다면 솔직히 모르겠다. 체코의 민주화 시위를 응원하는 우리가, '아시아의 히틀러' 소리를 듣는 장개석을 지원하고 중국 민주화 시위를 외면한다? 아름답게 반짝이는 붉은 자폭 스위치를 누르는 격이다.

도저히 내가 직접 움직일 수는 없으니, 우선 차관급 인사를 파견해 중국 내 시위가 얼마나 격화되고 있는지 간을 보기로 했다. 그러면서도 동시에, 자금성에서 중화황제 놀이하고 있을 모택동에게도 미국의 의지를 적당히 보여줘야 한다.

"티베트는 그 지형이 너무나 끔찍해 공격자가 함부로 들어갈 수 있는 곳이 아닙니다. 중공이 이미 그 지리의 이점을 취한 이상, 탈환에는 어마어마한 품이 들어가리라 예상됩니다."

"동의합니다. 아무래도… 티베트는 넘겨줘야겠군요."

빡대가리 장개석이 미드에서 10분 만에 0킬 4데스를 찍고 게임이 터져 버린 이상, 이젠 티베트는 당연히 넘겨주는 게 기정사실이 되었고 중공의 휴전 협정 파기를 걱정해야 할 판이 되었다. 하지만 줄 땐 주더라도 곱게 줄 수는 없지.

"우리가 참을 수 있는 선은 티베트의 정권 교체, 거기까지입니다. 중공이 티베트를 합병한다면 응분의 대가를 치러야만 할 것입니다."

'티베트사회주의인민공화국'까지는 봐줄 수 있어도, '중화인민공화국 서장(西藏, 티베트)성'은 죽어도 용인할 수 없다.

"PATO가 조금 더 나서야만 합니다."

"맨입으로는 안 해줄 텐데요."

"나중에 잘 쳐준다고 해주면 안 될까?"

무승부로 하면 안 될까? 같은 소리가 입 밖에 터 나오려는 걸 애써 참았다. 난 곧장 D.C에 있는 주미 한국대사를 불러 한국의 '더욱더 많은 협조'를 요청했다.

"김 장군님. 정말 죄송합니다만 이 이상으로 저희가 움직이면 전쟁 위기는 둘째치고, 전비 소모가 너무 극심합니다."

"요즘 사민당 정부가 평안도를 개발하고 싶어 한다지요? 그쪽에도 번듯한 군수공장이 들어서면 얼마나 보기 좋겠습니까."

"물론 그건 참으로 좋은 일이겠지만, 동원령을 내리지 않는 이상 저희가 보유한 병력엔 한계가 있습니다."

"크흠."

"혹시… 지금 베트남에 파견된 유엔 평화유지군을 철수시킬 순 없겠습니까? 국민들은 그들이 가족의 품으로 돌아오길 원합니다."

파월 한국군은 우리가 호치민의 목덜미에 가져다 댄 비수였지만, 뜬금없이 아무런 이해관계도 없는 이역만리 남의 나라에서 비수 역할 하는 한국에겐 영 불편한 상황이리라.

'아이고오, 2만 명이 넘는 병력이 베트남에 처박혀 있으니 힘이 딸리네. 걔들 복귀시켜주면 고스란히 데려다가 압록강에서 알짱댈게.'

"좋습니다. 한국군이 그곳에서 크게 인망을 얻었기에 가능하면 더 오래 주둔하길 바랬지만 어쩔 수 없군요."

그리고 돈이 없을 때는 ATM기에 신용카드를 넣으면 된다는 간단한 이치처럼, 나는 돌려막기에 들어갔다.

"킴 장관님. 초대해주셔서 참으로 감사합니다."

"하하하! 필리핀은 저에게 있어 형제의 나라 아닙니까. 아직도 아나스타시오와 같이 진흙탕을 구르던 그 시절이 아른아른하군요. 저와 그의 관계처럼 미국과 필리핀의 우정이 실로 끈끈하니……."

베트남에서 빠지는 한국군 자리에 필리핀군을 끼워 넣는다. 필리핀의 부담은 적당히 돈으로 무마하면서 호주와 뉴질랜드에 '니들 전 세계가 핵전쟁 위기에 돌입한 판에 아직도 PATO에 협조 안 할 거야? 진짜? 지인짜?'라며 압박을 넣는다. 실로 완벽한 테트리스 아닌가.

조기 퇴소를 미끼로 제안받은 예비군 6년 차처럼 실로 민첩하게 아시아 방면 문제에 응급조치를 끝낸 나는, 다시 한번 이 늙고 병든 몸을 이끌고 유럽으로 가야만 했다.

"킴 장관. 당신네들 불장난에 수에즈가 불타고 있잖소!"

"그게 제 잘못입니까? 당신네들 업보지?"

"수에즈 운하의 우리 지분은 지극히 정당하게 취득한……."

남의 나라 쥐어패고 살살 꼬드겨서 빚쟁이로 만든 뒤에 지분 뜯어간 것도 정당하면 내가 처칠의 말을 씹는 건 더더욱 정당하다… 같은 말을 떠들지 않는 건 내가 철이 들었기 때문이다. 영국과 프랑스는 이 강렬한 수에즈 어퍼컷에 눈알이 뒤집혀서는 당장 나세르의 뚝배기를 깨자고 나를 연신 채근했다.

"킴 장군. 나세르는 빨갱이요."

"그렇군요."

"빨갱이들이 마침내 사유재산을 침해하고 있단 말이오! 국유화! 압류! 그리고 빨갱이들답게 자기네 그 혁명질을 전파하려고 안달이지!"

"와. 그거 완전 나폴레옹 아닙니까. 레볼루숑."

"나폴레옹도 사유재산 건드린 적은 없어요! 지금 당장 조치가 필요합니다!"

그 조치란 당연히 매서운 민주주의 배달을 뜻한다. 이미 미국에서도 나세르의 뚝배기를 깨야 한다는 강경론은 실컷 듣고 왔다.

"우리는 사우디와 이란에서 충분히 저들 샌드 니거들의 말을 경청하는 모습을 보여줬습니다. 좋게 말로 풀어가면 우리의 존중을 얻겠지만, 멋대로 설친다면 우리의 분노를 얻는다는 본보기가 필요합니다."

"하지만 이집트가 저리 강경한 모습을 보이는 이유가 무엇이겠습니까? 소련을 뒷배로 얻었음이 틀림없습니다!"

"차라리 잘됐습니다. 티베트와 수에즈를 교환하시죠. 소련도 나쁘게 생각하진 않을 겁니다."

"일단 친구들과 상의를 좀 해보고 결정합시다."

원래 무법지대일수록 인맥을 통해 접근하는 게 기본이다. 그리고 국제사회는 그 어떠한 법도 없는 무법 그 자체고. 나는 다시 한번 '나세르의 친구' 티토와 마주했다.

"티토 동지. 이번에 꽤 재미있는 일을 벌이셨더군요."

"아아. 오해가 있소. 나는 나세르 그 친구를 말렸는데 걔가 멋대로 저지른 일이오. 인도의 네루도 '화약고 옆에서 담배 피우지 말라.'라고 조언했는데 다 무시하고 강행했단 말이외다."

탈룰라 좀 보게. 나세르가 나약해르가 되든 말든 내 알 바 아니라는 저 태도. 실로 모범적인 외교 아닌가.

"그래서, 나세르는 그냥 호출벨이고 뭘 원하십니까?"

"뭘 원하냐니. 동유럽 패권을 주겠다고 꼬드길 땐 언제고 이제 필요 없으니 버리겠다는 게요?"

"그건 유고가 소련과 척질 결심을 해야 줄 수 있지요. 뜨뜻미지근하게 간만 보는데 동유럽을 누가 주겠습니까?"

"좋소. 그러면 이번 이야기엔 좀 관심이 동하리라 믿소. 헝가리에 우리 유고군을 파병할 의사가 있거든."

"그… 원자폭탄이 두렵지 않으십니까? 그런 짓을 하려는데?"

"지금 핵전쟁이 일어나면 소련과 미국 탓이지 우리 잘못은 아니잖소."

틀렸다. 안 되겠어. 이 세상엔 순 미친놈들투성이야. 이제 슬슬 나도 무
서워지고 있었다. 전 세계 곳곳에서 지금이 아니면 안 되겠다고 일단 저지
르고 보는 놈들이 속출하고 있다.

빨리 끝내야 했다. 더는 안 된다.

내일도 저 노을을 볼 수 있기를 2

형가리의 새로운 지도자 너지 임레는 세 가지 미션을 동시에 달성해야만 했다.

첫 번째, 파탄 난 경제를 재건하고 민심을 수습해야 한다. 두 번째, 공산주의 이념을 지키며 정권을 사수해야 한다. 그리고 가장 중요한 세 번째, 소련의 침공만큼은 막아야 한다.

"…그래서, 너지 동지는 그 누구보다 간절하게 자신들을 지켜줄 이를 찾고 있소."

"그게 티토 동지란 말입니까."

"그렇소. 현실적으로 봤을 때 미군이 직접 형가리를 지켜줄 리도, 지켜줄 수도 없잖소?"

지도를 보면 서방 세력이 형가리로 갈 수 있는 길은 전혀 없다. 본래는 체코슬로바키아와도 국경을 접하고 있지만, 바로 그 접경지대인 슬로바키아엔 소련군이 진주하지 않았나.

"킴 동지가 말한 동유럽 패권이 바로 이것이잖소. 내가 체코와 형가리, 폴란드를 수습해 새로운 단일 블록을 형성하고 소련의 세를 꺾어주길 바라니 그토록 우릴 밀어줬겠지."

"계속해 보시죠."

"지금이 아니면 절대 불가능하지. 소련의 압제에서 동유럽이 해방될 마지막 기회요. 우릴 믿고 베팅하시오."

티토는 여유롭게 파이프 담배를 뻑뻑 피우며 말했다. 그의 얼굴엔 승리자의 미소가 맺혀 있었다.

소련을 꺾길 원한다면 지금이 최고의 찬스. 불패의 명장과 수소폭탄이라는 두 가지 명검을 들고 있는 미국. 이걸 쥐고 있는 미국은 당연히 소련이 굴욕을 삼키리라고 판단하고 있을 터. 그리고 유고는 최선의 선택을 통해 승자의 반열에 오르리라.

하지만 유진 킴의 굳은 표정은 전혀 풀리지 않았다.

"친애하는 티토 주석 각하."

"왜 그러시오."

"저는 소련의 붕괴를 원하지 않습니다."

그는 잠깐 통역을 힐끗 바라보았다. 뭔가 잘못 해석한 것 아니냐는 뜻을 담은 눈빛이 쏘아졌다.

"통역은 제대로 번역한 듯하지만 다시 한번 말씀드리지요. 저는, 전혀, 소련이 무너지는 걸, 원하지 않습니다."

"…어째서요?"

"소련이 패배와 멸망을 받아들이고 얌전히 죽어줄 리가 없기 때문입니다. 다른 누구도 아닌 티토 당신이 이걸 모를 리가 없을 텐데요."

러시아제국이라면 어쩌면 패배를 인정할지도 모른다. 하지만 공산주의 이념에 대한 확신으로 건국된 소비에트연방은 결코 외부의 압력에 의해 멸망하지 않는다. 원 역사를 아는 유진은 확신했다. 그리고 외부자인 유진이 아는 진실을 티토가 모를 리가 없다. 그의 얼굴에 붙은 미소가 살짝 꿈틀댔다.

"그리고 비슷한 이야기지만, 저는 공산주의는 결국 실패하리라고 내다보고 있습니다. 지금 우리가 소련을 무너뜨린다면 외세에 의해 중단된 사회실험에 대한 희구(希求)는 더욱 커지기만 하겠지요. 공산주의의 실패는 명명백백해야 하며, 인민 스스로가 그 몹쓸 역병에서 벗어나려고 움직일 때만 진정으로 냉전이 종식될 겁니다."

"내 앞에서 할 말은 아닌 것 같소만."

면전에서 역병의 군주 소리를 듣게 된 티토가 발끈했지만, 유진은 고요하기만 했다.

"내가 아는 걸 귀하께서 모를 리 없습니다. 유고군의 헝가리 파병은 소련을 뒤흔들고, 최종적으로는 전쟁으로 귀결될 겁니다."

"……."

"저는 군인 출신이라 돌려 말하시면 잘못 해석할 여지가 있습니다. 서로의 오해를 피하기 위해 그냥 터놓고 말씀하시죠. 다음부터는 제가 아니라 외교 전문가인 차관이나 차관보가 올 수도 있으니."

한참 동안 티토는 파이프에서 연기만 모락모락 피워 올리더니, 결국 그것을 내려놓았다.

"지금 우리에게는 아무런 역할이 없소. 이 세계에 판단이라는 게 가능한 나라는 단 둘뿐이고 나머지는 들러리에 불과해."

"언제는 안 그랬습니까? 제국주의 열강이 판치던 시절에 비하면 지금은 참으로 인권 감수성 넘치는 시대 같은데요."

"당신네들은 그렇게 생각할지 몰라도, 우리 같은 나라에도 엄연히 주권이라는 게 존재하오. 다른 모든 나라들이 졸개 역할을 거부하고 세상의 주인 되기를 원한다면, 우리가 하나로 결집해 한목소리를 낸다면 세 번째 플레이어로 발돋움할 수 있겠지."

제3세계. 비동맹주의.

"소련과 전쟁을 벌인다고 해서 플레이어가 될 것 같진 않습니다만."

"흠. 정말 그렇게 생각한다면 미국의 사고 능력을 조금 저평가해야 할 듯하오만."

"정정하지요. 그 미친 도박에 우리를 끼워 넣지 마십시오."

"그렇지. 바로 그걸 기대했소."

전직 파르티잔 지도자와 현직 미 육군 대원수는 비슷한 결론에 다다랐다.

'유고와 헝가리가 군사동맹을 맺는다.'

'결코 좌시할 수 없는 소련이 침공한다.'

'지형과 국력 등의 문제로 헝가리는 소련군에 짓밟힐 확률이 매우 높지만, 유고가 개입한다면 전쟁은 결코 거기서 끝나지 않는다. 소련은 유고를 응징해야 하며, 유고 본토까지 공격하게 될 것이다.'

'유고가 버티기만 한다면, 소련의 패권은 심각하게 손상된다.'

티토가 봤을 때 미국이 합리적이라면 유고를 지원하지 않을 이유가 없었다.

"당신들에겐 전혀 손해가 아니잖소? 우리를 체스 말로 쓰시오. 무기, 탄약, 물자를 내놓고 소련의 핵무기만 붙들어준다면 나는 전략적 승리를 거머쥘 수 있소."

"그래서 미친 도박이란 겁니다. 베오그라드에 핵이 떨어지는 게 두렵지 않습니까?"

"당신들을 보고 확신했소. 워싱턴과 크렘린 모두 핵을 발사할 용기가 없다는 걸."

티토는 의아하다는 듯 뉘앙스를 숨기지 않고 계속해서 입을 열었다.

"애초에 여기까지 설계한 것 아니었소? 이제 와서 쫄다니. 나는 한동안 밤잠을 설치면서 고민했었소. 그런데 내가 결심을 굳히니 갑자기 평화의 사도처럼 구는군."

"소련이 자신들의 패배가 확정되는 그 순간에도 핵을 신줏단지처럼 들고만 있을 거라고 생각하는 건 너무 낙관적인 기대입니다. 제가 귀국에 기대했던 건 중재자로서의 역할이었습니다. 그 이상은 너무 위험합니다."

"이보시오, 킴 장군. 우리 유고는 이미 하루하루가 위험천만이었소."

그는 울분이 차오르는지 결국 자리에서 벌떡 일어났다.

"스탈린은 우릴 못 잡아먹어 안달이었고, 나는 선택해야만 했소. 상식적으로 명색이 공산 국가의 수장인 내가 당신과 몇 차례씩 만나는 게 웃기지 않소? 왜 그랬을까? 안 그러면 저 동독이나 체코보다 먼저 우리가 뭉개졌을 테니까! 강대국에 휘둘리지 않기 위한 발버둥이 그리도 고까우시오?"

"저는 언제나, 가능한 한 사람이 덜 죽는 선택지를 골라왔습니다."

이번엔 유진이 담배를 물었다.

"물론 제겐 임무가 있었기에, 똑같은 목숨이라면 당연히 미국인의 목숨을 우선시했습니다. 모든 생명을 평등하게 긍휼히 여길 사람이었으면 성직자를 했겠지요. 이번에도 마찬가지입니다. 가장 많은 사람이 죽을 길을 피하고 싶을 뿐입니다."

"말은 번드르르하군."

"뭐어, 왜 본인은 아닌 것처럼 그러십니까. 귀하의 머릿속에 있는 그 계획, 헝가리는 동의했습니까?"

유진은 마주 본 상대가 아주 잠시 주저하는 틈을 타 쏘아붙였다.

"귀국은 전쟁 후 헝가리에게서 영토를 할양받았지요. 헝가리가 땅뙈기 뜯어간 유고의 성장을 위해 국토 전체가 잿더미가 되겠다는 선택지를 고를 린 없을 텐데……."

"우리는 스탈린을 반면교사 삼아 각 사회주의 국가의 자율성을 보장하고 함께 발전해나갈 것이오. 헝가리도 당연히 충분한 대가를 얻을 테고."

"거 보십쇼. 우리랑 별로 다를 것도 없구만."

유진의 냉소 앞에 티토는 입을 달싹거렸지만 끝끝내 속에서 올라오는 무언가를 꺼내지는 않았다.

"제 개인적인 입장으로서는 티토 동지의 큰 뜻이 분명 일리가 있다고 생각하지만, 미국 국무장관으로서는 결코 이 위험한 도박판에 말려 들어갈 수 없다는 사실을 분명히 밝히겠습니다."

"안타까운 일이오. 그러면 헝가리는 저 폭력적인 소련 놈들에게 짓밟히겠군."

"티토 동지께서 헝가리와 함께 싸우면 되잖습니까?"

"나 또한 내 나라의 인민이 조금 더 소중하오. 누구와 마찬가지로."

미국의 뒷배를 기대할 수 없다면 소련과의 충돌은 자살행위. 그는 현실을 인정하기로 했다.

"대화로 풀어나가니 참 좋잖습니까. 저희의 입장을 이해해주셨으니, 저희 또한 당연히 티토 동지를 배려하겠습니다."

군사적 충돌이 아니라 입만 떠들어대는 거라면 상관없다. 그리고 미국을 '이해'해줬으니 당연히 친구비가 입금될 것이다. 티토는 둘 다라고 짐작했고, 그의 짐작은 딱히 틀리지 않았다. 이제 긴장을 살짝 푼 그는 문득 궁금증이 들었다.

"우리는 그렇다 치고, 이집트는 어떻게 하려고 생각하는지 귀띔이나 해주시오. 제국주의자들이 펄펄 날뛰고 있을 듯한데."

"아. 나세르에게 전해주셔도 상관없습니다."

유진은 덤덤하게 대꾸했다.

"뒤지게 처맞을 준비 하라고."

* * *

그 어느 해보다 뜨거웠던 여름이 끝나고 가을을 맞이하는 모스크바의 분위기는 실로 음침하기 그지없었다. 소련 정부는 모든 힘을 총동원해 정보를 통제했지만, 유감스럽게도 소련 인민들은 이러한 통제하에서도 소문을 주워듣는 놀라운 재주에 숙달되어 있었다.

"주코프 동무."

"……."

"뭔가 우리에게 하실 말씀이 없으시오?"

주코프는 어금니를 꽉 깨물었다.

서베를린 봉쇄로는 미국을 굴복시키지 못했다. 오히려, 미국의 힘을 전 세계에 과시하는 콘서트장이 되어버렸다. 세계 곳곳에서 끌어모은 수송기를 통해 미국은 어마어마한 물자를 매일마다 서베를린에 투하했고, 서베를린은 배급제를 운용하며 순조롭게 버티고 있었다.

"곧 겨울이 오면 연료 소모량이 대폭 늘어납니다."

"첩보에 따르면 미국은 그 연료 소모량을 커버하고도 남을 만큼의 수송 능력을 보유하고 있다고 하더군. 설마 동무가 모른다고 하지는 않겠지."

주코프는 쏟아지는 규탄을 들으면서도 고개만 떨구고 있어야 했다.

"이미 벌어진 일을 어찌하겠습니까."

그리고 그에게 구원의 손길을 내민 이는 흐루쇼프였다.

"지금 우리는 미국인들과 적당히 타협하면서 흔들리는 동지들을 다잡아야 합니다. 헝가리! 그리고 폴란드! 체코와 더불어 이들의 이반을 막아야만 합니다."

"유사시를 대비해 접경지의 병력은 출동 준비를 갖춰 놓았습니다."

"이집트의 나세르가 우리에게 천재일우의 기회를 줬습니다. 이 기회를 놓친다면 우린 정말 미국에 굴복한다는 유례없는 수치를 겪게 될 겁니다."

없던 손패가 들어왔다. 수에즈 운하는 서구 제국주의자들의 숨통과도 같은 곳. 나세르가 이곳을 조여버린다면 미국을 지원하고 있는 영국과 프랑스는 즉시 움직여야만 한다.

물론 이론상으로는 '소련의 위협이 눈앞에 있으니 이집트에게 양보한다.'라는 선택지가 있긴 하지만, 크렘린의 그 누구도 저 돼지 같은 영국과 프랑스가 그 선택지를 고를 것이라고는 생각하지 않았다.

"어쩌면 체코까지 되찾을 수도 있지 않겠소?"

"과도한 기대는 금물입니다. 미국이 하염없이 체코에서 대치하는 동안 우리 중국의 동지들이 티베트 인민들을 해방시켰으니 저들은 서서히 숨통이 조이는 느낌일 게요."

"무슨 소리! 지금 아쉬운 건 미국인들이오. 그들은 감히 사회주의 혁명을 가로막으려 한 응분의 대가를 치러야만 하오."

흐루쇼프는 지금 분위기가 썩 마음에 들지 않았다. 이번 위기가 무엇 때문에 터졌는가. 결국 그놈의 위신 문제였다. 소련이 결코 쉽게 물러날 수 없는 것과 마찬가지로, 미국 또한 이 지경까지 왔으면 무언가 하나쯤은 챙겨가야만 협상에 응할 것이다. 하지만 눈앞의 이 모지리들은 마치 미국이 당장이라도 굴복해서 대가리를 박기라도 한 듯 이상한 소리를 주워섬기고 있었다.

"이스라엘은 어찌하지요?"

"그자들은 노동자 농민의 계급투쟁은 외면하고 당장 이집트를 침공하고 싶어 안달이 나 있습니다. 이는 명백한 배반 행위입니다."

"주코프 동무. 우리가 이집트에 지원을 해줄 방안은 없소?"

"터키가 우리의 물자 지원을 가로막는다면 어렵습니다."

"주코프 동무 입에서는 어렵다, 안 된다는 말만 나오는군."

"하하하!!"

그의 얼굴이 점점 붉으락푸르락해졌지만, 크렘린 인사들은 그 모습을 보면서도 조롱을 멈추지 않았다.

"내 생각에는 이제 비밀무기를 공개할 때가 온 것 같소."

"아주 좋은 찬스입니다."

"잠깐, 지금 그랬다간 대치만 쓸데없이 길어질지도……."

"흐루쇼프 동무. 과한 걱정이오. 미국인들도 한 번쯤 진정한 공포를 맛

봐야 두 번 다시 이런 불장난을 하지 않을 테니. 그렇지 않소, 몰로토프 동무?"

"어쩌면 그럴지도 모르겠군요."

기이한 낙관론이 크렘린을 가득 메운 가운데. 흐루쇼프와 몰로토프, 그리고 주코프는 조용히 서로 눈빛만을 교환했다.

그리고 얼마 후, 소련은 로켓을 발사해 인류 최초의 인공위성 '스푸트니크 1호'를 지구 궤도에 안착시켰다.

마침내 인류가 우주마저 전장으로 삼는 순간이었다.

내일도 저 노을을 볼 수 있기를 3

삑. 삑. 삑.

인류 최초의 인공위성, 스푸트니크 1호는 단조로운 비프음을 내뱉는 쇳덩이에 불과했다. 하지만 사람들, 특히 미국인들은 이미 스푸트니크 1호에 대해 온갖 이야기를 떠들어대고 있었다.

'빨갱이들이 스푸트니크에 카메라를 달아서 전 세계를 손금 들여다보듯 볼 수 있다더라.'

'스푸트니크는 워싱턴 D.C.를 지나칠 때마다 비프음 대신 '크하하하' 하며 박장대소를 터뜨린다더라.'

'스푸트니크의 비프음을 특수한 방법으로 처리하면 간첩들에게 보내는 지령문이 된다.'

'사실 스푸트니크의 비프음을 계속 들으면 공산주의에 세뇌된다.'

여기까진 그나마 양반이었다. 하지만 사람들의 상상력은 이미 빵빵해져 있었고, 미국도 영국도 아닌 소련이 위성을 쏘아 올렸다는 사실이 여기에 소스처럼 뿌려지자 그 상상력은 이내 부정적이고 위협적인 방향으로 무럭무럭 자라났다.

당장 저 유명한 소설 《스타 스트러글》만 보더라도 제공권, 아니 제주권(制宙權)을 장악한 세력이 지표면에서 꿈틀대는 적들을 상대로 얼마나 일방적인 폭력을 행사할 수 있는지 잘 묘사되지 않던가.

그 결과 각종 황색 언론들은 최고의 SF 소설가조차 혀를 내두를 온갖 소설을 기사랍시고 써 갈기게 되었다.

[스푸트니크에는 원자폭탄이 탑재되어 있어서 유사시에 어디로든 핵을 쏠 수 있다더라.]

[빨갱이들이 조만간 최정예 군인 1개 대대를 지구 궤도상에 올려보내고, 지구 어디로든 강습할 수 있게 준비한다더라.]

[빨갱이들은 벌써 달 뒤편에 비밀기지를 건설했다. 밤하늘에 달을 잘 들여다보면 낫과 망치 모양의 그림자를 볼 수 있다더라.]

[소련군은 이미 우주함대를 건설하고 있다. 전쟁이 터지면 놈들이 소행성을 끌고 와서는 미국인들의 머리 위에 불벼락을 던질 것이다.]

그리고 이 시민들의 여론 동향에 그 누구보다 촉각을 곤두세워야 하는 백악관은 연일 이런저런 사람들이 모여 대응책 마련에 부심하고 있었다.

"우리 시민들이 이런 멍청한 소리를 믿고 있다고?"

"그러게. 내 생각엔 누가 소설 좀 팔아먹겠다고 해서 이 난리가 난 것 같은데."

"존경하는 대통령 각하. 기고문도 아니고 소설 좀 썼다고 제게 책임을 묻는 건 좀 과한 처사 아닙니까?"

"다 네 잘못이잖아! 돈도 많은 놈이 몇 푼 좀 더 벌겠다고 그런 희한한 글을 써재끼니까 그렇지! 대체 돈 벌어서 어디 쓰겠다고?"

"그야 물론 존경하는 아이젠하워 각하의 백악관 입성을 위한 선거 캠프에 기부했지요."

"…일 이야기나 하지."

아이크가 슬며시 화제를 돌리려 하자 유진은 추격해서 그의 맨들맨들한 뒤통수를 때리는 대신 입만 삐죽이고 끝냈다. 잡담을 하기엔 별로 마음이 넉넉하지 못했으니.

"이건 도발이야. 빌어먹을 빨갱이들이 우리 머리 위에 폭탄을 떨어트릴 수 있다고 도발하고 있다고."

"딴에는 대가리를 제법 잘 굴렸습니다."

소련은 연신 우주의 평화적 이용이 어쩌고, 인류의 영역이 확대되었네 저쩌고 하며 애써 군사적 목적이 아니라고 잡아떼고 있지만, 지랄도 저 정도면 풍작이다.

"네가 빨리 이 개같은 대치 상태를 매듭지어 줘야겠어."

"무슨 수로? 우리 군은 로켓 개발 어떻게 됐답니까?"

유진은 고개를 갸웃했다. 비록 매카시즘의 광기에 휩쓸려 폰 브라운이 낙마하긴 했다만, 로켓이든 우주 경쟁이든 제법 튼실하게 밑바탕을 깔아놨으니 추격이 불가능하진 않을 터.

"두 달쯤 걸린다더군."

"두 달이라. 이번 대치에 영향을 끼치기는 불가능하겠구만."

"그렇지."

"더 당길 수는 없다고 하고?"

"기술자들이 강력하게 반대하고 있네. 성공을 장담하진 못한다고."

"…그러면 안 하는 게 낫겠네."

계산 끝.

어차피 스푸트니크 쇼크를 감안하더라도 이 판이 뒤집힐 수준은 아니고, 미국이 로켓을 쏘아 올렸는데 이게 전 세계가 보는 앞에서 실패하면 그게 바로 진짜 최악이다. 불꽃놀이를 하려고 했는데 쥐불놀이가 벌어지면 그게 무슨 개망신인가.

"이제 슬슬 끝내야. 대치가 장기화되면 곤란해."

유진이 잠시 고민하는 사이 아이크가 반쯤 채근하듯 말했다. 소련이 스푸트니크를 쏘아 올렸다는 사실이 즉시 ICBM의 등장을 말하는 건 아니다. 저 우주를 향해 편도로 날아가면 장땡인 로켓과 달리, ICBM이 되려면 우주를 찍고 목표를 향해 다시 하강하는 기술을 개발해야 한다.

또한, 핵무기를 소형화해 그 미사일에 탑재하는 기술도 개발되어야 한다. 만약 소련이 미국까지 날아올 수 있는 핵미사일을 개발하는 데 성공했다면, 그깟 스푸트니크가 아니라 조금 더 확실한 어필을 했을 게 틀림없었다.

"아직 놈들은 미국 본토까지 날려 보낼 수 있는 핵미사일을 개발하지는 못했어."

"정보 당국도 비슷한 이야길 하더군."

"결국 그냥 공갈포란 소리야. 요란한 이벤트지만 알맹이는 없어."

"그걸 우리 시민들이 믿어줄지는 모르겠지만."

결국 두 사람 모두 잠시 몸을 부르르 떨며 누가 먼저랄 것도 없이 담배 일발 장전에 나섰다. 아무리 전문가들이 '저 미사일은 우리에게 어떠한 타격도 주지 못합니다!'라고 말해봐야 이미 공포에 질린 대중들이 '아하. 정부에서 그렇게 말하니 안심이야.'라면서 두 발 쭉 뻗고 잠들 린 없다.

표심을 천심 받들듯 하는 민주주의 사회에서, 대중의 불안은 곧 정권의 위기로 직결된다. 하물며 안보를 강점으로 잡은 군인 출신 대통령이 있는 행정부인데!

"이제 마무리를 짓자고. 이러다간⋯ 정말 우린 역사의 죄인이 될지도 몰라."

"그래. 그래야지."

유진은 백악관에서 나왔다. 들어가기 전까지만 해도 대낮이었는데, 어느덧 구름 한 점 없는 하늘은 노을로 시뻘겋게 물들어 있었다.

너무 쉽게 생각했다. 아직 미사일도 없으니까, 아직 원 역사의 쿠바 미사일 위기처럼 목에 칼날이 닿은 것도 아니니까 하면서 가볍게 여겨버렸다.

결자해지라고 했던가. 끝나기 전엔 돌아오지 않으리.

* * *

주코프의 목을 따는 일은 실로 간단하다.

"서베를린을 확실하게 굳혀줄 수 있겠나?"

"지금 우리도 여유가 서서히 확보되고 있네. 저들에게 우리의 압도적 우세를 보여줄 확실한 이벤트가 필요하단 소리지?"

"역시. 믿을 건 오마르밖에 없어."

"백악관 오더가 떨어지는 대로 움직이겠네."

소련의 야심 찬 서베를린 봉쇄는 당연히 대실패로 돌아갔다. 그럼 당연히 군부의 수장 격일 주코프는 책임을 지셔야지. 물론 이거 하나로 주코프 같은 거물이 실각할 일은 없다. 그래서 폭탄을 하나 더 배송해주기로 했고.

'서방 물건을 수입해 가는 게 하나같이 다 군바리라더라.'

'진급하고 싶으면 윗선에 뇌물을 찔러줘야 올라갈 수 있다더라.'

'그 많은 미제 달러는 누가 다 처먹었을까?'

티토를 설득하는 과정은 참으로 간단했다. 밀수 루트를 꽉 쥐고 있는 게 티토인 만큼 그의 협력은 필수적이었는데, 헝가리 건으로 이미 한번 서로 멱살잡이를 해서 그런가 의외로 그는 선선히 동조하고 나서줬다.

"당신네 미국인들이 무력 충돌을 포기하도록 강요했으니, 최소한 군부에 타격은 줘야 할 것 아니오."

"대가는 톡톡히 쳐 드리겠습니다."

"당연하지. 설마 맨입으로 끝낼 생각이셨소?"

음습한 정치 싸움이 항상 그렇듯, 주코프가 진짜 해처먹었냐는 건 중요하지 않다. 소련을 지켜야 할 군인들이 정작 소련을 좀먹는 밀수에 나섰고, 주코프는 전쟁이 끝난 뒤에도 몇 년간 미국이 특별하게 제작해준 코카콜라를 받아먹었었다. '고작 콜라'라고 여기면 아무 문제 없겠지만, 저 빨갱이들 내부에서 이미 뭐라도 아무거나 문제를 삼고 싶어 하는 마당에 그런 행복한 엔딩이 될 리는 없다.

이 두 가지를 엮으면 당연히… 펑!

내가 다시 몰로토프를 만났을 때, 그의 얼굴에는 미묘하게 웃음기가 감돌고 있었다.

"이렇게까지 거하게 사고를 치실 것까진 없었는데 말이지요."

"무슨 일이라도 있습니까?"

"뭐. 됐습니다. 앓던 이가 빠졌다고 해두지요."

그는 그렇게 넌지시 주코프가 좆됐음을 암시했다. 하긴, 소련의 수뇌부가 미국 국무장관한테 자국군 두목이 나가리됐다고 떠들고 다니는 것도 우습잖은가.

"귀국의 놀라운 과학 기술에 찬사를 보냅니다. 조만간 우리 또한 뒤따르도록 하지요."

"감사합니다. 소련과 미국 두 나라가 함께 평화롭게 우주를 향해 나아간다면 이 세상에도 필시 평화가 돌아올 테죠."

"그야 물론입니다. 하하하."

나는 슬며시 '우리도 금방 로켓 쏴 올릴 테니 너무 나대지 마라.'라는 시그널을 보냈고, 몰로토프는 참으로 뻔뻔스럽게 '그게 그렇게 쉽겠냐?'라고 빈정거렸다. 참으로 아름다운 동서 화합의 장이었다.

"평화를 염원하는 전 세계 사람들의 뜻을 받아 이번에야말로 반드시 원만한 타결이 이루어졌으면 하는 바람입니다."

"저 또한 마찬가지입니다."

공성전을 벌일 때는 교외의 다른 마을, 그리고 외곽의 해자부터 바깥에서부터 하나씩 제압하는 법. 우리는 가장 먼저 서로 지킬 수 없는 것부터 하나씩 포기했다.

"오래도록 고통받는 서베를린 시민들의 인권을 고려해서, 우리 소련은 서베를린에 대한 '검역' 절차를 완화하기로 결정하였습니다."

"우리 또한 티베트인들이 자발적으로 정권을 교체하는 건에 대해 별도의 이의를 제기하지 않겠습니다."

몰로토프는 자신들은 봉쇄를 한 게 아니라 어디까지나 검역 절차를 강화했을 뿐이라고 발뺌하면서 '서독은 동독 체제를 흔들려고 했던 간첩 행위에 대해 사과하라.'라는 얼토당토않은 요구를 했고, 나는 즉시 '티베트에 유엔 선거감시단을 보내 자유 선거를 하자.'라고 대응했다. 서로서로 아주 참 잘 돌아가.

"PATO의 군사훈련은 극동 지역의 평화를 해치고 있습니다. 즉시 도발을 멈추시기 바랍니다."

"이번에 전개된 훈련은 어디까지나 가맹국의 안보를 위해 실시한 상시적인 일에 불과합니다. 억측은 자제해주십시오."

'이제 그만해주셔도 됩니다.'

'그럼 여기서 끝내겠습니다.'

동아시아도 마찬가지. 한반도에서 군대가 꿈지럭대면 가진 건 시베리아밖에 없는 소련이 급하겠는가, 아니면 중공이 급하겠는가? 목줄을 한번 팽팽하게 당겨줬으니 모택동 역시 싫어도 소련에게 달려가서 노진구 도라에몽 찾듯 '도와주십시오, 소련 행님.' 하며 빌었을 게 뻔하다.

한마디로 이 위기로도 소련의 빨갱이 맹주 지위는 흔들리지 않은 셈. 티토 또한 주코프의 목을 친 대가로 다시 공산권과 원만한 관계를 확립할 수 있으리.

"그리고 체코슬로바키아에 관해서인데."

"유엔 선거감시단을 보내지요."

"…좋습니다. 대신 체코 정권을 불법적으로 장악한 반역도당들의 신변은 우리 소련이 인수하겠습니다."

진짜 핵심. 미군이 진주하고 얼마 뒤부터 시위대의 기세는 그야말로 주유소에 불난 것처럼 왕성해졌다. 이제 체코를 억지로 돌려받는다 하더라도 그곳의 통제력을 확보하기 위해서는 그야말로 피로 강 하나를 새로 파야 할 지경. 결국 소련도 체코는 포기한 듯했다.

대신 선거감시단의 배치는 참으로 해괴하게 이루어졌다. 체코 지역에는 서방에서 뽑은 인사들이, 슬로바키아 지역에는 빨갱이들이 뽑은 인사들이. 사실상 국가가 분단되는 셈이었다.

"슬로바키아인들은 체코계의 차별로 인해 크나큰 불만이 누적되어 있었고, 이들은 자신들의 정당한 권리를 되찾아야만 합니다."

나는 계속 지껄여보라고 판을 깔아주었고, 몰로토프는 기회는 지금뿐이라는 듯 열변을 토했다.

"체코슬로바키아는 어차피 체코계와 슬로바키아계가 자신들의 주권을 위해 일시적으로 결합한 나라에 불과했습니다. 그러나 그렇게 성립된 나라는 정작 슬로바키아계를 위해 봉사하기는커녕, 산업과 경제에서 우위에 선 체코계만을 위해 돌아갔지요. 이는 민족자결주의에도 어긋나는 행태입니다."

"예에. 그렇군요."

체코 탈환. 그것만 해내면 미국은 발을 뺄 명분이 생긴다. 더 뒤흔들면 핵전쟁 위기가 온다는 사실을 전 세계 사람들이 목격했으니, 이제 당분간은 고립주의자들이 세를 얻을 터였다.

헝가리와 폴란드엔 다시 소련군 탱크가 밀려들어 가겠지만, 3차대전이 닥칠지도 모른다는 공포를 맛본 서방 유권자들은 소련이 무슨 짓을 하건 용인하리라. 보다 정확하게 말하자면 '쟤네가 철의 장막 뒤편에서 무슨 짓을 하든 제발 전쟁은 하지 마.'라는 민심이 철렁대겠지.

우리 행정부는 헝가리인들도 돕고 싶었지만, 지엄한 민심의 명령을 감히 거역하지 못해 눈물을 삼키고 참는 것이다. 그거면 됐다, 그거면. 여기까지는 서로서로 원만한 합의점을 찾기가 수월했다. 이 빌어먹을 기싸움을 대체 얼마나 오래 붙들었던가?

"전 세계 사람들에게 평화가 돌아왔음을 알릴 수 있어 무척 기쁩니다."

"저 또한 참으로 마음이 놓이는군요. 그동안 고생 많으셨습니다."

우리는 그렇게 악수를 나누고는 작별 인사를 건넸다. 그리고 헤어지는 그 순간까지 몰로토프는 이집트에 대해서는 입도 벙긋하지 않았기에, 나는 그에게서 확답을 들어봐야 했다.

"이집트에 대해서는 의견 없으십니까?"

"미합중국은 민족자결주의를 중시하잖습니까. 이집트인이 이집트인의 것을 가져야 민족자결의 기치에 맞지 않겠습니까?"

"알겠습니다. 참고해두지요."

망할 놈. 하여간 빨갱이들은 선문답 참 좋아해. 《공산당 선언》 같은 것만 읽고 사니까 저렇게 허깨비 같은 이야기나 하지. 나는 한참 전부터 협상 타결만을 기다리고 있던 직원들에게로 다가갔다.

"즉시 전보를 보내십시오."

"예. 뭐라고 보내면 되겠습니까?"

"소련은 이집트에 관심 없음."

바로 다음 날, 영국과 프랑스 연합군은 이집트를 침공, 수에즈 운하를 점령했다.

아무튼 핵전쟁 위기가 아니니 평화는 평화였다.

내일도 저 노을을 볼 수 있기를 4

나세르가 천방지축으로 날뛰는 건 그와 비슷하게 제3세계 맹주를 꿈꾸는 티토 같은 이들에게 실로 호재였다. 전 세계 곳곳에서 고래 두 마리가 싸우는 틈을 타 불장난을 벌였던 새우들. 하지만 고래들은 이 불장난을 보자마자 신속하게 타협했고, 집으로 귀가한 고래는 감히 허튼짓을 한 새우를 가만히 둘 생각이 없었다.

"돌아버리겠네, 진짜."

그리고 나는 울고 싶었다. 중동을 비롯한 구 식민지들을 포섭하기 위해 얼마나 애를 쓰고 명분을 갖추기 위해 노력했는데, 이렇게 급발진해버리면 봐줄 수가 없잖은가. 나세르는 현재 중동 최고의 인기 스타였고 강력한 지도자였으며, 아랍사회주의와 민족주의의 리더였다.

아랍을 골수까지 빨아먹은 영국과 프랑스에 적대하는 건 실로 당연한 일이었지만, 우리와도 적대 관계를 맺게 된다면 영 불편한 건 매한가지. 최소한 아랍 세계를 친미로 물들이는 건 포기해야 한다. 나는 귀국을 포기한 채 곧장 프랑스로 날아갔고, NATO 총사령관직을 꿰어 찬 하지가 나를 기다리고 있었다.

"오랜만… 인데 사람 얼굴이 왜 그렇게 됐습니까?"

"보자마자 시비냐? 이제 나는 벌써 퇴물이다 이거지?"

"아이고 무서워라. 대원수가 퇴물이면 나머지는 다 나가 죽어야지. 그나 저나 거울이나 좀 보고 다니십쇼. 이집트 특산물이 미라라더니 당장 피라 미드 하나 구해서 들어가도 되겠네."

"그 정돈가?"

"먼저 들어가 있던 파라오도 깜짝 놀라서 혹시 연세가 어찌 되십니까, 하고 물어보겠네. 조상님 소리 듣겠어."

하지 말발이 이렇게 좋았던가? 아니면 NATO가 이 친구를 이렇게 만들 어버린 건가. 우리는 커피를 마시며 잠깐 별의별 시시콜콜한 이야기나 늘어 놓았다. 일이 급하긴 한데, 조금 전까지 몰로토프와 함께 세계를 원자 단위 로 노릇노릇 구울까 말까를 떠들다보니 내게도 힐링이 좀 필요했다.

"애들 다 컸다던데. 작은아들도 군대 보내셔야지?"

"그놈 눈치가 보통이 아니야. 내가 아니라 유신이 아들 같다니까?"

"가끔 보긴 봤지만 걔가 참 똘똘해. 대전쟁 시절 유진 킴 판박이가 꼬물 꼬물 기어다니는 거 보고 기함하지 않은 사람이 없을걸?"

"그거 목숨줄 내던지고 막 사는 놈이란 뜻 아냐? 이 자식이?"

"아니, 본인이 본인을 그렇게 생각하면 어쩌란 말야."

"다 젊은 날의 치기였지."

이제 나이 잡술 만큼 잡순 놈들끼리 만나서 할 이야기가 뭐 별반 있겠는 가. 얘도 지금 보직을 마지막으로 퇴역할 모양새인 듯하니 노후 준비랑 애 들 이야기가 끝이지.

"키우던 개 죽었다면서요."

"뽀삐? 손주까지 보고 갔지. 새끼 좀 보내줄까? 애들이 참 귀여워."

"개를 이 유럽까지 보내시겠다고?"

하긴 그것도 그렇네. 나는 출장 다니면서 구한 새로운 펫을 하지에게 보여줬다.

"아니면 이런 거 키우는 건 어때."

"…뭡니까 이게?"

"애완용 돌. 이름은 이오시프 동무라고 하는데…….”

"군의관을 좀 불러드릴까? 이름은 왜 또 그 모양인데!"

"모스크바에서 데려왔거든."

기껏 내 멘탈을 케어해주는 새 친구를 소개했건만, 이제 하지는 진짜 내가 노망이 났다고 여기는 모양이었다.

"두고 봐, 이 자식아. 조만간 애견과 애묘를 밀어내는 애완용 돌 붐이 올 거야. 삼시세끼 밥 챙겨줄 일도 없고 씻겨주지도 않아도 되고 아무 데나 데리고 다녀도 되니 완벽하잖아. 샌—프랑코의 새로운 미래 사업으로 어마어마한 수익을 가져다줄 거라고."

"미친놈… 미친놈… 이런 놈이 3차대전 위기에서 사령탑에 앉아 있었다고? 전쟁이 안 터진 게 용하다, 용해."

"거참 너무하네. 몰로토프도 이 친구를 소개해주니 전쟁 같은 건 깔끔하게 포기했었다고. 평화의 사도라니까?"

"진짜 미치광이를 만나서 그냥 짓눌려버린 것 같은데."

또또 그렇게 비아냥대기만 하다니. 시대의 흐름을 보지 못하는구나. 몰로토프도 이 친구를 소개받고는 '참으로 사회주의적인 애완… 물체군요.'라며 극찬했다고. 하지의 저주 섞인 독설을 대강 귀로 흘리며 잡담을 나누길 잠시. 우리는 본격적인 일 이야기에 들어갔다.

"친애하는 영국과 프랑스인들이 우리와 정보를 공유해주고 있습니까?"

"대략적인 건 공유해주고 있지만, 세부사항은 숨기고 있습니다."

영국과 프랑스는 이번 침공을 NATO의 일로 키우고 싶어 했지만, 내가 대가리에 총알 삽입술을 시술받지도 않았는데 그딴 미치광이 같은 일을 오케이해줄 것 같은가. 지랄 말라고 했더니 이놈들이 삐져서는 정보 공유도

대강대강 해주는 모양이다.

"하지만 상륙이 그렇게 쉬운 일이던가? 영국과 프랑스만으로는 불가능할 텐데."

"이스라엘군이 이집트군과 교전을 개시했습니다. 주력군이 격파당하고 이스라엘군이 시나이반도로 진격 중입니다."

"걔들이 국경에서 치고받은 게 어제오늘 일은 아니잖아. 그러면 단순한 국경 분쟁이 아니라 전면전에 돌입했단 소린데, 걔들 같은 레드 팀 아니었나?"

"외교관이 군바리한테 그런 걸 물어보면 어쩌잔 겁니까."

빌어먹을. 갑자기 뼈 때리고 있네.

"하긴 그놈들은 어차피 한 하늘을 이고 살 수 없는 원한 관계지."

"그래서, 우린 뭘 하면 됩니까?"

"아무것도. 절대 엮이지 말고."

"휴. 혹시나 저 판에 끼라고 했으면 어쩌나 잔뜩 긴장해 있었습니다. 핵전쟁 준비네 뭐네 하면서 바짝 긴장하고 있던 애들이 아직 퇴근도 못 했습니다."

"다 집에 보내야지, 그럼. 어쩐지 어깨가 뻐근하더라. 퇴근 못 한 당직들의 원한이었네."

내 전 직장 덕택에 좋은 점이 하나 있다면, 최소한 군부의 협력은 아주 칼같이 받을 수 있다는 점이다. 솔직히 지금 군부 헤드에 앉아 있는 친구들 중 나랑 같이 일해보지 않은 사람이 몇 명이나 있다고. 게다가 나도 던져주는 자료에 별도의 해설이 필요한 게 아니다 보니, 적어도 의사소통 하나는 패스트 트랙을 태울 수 있었다.

군부의 자료를 받으니 상황은 일목요연해졌다. 이스라엘이 이집트 주력군을 흠씬 패주는 상태에서 영국과 프랑스가 공수부대 등을 동원해 재빨리 수에즈 운하를 비롯한 요충지를 점거.

예상외였던 부분이 있다면, 이집트군은… 내 예상을 아득하게 뛰어넘은 약골이었단 사실. 대강 자료를 보니 국공 내전 당시 중국군이 선녀로 보일 지경이었다. 혹시나 누가 '쿠데타로 집권한 정권이 있는 나라인데 군대가 그렇게 약할 리가 있냐.'라고 물어본다면 정반대라고 답해주겠다.

군인이 군사 일은 내팽개치고 정권다툼이나 하고 있는데 군대가 멀쩡할 리가 있나? 경쟁자들도 쿠데타를 일으킬까봐 오히려 군대를 약화시키는 경우가 허다하다. 고려 말 무신정권이 정확히 그 케이스. 모르긴 몰라도 이집트도 장군들이 사병 하나씩 끼고 있지 않으면 양반이다.

나는 여전히 진지하게 용한 의사가 있다며 군의관 진료를 추천하는 하지를 걷어찬 후 국무부 관료들과 접촉해 백악관 훈령을 받고, 상황을 마지막으로 검토한 뒤, 영국과 프랑스의 외무장관들과 회동을 준비했다. 평화로 가는 길은 참으로 험난하구나.

* * *

나세르는 생애 최악의 끔찍한 시간을 맛보고 있었다. 이집트군은 개전 며칠 만에 '한때 이집트군이었던 부스러기'로 전락했고, 서방 제국주의자들은 이집트의 목줄을 콱 움켜쥐었다.

제3세계 연대니 뭐니 하며 의형제라도 맺을 기세였던 티토와 네루는 '전쟁은 나빠요. 평화 좋아요.' 같은 유치원 어린애들이나 할 법한 진부한 대사를 떠들어대는 게 전부.

인도는 새로 수립될 예정인 공산 티베트에 제 지분을 약속받은 듯했고, 티토는 이미 동유럽 분쟁에서 한몫 거하게 챙겼다. 입에 하나씩 떡고물을 물고 있으니 당연히 목소리가 잘 나올 리가 없다.

"대체 약속했던 군사적 지원은 언제 보내주십니까!"

"미안하게 됐습니다. 이스라엘에게 엄중한 경고를 날리고 있소. 같은 사회주의 동지들을 핍박하는 그들에게 강력한 경제 제재가 갈 게요."

"경제 제재 같은 거 말고! 그놈들더러 당장 공격을 멈추라고 해주시오! 제국주의자들의 침략에 당하고 있단 말이외다!"

"걱정 마시오. 그들이 이집트의 국체를 흔든다면 결코 좌시하지 않겠소."

살려는 드릴게. 반대로 말하면 죽지만 않으면 좀 처맞는 것쯤은 알아서 맷집으로 버티란 소리. 이미 여기까지만으로도 미치고 팔짝 뛸 것 같은데, 이 나사 빠진 소련 놈들은 진지하게 '미국과 상의해 보는 게 어떻겠냐.'라는 소리를 지껄여대 나세르의 복장을 터지게 했다. 지금 빨갱이 두목이 자본주의 두목과의 접촉을 권장하고 있는 게 실화인가?

제국주의자들의 세계 경영 도구인 유엔에 호소해봐야 당연히 소 귀에 경 읽기. 결국 나세르는 미국에 호소하는 것밖에 해결책이 없다는 현실을 인정해야만 했다.

"킴이 우리나라에 방문할 의사가 있다고?"

"그렇습니다."

"보나 마나 영국과 프랑스의 요구를 수용하라고 윽박지르거나 할 텐데."

"하지만 저들도 이 상황을 심각하게 받아들이고 있긴 한 듯합니다. 지금이라도 협상에 응하시는 게 어떨지."

그 또한 식민지 해방의 대의보다는 제국주의적 국익에 충실한 놈일 뿐이었다는 사실이 일목요연하게 까발려졌지만, 그렇다고 해서 그의 이름 앞에 붙은 무수한 수식어구들이 다 사라지지도 않았다.

참으로 껄끄러운 일이지만, 유진 킴의 격은 고작 국무장관이라는 직책에서 나오는 것이 아니라 나치 독일과 일본제국을 사지분해해 으스러뜨린 장본인이라는 실적에서 비롯된다. 본인은 몇 번이고 강조했지만 여전히 미합중국이란 나라의 차기 대권 주자로 끊임없이 이름이 거론되는 만큼, 나세르는 결국 본인이 직접 그를 마주하기로 결심했다.

"반갑습니다, 나세르 대통령 각하."

"알라께서 그대를 돌보시길. 명성 드높은 킴 장관을 만나게 되니 나 또한 참으로 영광이오."

아니나 다를까. 유진 킴이란 인물은 관료보다는 군인에 훨씬 가까웠다. 깡마른 장작 같은 인간이 눈은 시뻘겋게 충혈되어 있고 몸에는 살기를 두르고 있으니 누가 봐도 '한 놈만 걸려라. 척추를 접어줄 테니.'라고 으름장을 놓고 있는 꼴 아닌가.

하지만 회담은 그의 예상과는 정반대로 향하고 있었다.

"저는 대통령께서 제창하는 아랍민족주의가 이 땅에 평화와 발전을 가져다주리라 믿고 있습니다."

"그렇… 습니까?"

"물론입니다. 오랫동안 식민 열강의 착취에 시달린 나라가 민족주의 정서로 단결하는 건 그 누구도 거역하지 못할 시대의 부름입니다. 부족 단위로 이합집산을 거듭하는 아랍이 하나의 국가로서 정체성을 확립하려면 민족주의는 필수불가결하지요. 적어도… 종교에 의지하는 것보단 낫지 않습니까."

"저 꼴통 사우디아라비아 왕가를 후원하는 미국의 국무장관께서 하는 말씀이라고는 믿을 수 없군요."

"그야 그 친구들은 석유도 있고, 메카도 있으니까요. 제가 사우디에 세속주의를 권고했다간 아무리 생각해도 재미없는 일들만 일어날 것 같은데, 대통령께선 어떻게 생각하십니까?"

동의하고말고. 석유 시추 시설에서 캠프파이어를 하는 게 차라리 더 안전할지도 모른다.

"저 개인적으로는 대통령 각하의 원대한 비전을 응원하고 있었습니다만, 사태가 이렇게 불거졌으니 이제 개인의 감정보다는 국익을 우선시할 수밖에 없게 되었습니다."

"수에즈 운하는 우리의 것입니다. 영국과 프랑스는 총칼 대신 돈을 들고 있을 뿐, 여전히 식민지배자로서의 태도를 견지하고 있습니다."

"원칙적으로는 동의합니다. 하지만 미리 저희에게 의사를 좀 타진하시지 그러셨습니까. 우리 미합중국은 원만하게 대화와 타협의 자세를 보인 이란이나 사우디를 더욱 대접해야 하지, 최악의 순간에 칼을 겨누었던 이집트에게 큰 호의를 베풀기 어려워졌습니다."

그는 입으로는 연신 자신을 추켜올려줬지만, 결국에는 교묘하게 책임을 이집트에게로 전가하고 있었다.

"수에즈 운하 공사의 지분을 적당히 양보하는 선에서 그치는 게 어떻습니까."

"절대 불가합니다."

"수에즈에서 약간의 양보하는 모습을 보여주신다면, 이집트에 대규모 차관을 약속해드릴 수 있습니다. 국가 발전을 위해 아스완댐 건설을 추진한다고 들었는데, 그 건설 대금은 물론 기술 지원까지 세트 메뉴로 받아가시는 건 어떨지요?"

그러면 진작 해주질 그랬냐, 라는 말이 목구멍까지 치솟아 올랐지만 애써 집어넣은 나세르였다.

"저더러 영국과 프랑스, 그리고 이스라엘에 굴복하란 말씀이십니까?"

"굴복이라니요. 저는 원만한 해결을 원합니다. 정말 솔직하게 터놓고 말하자면, 우리의 대중동 정책을 매번 개판치는 그놈들이 뭐가 예뻐서 감싸주겠습니까?"

점입가경. 유진은 무언가를 뒤적거리더니 서류 가방에서 팸플릿 하나를 꺼내 들었다. 참으로 친절하게도 아랍어로 인쇄되어 읽지 못할 것도 없었다.

"동양교육… 발전기금?"

"자자. 날이면 날마다 오는 기회가 아닙니다. 이번에 소련 빨갱이들한테 뒤통수 맞으셨잖습니까? 제가 전쟁 좀 해봐서 아는데, 결국 전쟁에서 이기려면 믿을 놈과 못 믿을 놈을 구분한 뒤에 밑바닥부터 다져야 합니다. 경제도 살리고, 인재들도 육성하고, 군사력도 증강하고. 지금 오케이만 하시면 이 놀라운 3종 세트를 거머쥐고 단숨에 이집트를 중동의 패왕으로……."

"잠깐잠깐."

"수에즈 운하는 장기적으로 보십시다. 깔끔하게 50년 분할 상환 어떻습니까? 중립적인 기관을 중간에 끼우고 서서히 영국과 프랑스 지분을 인수해 나가면 결국 운하의 주권을 되찾을 수 있을 겁니다."

"그 중립 기관은 보나 마나 미국이겠지요?"

"저희도 떡고물은 좀 챙겨야지요. 중개 수수료라고 생각하십쇼."

"이스라엘은? 유대인의 구원자 유진 킴이 이스라엘 편을 들지 않는다는 보장 어딨소?"

"전쟁을 하든 그러다 쫄딱 망하든 제 알 바 아닙니다. 가스실에서 건져 냈는데 보증까지 서달라 하는 게 오히려 더 염치없는 짓 아닐까요?"

걔들이 블루 팀도 아닌데 어쩌란 말입니까.

나세르의 정신은 점점 더 혼미해져만 갔고, 국무장관이라는 작자는 《브리태니커 백과사전》 팔아먹는 외판원처럼 연신 입에 침을 튀기며 '지금 바로 서명하면 이 놀라운 세트가 어마어마한 특가에!'를 앵무새처럼 외쳐댔다.

"모름지기 한 민족의 영도자가 되려면 기회를 거머쥐셔야 합니다. 제가 또 초토화된 거지 나라 부흥시켜 본 경력자 아니겠습니까? 오랫동안 다져진 이 노하우로……."

"조건이나 한번 들어봅시다. 더 자세히."

"군사 고문단도 끼워 드릴까요? 질 좋고 저렴한 미제 무기도 같이 수입하면 이게 또 기가 막힌데."

이날 나세르는 8시간 만에 회담장에서 풀려날 수 있었다.

내일도 저 노을을 볼 수 있기를 5

결코 끝날 것 같지 않던 1953년이 마침내 그 끝을 보이기 시작했다.

"유엔 결의안에 의거하여, 체코슬로바키아에서 자유 선거를 시행하겠습니다."

"만세!!"

"우리에게 자유를!!"

여전히 소련의 손아귀에 남게 된 슬로바키아에서는 시위대가 무자비하게 소련군에게 진압당했다. 새롭게 진용을 갖춘 슬로바키아 공산당은 그동안의 모든 실정(失政)을 체코인들의 잘못으로 돌렸고, '이번에는 다르다.'를 표어로 민심을 간신히 수습했다. 보다 정확히 말하자면 수습이 아니라 체념에 가까웠지만, 적어도 소련은 정부의 구색은 갖출 수 있었다.

체코인들 또한 슬로바키아의 상황에 대해 동정을 표하기는 했지만 어디까지나 동정으로 끝. 코앞에 소련군이 으르렁대고 있는 마당에 타민족을 위해 간신히 부여잡은 기회를 놓치고픈 이들은 많지 않았다. 한편, 자존심에 심각한 타격을 입은 불곰은 더욱 거세게 포효하며 무자비하게 앞발을 휘둘렀다.

"헝가리여, 영원하라!"

"우리는 소련이 필요 없다!"

"전부 쓸어버려!"

1953년 9월 말.

소수 헝가리군의 저항을 탱크로 뭉갠 소련군이 부다페스트에 입성하며 헝가리 혁명이 끔찍하게 종결되었다. 헝가리의 지도자 너지 임레는 모스크바로 끌려갔고, 얼마 지나지 않아 반혁명분자라는 죄목으로 처형당했다.

마찬가지로 폴란드에서도 어마어마한 피가 흩뿌려졌고, 서방은 외면했다. 소련은 이번 위기의 근본 원인을 동유럽 위성국가에 대한 통제력 부족이라고 진단했고, 곧장 '바르샤바 조약기구'라고 불릴 새로운 집단안보체제를 창설하기 위해 움직였다.

이제 다른 동유럽 공산 국가에서 비슷한 봉기가 터진다면, 소련군이 아니라 다른 위성 국가의 군대가 그들을 진압하게 되리. 그러나 이토록 피를 뿌려댔는데 제아무리 소련이라고 한들 멀쩡할까.

"우리는 대체 무슨 짓을 한 거지?"

"몰라. 관심 갖지 마."

"집에 가면 엄마 얼굴을 대체 어떻게 봐야 하지? 아이들을 쏴 죽이고 대체 어떻게……?"

노동자와 농민을 위한다던 소비에트의 빛나는 이념 위에 비참하게 탱크에 깔려 죽은 이들의 피가 덧칠되었다. 소련 또한 다른 나라와 다를 바 없는 제국주의적 속내를 갖고 있다는 사실이 만천하에 까발려졌고, 고결한 혁명가 이미지였던 소련은 이제 다른 유럽 식민 국가와 별다른 차이도 없는 시궁창에서 허우적대게 되었다.

소련은 오직 군대와 폭력으로만 2차대전으로 따낸 제 영역을 유지할 수 있었다. 동유럽 위성 국가들은 전 국민을 감시하고 국내 반동분자를 진압해야만 정권을 보존할 수 있다는 결론에 이르렀다. 새롭게 설립된 소련

KGB의 지도를 받은 그들은 저마다 분주히 비밀경찰을 확대 개편하며 통제의 고삐를 죄었다.

하지만 동유럽 바깥에서는?

"이제 우리는 더 이상 소련 공산당의 지도를 받지 않겠소!"

"소비에트연방은 마르크스의 이념과 심각하게 괴리되어 있다는 사실이 증명되었습니다. 우리는 여전히 공산주의야말로 우리가 나아갈 길이라고 믿어 의심치 않지만, 소련식 스탈린주의와는 영원한 작별을 선언하겠습니다."

서유럽인들이라고 해서 이해득실에 미치고 피에 굶주린 이들만 가득하지는 않았다. 2차대전이 종결된 지 얼마 되지도 않은 지금, 그들이 핵전쟁을 두려워한다는 사실이 곧 그들이 비열하다는 증명은 아니었다. 소련을 추종하던 각국 공산당은 한바탕 된서리를 맞았다.

극렬 스탈린주의자들은 소수파로 전락했고, 공산당은 서둘러 소련과의 관계 단절을 선언했다. 그러지 않으면 정부의 탄압을 받는 것은 물론, 대중의 지지 또한 얻을 수 없었으니.

사실상 이 시점에서 소련은 유럽 내 체제경쟁에서 패배한 것과 다름없었다. 물론 여전히 소련은 세계를 양분한 초강대국이었고, 전 세계의 공산주의자들 대다수는 소련의 후원을 받았다.

그러나.

"당신들은 돈이랑 무기만 대주면 족하겠소만."

"프롤레타리아 혁명은 오직 크렘린의 지도를 받아야만 달성할 수 있소!"

"그래서 이집트가 제국주의자들에게 짓밟힐 때 그 잘난 크렘린은 뭐 하고 계셨소?"

"당신들을 거스른 티토와 모택동은 혁명에 성공했고, 당신들 말에 고분고분하던 아제르바이잔이나 인도네시아, 필리핀의 동지들은 하나같이 실패했지. 우리는 크렘린의 지도를 원하지 않소."

이제 더 이상 혁명의 순수함을 믿는 이들은 많지 않았다. 여전히 제3세계에서 소련의 영향력은 크고 넓었지만, 이제 소련은 무조건적인 지지를 얻는 대신 '거래'를 해야 하는 처지가 되었다.

'아무리 그래도 우리가 미국의 손을 잡긴 좀 그렇고… 더러운 제국주의자들과 싸워야 하는 이상, 결국 우리에게 손을 내뻗을 곳은 소련밖에 없다.'

'적당히 크렘린 찬양만 해주면 지원을 받을 수 있는데 못 할 게 뭐가 있나? 이게 책임 없는 쾌락이지.'

그렇다고 해서 소련이 지원을 멈추고 자국의 내실만 다지는 것도 불가능했다. 미국의 후원을 받고 자본주의의 기치를 드는 국가가 늘어날수록, 전세계 적화를 그 사명으로 띤 소비에트연방은 존재 의의를 의심받게 된다. 소련은 결코 이 기나긴 황혼의 투쟁에서 손을 뗄 수 없다. 최후를 맞이해 비참하게 공중분해되는 그 날까지. 이 사실을 평생 공산주의자로 살아온 소련의 수뇌부들이 모를 리는 없었고.

곧장 책임 소재를 놓고 치열한 권력투쟁이 전개되었다.

"말렌코프! 당신이야말로 혁명의 배신자요!"

"이 빌어먹을 대머리가!"

"대체 당신이 앉아서 한 일이 뭐가 있소? 인민들의 기대를 배신하고 극한 대결 구도로 몰고 간 끝에 우리가 거둔 성과가 뭐가 있냐 말이오!"

그리고 그 처절한 권력투쟁 결과, 흐루쇼프는 승리를 거두었다.

"군부는… 지난 대치 당시 흐루쇼프 동지의 탁월한 지도력을 목격했습니다. 우리는 흐루쇼프 동지야말로 소련의 내일을 약속해주리라 믿습니다."

"주코프! 네놈을 총살시켜야만 했어! 이 무능한 놈이!"

"와. 주코프 동무를 총살해야 했다니. 그럼 전직 베리야의 꼭두각시 말렌코프 동무께선 예브게니 킴을 막을 만한 인물을 천거해주면 고맙구려."

주코프는 한 차례 비참하게 몰락했었다. 그의 이름 뒤에는 부패사범이라는 치욕스러운 칭호가 붙었고, '당이 올바른 판단을 내리지 못하게 거짓 정보를 제공'했다는 혐의 또한 붙었다.

하지만 그의 인성, 명망과 별개로 그에겐 여전히 대조국 전쟁 전쟁영웅이라는 위광이 있었고, 군부 내 주코프의 경쟁자들은 그를 완전히 뒷방 퇴물로 만들 수 없었다. 저 부패사범 타이틀은 누구 코에나 걸 수 있는 마법의 주문이었기에.

주코프는 생존을 위해 흐루쇼프의 손을 잡았다. 단, 대등한 협력자가 아닌 1인자를 노리는 이와 그 부하의 관계로서. 참으로 다행스럽게도 그의 이번 투자는 성공했다.

"우리는 스탈린 덕분에 승리한 것이 아닙니다. 스탈린이 있었음에도 불구하고 승리한 것입니다!"

"와아아아아!"

흐루쇼프는 당내 경쟁자들을 모조리 박살 냈고, 열화와 같은 소련 인민의 지지를 기반으로 마침내 스탈린이 차지했던 그 권좌를 거머쥐었다. 주코프는 '혐의 없음' 처리되었고, 주코프에게 죄인의 멍에를 씌웠던 자들은 역으로 '공산주의 영웅을 음해하려던 서방 간첩' 타이틀을 선사받았다. 새롭게 서기장이 된 흐루쇼프는 즉각 행동에 나섰다.

"우리는 한때 전 세계를 핵의 불길에 휩싸이게 할 뻔했습니다. 스탈린주의의 망령이 우리 모두를 파멸로 몰고 갈 뻔한 셈입니다. 저는 이 자리를 빌어, 미합중국 대통령과 정상회담을 할 의사가 있음을 공개적으로 밝히겠습니다."

소련은 시간이 필요했다. 그리고 흐루쇼프는 언제나 기민하게 움직이는 사람이었다.

* * *

해를 넘겨 1955년 5월. 워싱턴 D.C.

"최초로 미국 땅을 밟은 소련 지도자가 되었군요. 참으로 감명 깊은 날입니다."

"미합중국은 흐루쇼프 서기장을 진심으로 환영합니다."

체코슬로바키아 위기를 발판으로 집권한 흐루쇼프는 모든 죄와 악덕을 스탈린, 베리야, 그리고 자신이 숙청한 정치국원들의 탓으로 돌리는 데 성공했다. 그는 민심을 세심하게 파악해 피를 뿌리는 대신 보다 온건한 방식의 숙청을 진행했고, 낙마한 경쟁자들은 시베리아의 수력발전소장 같은 한직을 받고 편안한 노후를 보장받았다.

그는 그렇게 스탈린주의가 지배하던 시대가 막을 내렸음을 온 인민들에게 보여주었고, 그다음 곧장 미국과의 항구적 평화를 위한 접촉에 돌입했다. 백악관과 크렘린의 주인을 직통으로 연결하는 핫라인이 설치되었다. 스위스에서 강대국들의 외무장관들이 모여 평화를 위한 안건을 논의했다. 분단된 중국 대륙에 평화를 가져다주기 위한 평화협정을 논의했다.

대부분은 만남 그 자체에 의의를 두거나, 혹은 애초부터 실현 가능성이 희박한 것들. 여전히 세상은 개판이었고, 두 초강대국은 서로에게 핵미사일을 겨눈 채 으르렁댔으며. 그들의 사주를 받은 이들은 세계 방방곡곡에서 총과 대포를 쏘며 서로를 죽이기에 여념이 없었다. 하지만 절대다수의 대중들은 평화를 위한 한 걸음 한 걸음에 열광하고, 애달파하고, 눈물을 흘렸다.

"오늘 우리의 만남을 보며 기도하는 이들을 위해, 결실을 맺을 수 있도록 합시다."

"물론입니다."

아이젠하워와 흐루쇼프는 무수한 기자들의 플래시 세례 속에서 굳게 두 손을 다잡았다. 한바탕 사진 촬영이 끝난 후, 마침내 통역을 제외하고 두 사람만이 남게 되자 흐루쇼프는 소파에 털썩 몸을 날리며 순식간에 본색을 드러냈다.

"후. 평화를 바라는 저들을 위해 부디 미국 대통령께서 크나큰 결단을 내려주면 좋겠습니다만."

"세계 곳곳에서 끊임없이 분쟁을 조장하는 이들이 있기 때문에 평화가 너무 먼 이야기로 느껴지는 것 같습니다."

"분쟁 조장이라! 힘 있는 자들이 멋대로 갈취한 걸 원주인이 되돌려받는 과정을 분쟁 조장이라고 표현하시다니. 그게 설마 그 잘난 자유의 나라 미합중국의 공식 입장이십니까?"

"'되돌려받는 과정'이라고 가벼이 말하기에는 너무 많은 피가 흐르고 있잖소. 빨간색을 좋아하는 분들이 그토록 피를 좋아하실 줄은 몰랐습니다."

"그야 피가 흐르는 게 그래도 방사성 낙진이 흐르는 것보단 낫지 않겠습니까."

"일정 부분 동의하도록 하지요. 살아남은 이들이 애완용 돌멩이나 애지중지 기르는 세상이 오면 그게 바로 지옥일 테니까요."

흐루쇼프는 애완용 돌멩이를 들고 다니며 세계 곳곳에 사랑과 진실, 어둠을 뿌리고 다니는 남자를 떠올리고는 갑자기 머리가 쪼이는 듯한 두통을 느꼈다.

"하나 말씀 좀 여쭙시다."

"무엇이든지요."

"마르크스와 레닌도 자본주의자들이 돌멩이를 팔아먹는 세상이 오리라고 예상했을지는 의문이 드는구려. 그… 당신네들은 진짜로 돌을, 돌멩이를 기르시오?"

"원래 유행을 타는 물건이라는 게 다 그런 법입니다. 잠깐 반짝하고 선풍적 인기를 끌었는데 요즘은 잠잠해졌지요."

"듣던 중 다행이구려. 아직 자본주의는 내가 이해할 수 있는 범주 내였어."

미국과 소련의 냉전은 이제 우주를 배경으로도 펼쳐지고 있었다. 흐루쇼프가 정권을 장악할 무렵, 미국은 스푸트니크에 뒤처질 수 없다는 듯 로켓 발사에 성공하며 우주 경쟁의 서막을 열었다.

소련은 곧바로 '라이카'라는 이름의 개를 태운 새로운 로켓을 쏘며 자신들이 이 경쟁에서 한발 앞서 있음을 과시했지만, 미국인들은 이 위대한 사회주의의 승리를 단순무식하게 '동물을 학대하는 잔인한 짓'으로 일축하고는 애완용 돌을 태운 로켓을 쏘아 올렸다. 이놈들은 제정신이 아니었다.

"우리는 곧 우주에 사람을 보낼 게요. 당신네들이 그 돌멩이한테 먹이를 줄 동안 말이오."

"그것 참 축하할 일입니다."

이런저런 말로 아이젠하워를 흔들어보려던 흐루쇼프는 결국 별다른 재미를 보지는 못했다. 정상회담은 몇 시간에 걸쳐 진행되었고, 첫날의 회담은 그렇게 노련한 정치인들이 서로의 입장과 간극을 확인하는 선에서 마무리되어 갔다. 첫술에 배부를 수는 없는 법.

"지극히 개인적인 용무이오만, 사람 하나를 좀 만나고 싶소."

"미리 말씀드리지만, 미국 대통령은 아무리 귀하의 요청이 있다 할지라도 합중국 시민을 마음대로 오라 가라 지시할 힘은 없습니다."

"아, 걱정 마시오. 귀하의 힘이 닿는 사람… 그러니까 국무장관을 좀 만나고 싶어서 그렇습니다. 그리 오래 걸리진 않는다고 약속드리겠소."

"그놈이라면 지금 바로 불러드리지요. 바로 근처에 있으니."

아이젠하워는 사람을 불렀고, 얼마 지나지 않아 유진 킴 국무장관이 그 모습을 드러냈다.

"찾으셨습니까?"

"서기장께서 국무장관을 잠깐 개인적인 용무로 만나고자 한다고 하네.

부디 실례를 저지르지 않았으면 좋겠군."

"아. 걱정 마십시오, 대통령 각하. 저와 흐루쇼프 동지로 말할 것 같으면 스탈린의 별장에서 술에 떡이 된 채 우스꽝스러운 코사크 댄스를 추고 당 구공 대신 대머리를……."

"내가 방금 뭐라고 했는지 그새 까먹으셨습니까, 장관?"

"흐하하하하!!"

유감스럽게도 통역은 그 말까지 미주알고주알 전부 통역했고, 흐루쇼프는 큰 웃음을 터뜨리며 연신 손뼉을 두들겨댔다.

"그 별장에서의 만남 이후로 몇 년 만에 뵙는구려, 킴 장관."

"이렇게 만나 뵙게 되니 참으로 감동적입니다. 절대 권력자가 되신 소감이 어떠십니까?"

"아주 좋소. 제멋대로 사람을 죽이고 모욕해대던 독재자가 사라진 것만으로 모두에게 행복을 돌려주었으니 어찌 좋지 않겠소?"

"그건 정말 좋은 일이군요. 그럼, 용건을 여쭤봐도 되는지요?"

"아아. 그걸 내 입으로 말하긴 조금 그런데……."

유진은 기다렸다는 듯 손에 들고 있던 가죽가방을 열고, 낡은 책 한 권을 꺼냈다.

"서명 부탁드립니다, 서기장 동지."

"장관도 기다리고 있었던 것 같구려?"

"이왕 이리된 거, 늙어 죽을 때까지 서명이나 수집해보려고 합니다."

천마신공을 돌려받은 유진은 실로 흡족하다는 표정을 짓고는 제 가방에 다시 비급을 집어넣었다. 아이크가 찢어 죽여버릴 기세로 노려보고 있는 건 잠시 잊기로 했다.

"제가 웨스트포인트에 입학하려 할 때, 아시안이 군에서 출세하려는 건 쓰레기장에서 장미가 피길 바라는 일 같다고 누군가 말한 적이 있었지요."

"장미가 아주 훌륭하게 피었군그래."

"세계 평화보다 약간 더 어려운 일이었지요. 만찬 때 뵙겠습니다."

유진은 피식 웃으며 자리에서 물러났다. 아직 해야 할 일은 너무나도 많았다.

《검은머리 미군 대원수》본편 完

검은머리 미군 대원수 10

1판 1쇄 인쇄 2023년 3월 22일
1판 1쇄 발행 2023년 4월 12일

지은이 명원(命元)
매니지먼트 스튜디오JHS
펴낸이 김영곤 **펴낸곳** (주)북이십일 레드리버

책임편집 유현기 배성원 서진교 강혜인
디자인 (주)여백커뮤니케이션
출판마케팅영업본부장 민안기
마케팅1팀 배상현 한경화 김신우 강효원
출판영업팀 최명열 김다운
제작팀 이영민 권경민

출판등록 2000년 5월 6일 제406-2003-061호
주소 (10881) 경기도 파주시 회동길 201(문발동)
대표전화 031-955-2100 **이메일** book21@book21.co.kr
내용문의 031-955-2403

ISBN 978-89-509-3619-8
 978-89-509-3624-2(세트)